러브,
라운드 투

러브,
라운드 투

초판 1쇄 인쇄일 2018년 09월 04일
초판 1쇄 발행일 2018년 09월 14일

지은이 | 백권서
펴낸이 | 김기선

편집장 | 김은지
편집부 | 김아름, 박신혜, 김에너벨리, 유기웅, 배영주, 신현정
디자인 | 금장미

펴낸곳 | 와이엠북스(YMBOOKS)
출판등록 | 2012년 7월 17일 (제382-2012-000021호)
주소 | 서울시 도봉구 노해로 379, 802호(창동, 대성빌딩)
전화 | 02)906-7768 / **팩스** | 02)906-7769
E-mail | ymbooks@nate.com

ISBN 979-11-322-4658-9 03810

값 9,000원

러브, 라운드 투

YMBOOKS
ROMANCE STORY

백권서 장편소설

차 례

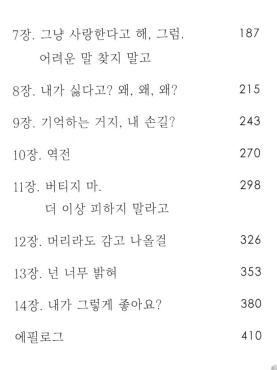

프롤로그

어딘가에 세게 부딪친 듯 머리가 너무 아팠다. 가까스로 몸을 일으키는 이진의 눈에 중년의 남자 운전자가 승용차 문을 열고 나와 제게로 허겁지겁 달려오는 모습이 보였다.

"아가씨, 괜찮아요? 일어날 수 있겠어요?"

그제야 주위 풍경이 눈에 들어왔다.

'말도 안 돼.'

저는 분명히 산속에 있었는데. 아무도 없는 산길에서 길을 잃고 헤매던 중이었는데……. 그랬는데……. 그런데 갑자기 제가 도로 위에 넘어져 있었다. 그리고 사람들이 북적이고 있었다.

"아가씨, 괜찮아요?"

옷도 제 옷이 아니었다. 게다가 반팔 차림의 여름옷이었다. 이 옷은 대체 어디서 난 거지? 겨울 산속에서 길을 잃고 있었던 제가 대체 왜 이 도로 위에서 여름옷을 입고 이렇게 누워 있는 건지 이진은 도저히 알 수가 없었다.

"아가씨, 이름이 뭐예요?"

"이름……이요?"

"이름 모르겠어요? 아가씨 이름. 아이구, 이거 큰일 났네. 일단 차에 타요. 병원으로 갑시다."

제 이름은 당연히 윤이진이다. 이름을 몰라서 말을 못 한 게 아니었다. 도대체가 말이 안 되는 이 상황이 믿어지지 않아 그저 어리둥절할 뿐이었다.

"병원이요? 무슨 병원을……?"

"방금 내 차에 치였잖아요. 기억 안 나요?"

차에 치였다고? 그런 기억이 없었다. 그러니까 차에 치여서 제가 지금 도로 위에 넘어져 있는 거구나.

"일단 갑시다. 치료부터 하고 얘기해요. 어서 병원부터 가요."

"아뇨, 아니에요. 병원까지 갈 정도는 아니에요. 근데 아저씨, 여기가 어디예요? 그리고 오늘이 며칠이에요? 겨울인데 왜 이렇게 더운 거죠?"

"뭐라고요? 지금 7월 2일이에요. 아이고, 안 되겠네. 이 아가씨가 많이 다친 거야. 빨리 병원부터 갑시다."

남자는 이진을 안아 올리고 제 차에 태웠다. 그렇게 남자와 도착한 병원에서는 이진을 눕혀놓고 또 세워놓고 수십 장의 이유를 알 수 없는 사진들을 마구마구 찍어댔다.

"다행히 큰 외상은 없습니다."

오십 대 초반의 머리가 희끗희끗한 남자 의사가 사진들을 건성 건성 들여다보며 말했다.

"근데 아가씨가 자꾸 이상한 소리를 하는데. 제 차에 부딪친 것도 모르고."

"CT상으로 뇌도 깨끗합니다. 출혈도 없고요. 기억 장애는 일시적인 뇌진탕 증상일 수 있습니다."

"뇌진탕이요?"

"네."

"그럼 치료는 어떻게……?"

"뇌진탕은 별다른 치료를 하지 않아도 정상으로 돌아오기도 합니다. 다만 별 증상 없이 잘 지내다가 갑자기 뇌출혈이나 다른 합병증이 나타나는 경우도 있으니까 주기적으로 병원에 오셔서 관찰하시는 게 좋고요."

두 달이라는 시간을 '일시적'이라고 할 수 있을까? 그날 이후 벌써 두 달이 지나 9월이 되었지만 이진의 기억은 돌아오지 않았다. 여전히 이진은 지난 7개월의 기억이 없다. 그리고 그사이 이진에게는 너무나 많은 일들이 있었다.

"누구 찾아오셨어요?"

7개월 만에 이진은 집으로 돌아갔었다. 시간이 정지해버린 듯 낡은 원룸은 그 자리 그대로 서 있었다. 하지만 제 방이었던 그곳에는 이미 다른 사람이 살고 있었다.

"아니, 이게 누구야? 이진 학생 아니야?"

황당한 표정으로 돌아서는 이진의 등 뒤로 귀에 익은 집주인 할머니의 호들갑스러운 목소리가 들렸다. 학교를 졸업한 지가 언제인데 할머니는 이진을 계속 학생이라고 불렀다.

"안녕하세요, 할머니. 근데 제 방에 다른 사람이……."

"월세가 몇 개월이나 밀렸는데 그럼 그 방을 계속 놀려 어째? 그러게 대체 그동안 어디 있다 이제 나타난 거야?"

"그럼 제 짐은……?"

"그때 이진 학생 엄마가 가져갔어. 천안 집으로. 아차! 학생, 빨리 천안에 가봐."

"네? 천안에는 왜요?"

"학생 엄마 돌아가셨다고 연락 왔었어. 삼촌이라면서 학생 연락 온 거 있냐고 급하게 묻더라."

"네? 네, 뭐라고요? 저희 엄마가 어떻게 되셨다고요?"

"에이고. 돌아가셨대. 학생 찾으러 전단지 돌린다고 나갔다가 빗속에서 차에 치이셨다나. 에이고, 그러게 대체 어디서 뭐 하고 있다가 이제야 나타나?"

엄마를 그렇게 보내다니. 엄마의 죽음은 이진을 충격에 빠트렸다. 엄마가 제게 어떤 엄마였는데. 젊은 나이에 남편과 사별하고 딸 하나 잘 키워보겠다고 온갖 고생이라는 고생은 다 하고 살았던 엄마였는데. 그런 엄마가 저 때문에. 절 찾겠다고 나가서.

"불효막심한 것. 대체 어디 있다가 이제 와서 여길 나타나?"

처음 이진이 천안으로 달려갔을 때 삼촌은 이진을 보려고 들지도 않았다. 조문객도 많지 않은 장례식장에서 엄마의 남동생인 삼촌이 혼자 상주 노릇을 하며 엄마를 그렇게 눈물로 보내드렸다고 했다. 그렇게 외롭게 보내드렸다고 했다.

"불쌍한 우리 누나. 하나뿐인 딸래미 얼굴도 못 보고. 흑흑. 우리 누나 불쌍해서 어떡해. 우리 누나가 너를 어떻게 키웠는데……."

삼촌의 서러운 울음소리를 뒤로하고 이진은 엄마의 집으로 달려갔었다.

'거짓말이죠? 나 겁주려고 일부러 이러시는 거죠, 삼촌?'

"엄마!"

엄마, 하고 부르면 금방이라도 두 팔 벌리고 달려 나오실 것 같았다. 하지만 잠기지 않은 대문을 우당탕 큰 소리를 내며 밀고 들어가도, 벌컥 하고 안방 문을 열어도 엄마는 거기에 없었다.

"엄마 어디 있어? 장난치지 마. 나 돌아왔어. 나 돌아왔다니까."

그리고 저를 기다리는 건 안방구석에 이리저리 흩어져 뒹굴고 있던 전단지들. 엄마가 저를 찾겠다고 들고 나갔다던 그 전단지들. 엄마가 저 때문에 죽을지도 모르고 전단지 속 저는 해맑게 웃고 있었다. 그 전단지를 끌어안고 이진은 목이 터져라 울고 또 울었다. 밤이 새도록 그렇게 울기만 했었다.

"임신하신 것 같습니다. 전혀 모르고 계셨어요? 벌써 11주 정도 된 것 같은데⋯⋯."

이진은 천안에서 3주 만에 서울로 올라왔다. 먹지도 자지도 않고 울기만 하는 이진을 보다 못한 삼촌이 이진을 반강제로 올려보냈다. 학원 친구 정우의 도움을 받아 겨우 살집을 마련하고 어떻게든 다시 살아보려고 애쓰고 있던 이진은 이상하게 자꾸 구역질을 하기 시작했다.

'갑자기 뇌출혈이나 다른 합병증이 나타나는 경우도 있으니까 주기적으로⋯⋯.'

흘려들었던 의사의 그 말이 떠올랐다. 하지만 잔뜩 겁을 먹고 찾은 병원에서 이진이 들은 말은 그녀의 상상을 초월하는 것이었다.

'임신이라고?'

임신이라니. 남자와 자본 기억도 없는 이진이었다. 기억해내고 싶었다. 대체 지난 7개월간 저에게 어떤 일이 있었던 것인지. 하지만 기억해 내려고 애를 쓰면 쓸수록 머리만 깨질 것처럼 아플 뿐이었다.

"마음은 아프지만 아이는 그냥 지우는 게 어떻겠니?"

정우는 실용음악 학원을 다닐 때 친해진 동갑내기 친구였다.

"어떻게 아이를 가진 건지 기억도 없는 데 그 아이를 꼭 낳아야겠어? 막말로 너 어디서 나쁜 놈한테 당한 건지도 모르잖아."

이진도 그런 생각을 안 했던 건 아니었다. 게다가 제가 지금 아이를 낳아 어쩌자는 말인가? 변변한 직장이 있기를 한가, 모아둔 돈이 있기를 한가. 이제 겨우 돈을 벌기 시작한 음악 작업으로는 한 달에 간신히 20만 원 남짓의 저작권료가 들어오는 게 전부였다.

"너 이제 겨우 스물일곱이야. 네 인생도 생각해야지."

정우는 심각한 얼굴로 제게 낙태를 권했다. 다 맞는 말이었다. 이진의 생각에도 아르바이트와 음악 작업을 병행해가며 혼자서 아이를 키운다는 게 절대 가능해 보이지 않았다. 그런데도 아이를 지울 수가 없었다. 아니, 낳고 싶었다. 그 이유를 이진은 아직도 모르겠다. 왜 이 아이가 낳고 싶은지. 정우의 말대로 끔찍한 일을 당한 결과물인지도 모를 이 아이를.

'대체 나는 어디에서 지냈던 걸까?'

누구와? 그리고 이 아이의 아빠는 누구란 말인가? 저도 모르게 이진은 아랫배에 손이 갔다.

"걱정 마. 널 지우지는 않을 테니까."

이진은 혹시라도 엄마의 생각을 읽고 불안에 떨지 모르는 아이를 달랬다.

왈왈.

그리고 이 강아지. 며칠 전부터 이진이 아르바이트를 가는 길이면 어김없이 만나게 되는 이 강아지. 강아지는 배가 고파 보였다. 그리고 이진이 지나가면 쪼르르 이렇게 달려왔다. 먹을 거라도 있으면 좀 달라는 듯이. 누군가가 키우다 버린 강아지인지 사람을 무서워하지 않았다.

"어, 오늘도 만났네. 너 또 배고프구나?"

이진은 간식으로 챙겨 온 삶은 달걀 하나를 가방에서 꺼냈다. 그리고 길가에 엉거주춤 앉아서 껍질을 까기 시작했다.

왈왈. 왈왈왈.

먹을 것을 보고 흥분한 강아지가 꼬리를 흔들며 빨리 달라고 이진을 재촉했다.

"알았어. 줄게. 조금만 기다려, 조금만."

정말 이상한 일이었다. 대체 제게 무슨 일이 있었던 것일까? 9개월 전만 해도 이진은 동물을 무서워했다. 개든 고양이든, 말이든 소든. 사람 아닌 것이 제 주변에 있으면 바짝 긴장했고 몸을 사렸었다. 그러다 동물들이 제게 다가오기라도 하면 비명을 지르며 달아나기 바빴었다. 한번은 그렇게 도망가다 대로에서 넘어져 다친 적도 있었다.

"자, 됐다. 이제 먹어."

다 깐 달걀을 먹기 좋게 반으로 쪼갠 이진이 달걀을 손 위에 올린 채로 강아지에게 내밀었다. 먹어도 좋다는 신호가 떨어지기 무섭게 강아지는 손바닥 위에 올려진 반쪽 달걀을 순식간에 먹어치웠다.

"배 많이 고팠구나. 자, 이것도 마저 먹어."

이진은 강아지에게 나머지 반쪽 달걀을 마저 건넸다. 달걀 하나를 게 눈 감추듯 한순간에 꿀꺽 삼키고도 여전히 배가 고픈지 강아지는 더 없냐는 듯 꼬리를 흔들어대며 이진의 주위를 껑충껑충 맴돌았다.

"미안해, 하나는 우리 아기 몫이라 안 돼. 다음에 만나면 또 줄게."

아쉬운 듯, 저를 두고 가지 말라는 듯 강아지가 이진에게 매달렸다.

"누나 이제 그만 일하러 가봐야 해. 다음에 또 보자, 아지야."

달래듯 강아지의 머리를 쓰다듬어주고는 이진이 돌아섰다. 강아지 때문에 지체된 시간을 만회하려면 바지런히 걸어야 했다. 걸음을 재촉하는 이진의 뒤를 강아지는 그렇게 한참이나 따라오다가 아쉬운 발걸음을 돌렸다.

'대체 무슨 일이 있었던 걸까?'

쉼 없이 발걸음을 옮기던 이진은 또 문득 같은 의문에 빠졌다. 습관처럼 또 아랫배에 손이 갔다.

'아가, 어떻게 된 건지 네가 얘기 좀 해주면 안 돼?'

백지처럼 기억이 사라졌다. 마치 타임머신을 타고 어딘가를 갔다가 현생으로 돌아온 것처럼.

"뭐야, 또 비 오려나 봐."

며칠째 비가 오락가락이었다. 지난밤에도 그렇게 무섭게 비가 퍼부어대더니 또 하늘에 시커먼 먹구름이 몰려오고 있었다. 비가 쏟아지기 전에 편의점에 도착하려면 서둘러야 했다.

띠리리. 띠리리.

이진이 발길을 재촉하고 있던 그때 가방 속에서 전화벨 소리가 들렸다. 정우일 것이다. 요즘 이진이 연락하고 지내는 사람은 정우뿐이었으니까.

"응."

-어디야?

"알바 가는 중."

-몸은? 괜찮아?

"괜찮아."

-괜찮기는. 너 정말 꼭……?

정우는 아직도 아이를 낳겠다는 이진을 못마땅해했다.

"하지 마, 정우야."

-뭘?

"우리 아기 들어."

-하아, 젠장.

전화기 너머로 정우의 한숨 소리가 들렸다. 하지만 이진의 고집이 워낙 완고한 걸 아니까 정우도 이제 포기한 듯했다.

"왜 전화했어?"

-잔소리 그만하고 용건만 말하라고?

"훗, 그래."

-너는 지금 웃음이 나와?

"그럼 울어?"

그러게 웃음이 나왔다, 이제. 엄마가 저 때문에 죽었다는데. 아빠도 모르는 아이를 가졌다는데. 아직도 지난 7개월간 제가 뭘 하고 살았는지 기억은 돌아오지 않는데. 그래도 이진은 이제 웃음이 나왔다. 계속 울고 있을 수는 없었으니까. 제 배 속의 아이를 생각해서라도 살아야 했었으니까.

-참 용감한 건지, 대책이 없는 건지.

"훗, 왜 전화했어?"

-지난번에 완수 형한테 준 곡 있지? 그거 어쩌면 잘될 것 같아.

"정말? 뭐래? 괜찮대?"

-응, 근데 이번에도 가사만 좀 쓰재.

좋다가 말았다. 잠시 기대에 들떴던 이진의 얼굴에 실망감이 번졌다. 예나 지금이나 달라진 게 하나도 없었다. 힘들게 작업해서 곡을 보내면 대부분 퇴짜를 맞았다. 그러다 운 좋게 두 곡은 정식 음원이 되어 나왔다. 하지만 그 두 곡도 가사만이었다.

-실망했어? 한동안 쉰 거치곤 괜찮지, 뭐. 가사만이라도 어디야.

"그래도……."

아무래도 저는 작곡에는 소질이 없는가 보다. 4년 전 강민후에게 들었던 그 치욕적이었던 말처럼.

'이딴 쓰레기를 내게 왜 들려주는 거야? 하여간 다들 주제 파악도 못 하고 헛바람들은 들어서. 개나 소나 음악 하지.'

학원 원장이자 왕년에 잘나가던 가수 겸 작곡가인 완수조차 제법 괜찮은 곡이라고 인정해준 곡이었다. 그런데 강민후의 손에 들어가자 순식간에 쓰레기가 돼버린 것이다.

'이봐요, 거기. 집에 돈 많아요? 괜한 돈 쓰고 시간 쓰면서 삽질하지 말고 다른 길 알아봐요. 할 일이 없으면 공장이라도 다니든지. 그게 부모님 돕는 길이에요.'

이진의 데모 음원이 담긴 USB를 쓰레기통에 집어던지며 그 자식이 그랬었다. 그래, 그 자식. 그 개자식이. 카메라에 비치던 그 천사 같은 모습은 어디에도 없었다. 내뱉는 한마디 한마디가 독사같이 잔인하고 악랄했다. 아직도 이진은 그날 제가 느꼈던 그 치욕스러운 감정을 잊을 수가 없다.

'아, 재수 없어.'

그 일이 있기 전까지 강민후는 이진이 언젠가 꼭 곡을 주고 싶은 가수였고 존경하고 배우고 싶은 뮤지션이었다. 하지만 그날 이후로 강민후는 제게 개자식이 되었다. 티브이에서 얼굴이라도 보는 날이면 증오가 끓었다. 그리고 하얀 치열을 드러내고 미소년처럼 가식적인 웃음을 웃을 때면 구역질이 났다.

'젠장. 왜 갑자기 그 개자식이 생각나는 거지?'

그 개자식 때문에 이진은 더 이상 곡을 쓸 수도 없었다. 자려고 누우면 강민후가 했던 그 말들이 귓가에 울렸다. 피아노 앞에 앉으면 쓰레기통에 던져지던 제 데모 USB가 떠올랐다. 공장이라도 가라는 강민후의 말이 다 맞는 말 같았다. 그렇게 곡을 쓰지도 작곡가의 꿈을 버리지도 못하고 어영부영 시간을 보낸 세월이 자그마치 2년이 넘었다.

'그럴수록 더 이 악물고 써야지. 이렇게 그만두기엔 여태 해온 게 너무 아깝잖아. 너 소질 있어. 그러니까 좋은 곡 써서 보란 듯이 복수해.'

그렇게 갈팡질팡 헤매고 있는 저를 잡아준 건 완수였다. 언젠가 꼭 한 번은 대단한 히트곡을 써서 그 개자식에게 복수도 하고 싶었다. 하지만 강민후 그 개자식은 제게 그럴 기회마저 허락하지 않았었다. 그 개자식은 이미 세상에서 사라진 후였으니까.

(가수이자 천재 프로듀서 강민후 실종.)

(강민후 모친 사망 후 극심한 우울증 앓아온 것으로 알려져.)

(강민후가 남기고 간 의미심장한 메모. 일각에서는 조심스럽게 유서가 아닌가 의심…….)

4년 전 여름. 한여름의 더위가 매섭게 기승을 부리던 그때 대한민국 가요계는 그야말로 충격에 빠졌었다. 대한민국 역사상 최고의 기타리스트이자 가수 겸 작곡가. 천재 뮤지션이라는 극찬을 받고 있던 강민후가 순식간에 증발해버린 것이었다. 그가 남긴 그 의미심장한 메모 탓에 경찰까지 투입돼 대대적인 수색 작업이 벌어졌었지만 결국 그를 찾아내지 못했었다.

(경찰의 대대적인 수색 작업에도 불구하고 어디에서도 강민후가 살아 있다는 흔적을 찾을 수 없음.)

(소속사 주검이라도 찾을 수 있기를 간절히 바라고 있지만…….)

그렇게 2년, 3년이 지나고 강민후의 소속사도 팬들도 강민후의 죽음을 서서히 받아들이기 시작했다. 이진은 뜬금없이 강민후가 생각났다. 그리고 결국 그 자식의 말이 맞았을지도 모른다는 생각에 우울해졌다.

-그냥 너 이참에 작곡 그만두고 작사만 하면 어때? 곡 작업하는 시간 줄이고 작사 쪽만 파. 한인경 작사가 봐. 그 여자 저작권료가 얼만지 알아?

정우가 봐도 제 곡이 그렇게 별로인 걸까? 정우가 무슨 말을 해도 이진의 기분은 좋아지지 않았다. 2년 가까운 공백기를 겪고도 이진이 유일하게 하고 싶은 일은 곡을 쓰는 것이었다. 처음부터 대단한 히트 작곡가가 목표는 아니었다. 다만 누군가를 위로하고 누군가를 기쁘게 해주는 그런 곡을 쓰고 싶었다. 그리고 그 일로 돈도 벌고 싶었다. 이제 아이도 가졌으니 그 마음은 더 절실해졌다. 그런데 매번 이렇게 퇴짜였다. 정우의 말대로 작사만 해야 하는 걸까?

-윤이진, 내 말 듣고 있어?

"응. 생각해 볼게."

-그래. 근데 힘들지 않아? 입덧도 심하다면서. 아이 낳을 때까지는 아르바이트는 안 하면 안 돼?

정우는 섬세한 면이 있었다. 가끔은 정우가 남자가 아니라 여자 친구 같기도 했다. 수다도 많은 편이었고 잔걱정도 많았다. 그리고 이진의 일이라면 열일을 제치고 와주는 게 정우였다. 정우 같은 친구가 늘 제 곁에 있어주는 건 이진이 그나마 가진 행운이고 축복이었다.

"나도 그러고 싶다. 하지만 알잖아, 내 형편. 끊자. 편의점에 다 왔어."

-응. 너무 열심히 하지 말고 눈치껏 쉬면서 해.

"알았다고."

-훗, 그래. 끊을게.

뚜둑, 뚜둑.

결국 또 비가 내리기 시작했다. 오늘 아침 일기예보에 필리핀 어디 해상에서 태풍이 발생했다는 소리도 들었다. 조만간 한반도에 상륙할지도 모른다는 그 태풍은 올해 들어 발생한 태풍 중 규모가 가장 크다고도 했다.

"앗, 차가워."

바로 코앞이 편의점이라 이진은 우산을 펴는 대신 뛰기로 했다.

타닥타닥타닥. 삐걱.

"안녕? 나 안 늦었지?"

유리문 힌지를 교체할 때가 되었는지 문은 여닫을 때마다 삐걱삐걱 소리를 냈다. 삐걱거리는 문을 열고 들어서며 이진이 전 타임 알바인 미영에게 손인사를 했다. 그런데 미영의 얼굴이 하얗게 질려 있었다. 마치 귀신이라도 본 것처럼.

"어, 언니 왔어……요?"

"왜, 무슨 일 있었어, 너 표정이 왜 그래?"

미영의 표정이 아무래도 이상했다. 직감적으로 이진은 강도구나 싶었다. 겁에 질린 얼굴로 이진이 편의점 안쪽으로 고개를 돌리던 그때였다.

"엄마앗!"

순식간이었다. 안쪽 매대 뒤편에서 거구의 남자 하나가 사람들을 헤치고 나와 이진을 와락 껴안았다.

"누, 누구세요? 왜 이래요. 미영아, 비상벨. 비상벨 눌러."

남자에게서 술 냄새는 나지 않았다. 술에 취해서 이러는 게 아니라면 분명 정신이 온전하지 않은 사람일 것이다. 기든 아니든 여자 둘이서 상대하기에는 버거운 상황이었다. 이럴 때 쓰라고 편의점 사장이 알려준 비상호출 벨이 있었다.

"나야. 하늘아."

이진은 남자의 품에서 벗어나려고 발버둥을 쳤고 그런 이진을 남자는 더욱 당겨 안았다.

"하늘이라니요? 사, 사람 잘못 보신 것 같아요."

너무 놀라서 심장이 터질 것만 같았다.

"하늘아, 아니. 그래, 윤이진이라고 했지. 이진아, 나야, 나라고."

제 이름을 알고 있었다. 적어도 사람을 잘못 본 건 아니라는 소리였다. 제 이름을 부르는 남자의 목소리가 이상하게 촉촉하고 아련했다. 대체 이게 무슨 일이란 말인가.

"저, 저기요, 잠깐, 잠깐만요."

도대체 누구인지, 왜 이러는지 우선 남자의 얼굴부터 제대로 봐야 했다. 그래서 이진은 젖 먹던 힘까지 모아 남자를 밀어냈다. 그리고 그 순간 이진은 미영의 얼굴이 왜 그 모양이었는지 알 것 같았다. 그리고 뒤편에 우르르 서 있던 사람들이 왜 그렇게 휴대전화로 사진을 찍어대는지도.

"강, 강민……후?"

죽은 줄만 알았던 그 사람이 제 앞에 서 있었다. 우수에 젖은 눈빛에 섬세하고 예민한 감성이 얼굴에 고스란히 묻어나 비범한 음악가의 아우라가 풍기던 강민후, 하지만 백짓장같이 하얀 피부에 금방 만화라도 찢고 나온 듯 미소년 같았던 그 강민후는 아니었다. 구릿빛으로 그을린 피부, 운동으로 다져진 근육질의 몸매에서 거친 상남자의 향기가 물씬 느껴졌다. 하지만 분명 제 앞에 서 있는 이 남자는 강민후가 맞았다. 이진의 데모 USB를 쓰레기통에 집어 던지며 눈 하나 깜짝 안 하고 신랄하게 치욕적인 말을 던지던 그 개자식 강민후가.

1장. 낯선 잠자리

'뭐지?'

분명 뭔가 이상했다. 손에 닿는 바닥의 느낌이 딱딱했다. 낯선 잠자리. 그리고 제 옆에서 간헐적으로 들리는 누군가의 새근거리는 숨소리. 이진은 번쩍 눈을 떴다. 하지만 아무것도 보이지 않았다. 말 그대로 칠흑 같은 어둠이었다.

'누가 있어.'

누군가가 저와 한 이불을 덮고 있었다. 이진은 그 낯선 숨소리를 향해 고개를 돌렸다. 하지만 여전히 아무것도 보이지 않았다. 눈을 뜨고 있어도 감고 있는 것마냥. 이진은 숨소리를 향해 몸을 돌리려 했다.

"아윽."

옆구리가 찢어질 것같이 아팠다. 너무 아파서 본능적으로 몸이 웅크려졌다.

"아아, 너무 아파."

제 몸에 무슨 일이 있었던 걸까? 여기는 어디일까? 병원인가? 설마 사고가 났던 거야? 그래서 병원으로 실려 온 거야? 기억을 떠올려보려 했지만 어쩐 일인지 아무 생각도 나지 않았다. 아무것도.

'뭐지?'

머릿속이 텅 비어버린 느낌이었다. 이상했다. 분명 꿈은 아닌 것 같은데 어떻게 이렇게 아무 생각도 나지 않을 수가 있는 거지? 물어보자. 그래, 이 사람은 어쩌면 알고 있을지도 몰랐다.

"아윽."

아픈 몸을 돌려 이진은 손을 올렸다. 하지만 팔도 다친 모양인지 제대로 올라가지 않았다.

"그만 좀 꼼지락거리고 자죠."

굵은 중저음의 남자 목소리였다. 잠에 취한 듯 남자의 목소리는 거칠었다.

"누, 누, 누, 누구세요?"

겁에 질린 이진의 목소리가 떨려서 나왔다.

"지금 내가 누군지는 그다지 중요한 것 같지 않은데. 잡시다. 어차피 지금 내가 누군지 안다고 해서 당신이 할 수 있는 일은 없을 테니까."

이진은 몸을 일으키려고 했다. 당장 불을 켜고 이게 어떻게 된 일인지 상황을 파악하고 싶었다.

"아윽. 아아."

하지만 마음과 달리 몸이 말을 듣지 않았다. 일어나 앉기는커녕 조금만 움직여도 허리가 끊어져 버릴 것 같이 아팠다.

"미치겠네. 이봐요, 괜한 힘 빼지 말고 자라고요."

"누구시냐고요? 왜 저랑 같이 누워 있는 건데요? 그리고 여긴 대체 어디예요? 불, 불 좀 켜줘요."

"후우. 이봐요, 아가씨. 나보고 지금 자다 일어나서 촛불이라도 켜란 말이에요?"

"촛불이요? 아니, 촛불 말고 전깃불을 켜시면 되잖아요. 제발 불 좀 켜줘요."

"전깃불 같은 소리 하시네. 여기가 어딘지 몰라요? 첩첩산중에 전기가 어디 있어요?"

자다가 깨서인지 원래 불친절한 성격인지 남자의 목소리에는 짜증이 잔뜩 묻어 있었다.

"첩. 첩. 산중이요?"

"몰라서 물어요? 당신 발로 올라와 놓고?"

"내가요? 내가 어딜……. 여기가 대체 어딘데요?"

"하아, 정말 성가시네. 이봐요, 기억 안 나요? 당신이 죽으려고 이 산꼭대기까지 올라온 거잖아요."

"내가요? 내가 죽으려고 왔어요, 여길?"

죽으려고 왔다고? 제가? 이진은 남자의 말을 도저히 이해할 수 없었다. 그러고 보니 제가 누군지도 모르겠다. 아무리 생각해내려고 해도 떠오르는 게 없었다. 심지어 제 이름까지도.

"뭐라는 거야. 설마 지금 기억이 안 난다는 소리예요?"

"모르겠어요. 아무것도. 내가 누구죠? 왜 여기 있는 거죠?"

"미치겠군. 야밤에 지금 나하고 선문답이라도 하자는 소리예요? 군소리 그만하고 자요, 그만."

자라니. 지금 이런 상태에서 저보고 잠을 자란 말인가. 그것도 누군지도 모르는 남자하고 한 이불을 덮고? 생각해보니 제가 누군지, 그리고 어쩌다 이 이상한 곳까지 오게 되었는지 그딴 건 지금 중요한 게 아니었다. 당장 이 남자 곁을 빠져나가야 했다.

"아윽. 아야야."

이진은 데구르르 몸을 굴렸다. 온몸이 아파서 입에서 저절로 곡소리가 나왔다.

'아으, 차가워.'

그런데 이불 밖에는 또 다른 난관이 기다리고 있었다. 분명 사람이 사는 방 같은데 얼음 냉골이 따로 없었다.

"젠장, 정말 성가신 여자군."

남자가 휙 하고 이불을 젖히고 일어났다. 성큼성큼 어둠 속을 걸어가더니 구석 어디선가 딸깍 하는 소리가 들렸다. 그리고 잠시 뒤 방 안이 환해졌다.

"엄맛!"

시커먼 그림자를 늘어뜨리고 서 있는 남자는 괴물 같았다. 제멋대로 자란 헝클어진 머리. 남루한 옷차림. 덥수룩한 수염까지. 영락없는 노숙자의 모습을 하고는 남자가 성가시고 짜증 난다는 표정으로 이진을 무섭게 쏘아보고 있었다. 남자의 눈빛이 너무 강렬해서 이진은 그 순간 섬뜩한 긴장감이 느껴졌다.

"자, 봐요. 대체 뭐가 보고 싶다는 거예요?"

"누, 누, 누구세요?"

"내가 누군지가 대체 왜 궁금한 건데?"

"내, 내가 왜 여기 있는 거죠? 설마 저 납치해 오신 거예요?"

"미치겠군. 당신같이 시끄러운 여자를 뭣에 쓰겠다고 납치를 해 와요? 죽을 뻔한 걸 구해줬더니 기껏 한다는 소리가."

죽을 뻔해? 구해줬다고? 도무지 알 수 없는 말들뿐이었다.

"좋아요, 말해줘요. 납치가 아니면 제가 왜 여기 있는 거냐고 요?"

"하아. 당신이 저기 절벽에서 뛰어내렸잖아요. 진짜 기억이 안 나는 거요? 아니면, 설마 나 짜증 나 죽으라고 일부러 이러는 거예 요?"

"기억이 안 나요. 내가 누군지도 모르겠다고요."

"아, 젠장. 무슨 소리야, 이게."

성가신 여자였다. 이렇게 성가시게 굴 줄 알았으면 구해주지 말 걸 그랬다.

'쯧.'

민후는 겁에 질린 얼굴로 제 앞에서 바들바들 떨고 있는 여자를 보며 순간 괜한 짓을 했다는 후회가 들기 시작했다.

한겨울, 산속에는 해가 늦게 떴다. 아침부터 하늘이 무거웠다. 경험상 큰 눈이 올 모양새였다. 느지막이 일어나 아침 겸 점심을 한 술 뜨고 나니 아닌 게 아니라 눈발이 날리고 있었다.

"며칠 또 꼼짝도 못 하겠구만."

민후가 있는 이곳, 강원도 깊은 산골 오지에는 서울에서는 상상 도 못 하는 눈이 내렸다. 산중 생활을 한 지도 4년이 다 되어갔다. 산 생활에 대해 아무것도 모르던 첫해 겨울. 민후는 거짓말 안 보태고 그대로 집 안에서 굶어죽을 뻔했었다. 밤새 내린 눈에 그대로 집 안에 포위된 상태였다. 그대로 5일을 집에서 못 나왔다. 집 안에 있던 먹을거리는 이틀도 안 되어 바닥을 드러냈고 난방이 안 되는 방 안에 갇혀 그렇게 3일을 통째로 굶었었다.

"이대로는 전기도 얼마 못 버틸 거야."

이곳은 전기도 수도도 안 들어오는 두메산골이었다. 처음 1년간은 날이 밝으면 움직이고 어두워지면 잠만 잤다. 그러고 다음 해엔 촛불을 켜보기도 했다. 하지만 그놈의 미련이. 그 죽일 놈의 미련이. 집을 나설 때 유일하게 들고 나온 저 휴대용 피아노만 눈에 띄면 갈증이 생겼다. 손가락이 간질거렸다. 그 갈증을 끝내 이기지 못해 민후는 수중에 가지고 있던 돈 될 만한 모든 것들을 팔았다. 그리고 결국 태양열 집열판을 설치했다.

"일주일 치라도 해다 놔야겠어."

집열판을 설치하고 제일 좋았던 건 역시 치고 싶으면 언제든 피아노를 칠 수 있다는 것이었다. 그리고 그다음으로 좋았던 건 나무를 덜 해도 된다는 것이었다. 집열판과 함께 장만한 전기장판 덕분이었다. 하지만 해가 들지 않으면 비싼 돈 주고 설치한 집열판도 아무 소용이 없었다.

"준비하고 슬슬 나가보자."

날이 언제까지 이렇게 흐릴지 장담할 수가 없었다. 예전 그때처럼 또 눈 속에 파묻힐지도 모를 일이었다. 그래서 민후는 집을 나섰다. 오만 가지 핑계를 대며 미루고 미뤄뒀던 나무를 하러. 산속에서 동사하기 싫으면 어쩔 수 없었으니까.

"아악."

이 산 한편에는 제법 가파른 낭떠러지가 있었다. 해가 잘 들지 않은 그 아래쪽에는 죽은 나무들이 꽤 많았다. 해서 민후는 주로 그곳에서 죽은 나무들을 땔감으로 가져다 썼다. 오늘도 그곳으로 가서 죽은 나무들을 모아 끌고 오던 중이었다. 그리고 그때 머리 위에서 웬 여자의 날 선 비명 소리가 들렸다.

빠직.

떨어지며 나뭇가지에 걸렸는지 빠직하고 나뭇가지가 부러졌다. 그리고 순식간에 여자와 나뭇가지가 저를 덮쳤다.

"아악."

얼마나 시간이 흘렀는지 모르겠다. 그대로 쓰러져 정신을 잃었던 민후가 눈을 떴을 때는 이미 하늘에서 눈이 쏟아져 내리고 있었다. 말 그대로 쏟아지고 있었다. 상황이 안 좋았다. 이대로 누워 있다가는 꼼짝없이 눈 속에 파묻혀 얼어 죽기 딱 좋았다.

"이봐요, 정신 차려요. 일어나요, 일어나. 이러다 죽어요."

하지만 아무리 흔들어 깨워도 여자는 정신을 차리지 못했다.

"이봐요, 벌써 죽은 거예요?"

긴가민가하는 표정으로 민후는 여자의 코에 손을 가져다 대어 봤다. 미약하지만 뜨거운 콧김이 민후의 손가락을 간질였다.

"젠장."

짧은 순간이었지만 망설임이 없었던 건 아니었다. 여자는 젊었다. 아니, 어린 것도 같았다. 많이 먹었어도 스물 한둘. 정신을 차렸을 때 만에 하나 저를 알아보면 어쩌나. 여자로 인해 이 꿈같은 시간이 깨지는 게 민후는 싫었다. 하지만 살아 있는 여자를 사지에 두고 갈 만큼 모질지도 못한 게 저였다.

"젠장."

여자와 나무를 모두 가져갈 수는 없었다. 얼마나 벼르고 별러서 하러 온 나무인데. 민후의 입에서 저절로 거친 말이 튀어나왔다. 아닌 밤중에 홍두깨라더니 왜 갑자기 하늘에서 여자가 떨어지고 이 난리란 말인가. 입이 한 다발이나 튀어 나온 민후는 결국 해오던 나무를 내팽개치고 여자를 들쳐 업었다.

"으이씨, 무겁기는 왜 이렇게 무거워."

젖은 땅에 한참이나 누워 있던 민후의 몸 상태도 정상은 아니었다. 게다가 다 젖은 옷을 입은 채 정신까지 잃고 늘어진 사람은 원래 제 몸무게보다 훨씬 더 무거운 법이었다.

"으앗."

눈이 쌓이기 시작한 산비탈은 미끄러웠다. 축 늘어진 여자까지 들쳐 업고 산비탈을 내려오던 민후는 두 번이나 미끄러지고 고꾸라졌다. 그렇게 개고생을 해가며 데리고 왔건만 고작 한다는 소리가 납치해온 거냐니. 게다가 한술 더 떠서 자기가 누군지 기억도 안 난다니.

"왜 말이 없어요? 무슨 말이라도 좀 해봐요. 대체 나는 누구죠? 내가 왜 여기 있는 거죠?"

거인처럼 서서 말없이 저를 내려다보고 있는 남자의 얼굴에는 짜증 나고 성가시다는 표정이 역력했다.

"정말 돌아버리겠군. 이봐요, 그걸 지금 나보고 묻는 거예요? 내가 당신이 누군지 어떻게 알겠냐고. 정말 떨어지면서 기억상실증이라도 걸렸다는 소리예요?"

"기, 기억상실이요?"

충격을 받은 얼굴이었다. 아무것도 기억나지 않는다는 여자의 말은 거짓이 아닌 것 같았다.

"젠장. 정말 아무것도 기억이 안 나요? 이름도? 원래 집은 어딘데요? 여기 왜 올라왔는지도 몰라요?"

"모, 모르겠어요. 정말 아무것도 모르겠다고요."

자신의 현실을 깨달은 여자는 당황했다. 속사포처럼 이어지는 민후의 질문 세례에 여자는 금방이라도 울음을 터뜨릴 표정이었다.

"아, 그만, 그만. 제발 부탁인데 울지는 맙시다. 지금으로도 충분히 피곤하고 짜증 나니까. 그리고 사실 지금 당신이 누군지 그딴 게 중요한 것도 아니에요. 언제 죽을지도 모르는 마당이니까. 당황스러운 건 알겠지만 자고 일어나서 밝을 때 생각합시다. 전기도 아까운데."

"언, 언제 죽을지 모른다고요? 대체 그건 또 무슨 말이에요?"

혼란스러운 표정으로 저를 올려다보는 여자의 눈에 눈물이 그렁하게 고여 있었다. 여자의 눈물은 질색이었다. 민후는 점점 인내심에 한계가 느껴졌다.

"하아. 도저히 그냥은 안 자겠다는 소린 거죠? 좋아요. 그럼."

민후는 한쪽 손에 전구를 높이 쳐들고 성큼성큼 방문을 향해 걷기 시작했다. 그리고 드르륵 하고 방문을 열었다. 열린 문틈으로 차가운 공기가 훅하고 밀려들어왔다. 들고 간 전구를 문 위쪽 고리에 걸어둔 민후는 다시 성큼성큼 걸어와 몸이 아픈 여자를 번쩍 안아 올렸다.

"엄맛. 뭐, 뭐 하는 거예요?"

"뭐 하겠어요? 당신 안고 이 밤에 이러고 춤이라도 출까 봐 그래요? 자, 보라고요. 밖을 한번 봐요."

방문까지 걸어간 남자는 문턱을 디디고 서서 이진의 몸을 바깥으로 향하게 돌려 안았다.

"뭘요? 뭘 보라고요?"

방문 밖에는 거대한 벽 같은 걸로 막혀 아무것도 보이지 않았다.

"안 보여요? 저기 눈 쌓인 것?"

그랬다. 여자를 데리고 간신히 집에 도착했을 즈음 눈은 이미 폭설로 변해 있었다. 쌓인 눈은 차곡차곡 밑에서부터 얼어붙기 시작해 어느새 단단한 벽처럼 민후의 산골 집을 에워쌌다.

"네? 저게 눈이라고요? 눈이 저렇게 높게 쌓였다고요? 말도 안 돼요."

눈앞을 가로막고 있는 저 하얀 벽이 눈이라는 말을 믿으라니. 이진은 보면서도, 들으면서도 도저히 남자의 말이 믿기지 않았다.

"우린 지금 갇혔어요. 누구 덕분에 나무도 못 해왔는데 말이에요. 알겠어요, 이제? 당신이 누군지 그리고 내가 누군지 그딴 게 지금 중요한 게 아니라고요."

"갇히다니요? 여기서 못 나간다는 말이에요?"

"하. 말도 많은 데다 머리까지 나빠. 대체 내가 당신을 왜 구해온 거지?"

이진을 한심한 표정으로 쳐다보며 남자는 한쪽 손으로 방문을 다시 닫았다. 그리고 다시 성큼성큼 걸어가 이불 위에 이진을 내려놓았다.

"나쁜 머리로 괜한 고생 말고 이제 그만 좀 자죠. 몸도 아플 텐데 쓸데없이 힘 그만 빼고 말이에요."

"여기서요? 당신이랑 같이요?"

"달리 방법이 있어요? 있으면 당신이 하고 싶은 대로 해요. 나는 정말 그만 좀 자야겠으니까."

절벽에서 떨어진 여자를 온몸으로 받아낸 충격으로 민후도 몸 이곳저곳이 아팠다. 게다가 미끄러운 산비탈을 정신을 잃은 여자를 업고 내려왔으니. 집으로 돌아와서도 민후는 바로 몸을 녹일 수가 없었다. 닭장의 닭들과 마당의 개를 그나마 따뜻한 부엌으로 전부 옮겨야 했었다. 여자도 여자지만 민후도 지금 지칠 대로 지친 상태였다.

"불은 이제 꺼도 되겠죠? 아껴야 한다고요. 아님 정말 여기서 둘이 같이 얼어 죽을 판이니까."

남자는 그 말과 동시에 불을 끄려고 했다. 그때였다. 갑자기 이진의 눈에 들어오는 게 있었다.

"자, 잠깐만요."

축 늘어진 셔츠 소매를 다시 확인한 이진이 기겁을 하며 소리쳤다.

"또 뭐요?"

성가시고 귀찮다는 듯 남자가 인상을 썼다.

"옷. 이 옷. 혹시 당신 거예요?"

"뭐요?"

남자는 황당하고 어이없어 미치겠다는 표정이었다.

"남자 옷이잖아요."

"그래서요? 지금 그게 대체 왜 중요한데? 이 와중에 값비싼 명

품 옷이라도 차려입고 싶다는 소리예요, 뭐예요?"

"당신이 벗겼어요?"

"뭐요?"

"내 옷 당신이 벗겼냐고요?"

순간 이진은 실성한 여자처럼 제 몸을 더듬기 시작했다. 상의만 제 것이 아닌 게 아니었다. 바지도 남자 옷이었다. 그제야 이진은 자신이 팬티를 입고 있지 않다는 사실을 깨달았다. 그러고 보니 브래지어도 벗겨져 있었다. 순간 이진은 본능적으로 가슴을 웅크렸다.

"맙소사. 속옷도 벗겼어요? 팬티까지?"

자신이 잠든 사이에 남자가 제 몸에 무슨 짓을 했을지도 모른다고 생각하니 이진은 미칠 것만 같았다.

"죽을 사람 살려났더니 이제는 하다하다 범죄자 취급이구만. 이래서 남의 일에는 상관을 말아야 하는 거야."

남자가 제 알몸을 봤다는 생각만으로도 이진은 수치스러워 미칠 것만 같은데 남자는 그런 이진이 오히려 어처구니없다는 표정이었다.

"내 몸에 대체 무슨 짓을 한 거냐고요?"

이진이 절규하듯 소리쳤다.

"하아, 미치겠군. 그래서 지금 날 고소라도 하겠다는 소리예요? 다 젖은 당신 옷을 갈아입혀서? 당신 옷은 완전히 젖어 있었다고요. 그대로 뒀다가는 저체온증으로 지금쯤 이 세상 사람이 아니었을 수도 있었다고. 내가 대체 어떻게 했어야 했겠어요?"

"날 깨우지 그랬어요? 내가 갈아입을 수도 있었잖아요."

"이봐요, 당신은 잠들어 있었던 게 아니에요. 실신해 있었다고. 실신. 설마 그것도 기억 안 난다고 할 거예요? 게다가 당신이 그렇게 치를 떨 만큼 대단한 볼거리도 아니었다고."

이 와중에 남자는 이죽거리기까지 했다. 그런 남자를 바라보며 이진은 수치심에 죽어버리고 싶었다.

"지치지도 않아요? 대충 상황 파악됐으면 그만하고 이제 제발 좀 잡시다. 당신은 어떤지 몰라도 나는 지금 잠이 와서 미칠 것 같으니까."

아닌 게 아니라 산에 올라와서 매일 해만 지면 잠이 들던 버릇 때문인지 민후는 잠이 쏟아지고 있었다. 게다가 여자 때문에 너무 피곤한 하루였기도 했었으니까. 하지만 여자는 꼼짝도 하지 않고 그 자리에 앉아 있었다. 그러거나 말거나 민후는 불을 꺼버렸다. 환하던 방 안이 삽시간에 다시 칠흑같이 어두워졌다.

"아, 안 돼요. 다시 켜요. 다시 켜줘요."

"안 돼요. 아껴야 한다니까."

남자는 단호했다. 곧이어 어둠 속에서 남자의 발걸음 소리가 들렸다. 그리고 남자는 다짜고짜 이진을 이불 속으로 밀어 넣었다.

"제발 자자고요. 지금 우리가 할 수 있는 일은 이것밖에 없어요. 눈을 감고 잠을 자는 거예요. 그리고 밤사이 눈이 그치길 빌자고요. 그리고 쌓인 눈이 햇살에 녹아내리길 빌면 돼요. 당신을 위해서나 나를 위해서나."

주저리주저리 말을 마친 남자가 이진의 옆을 파고들었다. 남자의 차가운 숨결이 목덜미에 느껴지자 긴장한 이진의 팔과 다리에 소름이 돋아 올랐다.

"아, 안 되겠어요. 이대로는 못 자요. 자고 싶으면 당신 혼자나 자요."

이진은 아픈 몸을 데구르르 굴려 다시 이불을 빠져나왔다.

"하, 대체 어쩌자는 거야?"

"그냥 여기 있을게요. 저 신경 쓰지 말고 주무세요."

"죽고 싶은 거요? 오늘이 대체 영하 몇 도인지나 알고 고집을 피우는 거냐고? 대체 이 날씨에 산에는 왜 기어 올라와서 이 난리를 피우는 건지. 군말 말고 빨리 들어와서 자요."

"싫어요. 싫다고요. 당신하고 한 이불 속에서 자기 싫어요."

"하아. 그래, 당신하고 입씨름을 하느니 차라리 당신 시체를 치우는 게 낫겠어. 좋아요. 죽든 말든 알아서 해요. 나도 더 이상은 모르겠으니까."

그리고 작심한 듯 남자는 입을 다물었다.

"거짓말이죠? 전기도 안 들어온다고 해놓고 아까 전기도 들어왔잖아요. 맞아요, 다 거짓말인 거죠?"

이진은 차라리 이게 다 남자의 거짓말이라고 믿고 싶었다.

"훗, 그렇게 믿고 싶으면 믿으시든가."

하지만 돌아오는 건 남자의 비아냥과 콧방귀 소리뿐이었다. 그러고는 더 이상 이진의 말을 받아주지 않겠다는 듯 남자가 돌아눕는 소리가 들렸다. 얼음장 같은 방바닥에 아픈 몸을 웅크리고 앉아 이진은 먹물같이 까만 공간을 노려보고 있었다. 절망감이 몰려왔다. 그리고 제 처지가 너무 서러워 눈물이 쏟아져 내렸다.

'아냐. 그래, 운다고 해결되는 게 아니야, 지금. 기억해내야 해. 그리고 이 상황을 어떻게든 벗어나야 한다고.'

짧은 순간 번쩍 정신이 들었다. 그리고 어떻게든 살아서 여길 빠져나가야겠다는 생각이 들었다. 이진은 축 늘어진 남자의 셔츠 소매로 제 뺨에 묻은 눈물을 닦아냈다. 그리고 사라진 기억을 떠올리려고 죽을힘을 다해 정신을 집중했다. 하지만 아무리 애를 써도 떠오르는 건 아무것도 없었다.

'아으, 너무 추워.'

그리고 방바닥은 죽을 것같이 차가웠고 보이는 건 지옥 같은 어둠뿐이었다.

민후는 순간 눈이 번쩍 떠졌다. 방 안은 여전히 어두웠다. 하지만 칠흑 같은 어둠은 아니었다. 얼어 죽을지언정 절대 제 옆에서는 잠들지 않을 것처럼 말하던 여자는 언제 들어왔는지 이불 속에 있었다. 그것도 제 가슴에 폭 안긴 채.

'젠장.'

민후는 건강한 남자였다. 빳빳하게 발기된 아랫도리에 피가 몰리고 있었다. 아침이면 으레 겪는 일이었지만 오늘따라 유독 견디기 힘들었다. 괴로운 듯 민후는 고개를 돌렸다. 여자의 얼굴이 보였다. 가까이서 본 여자는 예뻤다. 아니, 귀여운 얼굴이라고 해야 맞을까.

'젠장. 진짜 이러다 일 치르겠군.'

여자는 제가 지금 어떤 위험에 빠져 있는지도 모르고 곯아떨어져 있었다. 짐작컨대 버티고 버티다 잠결에 이불 속으로 기어들어온 것일 것이다. 칠흑 같은 어둠 속에서 잠은 쏟아졌을 것이고 얼음장 같은 방바닥에 이불도 깔지 않고 앉아 한겨울 산속 추위를 버텨내기는 힘들었을 테니까. 그렇게 앉아 죽든 말든 알아서 하라고 했었지만 민후는 알고 있었다. 결국 여자가 이불 속으로 제 발로 기어들어올 것이라는 것을.

'끙, 여러모로 성가신 여자야.'

이대로 있다가는 성범죄자가 되는 것도 순간일 것 같았다.

(죽은 줄 알았던 강민후 강간범으로 체포.)

(강민후 산속에서 길 잃고 정신 나간 여자 겁탈.)

그런 수모를 당할 수는 없었다. 여자가 깨면 또 시끄러워질지도 몰랐다. 시끄러운 건 정말 질색이었다. 제 아랫도리 상태는 꿈에도 모르고 여자는 온기를 찾아 자꾸만 제 품을 파고들었다. 민후는 그런 여자를 조심스레 밀어냈다. 그리고 살며시 이불 속을 빠져나왔다.

'으, 추워.'

기껏해야 천조각일 뿐인데 그 바깥세상은 끔찍했다. 한겨울 시베리아 벌판을 가본 적은 없지만 대충 이렇지 않을까? 민후는 서둘러 방을 뛰쳐나갔다. 그리고 집 왼편 구석을 가로막고 있는 눈 벽에다 대고 시원하게 소변을 내갈겼다. 여자를 안고 싶은 욕망만큼이나 소변 줄기는 거셌다.

"아흐."

마지막 한 방울의 소변까지 쥐어짜낸 민후는 추위에 몸을 떨었다.

'젠장.'

그런데도 죽지를 않았다. 여전히 기세가 등등한 그것은 당장이라도 방으로 달려가 여자를 가지라고 민후를 닦달하고 있었다.

'미치겠군.'

이대로 계속 서 있다가는 얼어 죽을 것만 같았다. 그렇다고 이 상태로 방으로 들어가서 어쩌자는 것인가? 정말 여자를 겁탈하게 될지도 모를 일이었다.

"하, 씨발."

저절로 입에서 쌍욕이 나왔다. 살다가 이런 미친 짓을 하게 될 지는 몰랐다. 아직도 컴컴한 새벽이었다. 한겨울 쌓인 눈 벽을 쳐 다보며 민후는 미친 듯이 손을 움직였다. 그 와중에 어제 본 여자 의 풍만한 가슴이 떠올랐다. 벗겨보니 볼 것도 없었다는 말은 거짓 말이었다. 여자는 죽여주는 가슴을 가졌었다. 게다가 그것은 진짜 였다. 인위적으로 키운 누군가의 그것과는 비교도 되지 않을 만큼 탐스러웠다.

'미치겠네, 진짜.'

여자를 생각하니 아랫도리가 사그라들기는커녕 점점 커지고 있 었다. 민후의 손이 미친 듯이 빨라졌다.

"아아."

이 와중에도 배출의 쾌감을 느끼다니.

"젠장, 변태 새끼가 따로 없군."

순간 자기경멸의 감정이 일어났다. 그러니까 살던 대로 살았어 야 했다.

"왜 안 하던 짓을 해서 이 고생을 하는 거야, 대체?"

쌓인 눈에 뽀득뽀득 손을 닦아내며 민후는 또다시 여자를 여기 까지 데려온 제 자신이 원망스러웠다. 눈에 닦은 손을 쓱쓱 바지에 문질러 물기를 없앤 민후는 다시 방으로 걸음을 옮겼다. 날이 채

밝지도 않은 시간, 민후는 다시 여자의 곁에 누울 생각을 하니 머리가 아파왔다. 방 안에 세상모르고 자고 있는 여자를 생각하니 또다시 아랫도리가 묵직해졌다.

'하아, 씨.'

분명 제집이고 제 방이었다. 하긴 엄밀히 따지면 제집도 제 방도 아니긴 했다. 3년 전 산속을 헤매다 누군가 버리고 간 빈집에 눌러앉았었던 것이니까. 어찌 되었든 4년 가까이 살던 제집, 제 방인데도 민후는 선뜻 발을 들이지 못했다.

'으, 젠장.'

이를 으드득 갈며 민후는 결국 닭과 개들이 자고 있을 부엌으로 발길을 돌렸다.

'하아, 따뜻해.'

온몸이 나른하게 녹아내리는 것만 같았다. 이진은 꿈속을 헤매고 있었다. 여기가 천국인 것도 같았다. 바로 누운 이진의 등으로 따뜻한 열기가 느껴졌다. 자고로 등 뜨시고 배부르면 그것이 행복이랬다. 그래, 이진은 지금 행복했…….

꼬르륵.

아니었구나. 제 배 속에서 들리는 꼬르륵 소리에 이진의 눈이 번쩍 뜨였다.

'세상에. 내가 왜 여기 들어와 있어?'

놀란 이진이 지난밤 남자가 누워 있던 그 자리를 돌아봤다. 다행히 남자는 보이지 않았다.

'밤새 같이 잔 거야? 미쳤어, 미쳤어. 여길 왜 기어들어온 거야?'

죄 없는 제 머리를 연신 쥐어박으며 이진이 아픈 몸을 일으켜 앉았다. 밤새 틀어둔 전기장판은 따뜻했지만 바닥뿐이었다. 난방이 안 된 방 안에 가득 찬 차가운 공기가 순식간에 이진의 폐 속을 파고들었다.

"추워."

춥다는 소리가 저절로 나왔다. 찬 공기에 이진은 부르르 어깨를 떨었다. 이진은 결국 흘러내린 이불을 다시 추켜올려 제 몸을 감쌌다. 그리고 남자가 사라진 빈방을 두 눈으로 훑었다.

'생각보다 깔끔하네?'

방은 의외로 잘 정돈되어 있었다. 지난밤 이진을 겁먹게 했던 남자의 인상과는 사뭇 대조적이었다. 아니, 하긴 이렇게 방 안에 세간이 없으니 지저분하려고 해도 지저분할 수도 없긴 하겠다. 벽면에 붙어 있는 붙박이장과 작고 허름했지만 지저분해 보이지는 않는 옷장 하나, 깔끔하게 한쪽에 잘 쌓아둔 책들 그리고…….

'어?'

그 순간 이진의 눈을 사로잡는 게 있었다. 이 방에 놓여 있기에는 너무도 생뚱맞은 피아노 한 대. 그건 휴대할 수 있도록 된 미니 디지털 피아노였다. 그리고 그 곁에는 낡은 기타도 하나 세워져 있었다.

'뭐야?'

노숙자처럼 제멋대로 자라 산발이 된 머리와 덥수룩한 수염 때문에 얼굴도 제대로 보이지 않았던 남자의 모습이 떠올랐다. 이진은 지난밤 저를 충격에 빠트렸던 남자의 모습과 방 한쪽에 생뚱맞게 놓여 있는 피아노 사이의 이 완벽한 부조화가 기괴하게 느껴지기까지 했다.

'어디서 주워다 놓은 걸까?'

남자가 피아노를 연주하는 모습이 상상이 되지 않았다. 필시 주워 와서 혼자 독학을 하고 있는 거겠지? 하긴 남자의 말대로 여기가 첩첩산중에 외진 곳이라면 그렇게라도 시간을 때워야 하지 않겠는가. 이진은 한쪽에 쌓여 있는 책들로 시선을 옮겼다. 왠지 거기 어디쯤 피아노 독학 교재 같은 거라도 찾을 수 있을 것 같아서였다.

'약초?'

하지만 죄다 약초에 관한 책들뿐이었다.

'대체 뭐 하는 사람이지? 약초 재배하는 사람인가?'

꼬르륵.

이불에 폭 싸인 채 고개만 쭉 빼고 책 이름을 훑고 있을 때 이진의 배에서 다시 꼬르륵 소리가 들렸다. 그러고 보니 대체 언제 밥을 먹었는지도 모르겠다. 이진이 기억할 수 있는 건 지난밤 이 방에서 눈을 뜬 그 순간부터였으니까.

'아, 배고파.'

이진은 주린 배를 손으로 문질렀다. 밝은 데서 보니 손은 엉망으로 긁히고 상처가 나 있었다. 부러지지 않은 게 다행인지도 모르겠다. 그래도 움직일 수는 있으니 말이다.

'정말 내가 죽으려고 했던 걸까? 절벽에서 뛰어내렸다고?'

하지만 왜? 도대체 왜? 지난밤에도 이랬었다. 차가운 바닥에 웅크리고 앉아 내내 이 생각을 했었다. 하지만 '왜?'라는 질문에 부딪히면 더 이상 진도가 나가질 않았다. 떠오르지 않는 기억들로 머리만 이렇게 깨질 듯 아플 뿐이었다.

꼬르륵.

'하아, 이 와중에 배까지 고파. 미치겠네. 근데 이 남자는 어디 간 거지?'

그제야 이진은 남자가 어디에 있는지 궁금해졌다. 남자를 믿어도 좋을지는 아직 모르겠다. 제가 자고 있는 동안, 아니 남자의 말에 따르면 실신해 있는 동안 제 몸에 몹쓸 짓을 했을지도 모른다는 의심은 아직도 여전했다. 하지만 그럼에도 불구하고 지금 이 순간 이진이 의지할 사람은 그 남자뿐이었다. 그 사실이 이진은 순간 절망스러웠다. 하지만 어쩔 수 없는 사실이기도 했다.

드르륵.

그때 문 열리는 소리가 들렸다. 그 소리에 이진은 문 쪽을 향해 반사적으로 고개를 돌렸다. 하지만 열린 건 방문이 아니었다. 붙박이장인 줄 알았던 그곳이 알고 보니 문이었다. 그리고 그곳으로 남자가 작은 양은 밥상 하나를 밀어 넣었다.

"일어났어요?"

"네."

밥상을 안쪽으로 밀며 남자가 방 안으로 들어섰다. 저렇게 작은 쪽문을 저렇게 큰 덩치가 통과해 들어올 수 있다는 게 이진의 눈에는 신기해 보이기까지 했다. 방으로 들어온 남자는 제 덩치에 비해 턱없이 작은 밥상을 가볍게 들어올리고는 이진의 앞으로 다가왔다.

"괜찮아요? 움직일 수 있겠어요?"

"그게……."

이진은 여전히 움직이기가 힘이 들었다. 남자는 제가 절벽에서 떨어졌다고 했었다. 그게 거짓말이 아니라면 다행이라고 해야 할 것이다. 적어도 어디 하나 부러진 곳은 없는 것 같으니까. 하지만 그렇다고 해도 이진이 멀쩡한 것은 아니었다. 아직도 온몸이 두드려 맞은 듯 아팠고 특히 옆구리는 조금만 움직여도 비명이 터질 정도였다.

"못 일어나겠어요?"

"그게…… 옆구리가 너무 아파요."

말하는 사이에도 통증이 느껴지는지 여자는 옆구리를 꾹 누르며 인상을 찡그렸다.

"하아."

실망감에 민후의 입에서 저절로 한숨이 새어 나왔다. 하긴 하룻밤 자고 일어났다고 여자가 괜찮아질 거라는 기대를 했던 것은 아니었다. 저 상태로는 당장 오늘 눈이 녹는다 해도 여자를 산 밑으로 내려 보낼 수는 없을 것이다.

'젠장.'

그 말이 무슨 말이겠는가? 여자가 몸을 추스를 때까지는 이 상태로 함께 지내야 한다는 말이고 결국 새벽마다 저는 오늘 새벽의 그 미친 짓을 또 하게 될 것이라는 말이었다. 그 생각을 하니 민후는 갑자기 부아가 치밀어 올랐다. 난데없이 하늘에서 떨어진 여자 때문에 대체 제가 왜 이 고생을 해야 하는가 말이다.

"설마 밥도 내가 떠먹여줘야 하는 거요?"

남자는 화가 난 것처럼 보였다. 아니면 원래 저렇게 심통 맞은 성격인가?

"네?"

"안 먹고 뭐 하냐고요? 밥상 앞에 두고 염불하는 것도 아니고."

원래 성질이 더러운 놈인 게 분명했다.

"아, 네. 먹어요."

남자의 재촉에 이진이 숟가락을 들어올렸다. 작은 양은 밥상 위에는 남자의 방 풍경만큼이나 단출한 음식이 놓여 있었다. 김치를 썰어 넣은 죽 그릇 하나와 간장 한 종지가 전부였다.

"왜요? 찬이 너무 없어서 그래요? 지금 당신이 반찬 투정할 때는 아닌 것 같은데?"

역시 성질이 더럽구나.

"아뇨, 그게 아니라 저 혼자 먹어요? 식사는……?"

"먹었어요, 벌써. 남의 집에서 세상모르고 늦잠이나 자는 누구 때문에 부엌에 쪼그리고 앉아서."

헐. 말을 어떻게 저렇게 예쁘게 하지? 그 산발한 머리나 좀 치워 봐요. 대체 어떻게 생겨 먹은 얼굴인지 인물이나 한번 봅시다. 성질 같아서는 그렇게 탁 쏘아붙이고 싶었지만 지금 제 처지가 어디 그럴 처지나 되는가.

"죄송합니다."

"알면 주는 대로 많이 먹고 빨리 나읍시다. 그래야 하루라도 빨리 내려갈 것 아닙니까?"

그러니까 결국 빨리 나아서 빨리 나가란 소리였구나. 치. 그렇게 제가 여기 있는 게 불만이면 대체 저를 왜 여기까지 데리고 온 거야?

"네."

김치죽 한 숟가락을 입으로 가져가며 여자는 입을 삐죽거렸다. 그러면서도 슬쩍 곁눈질로 제 눈치를 살피기도 했다. 민후는 아픈 사람을 상대로 너무 성질을 부린 것 같아 잠시 미안한 기분이 들기도 했다.

"먹고 있어요. 약 좀 달여 올 테니까?"

"약이요?"

"빨리 나아야 할 것 아니에요. 걱정 말아요. 나도 같이 먹을 거니까."

"네?"

무슨 말인지 모르겠다는 듯 이진이 남자를 올려다봤다.

"먹고 죽는 약은 아니라는 소리예요."

그렇게 말해놓고 방을 나서는 남자의 입가에 피식 웃음이 걸렸다.

"아, 네."

뭐야, 저게 농담이야? 그런 남자의 뒤통수를 이진이 어이없는 표정으로 쳐다봤다.

툭닥툭탁.

바깥에서 오후 내내 둔탁한 소리가 들려오고 있었다. 이진이 밥을 다 먹고 나자 남자는 진통 효과가 있다는 약을 제게 들이밀었었다. 남자는 먹고 죽는 약은 아니라고 했었지만 약이 너무 써서 이진은 마시다 죽을 것 같기도 했었다. 하지만 약이 생각보다 효과가 있었던지 옆구리 통증은 아침보다는 훨씬 나아지고 있었다.

'저 인간은 밖에서 온종일 대체 뭐 하는 거지?'

오후 내내 누워 있자니 아픈 것도 아픈 거지만 이진은 슬슬 지겨워지기 시작했다. 성질 더러운 남자와의 대화마저 아쉬울 만큼. 그때 이진의 눈에 피아노 옆에 세워둔 낡은 기타가 들어왔다.

"끙."

기억은 사라졌지만 아마 저는 가만히 누워 있는 체질은 아니었던 모양이었다. 아직 불편한 몸을 움직여 이진은 남자의 낡은 기타를 끌고 왔다.

팅.

그저 계속 누워 있기는 너무 지겨웠고 눈에 들어온 남자의 기타는 그런 이진의 호기심을 자극했을 뿐이었는데 끌고 온 기타를 팅 하고 튕기니 저절로 손이 움직였다.

'뭐야, 나 기타도 칠 수 있나 봐.'

저절로 움직이는 이진의 손은 심지어 제법 들을 만한 연주를 하고 있었다.

흐흐음 흐음. 허어음…….

그리고 저도 모르게 기타 연주에 맞춰 입에서 허밍까지 나왔다. 그런데 하필이면 곡이 너무 슬펐다. 어떻게 이런 슬픈 멜로디를 제가 알고 있는 것일까? 손이 움직이는 대로 기타 연주는 계속되었다. 하지만 이진은 더 이상 허밍을 할 수가 없었다. 제 손으로 튕긴 기타 줄에서 들려오는 멜로디가 너무 슬퍼서 이진은 가슴이 너무 아팠다. 눈물이 날 것만 같았다.

드르륵 쾅.

그때 쾅 소리가 들릴 만큼 방문이 세게 열렸다. 그리고 그 바깥에서 남자가 이진을 무섭게 노려보고 있었다.

"대체 그 노래를 네가 어떻게……? 너 대체 뭐야?"

2장. 나 아저씨 아닙니다

인정해야 했다. 저도 결국은 어쩔 수 없는 사내새끼였던 거다. 여자는 브래지어도 하지 않고 있었다. 다 젖은 그것을 여자의 몸에서 벗겨낸 것도 저였으니까. 여자는 몸에 비해 터무니없이 큰 자신의 낡은 셔츠를 걸쳐 입고 있었다. 차가운 방 안 온도 탓이었을까? 여자의 가슴에 적나라하게 제 존재를 드러내는 것들이 있었다.

"아, 너무 써요."

그 사실도 모르고 여자는 제가 달여준 약사발을 들이켜며 인상을 오만상 찡그리고 있었다. 분명 너무 오랜만에 여자를 봐서 이럴 것이다. 그렇게 인상을 찡그리는데도 여자가 예뻐 보이는 것은.

'예쁘기는.'

순간의 착시 현상이라고 애써 부인하고 싶었다. 사실 따지고 보면 그렇게 예쁜 얼굴도 아니지 않은가? 3년 전만 해도 제 주위에 넘쳐나던 아이돌 여가수나 화려한 여배우들에 비하면 말이다. 그런데도 여자만 바라보면 민후의 아랫도리에 자꾸 피가 몰렸다.

'젠장.'

의식을 잃은 상태에서도 여자는 오들오들 떨고 있었다. 그리고 흠뻑 젖어 있었다. 생각할 겨를도 없이 여자의 젖은 옷들을 벗겨냈다. 어떻게든 눈을 돌려보려 했지만 실신한 여자는 몸을 제대로 가누지 못했고 고개까지 돌리고 여자의 젖은 옷을 벗겨내기는 힘들었다.

'저체온증이 오든 말든 그냥 뒀어야 했어.'

어쨌든 그래서 봐버렸다. 여자의 가슴이 얼마나 탐스러운지. 그리고 그것은 망령처럼 영화의 한 장면처럼 민후의 뇌리에 박혀 시시때때로 저를 이렇게 힘들게 하고 있었다.

"왜 아저씨는 안 먹어요? 같이 먹는다면서요."

제 아랫도리 상황이 어떤지도 모르고 여자는 쌜쭉 눈까지 흘기고 있었다.

'아우, 젠장.'

자리도 깔려 있는데 그냥 그대로 덮쳐버리고 싶을 지경이었다.

"밖에서 마셨어요. 다 마셨으면 그릇이나 빨리 줘요."

저도 모르게 말이 퉁명해졌다. 한시라도 빨리 여자의 곁을 벗어나야 했으니까.

"그리고 나 아저씨 아닙니다."

미친. 이 와중에 그깟 호칭이 뭐라고. 그래도 이 나이에 벌써 아저씨 소리는 억울했다.

"네?"

여자가 황당한 얼굴로 저를 올려다봤다. 순간 민후의 얼굴에도 화끈 피가 몰렸다.

'젠장.'

그렇게 좀 쳐다보지 말라고. 입술이 특히 마음에 들었다. 일본 여배우 이시하라 사토미의 입술을 닮았다. 그러고 보니 분위기도 비슷했다.

"그럼 뭐라고 불러요?"

"부르긴 뭘 어떻게 불러. 어차피 길게 볼 사이도 아닌데. 아무렇게도 부르지 마요."

그렇게 퉁명하게 쏘아붙이고 방을 나왔다. 그리고 민후는 곧바로 부엌으로 달려가 여자의 브래지어와 팬티부터 찾아들었다. 전날 아무렇게나 던져놓은 탓에 흙이 엉망으로 묻어 있는 그 앙증맞은 천 쪼가리들을 민후는 마치 원수라도 진 것처럼 한참이나 노려봤다.

퍽퍽퍽. 툭탁탁툭탁.

눈은 여전히 그칠 기미를 보이지 않고 있었다. 하지만 민후는 뭐라도 해야 했다. 여자와 한방에서 한 이불을 덮고 그저 눈이 그치기를 그리고 빨리 녹아 없어지기만을 빌고 있을 수가 없었다. 괜한 삽질이라는 걸 모르지 않았다. 하지만 오후 내내 민후는 망령처럼 자꾸만 쫓아다니는 여자의 가슴을 제 머릿속에서 지워내려 그렇게 눈 벽을 깨부수고 있었다.

띵띠띵 띠띵. 띠이잉…….

계속되는 삽질에 지쳐갈 즈음이었다. 잠시 허리를 펴고 민후는 눈이 끝없이 쏟아져 내리는 하늘을 원망스레 올려다보고 있었다. 그런데 그때 갑자기 기타 소리가 들렸다. 귀에 익은 멜로디. 순간 민후는 벼락을 맞은 것처럼 얼어붙었다. 분명 제가 만든 <마마>라는 곡이었다. 하지만 발표도 하지 않은 곡인데 그 곡을 저 여자가 어떻게 알고 있단 말인가.

흐흐음 흐음. 허어음…….

엄마를 그렇게 허무하게 보내고 슬픔을 견디지 못해 만든 노래였다. 세상에 내놓으려고 만든 곡이 아니었다. 제가 할 수 있는 건 그저 곡을 쓰는 것밖에 없었으니까. 그렇게라도 해야 제가 견딜 수 있을 것 같아서 썼던 곡.

띵띠띵 띠띵. 흐흐음 흐음.

그제야 민후는 여자에게 속았다는 생각이 들었다. 배신감에 치가 떨렸다.

"대답 안 해? 너 대체 뭐야? 대체 누가 보낸 거냐고?"

방으로 뛰어 들어온 남자가 계속 소리를 질렀다. 무섭게 저를 노려보면서. 누가 보내다니. 도대체가 알 수 없는 말들뿐이었다. 슬픈 멜로디에 울컥해서 나오던 눈물이 한순간에 쏙하고 들어가 버릴 지경이었다.

"왜, 왜 그래요?"

놀란 이진은 말까지 더듬었다.

"말 안 해? 누가 보냈냐고 묻잖아."

"모, 모르겠어요. 무슨 말을 하시는지."

"그따위 연기 집어치우고 빨리 말 안 해? 어떤 놈이 시킨 거야? 박 실장이야? 박 실장이 너한테 나 데려오래? 내 앞에서 그 곡 연주하라고 박 실장이 시킨 거냐고?"

연주? 그러니까 제가 방금 연주한 기타 소리를 듣고 지금 이 남자가 이렇게 화를 내는 거야? 그리고 박 실장이라니? 그 사람이 대체 누군데?

"하아. 진짜 무슨 말인지 모르겠다고요. 제발 진정하고 알아듣게 말해봐요. 그러니까 누가 절 여기 보낸 거예요? 박 실장이 누군데요?"

"연기 그만하랬지. 너 기억 안 난다는 말도 다 거짓말이잖아. 빨리 말 안 해? 박 실장이야?"

"아 그러니까 박 실장이 누구냐고요? 나는 지금 내가 누군지도 모르겠다고요."

"끝까지 거짓말할 생각이야?"

"거짓말이 아니에요. 아저씨가 말했잖아요. 내가 절벽에서 떨어졌다고. 난 지금 내가 절벽에서 떨어진 기억조차 없는 사람이라고요."

"뭐?"

맞다. 그러고 보니 여자의 말이 맞았다. 여자는 분명 절벽에서 떨어졌다. 그제야 민후는 말이 안 된다는 생각이 들었다. 저를 만나기 위해 여자가 절벽에서 몸까지 던졌다는 게 말이 안 되는 얘기였다. 떨어지면서 나뭇가지에 걸리지 않았다면 그리고 제가 아래에서 여자의 충격을 흡수하지 않았다면 여자는 어쩌면 그 자리에서 즉사했을지도 모를 상황이었다. 괜한 오해로 성질을 부렸다는 것을 깨달은 민후는 순간 머쓱해졌다.

'그럼, 그 곡을 대체 이 여자가 어떻게 아는 거야?'

하지만 여전히 의문은 남아 있었다. 분명히 그 곡은 제 곡이 맞았으니까.

"다시 연주해봐."

"뭘요?"

"조금 전에 연주한 거 말이야."

"왜, 왜요?"

"하라면 그냥 좀 해. 말 많은 여자는 아주 질색이니까."

"하. 아저씨 진짜 웃기는 거 아세요?"

저도 모르게 이진이 발끈했다. 기억은 사라졌지만 분명 제 성격도 만만한 성격은 아니었나 보다.

"뭐라고?"

"밑도 끝도 없이 버럭 고함을 지를 때는 언제고. 아저씨가 치라면 제가 쳐야 하냐고요. 나도 성질 더러운 남자는 아주 질색이라고요."

"뭐야? 하, 그래서 지금 안 치겠다고?"

"네. 안 쳐요."

이진은 남자가 보란 듯이 기타를 툭 하고 바닥에 내려놓았다.

"그래서 끝내 안 치시겠다?"

"네. 안 쳐요. 치고 싶으면 아저씨나 쳐요."

"흠. 좋아. 그럼 당장 나가."

"네?"

"내 집에서 내 말 안 들으려면 당장 나가라고. 나도 너 같은 애 때문에 더 이상 신경 쓰고 싶지 않으니까."

도대체 이게 뭐라고 이렇게 유치한 말까지 하고 있는지 저도 모르겠다. 하지만 이 쪼그만 여자가 자꾸만 저를 이렇게 유치하게 만들고 있었다. 그리고 의문은 어쨌든 풀어야 했다.

"나가라는 말 안 들려?"

"하아, 진짜. 성질도 더러운데 유치하기까지 한 거 아세요?"

"무슨 상관이야. 나가기 싫으면 기타를 치든가."

"아 좋아요. 내가 더럽고 치사해서 친다, 쳐."

남자와의 유치한 말싸움에서 진 게 이진은 약이 올랐다. 하지만 어쩌겠는가? 이 엄동설한 첩첩산중에서 아픈 몸을 이끌고 쫓겨나지 않으려면 방법이 없는 것을.

띵띠띵 띠띵. 띠이잉…….

기타를 다시 고쳐 잡고 여자는 연주를 시작했다. 그렇게 안 치겠다고 버티더니 막상 연주를 시작하자 여자는 금세 연주에 빠져들었다. 여자의 기타 실력은 제 수준에 비할 바는 아니었지만 그렇다고 초보는 아니었다. 그리고 그 곡은 분명 제 곡이 맞았다.

'대체 이 여자가 어떻게 이 곡을 알고 있는 것일까? 설마……?'

그 순간 민후의 머릿속을 스치는 생각이 있었다. 이 여자가 소속사 M&J와 아무 상관이 없는 여자라면 결국 결론은 하나밖에 없는 것이다. 박 실장이든 누구든 제 파일을 뒤진 것이다. 그리고 수북하게 쌓여 있던 제 미발표 곡들로 돈벌이를 한 모양이었다. 제가 사라진 틈을 타서.

'개새끼들.'

절로 욕이 나왔다. 믿었던 만큼 실망감도 컸다.

"가슴이 너무 아파요."

"뭐?"

생각에 빠져 있느라 민후는 여자의 말을 알아듣지 못했다. 뭐라고 했냐는 표정으로 여자를 내려다보던 민후는 순간 제가 뭘 잘못 본 줄 알았다. 여자는 눈물을 흘리고 있었다.

"가슴이 아파요."

'아파?'

아직도 많이 아픈 모양이었다. 괜히 연주를 시켰나 싶어 미안해지려던 참이었다. 그런데 여자의 입에서 생각지도 못한 말이 나왔다.

"멜로디가 너무 슬퍼서 자꾸 눈물이 나요. 대체 누가 이렇게 슬픈 곡을 썼을까요?"

"뭐?"

순간 민후는 머리를 세게 한 대 얻어맞은 기분이었다. 여자는 눈물을 흘리며 연주를 이어가고 있었다.

"곁에 있으면 안아주고 싶어요. 분명 울면서 이 곡을 썼을 거예요."

그 말을 듣는 순간 민후는 울컥 가슴이 내려앉았다.

'뭐야, 너?'

스케줄에 쫓겨서, 성공하겠다는 야망에 눈이 멀어서 아픈 엄마를 제대로 돌보지 못한 한이 너무 컸다. 죽고 나서 이 짓이 다 무슨 소용이라고 4년 가까이 첩첩산골 오지에 홀로 틀어박혀 저 자신을 벌주고 있었지만 그럼에도 제 자신이 용서가 되지 않았고 엄마 잃은 슬픔이 사라지지 않았다. 그런데 안아주고 싶다는 여자의 그 한마디가 민후의 시린 가슴을 훅 하고 건드렸다. 토닥토닥 제 등을 두드리며 위로해주는 것 같았다. 울고 싶으면 실컷 울라고. 소리치고 싶으면 실컷 소리치라고.

"안 그래요, 아저씨? 너무 슬프죠?"

눈물이 그렁하게 고인 눈으로 여자가 민후를 올려다봤다. 지금 보니 눈도 예뻤다. 저렇게 안아주고 싶다는데 여자의 가슴에 와락 안기고 싶을 만큼. 여자의 품에 안겨 실컷 울고 싶을 만큼. 그런 민후의 속도 모르고 여자가 저를 보며 배시시 웃었다.

'빌어먹을.'

경고음이 사방팔방에서 요란하게 울렸다. 나가라고. 당장 이 방에서 나가라고.

"슬프기는 뭐가 슬퍼. 됐어. 그만 쳐. 그리고 다시는 그 곡 내 앞에서 연주하지 마."

"네? 하, 진짜 웃기네, 이 아저씨. 내가 치고 싶어 친 거예요? 아저씨가 치라고 했잖아요."

여자가 어이없다는 듯 민후를 노려봤다. 그 모습도 귀엽다. 아무래도 여자를 너무 오랜만에 본 거다.

"그러니까. 이제 치지 말라고."

"싫어요. 칠 거예요. 내가 치든 말든 아저씨가 무슨 상관이에요?"

약이 올랐는지 여자도 지지 않고 발끈 소리를 질렀다.

"치지 마. 치지 말라고 했다. 그 형편없는 기타 솜씨로 칠 곡이 아니라고, 그 곡이. 그리고 아저씨라고 부르지 말랬지."

"네에?"

아저씨라는 호칭에 질색하는 제가 어이없는지 여자는 벌린 입을 다물지도 못했다. 황당한 표정으로 저를 쳐다보는 여자의 벌어진 입을 보고 있자니 욕구불만이 쌓인 호르몬이 더는 못 참고 미쳐 날뛰기 시작했다.

"하지 말라면 하지 말라고."

"하, 진짜. 내 입 가지고 내가 마음대로 부르지도 못해요? 아저씨보고 아저씨라고 하는 게 대체 뭐가 어때서 생트집이에요? 싫어요. 아저씨라고 부를 거야, 난."

그렇게 안 봤는데 여자는 은근히 꼴통이었다. 제 말에 한마디도 지지 않고 발끈하는 여자가 자꾸 민후를 자극했다.

"부르기만 해봐."

"부르면요. 홋. 부르면 뭐 어떡할 거야, 자기가."

저와의 기 싸움에서 지는 게 그렇게도 싫은지 여자가 객기를 부렸다.

"부르기만 해봐. 그 입에 확 뽀뽀해버릴 테니까."

그래서 결국 제가 이렇게 유치한 말까지 해버리게 만들었다, 이 여자가. 말을 뱉어놓고 저도 어이가 없어 민후의 얼굴이 화끈거렸다. 아차 하는 표정으로 여자를 돌아보니 여자가 두 손으로 제 입을 황급히 가리고 있었다. 제가 생각해도 너무 유치하고 쪽팔렸다. 결국 민후는 도망치듯 그 방을 뛰어나와야 했다.

낮에 먹은 약의 약발이 다했는지 다시 옆구리에 통증이 있었다. 그래서 이진은 오후 내내 방 안에 누워 있어야 했다. 이진이 누운 자리에서 고개를 옆으로 돌리면 낮고 작은 창문 하나가 있었다. 그 너머로 새하얀 설경이 펼쳐졌다. 하긴 설경이라고 할 것도 없었다. 온종일 내린 눈으로 온통 산이 하얗기만 했었으니까.

'부르기만 해봐. 그 입에 확 뽀뽀해버릴 테니까.'

그런 유치하고 어이없는 소릴 내뱉고 밖으로 나간 남자는 오후 시간 내내 밖에서 툭탁거리며 눈을 치우고 있었다. 눈이 저렇게 쏟아지듯 내리는데. 치워봤자 또 쌓일 텐데. 이진은 도대체 남자가 왜 저런 부질없는 짓을 하고 있는지 이해가 되지 않았었다.

꼬르륵.

배꼽시계란 말이 괜히 있는 게 아니었다. 창밖을 보니 역시 어두워지고 있었다. 또다시 밤이 찾아온 모양이었다. 방 밖에서 툭탁거리던 소음도 언제부터인지 들리지 않았다. 제 생각이 맞다면 남자는 필시 저녁밥을 짓고 있을 것이다.

'아, 배고파.'

주섬주섬 이불을 젖히고 일어나 앉은 이진은 부엌으로 통하는 쪽문을 바라봤다. 낮에 남자가 차려준 김치죽을 생각하니 입 안에 다시 침이 고였다. 김치와 콩나물을 넣고 푹 끓인 김치죽은 보기와는 다르게 시원하고 맛있었다.

'밥 안 주나?'

그리고 이진이 주린 배를 쓱쓱 문지르고 있을 때였다.

드르륵. 획.

생각대로 쪽문이 드르륵 소리를 내며 열렸다. 밥이구나 싶어 이진의 얼굴이 환해지는 순간 획 하고 뭔가가 방 안으로 날아들었다. 얼떨결에 받아들고 보니 그건 잘 빨아 말린 여자 속옷이었다.

"빨리 입어. 조금 있다 밥 가지고 들어갈 테니까."

그리고 드르륵 하고 다시 문이 닫혔다. 이진의 얼굴이 금방이라도 터질 것같이 새빨개졌다.

"몰라, 내 건가 봐."

미쳐버릴 것 같았다. 쪽팔려서. 산속에서 우연히 만난 남자가 제 알몸을 다 봤다는 것도 이미 환장할 노릇이었다. 그런데 하다하다 이제 남자가 제 속옷까지 빨아주다니.

"이씨, 쪽팔려서 어떻게 봐?"

남자를 다시 볼 생각을 하니 미쳐버릴 것만 같았다. 할 수만 있다면 어딘가로 소리 소문 없이 휙 하고 사라졌으면 싶은 심정이었다. 팬티와 브래지어를 손에 들고 이진은 망연자실 쪽팔림에 몸서리를 치고 있었다.

"다 입었어? 들어가?"

"아, 아뇨. 안 돼요. 아직 안 입었어요."

그런 이진의 마음을 아는지 모르는지 쪽문 너머에서 남자의 재촉하는 소리가 들렸다. 금방이라도 드르륵 하고 문이 열리고 남자가 들어설 것 같았다. 다급해진 이진은 그제야 허겁지겁 남자의 낡은 셔츠와 바지를 벗고 브래지어와 팬티를 입기 시작했다.

"이제 들어가도 돼?"

"아뇨, 잠시만요."

남자의 셔츠와 바지를 다시 급하게 껴입으며 이진은 불안한 듯 쪽문을 돌아봤다.

'이씨, 왜 저렇게 급해? 설마 이상한 마음먹고 저러는 건 아니겠지?'

불안한 마음에 잠시 별의별 생각이 다 들었다. 하지만 이내 이진은 고개를 내저었다. 어느 순간부터인지 확실치는 않지만 웃기게도 이진은 남자를 믿고 있었다. 비록 성질은 더럽고 유치찬란했지만 적어도 제게 몹쓸 짓을 할 사람 같지는 않았다. 그런 사람이 었다면 어젯밤부터 기회는 많았을 테니까.

"다, 다 됐어요."

서둘러 옷매무새를 바로 한 이진이 남자에게 소리쳤다.

드르륵.

문이 열리고 남자가 방 안으로 들어섰다. 순간 남자와 이진의 시선이 마주쳤다. 이진은 움찔하며 서둘러 고개를 돌렸다. 어색하고 민망해서 돌아버릴 지경이었다.

"뭐 한다고 이렇게 오래 걸려. 추워 죽겠구만."

습관인지 원래 성격이 그런 건지 남자는 입이 한 다발이나 나와 투덜거리며 이진의 앞에 들고 들어온 밥상을 내려놓았다.

"죄송합니다."

"하여간 대체 내가 너 때문에 왜 이 생고생인지 모르겠다. 진짜."

그러고 보니 언제부터인가 남자의 말이 짧아졌다. 속옷 때문에 민망한 것도 잊고 이진은 욱하는 감정이 올라왔다.

"근데 왜 자꾸 저한테 반말이세요?"

"뭐?"

"왜 반말이시냐고요? 언제 봤다고? 나한테는 아저……."

'아저씨라고 부르지도 말래더니.' 그 말을 하고 싶었다. 하지만 아차 싶은 이진이 말을 삼켰다. 저 유치한 인간이 제 입술에 진짜 뽀뽀라도 하면 어쩔 것인가 말이다.

"그러니까 내 말은 왜 반말이시냐고요?"

기가 살짝 죽은 이진이 말끝을 약하게 흐렸다.

"하, 이게. 야, 너 먹지 마."

"네?"

젠장. 이렇게 나올 줄은 또 몰랐네. 대체 몇 살이나 되신 분이신데 이렇게 유치찬란하신 거예요? 이진이 어이없다는 듯 남자를 바라봤다.

"먹지 말라고. 추운데 고생고생하면서 차려왔더니."

"이씨, 그런 게 어디 있어요?"

"어디 있기는. 여기 있다. 먹지 마. 나 혼자 다 먹을 테니까."

남자는 정말 이진에게 밥을 안 주기라도 하겠다는 듯 상을 제 옆으로 휙 하고 돌려놓았다.

"아, 진짜. 완전 유치한 거 아세요?"

"몰라."

"아이씨, 배고프단 말이에요."

"그러게 왜 까불어. 또 까불 거야?"

"씨이."

진퇴양난이었다. 생각 같아서는 '치사해서 안 먹어요.' 그렇게 말하고 이불 속에 혹 들어가버렸으면 좋겠지만 그러기에는 배가 너무 고팠다.

"뭐, 씨이?"

"아, 내, 내가 언제요? 언제 그랬다고……."

"또 까불 거야?"

"내가 언제 까……."

"나 혼자 먹는다."

"아, 아뇨. 안 까불어요. 안 까분다고요."

이러다 화병으로 먼저 죽는 건 아닐까?

"그러게 한주먹거리도 안 되는 게 왜 자꾸 까부냐, 까불길."

겨우 저하고의 말싸움에 이긴 게 뭐라고. 남자는 꼴사납게 거들먹거리며 밥상을 돌려놓았다. 하, 아니꼬워서 밥이나 제대로 넘어갈지 모르겠다.

"너 나이도 모른댔지?"

치. 밥 잘 먹다 또 왜 이래. 다 알면서 누구 약 올리나?

"네, 기억 안 나요."

"걱정 마. 내가 알 것 같으니까."

"알아요? 어, 어떻게요?"

혹시나 어디서 제가 잃어버린 소지품이라도 찾은 것일까? 물론 그런 게 있었는지도 기억에 없지만 말이다. 기대에 찬 눈으로 남자를 바라보는 이진의 눈빛에 간절함이 묻어 있었다.

"딱 보니까 넌 돼지띠야. 밥 먹는 게 딱 돼지야, 돼지. 설마 71년 돼지띠는 아닐 테고 그럼 83 돼지? 그럼 음…… 서른여섯인가 보다, 너."

그래 놓고 남자는 큭큭대며 웃고 있었다.

'좋냐? 이 유치한 자식아?'

밥맛이 뚝 떨어졌다. 돼지라니? 서른여섯이라니? 더 이상은 못 참아. 욱하는 성질에 이진이 먹던 숟가락을 탁 내려놓았다.

"이씨, 치사하게 이제 밥 먹는 걸로 그래요? 안 먹어. 더는 치사해서 못 먹겠어."

"하! 지금 와서 그런 말 하기에는 네 밥그릇이 너무 깨끗한 것 같지 않아?"

남자가 가소롭다는 듯 웃으며 이진을 바라봤다.

'젠장, 빌어먹을.'

그러게 언제 이렇게 깨끗하게 비웠니?

'하아씨. 대체 밥은 또 왜 이렇게 맛있는 거야?'

밥상 위에 차려진 거라곤 밥과 된장찌개가 전부였다. 그런데도 그게 그렇게 맛있을 수가 없었다. 남자는 어쩌면 요리를 전문으로 배운 사람인지도 모르겠다. 그저 시래기 숭숭 썰어 넣은 된장찌개가 어떻게 이렇게 맛있을 수가 있는 거지? 능이버섯이랬다. 귀한 거라 며 남자가 생색을 그렇게 내던 능이버섯이 들어 있는 밥맛은 또 어 떻고.

"83 돼지면 나한테 누난데. 이제 누나라고 불러드려야 할까 봐."

"그만해요."

"뭘 그만해요, 누나?"

저를 놀리는 게 그렇게 재미있을까? 남자는 은근히 이 상황을 즐기고 있는 것처럼 보였다. 이진은 바짝 약이 올랐다. 번번이 남 자와의 말씨름에서 지는 게 억울해 미쳐 죽을 판이었다. 아무래도 제 성질도 좋은 편은 아니었나 보다.

"아, 그래. 좋아. 나도 동생 생겨서 좋네, 뭐. 그런 의미에서 이 누 나 밥 좀 더 먹어도 되니, 동생아?"

"훗, 뭐? 또 까분다, 이게."

밥상 너머로 남자의 손이 순식간에 날아와 이진의 머리를 콩 하 고 쥐어박았다.

"이씨, 왜 때려요. 누나라며, 자기가."

약이 바짝 올라 분한 표정으로 저를 노려보는 여자가 민후는 귀여워 미치겠다. 여자와의 이 하릴없는 대화가 즐거웠다.

'외로웠었나? 아님, 사람이 그리웠던 거야?'

여자를 지그시 바라보던 민후의 표정이 순간 씁쓸해졌다.

"약 금방 가져올 테니까 눕지 말고 있어."

그리고 민후는 서둘러 다시 방을 빠져나왔다.

'왜 안 들어오지?'

제게 약을 주고 남자는 다시 방을 나갔었다. 그리고 벌써 두어 시간은 지난 것 같은데 남자는 방으로 돌아오지 않았다.

'이 시간까지 부엌에서 뭐 하는 거지?'

이미 방 안은 컴컴해졌다. 전기장판에 누운 채 이진은 보이지도 않는 쪽문 쪽을 돌아봤다. 남자와 같은 이불 속에 자는 건 여전히 꺼림칙했다. 하지만 달리 방법이 없다는 걸 이제는 이진도 알았다.

'안 들어올 건가?'

물론 남자가 안 들어왔으면 좋겠다. 그럼 마음 편히 잘 수 있을 테니까.

'근데 추울 텐데.'

그런데 이 와중에 남자가 걱정되었다. 당연한 것 아닌가. 밖은 엄동설한이고 여기는 원래 남자의 집이니까.

'근데 저 남자는 언제부터 여기서 살았을까? 원래 여기서 태어난 걸까?'

갑자기 이진은 남자가 궁금해졌다.

'진짜 몇 살이나 되었을까? 서른? 서른여섯이면 자기한테 누나라고 했으니까 서른여섯은 안 됐다는 소린 거지?'

엉망진창으로 자라 산발이 된 머리와 덥수룩한 수염이 얼굴을 가리고 있어 도대체 남자의 얼굴을 제대로 볼 수가 없었다.

'치지 마. 치지 말라고 했다. 그 형편없는 기타 솜씨로 칠 곡이 아니라고 그 곡이.'

남자가 그랬다. 제 기타 솜씨가 형편없다고. 제가 듣기에는 그다지 나쁜 것 같지도 않았는데 말이다.

'기타를 어마무시하게 잘 치나? 그럼 피아노도?'

그러고 보니 박 실장 어쩌고도 했었다. 설마 연주자였나? 요리사가 아니고?

'아, 대체 뭐 하던 사람이야?'

왜 갑자기 남자에 대해 이렇게 궁금한 게 많아졌지?

'부르긴 뭘 어떻게 불러. 어차피 길게 볼 사이도 아닌데.'

남자의 말대로 어차피 길게 볼 사이도 아닌데 말이야.

'그래, 들어오든 말든 잠이나 빨리 자버리자. 한자리에 누워서도 어색하지 않게.'

이진은 이불을 폭 당겨 덮고 서둘러 잠을 청했다. 하지만 쉬이 잠이 오지 않았다. 그리고 그렇게 또 한참의 시간이 흘러간 뒤였다.

드르륵.

이진이 잠들기를 밖에서 기다리고 있었기라도 한 듯 남자는 조심스레 쪽문을 열고 들어왔다. 그리고 최대한 발걸음 소리를 죽여 이진의 곁으로 다가와 누웠다.

"추운데 여태 밖에서 뭐 하셨어요?"

"뭐야, 아직 안 잤어?"

당연히 이진이 잘 줄 알았던지 이진의 목소리에 남자가 놀라는 기색이었다.

"잠이 안 와요."

"그래서 뭐? 나보고 지금 자장가라도 불러달라는 거야?"

그래, 그 성질이 어디 가겠는가? 그래야 너답지.

"불러줄래요?"

이제 이진도 남자의 빈정거림에 익숙해진 모양이었다. 아님 발끈할 힘도 남아 있지 않았든지.

"까불지 말고 자라."

"훗, 안 자면 어떡할 건데요? 또 뭐 확……."

긴장이 너무 풀어졌는지 입이 제멋대로 움직였다. 이진은 급히 말을 삼켰지만 이미 늦었다. 미쳤나 보다, 제가.

"&%$#."

끙끙 앓는 소리 같기도 하고 짧은 욕설 같기도 했다. 알아들을 수 없는 말을 내뱉더니 남자가 휙 하고 등을 돌려 누웠다. 슬그머니 이진도 따라 등을 돌렸다. 이 미쳐 죽을 것 같은 어색함을 어쩔 것이냐. 맞닿은 남자와 이진의 등에서 금방이라도 끊어져버릴 것 같은 팽팽한 긴장감이 느껴졌다.

꿀꺽.

그렇게 한동안 두 사람의 침 넘어가는 소리만이 어색하게 밤의 정적을 깨고 있었다. 그리고 이러다 미치겠다 싶을 만큼 잠이 오지 않았다.

쓰윽쓰윽쓰윽 탕. 쓰윽쓰윽.

이럴 줄 알았으면 진즉에 나무를 좀 해놓았을 텐데. 산 생활도 벌써 4년이 다 되어가는데 아직도 이렇게 요령이 안 생기니.

'대체 나무하러 가는 게 왜 그렇게 싫은 거야?'

지금처럼 무슨 일이 생길지도 모르는데. 틈나는 대로 차곡차곡 나무를 좀 쌓아뒀으면 좋았을 것 아닌가 말이다.

쓰윽쓰윽 탕탕. 쓰윽쓰윽.

방 앞 툇마루 귀퉁이를 잘라내며 민후가 때늦은 후회를 하고 있었다. 전기는 오늘내일 바닥이 날 게 분명했다. 눈은 그칠 기미가 보이지 않고 있었고. 여자는 아직도 통증이 있는지 자다가 비록 한두 번이긴 했지만 앓는 소리를 냈었다.

탕탕.

잘라낸 툇마루 귀퉁이를 바닥에 던지자 이미 바닥에 있는 나무들과 부딪치며 요란한 소리를 냈다. 민후는 힐끔 방문을 돌아봤다. 조용한 걸 보니 여자는 아직도 자고 있는 모양이었다. 하긴 새벽녘까지 깨어 있는 것 같았으니까. 간밤 두 사람 사이의 어색했던 시간들을 생각하니 민후는 다시 숨이 갑갑해지는 것 같았다.

'밖이 이렇게 시끄러운데 넌 잠이 오냐, 지금?'

그리고 괜히 짜증이 올라왔다. 이른 새벽 어김없이 피가 아래로 몰렸었다. 한 이불 속에서 들리는 여자의 새근거리는 숨소리는 세상 어느 섹시한 음악보다 유혹적이었다. 4년 만에 맡아보는 여자의 살 냄새도 민후를 미치게 했다. 결국 민후는 또다시 새벽 공기를 마시러 나와야 했고 변태새끼처럼 눈 벽을 쳐다보며 또 그 짓을 해야 했다.

"젠장. 눈은 대체 언제까지 내릴 거냐고?"

괜한 하늘에 분풀이를 하고 민후는 다시 톱을 고쳐 잡았다.

쓰윽쓰윽 탕. 쓰윽쓰윽.

'이만하면 됐나?'

눈이 언제 그칠지를 알 수 없으니 툇마루를 얼마나 더 잘라야 할지 가늠할 수가 없었다. 이러다 툇마루가 흔적도 없이 사라질지도 모르겠다. 이른 새벽 그 짓을 마치고 다시 방으로 들어갈지 부엌으로 가야 할지 고민에 빠져 있을 때 민후의 눈에 이 툇마루가 들어왔다. 툇마루야 날 좋은 때 다시 만들면 되지를 않겠는가? 우선 동사(凍死)는 면해야 하니까 말이다.

'아, 몰라. 모자라면 내일 또 자르자.'

꽤 많이 쌓인 툇마루 조각들을 한 아름 챙겨 들고 민후는 부엌으로 들어갔다.

우당탕탕. 왈왈. 왈왈왈.

부엌 한편에 해온 나무들을 집어던지니 놀란 깡이가 자리에서 팔딱 일어나며 짖어대기 시작했다.

"어, 어, 괜찮아. 더 자. 아, 이런. 뭐야."

깡이를 진정시키고 보니 부엌 한구석에 어린 닭 한 마리가 추위를 못 견디고 죽어 있었다. 아궁이에 불을 지핀 건 아니었지만 작은 화로에 불도 붙여뒀었는데 추위를 견디기에는 너무 어리고 연약했었던가 보다.

'젠장.'

아랫마을 고물상에서 얻어온 병아리 두 마리는 어느새 열 마리의 닭으로 불어나 있었다. 그 닭들은 아침이면 늘 신선한 계란을 낳아 민후를 기쁘게 해주곤 했다.

'먹을 복까지 있고, 하여간 운 하나는 기가 막힌 여자군.'

이미 죽은 닭을 어쩌겠는가? 찬거리도 마땅찮은데 어쩌면 잘된 일인지도 모르겠다. 절벽에서 떨어져도 어디 하나 부러진 곳도 없더니 눈 속에 파묻혔어도 따뜻한 방에 앉아 백숙을 받아먹게 생겼으니 이만하면 여자는 운 하나는 타고난 게 분명했다.

'하아.'

누구랑은 다르게 이 엄동설한에 새벽같이 일어나 툇마루를 자르고 언 물을 녹여 백숙까지 끓여대야 하는 저에 비하면 말이다. 민후의 입에서 못마땅하고 피곤한 한숨이 터져 나왔다.

'아, 추워.'

개도 있는 모양이었다. 시끄럽게 짖어대는 개소리에 깨어보니 전기장판이 차갑게 식어 있었다. 이진은 온몸에 이불을 돌돌 감고 일어나 앉았다.

'뭐야, 전기가 끊겼나 봐.'

차가운 전기장판을 이리저리 만져보던 이진은 여태 들어온 전기는 대체 어디서 끌어온 건지 이제야 의문이 생겼다.

'대체 뭐가 뭔지…….'

이상한 게 한둘이 아니었다. 하긴 집주인부터 영 수수께끼 같은 인간이었으니까. 이진은 눈을 들어 이제는 눈에 익은 방 안을 다시 살폈다. 옷장 뒷벽에 걸려 있는 하얀 벽시계는 벌써 8시가 다 되어가고 있었다.

'8시면 늦잠 잔 건 아니지? 근데 벌써 밥 먹은 건 아니겠지?'

'먹었어요, 벌써. 남의 집에서 세상모르고 늦잠이나 자는 누구 때문에 부엌에 쪼그리고 앉아서.'

남자는 은근히 잔소리가 심했다. 어제처럼 빈정거리는 남자의 잔소리를 듣지 않아도 될 것 같아 다행이라는 생각을 하며 이진이 옷매무새를 고쳤다. 밤새 더 늘어나 손도 안 보이는 남자의 셔츠를 바라보자 저절로 한숨이 새어 나왔다.

'내 옷은 다 어디다 둔 거지?'

제가 뭘 입고 있었는지도 이진은 기억이 없다. 어찌 되었든 뭔가는 입고 왔을 테니 가능하다면 이젠 제 옷을 좀 돌려받고 싶었다. 그리고 좀 씻고 싶었다. 며칠째 안 씻었는지 긴 생머리가 손이 안 들어갈 지경으로 떡 져 있었다.

'아, 머리 감고 싶어.'

이진은 몸을 감싸고 있던 이불을 치우고 일어났다.

드르륵.

쪽문을 여니 아궁이 앞에서 뭔가를 하고 있는 남자의 뒷모습이 보였다.

왈왈. 왈왈왈. 왈왈왈.

"엄맛."

낯선 저를 보더니 커다랗고 새까만 개가 벌떡 일어나 짖기 시작했다.

"묶, 묶여 있어요?"

"뭐가?"

"개, 개요."

"헛, 참. 가지가지 하네, 정말. 난 깡이보다 네가 더 무섭거든."

남자는 제가 왜 저렇게 마음에 안 드는 것일까? 내내 그렇게 화난 사람처럼 굴 거면 대체 저를 왜 구해왔냐고. 괜히 억울한 생각이 들어 이진은 남자 몰래 입을 삐죽였다.

"안 묶였으면 좀 묶어줄 수 있어요?"

"뭐하러?"

"씻고 싶어서요."

"여기가 호텔인 줄 알아? 죄다 얼어서 밥도 겨우 해먹겠구만."

"그럼 못 씻어요?"

"정 씻고 싶으면 네가 눈이라도 녹여서 씻든지."

뭐가 그렇게 아침부터 심사가 틀어졌는지 남자는 오늘따라 더 비협조적이었다.

'젠장, 빨리 나아서 여길 나가든지 해야지.'

남자의 하는 양이 아니꼬워 그런 생각이 문득 들었다. 그러다 이진은 번쩍 제 현실을 깨달았다.

'맞다. 여기서 나가면 어디로 가야 하지?'

아픈 핑계로 내내 남자가 차려주는 맛있는 밥을 먹고 따뜻한 방에서 자느라 미처 생각지 못했었다. 눈이 녹고 제 몸이 다 나아도 갈 곳이 없다는 사실을.

"혹시……?"

"뭐, 뭐 또?"

남자가 성가시다는 듯 인상을 그리며 돌아봤다.

"내 소지품 말이에요. 가방이나 신분증 같은 거 없었어요?"

지금으로서는 그걸 찾는 게 유일한 희망이었다. 적어도 제 이름과 주소라도 알아야 원래 살던 집으로 돌아갈 것이 아닌가 말이다. 제발 남자가 가지고 있다고 해주길 바라며 이진이 간절한 눈빛으로 남자를 바라봤다.

"몰라. 없었어. 몸만 하늘에서 떨어졌으니까."

간절히 바란 만큼 실망감도 컸다. 이젠 어떻게 해야 하나 싶은 마음에 이진은 눈앞이 캄캄해지는 것 같았다.

'아, 맞다. 옷 안에 무슨 단서가 있을지도 몰라.'

실낱같은 희망을 가지고 이진이 다시 남자에게 물었다.

"그럼 제 옷은?"

"옷?"

"네. 제 옷이요. 제 옷 어디 있어요?"

"저기 있잖아."

남자가 가리키는 곳을 보니 온통 흙이 묻어 있는 감색 패딩과 체크무늬 티셔츠, 그리고 한눈에도 축축할 것 같은 청바지와 신발들이 부뚜막 위에 아무렇게나 던져져 있었다.

"옷 안에 지갑 같은 거 없었어요?"

"없었어."

"없었어요?

"응, 벌써 내가 뒤져봤어."

"하아."

이젠 정말 어쩌면 좋은가. 이렇게 대책 없이 막막해질 수도 있는 거구나.

"너무 걱정 마."

망연자실한 눈으로 앉아 있는 제가 안돼 보였던지 남자의 말투에 웬일로 온기가 느껴졌다. 아닌가? 그저 따듯한 위로가 필요해서 제가 그렇게 느꼈는지도 모르겠다. 아무튼 모처럼 만의 대화다운 대화가 이진은 반가웠다.

"걱정을 어떻게 안 해요?"

"걱정한다고 안 나는 기억이 나?"

"너무 막막해요. 기억이 계속 안 나면 어떻게 해야 하죠?"

"그러게."

아무리 떠올리려고 해도 돌아오지 않는 기억 때문에 이진은 죽을 것같이 답답했다. 하지만 남자는 그런 제 기분에는 관심도 없는 듯 아궁이 불만 살피고 있었다. 하긴 어차피 기억이 돌아오든 아니든 결국 제 문제일 뿐이겠지. 남자야 어서 눈이 녹고 제가 빨리 나아서 여길 나가주기만을 바랄 테니까. 그런 남자의 등을 야속하게 바라보던 이진이 다시 부뚜막 위의 제 옷들로 시선을 돌렸다.

"제 옷 좀 던져주세요."

"뭐하러?"

"갈아입게요."

"아직 축축해서 못 입을 텐데."

남자는 엉덩이만 살짝 들어올려 부뚜막 위에 대충 던져져 있는 이진의 옷들을 여기저기 만져보았다.

"아직 축축해요?"

"축축해, 완전. 뭐 해가 나야 말리든 빨든 할 거 아냐."

"아이씨, 옷이 너무 커서 불편해 죽겠는데."

"나보고 어떡하라고? 불편하면 그럼 벗고 있든가."

온기는 개뿔. 5분도 못 넘기고 남자는 또 버럭 성질을 냈다. 하여간 성질머리하고는.

"군소리 그만하고 밥 먹을 준비나 해. 밥 갖고 들어갈 테니까."

"밥이요?"

"안 먹을 거야? 혼자 먹을까?"

"아, 아뇨. 먹어야죠."

그래, 밥이나 먹자. 먹어야 기운을 차리고 먹어야 빨리 여길 벗어나지. 그래야 저 인간 아니꼬운 꼴도 안 볼 것 아닌가 말이다. 그나저나 이 와중에 입에 침은 왜 또 고이는 거야?

3장. 가야 해요, 저?

'아, 따뜻해.'

방이 너무 따뜻했다. 아랫목은 뜨거워서 발을 디디기도 힘들 지경이었다. 내내 그렇게 나무 걱정을 하더니 남자가 어디서 나무를 구해왔는지 모르겠다.

'이제 얼어 죽을 염려는 없는 건가?'

입만 열면 투덜거리는 게 일인 남자였지만 이진의 눈에 남자는 꽤 부지런해 보였다. 대신 머리는 좀 나빠 보이기는 했다. 눈이 저렇게 쏟아져 내리는데 그렇게 열심히 눈을 치우고 있었으니 말이다.

'그러고 보니 오늘은 눈 안 치우네.'

눈이 정말 지겹도록 쏟아지고 있었다. 장마철도 아니고 하늘에 구멍이라도 뚫린 걸까? 창문 밖에도 이제 보이는 건 아무것도 없었다. 그저 겹겹이 쌓인 눈이 벽처럼 창문을 막고 있을 뿐.

'그만 좀 긁어. 그릇에 구멍 나겠다.'

남자가 해준 닭백숙은 정말 맛있었다. 제가 보기에는 그냥 나뭇가지 같았는데 남자는 약제라고 했다. 뭐라고, 뭐라고 이름을 알려줬지만 백숙을 앞에 두고 그딴 게 귀에 들어올 리 만무했다.

'돼지도 그렇게는 안 먹는다.'

내내 투덜거리고 타박투성이였지만 남자는 은근히 츤드레 기질이 있었다. 그다지 크지 않은 닭을 거의 다 이진의 그릇에 담아주었다. 하긴 먹는 것뿐만이 아니었다. 남자는 제 생명의 은인이었고 아픈 저를 어쨌든 보살펴주고 있는 것이니까.

'부엌에서 뭐 하는 거지? 안 춥나?'

따뜻해진 방 안에서 이불까지 폭 덮고 앉아 이진은 남자가 있는 부엌 쪽을 돌아봤다. 저와 함께 있는 게 그렇게 불편한 건지 남자는 자는 시간을 제외하면 좀처럼 방에 들어오지 않았다. 이렇게 추운 날씨에 괜히 저 때문에 남자가 방에도 못 들어온다는 생각을 하니 이진은 괜히 미안해졌다.

'그냥 들어와 있지.'

남자의 입장에서는 한시라도 빨리 제가 떠나주길 바라는 마음이 어쩌면 당연한 건지도 모르겠다. 어쨌든 여긴 남자의 집이고 저는 불청객이었으니까. 그렇게 생각하니 내내 못마땅한 듯 투덜거리는 남자를 야속하다고만 할 것도 아닌 것 같았다. 하지만 씁쓸한 기분이 드는 건 또 어쩔 수 없었다.

'정말 여기서 나가면 어디로 가지?'

생각이 꼬리를 물고 또다시 그곳에 도착했다. 더 이상 갈 곳 없는 종착역처럼. 정말 이렇게 막막할 수가 없었다.

'하아.'

이진의 입에서 땅이 꺼질 것 같은 한숨이 저절로 나왔다.

'기억이 돌아올 때까지만이라도 여기 좀 있자고 해볼까?'

이진이 남자가 있는 부엌 쪽을 애절한 눈빛으로 다시 바라봤다. 굳게 닫힌 쪽문이 마치 남자의 대답같이 느껴졌다. 마치 문조차 그렇게 말하는 것 같았다.

"말도 안 돼. 낫는 대로 당장 이 집에서 나가."

'하아.'

머리가 터질 것만 같았다. 진짜 어쩌면 좋을까? 이진은 퉁퉁 제 머리를 쥐어박았다. 혹시 그렇게라도 하면 사라진 기억이 돌아오기라도 할 것처럼.

"하아, 몰라."

생각하면 할수록 머리만 아프고 가슴만 답답할 뿐이었다. 답답한 기분에 이진이 이불을 젖히고 벌떡 일어났다.

드르륵.

그리고 방문 쪽으로 걸어가 문을 활짝 열었다. 얼어 죽을지도 모른다는 남자의 말이 거짓말이 아니었다. 세상에, 한국이 원래 이렇게 추운 곳이었나. 살갗을 파고드는 차가운 공기에 기겁을 하고 이진은 황급히 방문을 닫았다.

'하아, 뭐 하지?'

남자는 이 첩첩산중에 혼자 살면서 대체 뭘 하면서 시간을 보내는 걸까? 문 앞에 장승처럼 버티고 서서 이진은 볼 것도 없는 남자의 방을 다시 돌아봤다. 역시 저 피아노와 기타가 그냥 있는 게 아닌 것 같았다. 이진은 끌리듯 피아노 앞으로 걸어갔다.

'기타도 칠 수 있으니 어쩌면 피아노도 칠 수 있을지 몰라.'

묘한 기대감이 있었다. 제가 모르는 기억 저편의 저 자신을 만나게 될 것 같은 기대감.

퉁퉁.

하지만 그 기대는 허무하게 끝나버렸다. 건반을 아무리 눌러도 피아노에서 소리가 나질 않았다.

'맞다. 전기가 나갔잖아.'

이진은 휴대용 디지털 피아노의 건반을 아쉬운 듯 손으로 훑어 내렸다. 그리고 그 옆에 세워져 있는 기타로 눈을 돌렸다.

'다시는 그 곡 내 앞에서 연주하지 마. 그 형편없는 기타 솜씨로 칠 곡이 아니라고 그 곡이.'

순간 이진의 눈이 장난기로 반짝였다. 빈방에 저 혼자 덩그러니 남겨두고 온종일 남자가 뭘 하고 있는지도 궁금했다. 그리고 숨 쉬고 걱정하는 것 말고는 딱히 할 일 없는 이 시간이 너무 지겹기도 했다. 그리고 남자의 기타 소리를 들어보고도 싶었다. 대체 얼마나 잘 치길래 제 실력을 형편없다고 하는지 말이다.

'저 인간이 내가 쳐달랜다고 순순히 쳐줄 인간은 아닌데.'

잠시 망설이던 이진이 부엌으로 통하는 문을 바라보며 씨익 웃음을 지었다.

'훗, 어디. 어떻게 나오는지 한번 볼까?'

이진은 기타를 집어 들고 따뜻한 이불 위로 걸어가 자리를 잡고 앉았다.

티잉.

손도 풀 겸 해서 가볍게 한 번 팅 하고 튕겼을 뿐인데도 소리가 깊고 영롱했다.

티잉.

어제도 느꼈던 것이지만 볼품없는 외양과는 달리 남자의 기타
는 튜닝이 기가 막히게 잘되어 있었다. 그것만 봐도 남자가 기타를
즐겨 친다는 것을 알 수 있었다. 순간 이진은 남자의 기타 소리를
듣고 싶은 마음이 더욱 간절해졌다.

띠띵 띠띵. 띠이잉…….

역시 좋았다. 여기 와서만 해도 벌써 이 곡을 세 번째 연주하는
것이었다. 그런데도 처음 같은 감동을 또 받았다. 곡은 너무 슬펐
고 그래서 이진은 제 슬픔마저 정화되는 기분이었다. 일종의 카타
르시스 같은 감정이 아니겠는가? 어떻게 이 곡을 알게 되었는지는
여전히 기억이 나지 않았다. 하지만 이진은 언제가 됐든 꼭 이 곡
의 작곡가를 한 번은 만나고 싶다는 바람이 생길 지경이었다.

띠띵 띠띵. 띠이잉…….

흐흐음 흐음. 허어음…….

드르륵 쾅.

"엄맛."

허밍까지 하며 한창 감정에 취해 있던 이진은 쾅 하고 열리는
문소리에 놀라 비명까지 질렀다. 할 일 없이 심심하던 상황에 남자
가 어떤 식으로든 반응을 보이기를 기대했었던 건 사실이었다. 하
지만 이렇게 드라마틱하게 등장하길 원했던 건 아니었다.

"하아, 깜짝이야. 애 떨어질 뻔했다고요. 왜 그래요, 대체?"

"내가 치지 말랬지, 그 곡."

이진은 속으로 회심의 미소를 지었다. 하지만 이제부터가 중요
했다. 미끼를 살살 흔들어 덥석 물게 만들어야 하니까.

"아, 대체 이건 또 무슨 심보냐고요. 왜 내 손 가지고 내 마음대로 치지도 못하게 해요? 이 곡이 뭐 아저씨 거라도 돼요?"

저도 모르게 아저씨라고 부르고는 아차 싶은지 이진이 슬쩍 입술을 가리며 남자의 눈치를 살폈다.

'휴.'

저번처럼 발끈하지 않는 걸 보니 다행히 못 들은 것 같았다.

"그래. 내 거라서 그런다, 내 거라서. 그러니까 치지 말라고. 그렇게 형편없는 실력으로 곡 망치지 말란 말이야."

"하, 웃겨 진짜. 뭐가 자기 거야. 누가 들으면 대단한 작곡가라도 되는 줄 알겠어. 기타나 제대로 칠 줄 아세요? 이 기타도 어디서 주워 온 거죠?"

물어라, 물어라, 덥석 물어라.

띠띵 띠띵. 띠이잉…….

이진은 보란 듯이 남자를 무시하고 약 올리듯 다시 기타 줄을 튕기기 시작했다.

흐흐음 흐음. 허어음…….

"엄맛."

어지간히도 열을 받은 모양이었다. 이진의 손에서 기타를 낚아채는 남자의 목 언저리가 벌겋게 달아올라 있었다.

"제대로 치면 어쩔 거야?"

"네?"

"기타나 제대로 칠 줄 아냐며. 맞아, 이 기타 고물상에서 주워 온 거. 근데 이 기타로 내가 제대로 치면 너 어쩔 거냐고?"

미끼까지는 물게 했는데 낚아 올리지를 못하겠다. 아니, 이러다가 제가 오히려 물속으로 끌려들어갈 판이다. 화난 얼굴로 저를 노려보는 남자의 시선을 슬쩍 외면하며 이진이 말끝을 흐렸다.

"어, 어쩌긴 뭐 어째요."

"약속해. 두 번 다시 이 곡 연주 안 한다고."

에이, 그 정도야 뭐. 어차피 여기 오래 있을 것도 아니지 않는가? 정확히는 곧 쫓겨날 신세라는 게 맞지만 말이다. 아, 아무튼.

"좋아요. 제가 그 정도는 양보할게요, 그럼."

이진이 이제 됐냐는 표정으로 남자를 쳐다봤다.

"끝까지 들어, 아직 안 끝났으니까. 여기 떠나기 전에 내가 됐다고 하는 만큼 나무 해다 놓을 것."

"그, 그런 게 어디 있어요? 나 아직 아픈 몸이라고요."

"누가 지금 당장 하래?"

젠장. 낚시 잘못하다가 정말 물속에 끌려들어갈 판이다.

"치. 아, 알았어요. 치기나 해요. 대신 제대로가 아니면 약속은 없던 걸로 하는 거예요."

"물론이지. 아 참. 또 하나 더."

"아, 뭐가 그렇게 조건이 많아요. 자신 없어서 지금 시간 끄는 거죠?"

"경고했지. 아저씨라고 부르지 마."

"하!"

못 들은 척하더니 들은 모양이었다. 하 참. 제겐 왜 아저씨를 아저씨라고 부를 자유조차 없는 것인가 말이다.

"잊지 마. 너 원 아웃이야."

원 아웃은 또 뭐야. 은근히 까탈스러운 스타일이야, 진짜.

"아, 알았어요. 알았다고요. 그러니까 제발 그냥 좀 쳐요."

그제야 만족했는지 남자가 자세를 잡았다. 이진은 이상하게 설레었다. 마른침이 꿀꺽 넘어갈 만큼. 그저 기타를 잡고 자세를 잡은 것뿐이었는데도 남자에게서는 이상한 기운이 흘러나왔다. 마치 세상에 초연한 무림의 고수를 마주하고 있는 기분이었다.

'뭐지, 이 느낌은.'

띠링.

남자가 한 번 기타 줄을 훑어 내렸을 뿐인데 기타 소리가 파도 소리처럼 촤르륵 귀에 감겨들었다.

'아, 좋다.'

벌써 게임은 끝난 것이었다. 더 이상 들어볼 것도 없이 남자의 기타 수준을 가늠할 수 있을 것 같았다. 아니, 그 끝이 어디인지는 모르겠지만 남자의 기타 실력이 제 비천한 실력에 견줄 수준이 아니라는 건 너무나 확실하고 분명했다.

띠띵 띠띵. 띠이잉…….

한순간에 남자는 연주에 몰입했다. 남자의 손놀림은 환상적이었고 연주는 정말 죽음 수준이었다. 이진의 벌어진 입이 다물어지지 않을 지경으로.

'이게 정말 기타 하나로 내는 소리야?'

섬세한 멜로디 라인에 풍부한 화성. 분명 남자는 볼품없는 낡은 기타 하나를 연주하고 있었는데 피아노 연주를 듣는 기분이었다. 남자의 손끝에서 슬픔이 쏟아져 나왔다.

'그래. 내 거라서 그런다. 내 거라서. 그러니까 치지 말라고. 그렇게 형편없는 실력으로 곡 망치지 말란 말이야.'

이제야 알겠다. 남자의 말이 무슨 말이었는지. 남자가 연주하는 이 곡은 제가 연주했던 그 곡이 아니었다. 단순한 멜로디만 튕기던 제 연주는 연주라고도 할 수 없는 수준이었던 거다. 게다가 어쩌면 저렇게 섬세할 수가 있는 거지?

띠잉 띵. 띠이잉…….

남자가 달라 보였다.

'뭐지, 이 남자?'

슬픈, 너무나 슬픈 멜로디에 취해야 정상인데 이진은 남자에게서 시선을 뗄 수 없었다. 남자에게 홀리는 기분이었다. 아름다운 노래로 뱃사공들을 홀렸다는 로렐라이처럼. 이진도 그렇게 남자에게 빠져들었다.

띠잉 띵. 띠이잉…….

연주는 슬픔이 극으로 치닫는 막바지를 향해 달리고 있었다. 남자는 곡에 심취한 듯 슬퍼 보였다. 그리고 갑자기 울분을 토하기라도 하듯 남자의 연주가 폭주했다.

'그래. 내 거라서 그런다, 내 거라서.'

정말 제 얘기인 듯 그렇게 남자는 곡에 몰입해 있었다. 그리고 절규하듯 기타 줄로 슬픔을 토해냈다. 기타 소리가 마치 남자의 울음소리 같아서 저도 모르게 이진은 눈물이 났다.

'당신, 뭐가 그렇게 슬픈 거예요?'

안쓰럽고 애틋한 눈으로 이진은 그렇게 남자를 보고 있었다.

훌쩍. 훌쩍.

몰아치듯 클라이맥스를 연주하고 있는데 여자가 훌쩍이는 소리가 들렸었다. 그리고 황당한 일이 벌어졌다. 여자가 저를 뒤에서 안은 것이다. 예고도 없이 훅.

"뭐, 뭐 하는 거야?"

"아, 미, 미안해요, 저도 모르게. 너무 슬퍼 보여서……."

"미쳤나. 저리 안 가? 왜 함부로 사람을 안고 난리야."

어색하고 뻘쭘해서 괜한 소리로 타박을 하고 훅 여자를 밀어냈었지만 민후는 저도 모르게 코끝이 시큰해졌다. 제 슬픔의 깊이를 여자도 느낀 것일까? 민후는 차오르는 감정을 애써 감췄다.

"하여간 이상한 계집애야, 너는."

어색함을 견디지 못하고 그렇게 민후는 방을 또 박차고 나왔다.

왈왈. 왈왈왈.

민후가 생각에 빠져 있던 그 잠깐 사이에 깡이가 요란하게 짖고 있었다. 보나 마나 저놈의 닭들이 문제일 것이다. 돌아보니 아닌 게 아니라 성질 고약한 장닭 하나가 깡이를 또 괴롭히고 있었다. 얼어 죽을까 봐 같이 한 군데 몰아 넣어뒀더니 깡이와 장닭들의 신경전이 이만저만이 아니었다.

"이것들이. 왜 착한 애를 자꾸 괴롭혀, 괴롭히길."

부지깽이로 훅 하고 휘두르니 닭이 민후의 눈치를 보며 슬금슬금 구석으로 도망갔다. 산기슭에 버려진 깡이를 민후가 데리고 온 지도 벌써 3년이나 되었다. 까만 피부에 덩치는 산만 한 녀석이 생긴 값도 못 하고 순해 빠져서는 늘 저렇게 닭한테도 괴롭힘을 당했다.

"이 바보야. 넌 대체 덩치 값은 언제 할래, 응?"

민후가 한심하다는 듯 한숨을 내쉬자 저도 민망한지, 아니면 그저 제 편을 들어줘서 고마운지 깡이가 살랑살랑 꼬리를 흔들어댔다.

"아이구, 이놈아. 너 그렇게 순해 빠져서 세상 어떻게 살 거야?"

문득 민후는 엄마 생각이 났다. 어릴 때 엄마도 제게 그런 말을 자주 했었다. 엄마는 미혼모였다. 아버지의 얼굴도 모른 채 유복자로 태어난 민후는 초등학교를 다닐 때까지만 해도 유약한 아이였다. 계집애처럼 예쁘게 생긴 탓에 동네 형들은 물론 심지어 동급생들에게도 자주 맞고 들어오는 날이 많았던 제게 엄마도 자주 그렇게 말했었다.

"하여간 독한 구석이라곤 하나도 없지. 내가 이런 널 믿고 앞으로 어떻게 살지 모르겠다, 정말."

그런 민후가 바뀐 건 중학교 때 엄마에게 새 남자가 생기면서였다.

"민후야, 인사해. 새아버지야."

어디서 어떻게 만났는지 엄마가 웬 낯선 남자를 데리고 와 제게 새아버지라며 인사를 시켰었다. 저를 보며 음흉하게 웃는 모습이 기분 나빴던 그 남자는 얼마 지나지도 않아 본색을 드러내기 시작했다. 마트 점원 일을 하던 엄마의 몇 푼 안 되는 월급을 몽땅 들고 나가 도박으로 날려버리고 들어오는가 하면 돈이 없다고 하소연하는 엄마에게 손찌검을 하는 일도 잦아졌다.

-민후야, 오늘 들어오지 말고 친구 집에서 좀 자고 와.

전화기 너머로 엄마의 목소리가 뭔가에 쫓기듯 불안했다. 아무래도 느낌이 안 좋았다. 곧장 집으로 달려가보니 아닌 게 아니라 술이

떡이 된 남자가 돈을 내놓으라며 엄마를 미친 듯이 패고 있었다. 엄마의 얼굴이 피투성이였다. 그런데도 엄마는 집주인이 뭐랄까 봐 소리도 못 지르고 그 모진 손찌검을 다 받아내고 있었다.

"이 씨발 새끼야."

아마 태어나서 처음 해본 욕이었을 것이다. 그 자식을 죽이고 그날 그 자리에서 같이 죽고 싶은 심정이었다. 민후의 가세로 시끄러워진 탓에 주인집 아주머니가 나와서 엄마와 저를 대피시켰다.

"안 된다, 민후 엄마. 이대로는 안 돼."

피투성이가 된 엄마와 제 몰골을 보더니 도저히 안 되겠는지 아주머니는 그 인간을 상습폭행으로 경찰에 신고했다. 알고 보니 사기 혐의로 쫓기고 있던 그 인간은 그렇게 결국 감옥을 가게 되었고 그사이 이사를 하고 전학을 한 저와 엄마 앞에 다시는 나타나지 않았다.

"엄마, 이제 남자 만나지 마. 내가 엄마 먹여 살릴게."

어쨌든 그날 이후였다. 민후는 독해지기로 마음을 먹었다. 이제 갓 중학생이 된 녀석이 뭘 어쩌겠다고 엄마에게 그렇게 큰소리도 쳤었다. 그리고 그 약속을 지키기 위해 손가락에 피가 나도록 기타를 튕겼고 기획사를 찾아다니며 오디션을 봤다. 어린 나이에 가장 빨리 돈을 벌 수 있는 방법이 그것밖엔 없는 것 같았으니까.

-민후야, 엄마 보러 안 와? 언제 올래?

겉보기에는 잘 사는 것 같았다. 괴롭히는 남자도 없었고 그날 벌어 그날 써도 두 사람 입에 거미줄을 칠 정도는 아니었으니까. 그래서 몰랐다. 엄마에게 마음의 병이 생겼었다는 걸. 그리고 민후가 데뷔를 하고 성공 가도를 달리고 있어도 엄마의 마음의 병은 깊어지고만 있었다는 걸.

"공연 준비 때문에 지금은 안 돼요. 대신 돈 부쳐드릴 테니까 친구들이랑 여행이라도 다녀오세요."

그 며칠 전부터 엄마는 자꾸 외롭다는 소리를 했고 한 번만 다녀가라고 몇 번이나 전화를 걸었었다. 하지만 스케줄이 너무 많았었다. 해외 공연이 빠듯하게 기다리고 있었고 민후는 공연 준비만으로도 시간이 모자랐었다. 그래서 민후는 또 돈으로 엄마를 달랬었다. 엄마의 병이 그깟 돈으로 치료되는 게 아닌 줄도 모르고.

-민후야, 어, 어머님이……

도쿄돔 공연을 막 마치고 숙소로 이동하던 그 길에서 전화를 받았다. 그게 엄마의 죽음을 알리는 부고인지도 모르고 공연을 잘 마쳤다는 만족감에 민후는 웃고 있었다.

왈왈. 왈왈왈.

민후가 엄마를 떠올리는 그새를 못 참고 또 닭들이 깡이를 쪼아대고 있었다.

"하아, 이것들이 진짜. 너네 계속 이러면 얼어 죽든 말든 죄다 비닐하우스로 옮겨버린다."

아궁이에서 금방 꺼낸 부지깽이는 시뻘겋게 달아올라 있었다. 그걸로 겁을 주듯 한 번 휘저으니 후다닥 하고 닭들이 구석으로 날아갔다. 여자만 아니면 깡이를 방에서 재워도 되는데. 지난번에 보니까 여자는 개를 무서워하는 모양이었다.

'근데 왜 이렇게 조용하지?'

그러고 보니 오후 내내 조용했다.

'자나? 아님 또 아픈가?'

여자가 조용하니 괜히 더 신경이 쓰였다.

'하여간 신경 쓰이는 계집애야.'

눈물이 그렁한 눈으로 저를 바라보던 여자의 눈이 너무 맑았다. 여자가 갑자기 안는 바람에 당황해서 타박을 했었지만 저를 바라보던 여자의 그 맑은 눈이, 그리고 그 맑은 눈에 그렁하게 고인 그 눈물이 민후에게는 생각보다 큰 위로가 되었었다. 그래서 민후는 자꾸 여자를 돌아보게 된다. 자꾸 신경이 쓰였다.

"저녁은 또 뭘로 해 먹이지?"

가수로 자리를 잡은 이후 민후는 늘 누군가의 케어를 받았다. 일정은 모두 매니저들이 알아서 챙겨줬고 의상은 스타일리스트, 숙소 청소며 빨래며 제 손으로 해야 할 일들은 하나도 없었다. 저는 그저 주는 대로 먹고 입혀주는 대로 입고 무대에 서면 됐었다. 그리고 곡을 쓰면 됐었다.

"아 참, 가시오가피랑 현호색 말려놓은 게 어디 있을 텐데……."

하지만 지난 3년간의 산중 생활은 하나에서 열까지 전부 민후가 움직여야 했다. 그러는 사이 제법 음식다운 음식도 만들어 먹게 되었고 그럭저럭 사람 꼴을 하고 살아가게 되었다. 혹시라도 알아보는 사람이 있을까 머리와 수염을 일부러 기른 것 외에는 말이다.

"청국장이랑 더덕하고……."

그렇게 또 민후는 한 끼를 때울 준비를 시작했다.

"뭐 할 말 있어? 있으면 빨리해. 불 *끄게*."

일찌감치 저녁 식사를 마치고 남자와 이진은 잘 준비를 하고 있었다. 전기가 끊겨버린 산골 집에는 촛대위에 꽂은 촛불 하나가 일렁이며 밤을 밝히고 있었다.

"그쪽에서 주무시려고요? 안 춥겠어요?"

남자는 제게 아랫목을 내어주고 서느렇게 찬 윗목에 잠자리를 펴고 있었다.

"걱정 마. 이 정도면 얼어 죽지는 않을 테니까."

아궁이에 불을 뗀 탓에 방 전체에 훈기가 돌기는 했다. 그래도 아랫목과 윗목 온도 차이가 제법 커서 이진은 남자에게 미안한 마음이 들었다.

"그럼, 이불이라도 이거 덮으세요. 이게 더 두껍잖아요."

"됐어. 불 끈다."

훅.

저와의 대화가 성가시기라도 한지 남자는 훅하고 불어 촛불을 꺼버렸다. 의지할 촛불도 죽어버린 산골의 밤은 말 그대로 칠흑과도 같은 어둠에 먹혀버렸다. 눈을 뜨고 있어도 아무것도 보이지 않았다. 이진은 그 어둠의 힘을 빌려 마음 놓고 남자가 누운 쪽을 향해 돌아누웠다.

'몇 살이나 됐을까?'

남자의 귀신같은 기타 실력을 본 이후 제가 좀 이상해진 것 같았다. 남자만 보면 자꾸 가슴이 두근거렸다. 남자와 마주 앉아 냄새나는 청국장을 먹고 있는데도 그렇게 설렐 수가 없었다. 남자가 곁에 있으면 자꾸 힐끔힐끔 곁눈질을 하게 되었고 어쩌다 눈이라도 마주치면 얼굴이 달아올랐다.

'당신은 대체 어떤 사람이에요?'

대체 이 사람의 사연은 뭘까? 정말 이 시골에서 나고 자란 사람일까? 그런데도 그렇게 기타를 잘 친다고? 저 산발된 머리를 걷어올리면 어떤 얼굴을 하고 있을까? 저 덥수룩한 수염을 밀어버리고 싶었다. 꼬리에 꼬리를 물고 이어지는 남자에 대한 호기심으로 이진은 잠이 오지 않았다.

"주무세요?"

결국 이진은 호기심을 견디지 못하고 입을 열었다.

"하아, 또 뭐야?"

남자의 목소리가 성가시다는 듯 퉁명스러웠다.

"잠이 안 와서요."

"그래서 어쩌라고. 너랑 같이 화투라도 쳐줄까?"

"있어요? 있으면 그거 쳐요, 우리."

"미친 소리 작작 하고 자라, 그냥."

하여간 저 성질머리하고는. 딱 저거만 좀 고쳐주면 좋겠는데.

"하, 잠이 안 온다고요."

"미치겠네. 그래서 나보고 대체 어쩌라고."

"어쩌라기보단 뭐 얘기나 좀 하자, 그거죠."

"너랑 내가 할 말이 뭐가 있어서. 웃기지 말고 자라고."

상대해주기도 귀찮다는 듯 남자가 돌아눕는 소리가 들렸다.

"몇 살이세요?"

"죽을래?"

딴에는 용기를 내서 물은 말에 '죽을래'라니. 훗, 그 소리를 듣고도 이진은 이 대화 같지도 않은 대화가 즐거웠다.

"그쪽 몇 살인지 알려면 목숨까지 내놔야 하는 거예요?"

"그쪽? 또 까불지."

"그럼 뭐라고 불러요. 아저씨도 질색팔색이지. 이름도 모르지. 아, 이름은 뭐예요?"

"말했을 텐데. 아무렇게도 부르지 말라고."

"불편하잖아요. 매번 저기요, 여기요, 그러는 것도 좀 그렇고."

"불편하긴 개뿔. 며칠이나 더 있을 거라고."

남자는 이진을 내보낼 날만 기다리고 있는 사람처럼 말했다. 이진은 모처럼 만의 즐거웠던 기분이 쑤욱 가라앉았다.

'여기 며칠이나 더 있을 수 있을까? 그다음엔 어디로 가야 하지?'

어쩔 수 없이 또 걱정이 찾아왔다. 며칠 사이에 이진의 몸은 꽤 많이 좋아졌다. 그게 남자가 달여준 약 때문이었는지 생각보다 다친 곳이 심하지 않았던 건지는 모르겠다. 어쨌든 이제 정말 눈이 그치는 일만 남은 것이다. 제가 여기서 쫓겨나기까지는.

"나는 몇 살일까요?"

잠이 든 것 같지는 않았다. 하지만 이제 남자는 대답조차 하지 않았다. 그래도 이진은 제 마음속의 답 없는 그 질문들을 말하고 싶었다. 독백처럼 어둠에다 대고 그렇게 묻고 싶었다. 보이지 않는 어떤 존재가 듣고 제 기억을 돌려주기라도 하면 얼마나 좋을까?

"내가 정말 죽으려고 절벽에서 뛰어내린 걸까요? 왜 죽으려고 했을까요? 죽으려고 뛰어내렸다면 이유가 있었을 것 아니에요. 설마 죄 짓고 여기까지 숨어들어온 건 아니겠죠? 사람을 죽였다든가. 아니면 사채업자한테 쫓기는 신세였는지도 모르잖아요."

하소연 같은 이진의 긴 독백에도 남자는 묵묵부답이었다. 그래도 듣고는 있는지 간혹 가다 남자의 숨소리가 한숨처럼 깊어지기는 했다.

"죽고 싶었던 이유가 있었다면 기억이 되살아나도 나는 또 죽으려고 이 산으로 기어들어올지 모르겠다, 그죠? 근데 어차피 죽을 거라면 그때까지 기다릴 이유가 있을까요?"

담담하게 말했지만 가슴이 아픈 건 어쩔 수가 없었다. 이진의 뺨으로 쪼르륵 하고 눈물 한 방울이 떨어져 내렸다. 먹먹해진 가슴으로 더 이상은 이진도 말을 잇기가 어려워 그제야 아무도 들어주지 않는 제 독백을 마쳤다. 돌아누운 이진의 눈에 여전히 보이는 건 시커먼 어둠뿐이었고 이진은 마치 그게 제 앞날 같아 결국 서러운 울음이 터져버렸다.

희끄무레한 새벽빛이 방으로 스며들자 예민한 민후의 눈이 움찔하며 떠졌다. 천장에 조잡하게 얹어놓은 서까래가 먼저 눈에 들어왔다. 처음 여기 왔을 때는 그렇게 정신없어 보이던 저것도 이제는 정이 들었는지 푸근한 느낌마저 들었다.

'아으.'

새벽이 되자 차가워진 윗목에는 열기가 남아 있지 않았다. 가수 활동을 하면서도 모델 권유를 많이 받았을 만큼 민후는 키가 컸다. 작은 이불 밖으로 삐져나온 민후의 발이 한겨울 외풍에 얼어붙을 것처럼 차고 시렸다.

'하, 일어나자.'

더 누워 있느니 차라리 부엌으로 가는 편이 나을 것 같았다. 이불을 젖히고 벌떡 일어나 앉은 민후의 눈에 잔뜩 웅크리고 누운 여자의 여린 등이 보였다.

'죽고 싶었던 이유가 있었다면 기억이 되살아나도 나는 또 죽으려고 이 산으로 기어들어올지 모르겠다, 그죠? 근데 어차피 죽을 거라면 그때까지 기다릴 이유가 있을까요?'

소리를 억지로 삼키고는 있었지만 여자는 흐느끼고 있었다. 그 옛날 밤이면 밤마다 듣던 제 어머니의 울음소리처럼. 여자의 흐느낌이 깊어질수록 민후의 마음도 편치 않았다. 여자를 달래주고 싶었다. 여자가 제 슬픔을 달래줬듯이. 하지만 민후는 망설여졌다.

'어차피 떠나야 할 사람이잖아.'

여자의 사정은 안타까웠다. 하지만 제가 해결해줄 수 있는 성질의 것이 아니었다. 제가 여자의 기억을 되돌려줄 수는 당연히 없는 것이고 이렇게 잠적하듯 세상에서 자취를 감춘 제가 여자를 돕기 위해 나서줄 입장 역시 아니었다. 그리고 이기적인 이유이긴 했지만 여자로 인해 제 생활이 복잡해지기를 원하지도 않았다.

'하아.'

대신 당장 여자를 위해 해줄 수 있는 것을 해주기로 마음먹은 민후가 답답한 한숨을 내리쉬며 자리를 털고 일어났다.

드르륵.

여자가 깨지 않도록 민후는 소리 죽여 방문을 열고 밖으로 나섰다.

'그쳤다.'

드디어 그쳤다. 지겹게도 내리던 눈이 4일 만에 그친 것이다. 여전히 차가운 공기가 산골 새벽을 채우고 있었지만 눈이 그친 맑은 하늘이 반가웠던 민후는 그렇게 한참을 마당에 서 있었다.

'하아.'

귀퉁이가 잘려나간 툇마루가 흉물스러워 보였다. 덕분에 가뜩이나 볼품없는 집이 더 형편없어 보였다. 날이 개면 작심하고 집을 좀 손봐야 할 것 같았다. 잘려나간 툇마루 앞에 높게 솟아 있는 눈벽을 보니 그 앞에서 요 며칠 새벽마다 제가 했던 짓들이 생각나 민후는 민망해졌다. 오늘 아침은 그래도 용케 참아지니 민후는 제 물건이 다 대견할 지경이었다.

'3일 정도는 걸리겠지? 더 걸리려나?'

벽처럼 쌓인 눈이 녹아내리려면 하루 이틀로도 모자랄 것이다. 제집 앞이야 제가 치운다 해도 아랫동네까지 길을 내기는 힘들 테니까. 쌓인 눈을 손으로 훑으며 민후가 부엌으로 발길을 돌렸다. 여자를 위해 아궁이에 나무를 좀 더 넣어주고 아침 찬거리가 뭐가 있는지 좀 살펴볼 생각이었다.

'이런 스타일을 좋아하는구나.'

깨끗이 씻어 말린 제 옷들로 갈아입고 이진은 쪽문 옆에 걸려 있는 낡은 거울에 제 모습을 비춰보고 있었다. 거울 속에 비친 제 모습이 꽤나 낯설어 보였다.

'뭐, 봐줄 만하네.'

앳돼 보이는 얼굴과 달리 이진은 제법 글래머러스한 몸매를 가지고 있었다. 빨간색에 감색선이 체크로 들어간 티셔츠와 청바지는 한 치의 오차도 없이 제 몸에 딱 들어맞았다. 앞단추를 모두 채운 티셔츠 위로 풍만한 이진의 가슴이 한껏 제 모습을 드러내며 자태를 뽐내고 있었다.

'옷이 좀 작나?'

며칠 제 몸에 비해 너무 큰 남자의 헐렁한 셔츠와 바지를 입고 있었더니 이진은 이렇게 고스란히 몸매가 드러나는 옷이 조금 민망하기도 했다.

'으음, 안 되겠다.'

다시 봐도 영 민망해서 안 되겠는지 이진은 셔츠 제일 윗 단추 하나를 풀었다.

'좀 낫네.'

내친김에 감색 패딩까지 걸쳐 입고 이진은 방을 나섰다. 아직 눈기운을 품은 산골의 찬바람이 훅하고 이진의 폐 속을 파고들었다. 하지만 뜨락에는 따스한 겨울 햇살이 내리비추고 있어 나른한 느낌이 들었다. 이진은 귀퉁이가 잘려나간 툇마루에 엉덩이를 걸치고 앉았다.

'거의 다 녹았네.'

질퍽하게 녹은 눈이 마당 여기저기 조금씩 지저분하게 쌓여 있었다. 눈이 그친 지도 이제 3일이 지났다. 눈이 그치자 남자는 기다렸다는 듯 집 앞 눈 벽을 치웠다. 그러자 쌓인 눈에 가로막혀 몰랐던 아름다운 풍경이 눈앞에 펼쳐졌다.

'진짜 예쁘다.'

남자의 집에서 보는 산 풍경은 정말 근사했다. 집에서 얼마 떨어지지 않은 곳에 얼어붙은 계곡이 길게 누워 있었고 마당 앞쪽으로는 기가 막힌 산세가 한 폭의 동양화같이 펼쳐져 있었다. 이 산에 고운 야생화가 만발하면 어떤 모습일까? 가을 단풍이 지면 어떤 모습일까? 이진은 순간 이렇게 멋진 경치를 즐기며 사는 남자가 부러웠다.

"어, 저거 내 신발 아냐?"

이틀 전 씻어놓은 제 신발이 장독대 위에 놓여 있었다. 장독대라고 해봐야 성한 건 두 개뿐이었고 나머지는 죄다 깨져 있었다. 그쪽으로 햇살이 제일 많이 드는 시간이라 남자가 거기로 옮겨놓은 모양이었다. 남자는 매번 이런 식이었다.

'죽을래? 까분다. 미친 소리 한다.' 입만 열면 타박이었지만 또 이렇게 돌아서면 제게 필요한 뭔가를 해주고 있었다. 그러니 남자만 보면 자꾸만 싱숭생숭 갈피를 못 잡는 제 마음을 탓하기도 어려웠다. 하지만 이제 곧 여길 떠나야 할 처지에 그런 마음이 다 무슨 부질없는 일인가 싶어 이진은 제 마음을 애써 단속 중이었다.

'눈도 거진 다 녹았는데 이제 여기 얼마나 더 있을 수 있을까?'

그 생각을 하니 또 머리가 아파왔다. 모처럼 몸에 맞는 옷을 입고 좋았던 기분이 순간 무거워졌다. 죄 없는 제 입술을 질근 씹으며 이진이 마당 한편에 덜 녹고 남은 눈들을 맥없이 바라봤다.

'무작정 산 밑으로 내려가서는 그다음엔……'

그다음엔 어떻게 해야 하나? 당장 잠은 어디서 자고 끼니는 어떻게 해결할 것인가. 지금 이 순간 이진에게 가장 힘든 건 앞날에 대해 아무런 계획도 세울 수 없다는 사실이었다.

이 집을 나서면 산 아래까지 내려간다.

거기까지가 이진이 세울 수 있는 계획의 전부였다. 앞날에 대해 아무런 계획도 세울 수 없다는 것이 이진을 미치도록 불안하게 만들었다. 그럼에도 남자가 나가라면 이 집을 떠날 수밖에는 없는 것이다. 집주인이 나가라면 나갈 수밖에는 없을 테니까.

'기억이 돌아올 때까지만이라도 있게 해주면 안 되나?'

제 사정을 다 알면서도 잡아주지 않는 남자가 야속하기도 했다. 하지만 남자도 남자의 입장이 있다는 걸 이해 못 하는 것도 아니었다.

'하아.'

여태껏도 남자는 아무런 상관도 없는 제게 과분할 만큼 많은 것을 베풀어준 것이다. 먹이고 재우고 아픈 몸을 낫게 해줬으니까. 심지어 제 목숨까지 살려준 사람이 남자였다. 이진은 좀 더 있게 해달라는 그 말이 차마 입에서 떨어지지 않았다.

드르륵.

"여기서 뭐 해?"

"아우, 깜짝이야."

부엌에 있는 줄 알았던 남자가 방문을 열고 나오는 바람에 이진이 화들짝 놀랐다.

"뭘 그렇게 놀라. 들어와서 밥 먹어."

"몇 신데 벌써 먹어요?"

점심을 먹기에는 이른 시간이었다.

"들어와."

이진의 질문에는 대답도 없이 남자는 제 말만 하고 쑥 방으로 다시 들어가버렸다. 일부러 저러는 걸까? 뭐 나쁜 남자 콤플렉스 같은, 일종의 뭐 그런 거야? 남자는 참 표현에 인색했다. 남자의 본성이 말랑하다는 걸 몰랐다면 이진은 분명 상처받았을 것이다.

"치."

뽀로통하게 입술을 내밀고 이진은 남자를 따라 방으로 들어갔다.

"우와."

이젠 정이 든 작은 양은 밥상에 한눈에도 군침이 도는 비빔국수 두 그릇이 놓여 있었다.

"이게 뭐예요, 갓김치 아니에요?"

새빨갛게 비벼진 국수 위에는 먹기 좋게 썰어 넣은 갓김치와 파, 마늘이 예쁘게 올려져 있었다. 안 먹어봐도 맛을 알 수 있을 것 같았다.

"맞아. 앉아서 먹어."

"맛있겠다."

입에 고인 침을 꿀꺽 넘기며 이진이 남자의 맞은편에 자리를 잡았다. 그런 이진을 남자가 복잡한 눈으로 바라봤다.

"왜요? 왜 그렇게 봐요?"

"먹어. 먹고 나서 얘기해."

남자의 분위기가 심상치 않았다. 그리고 느낌이 왔다.

'가야 하는구나.'

갑자기 밥 생각이 사라졌다. 이진은 막 집어 들었던 젓가락을 상 위에 다시 내려놓았다.

"가야 해요, 저?"

"……."

남자는 말이 없었다. 무언의 긍정이겠지. 울컥 서러움이 몰려왔다.

"꼭 오늘 가야 하는 건 아니죠? 아, 맞다. 나 아직 나무도 안 해

났잖아요. 그거 해놓고 갈게요."

구차한 줄 알면서도 이진은 매달렸다. 하루라도 더 미루고 싶었으니까. 남자의 대답을 기다리는 이진의 눈빛이 그렇게 애절할 수가 없었다.

"나무는 됐어. 어차피 아직은 젖어서 힘들어. 언제 마를지도 모르고."

"그럼 그때까지만 있을게요. 약, 약속이잖아요. 당신 기타 연주 듣는 대가로 내가 하기로 했던 거니까."

"그냥 가. 어차피 가야 하잖아. 하루 이틀 더 있는다고 달라질 거 없다는 거 알잖아."

"알아요, 나도. 근데 그래도 며칠만 더 있게 해줘요."

"먹고 나와. 산 중턱까지는 데려다줄 테니까."

남자도 밥맛을 잃었는지 몇 젓가락 뜨지도 않은 국수를 그대로 남겨두고 방을 나가버렸다. 더 이상의 협상은 없다는 듯. 이진에게 다시 매달려볼 여지도 남기지 않고.

흑.

서러워서 죽을 것 같았다. 남자에게 저를 받아줄 의무 따위가 없는 줄 알면서도 왜 남자에게 버림받은 기분일까. 결국 터져버린 눈물이 주체가 안 돼 이진은 그렇게 남자가 나가버린 빈방에 홀로 앉아 하염없이 눈물을 쏟아냈다.

4장. 위험하게. 후회되게.
심란하게. 가지고 놀고 싶게

"다 먹었으면 나와. 서둘러야 하니까."

민후의 집에서 아랫동네까지 내려가는 데는 적게 잡아도 세 시간 이상이 걸렸다. 산속에는, 특히 겨울 산속에는 해가 빨리 진다. 어쩔 수 없이 민후는 여자를 재촉했다.

드르륵.

문을 밀고 나온 여자의 눈이 빨갛게 부어 있었다. 울었나 보다. 힐끔 방 안을 들여다보니 손도 안 댄 국수가 그대로 상 위에 올려져 있었다. 순간 민후는 밥이라도 먹이고 얘기할 걸 그랬다는 후회가 몰려왔다.

'하아.'

제 재촉에 못 이겨 마지못해 방을 나서는 여자는 한껏 기가 죽어 있었다. 그 모습을 보고 있자니 민후의 마음도 좋지 않았다. 하지만 하루 이틀 더 있는다고 상황이 바뀔 것도 아니었고, 어차피 보내야 할 사람이면 날 좋은 날 서둘러 내려 보내는 게 맞다고 생각했다. 변덕이 심한 겨울 산속 날씨가 또 언제 눈 폭탄을 내릴지 누가 알겠는가?

"놔두고 가는 건 없지?"

그런 게 있을 리 만무했다. 어차피 가지고 온 것도 없었으니까.

"……."

여자는 말없이 고개만 저을 뿐이었다. 그리고 애먼 땅을 툭툭 발로 차고 있었다.

"가자, 그럼."

그렇게 말하고 민후는 지체 없이 집을 나섰다. 해가 지기 전에 여자가 산 아래까지 내려가려면 서둘러야 했으니까. 힐끔 돌아보니 자포자기한 표정을 지으며 여자도 제 뒤를 따라오고 있었다.

"서둘러야 해서 좀 빨리 걸을 거야. 따라오기 힘들면 그때그때 말해."

기가 죽은 여자가 신경 쓰여 민후는 답지 않게 자꾸 말이 많아졌다. 그런 제 마음도 모르고 여자는 이번에도 묵묵부답 또 말이 없었다. 아무래도 제게 섭섭한 마음이 큰 모양이었다. 하긴 여자의 처지가 워낙 안 좋았으니까. 좀 더 머물게 해줬으면 싶은 마음이 왜 없겠는가?

"아직 길이 미끄러울 거야. 내가 밟은 곳만 밟고 내려와."

하지만 민후로서도 방법이 없었다. 여자와 함께 부대끼며 살아야 했던 지난 일주일이 저도 너무 힘들었다. 4년 가까운 기간의 금욕 생활 중에 만난 여자였다. 새벽마다 발광하는 제 분신을 달래기도 힘들었고 제 타박 소리에 뽀로통하게 여자가 입을 삐죽일 때마다 그 입술에 제 입술을 비비고 싶어 미치는 줄 알았었다. 그런데 어떻게 여자를 제 곁에 둘 수 있겠는가? 그러니 저를 위해서도 여자를 위해서도 이게 가장 현명한 결정이었다.

"여기도 미끄럽다. 조심해."

산길은 생각보다 험했다. 그리고 아직 눈이 녹지 않은 곳도 많아 남자의 말대로 미끄러웠다. 벌써 이진은 몇 번이나 미끄러져 엉덩방아를 찧은 후였다. 그렇게 미끄럽고 험한 산길을 남자는 정말 제집 앞마당처럼 잘도 내려가고 있었다. 긴 다리로 성큼성큼 내려가는 남자를 쫓아가기 벅찰 만큼.

"잠깐만 기다려."

아무래도 사람이 많이 다니는 길은 아닌 모양이었다. 수시로 이렇게 제멋대로 뻗은 나뭇가지들이 이진과 남자의 앞길을 막고 있었다.

뚜둑 뚜둑.

남자는 이렇다 할 도구도 없이 손과 무릎을 이용해 나뭇가지들을 부러뜨리고 있었다.

툭툭.

남자의 손에 부러진 나뭇가지들이 산 옆으로 맥없이 나가떨어졌다. 남자는 장신이었다. 족히 185센티는 되어 보였다. 거침없이 나뭇가지를 쳐내는 남자의 모습에서 강한 남성미가 느껴졌다. 그리고 어떻게든 오늘 이진을 이곳에서 내려 보내겠다는 강한 의지도 읽을 수 있었다.

'많이 불편했던 거야.'

왜 안 그랬을까. 입장을 바꿔 생각하면 너무나 당연한 건데. 생면부지인 저의 편의를 그만큼 봐줬으면 남자로서도 이미 과하게 은혜를 베푼 것일 것이다. 그 사실을 알겠기에 이진은 더 이상 애원해볼 엄두도 용기도 생기지 않았다. 기억을 잃은 것이지 염치마저 잃어버린 건 아니었으니까.

"됐어. 내려와봐. 아, 잠깐만 내가 잡고 있을 테니까 먼저 내려가."

이진이 지나가기 쉽도록 남자가 튀어나온 나뭇가지 하나를 치켜들고 서 있었다. 산길을 내려오는 동안 남자는 내내 이런 식이었다. 제가 말만 하면 퉁명스럽게 타박하던 그 남자 같지가 않았다. 이런 식으로 저를 보내게 된 것이 남자도 미안한 모양이었다. 남자가 미안해할 이유가 전혀 없는데도 말이다.

"잠깐만, 이제 내가 먼저 내려갈게."

어쩌면 이런 모습이 남자의 진짜 모습일지도 모른다. 그 마음을 느낌으로 알겠으니까 이진은 남자를 이렇게 떠나야 하는 이 상황이 못내 더 아쉽기만 했다.

"가자. 이제 조금만 더 내려가면 다니기 좀 편한 길이 나와. 그럼 너 혼자 내려갈 수 있을 거야."

그러고 보니 이렇게 산을 타고 내려온 것도 한참이었다. 이제 정말 혼자가 되는 순간이 눈앞에 온 모양이었다. 두려움에 이진은 자꾸 가슴이 떨려왔다. 원래부터 이런 습관이 있었는지는 기억에 없지만 이진은 저도 모르게 자꾸 입술을 짓씹고 있었다.

"여기까지."

남자가 뚝 발걸음을 멈췄다. 올 것이 오고야 만 모양이었다. 이진은 순간 눈물이 핑 돌았다. 저를 바라보는 남자의 눈빛도 복잡했다.

"이 길 따라 쭉 그냥 내려가면 돼. 해지기 전에 가려면 서둘러야 할 거야."

그리고 남자는 주섬주섬 주머니를 뒤지기 시작했다.

"이거 받아. 더 있으면 더 주겠는데 지금은 이게 전부라서."

남자가 내민 건 만 원권과 5만 원권이 섞인 지폐 뭉치였다. 제게 그만큼 베풀어주고서도 모자랐던 모양이었다. 이진은 남자가 내민 그 돈을 쉬이 받을 수가 없었다. 미안하고 염치가 없어서.

"받아, 어서. 이러고 있을 시간 없어. 저기 보이지, 벌써 해가 저만큼이나 넘어갔다고."

이진이 말없이 고개만 숙이고 있자 안 되겠는지 남자가 이진의 손을 당겨 지폐 뭉치를 꼭 쥐여 주었다.

"가라. 내려가서 사람들한테 도움을 청해봐. 그리고 빨리 기억도 찾아."

"고, 고마웠어요."

간신히 참고 있었는데 입을 떼자 결국 감정이 격해져버렸다. 이진은 끝내 남자에게 눈물을 보이고 말았다. 어떻게든 참아보려고 했지만 참아지지가 않았다.

"해준 것도 없는데 그런 말은 왜 해?"

"아니에요. 그동안 진짜 고마웠어요. 가기 전에 이 말은 꼭 하고 싶었어요. 내 목숨 구해준 것도 고맙고 일면식도 없는 저 재워주고 먹여주고 보살펴준 것도. 다, 다 너무 고마웠어요."

훌쩍훌쩍 울먹이며 이진이 남자에게 그동안의 신세에 대해 인사를 했다.

"아, 그래. 알겠으니까, 그만 가라고. 이러다 너 해지기 전에 못 내려간다. 가, 어서."

더 듣고 있기 민망했는지 남자는 이진의 등을 떠밀며 가라고 재촉했다.

"네, 갈게요. 그럼, 안녕히 계세요."

더 이상은 저도 버티고 서 있을 수가 없어 이진은 죽어도 안 내키는 걸음을 결국 떼기 시작했다. 그렇게 몇 걸음 떼고 돌아보니 남자도 다시 산으로 발걸음을 돌리고 있었다. 귀찮은 혹이라도 떼버린 듯 미련 없이 남자는 그렇게 다시 산을 올라가고 있었다. 고맙고 미안했다. 그런데도 잡아주지 않는 남자가 이진은 야속했다.

"훌쩍."

이제 철저히 혼자가 된 것이다. 야속하게 돌아서 산으로 올라가는 남자의 뒷모습을 하염없이 바라보다가 이진도 결국 발길을 돌렸다. 그리고 남자가 내려가라는 그 길로 이진은 무작정 걸어 내려가기 시작했다.

"흑."

아직 해가 떨어지지는 않았지만 인적이 없는 산길은 무서웠다. 하지만 그것보다 더 무섭고 절망적인 것은 앞으로 제게 어떤 일이 닥칠지 아무것도 예상할 수 없다는 사실이었다.

'이러다 영영 기억을 못 찾으면 어떡해?'

모든 것이 막막했다.

'산 아래까지 내려가면 그다음엔 어떻게 해야 하는데?'

남자는 제게 사람들에게 도움을 청해보라고 말했다. 뭐라고? '기억을 잃어버렸어요. 그러니 제 기억을 좀 찾아주실래요?' 그렇게?

"흑흑."

당장이야 남자가 쥐여 준 돈으로 숙식을 어찌어찌 해결하기야 하겠지만 그다음엔? 그다음엔 대체 어떻게 해야 하는 걸까? 돈이야 벌면 된다고? 당장 제 이름도 나이도 모르는 저에게 일자리를 줄 직장이 있기는 할까?

"흑흑흑."

이렇게 막막하고 무섭고 절망적일 수도 있구나. 눈물이 앞을 가린다는 말이 정말이었다. 이렇게 울어본 기억이 이진은 물론 없다. 그런데 정말 눈물이 앞을 가려 잘 보이지도 않았다. 그러다 발을 헛디뎌 이진은 또 쭈르륵 산길에 미끄러지며 엉덩방아를 찧고 말았다.

"아하항 아하항."

차가운 눈길 위에 앉아 이진은 그렇게 통곡하듯 울음을 터트렸다. 제게 앞으로 닥칠 일이 너무 무섭고 겁이 났다. 차라리 그냥 여기서 죽어버리는 것도 나쁘지 않겠다는 생각이 들 정도로. 맞다. 어차피 저는 이 산에 죽으러 올라왔다지 않았는가. 그러니 지금 이 산을 내려가는 건 괜한 수고였다. 기억이 돌아오면 어차피 다시 올라올 산일 텐데.

"하아, 하아, 흑흑. 하아항."

눈길에 주저앉은 채 이진은 아무것도 할 수가 없었다. 그저 소리 내어 우는 것밖에는. 내려갈 수도 다시 죽으러 올라갈 수도 없어서 이진은 망연자실 그 자리에 그렇게 울면서 앉아 있었다.

저벅. 저벅. 저벅.

얼마나 그러고 앉아 있었는지 알 수도 없었다. 어둑어둑 해가 지기 시작했다. 그런데도 이진은 일어설 수가 없었다. 산꼭대기 절벽을 찾아갈 것도 없이 그냥 이대로 앉아서 죽는 것도 나쁘지 않겠다는 생각까지 하고 있을 때였다. 누군가 저벅저벅 눈길을 밟는 소리가 들렸다. 그리고 이내 남자가 제 앞에 나타났다. 산발한 머리. 덥수룩한 수염을 하고.

"일어나."

남자가 왜 돌아왔는지는 모르겠다. 하지만 다시 절 내려 보내려고 온 거라면 그냥 가줬으면 좋겠다고 이진은 생각했다.

"일어나란 소리 안 들려?"

"미안해요. 못 본 척하고 그냥 가세요."

"미치겠군. 너 정말 더럽게 짜증 나고 성가신 여자란 거 아니?"

"알아요. 나도 안다고요. 근데 못 가겠는 걸 어떻게 해요? 못 내려가겠어요. 무서워서, 너무 무서워서 못 내려가겠는 걸 날보고 어떻게 하란 말이에요. 흑."

꽁꽁 언 손으로 얼굴을 감싸고 이진은 그렇게 서러운 울음을 토해냈다.

"하아, 알았어. 알았다고. 그러니까 일어나라고. 그래야 다시 올라가든 어쩌든 할 거 아니냐고."

잘못 들은 줄 알았다.

"안 일어나? 안 올라갈 거야?"

그제야 남자의 말을 알아들은 이진이 또다시 울먹이기 시작했다.

"흑, 가도 돼요? 진짜 있어도 돼요?"

"젠장. 안 일어나?"

"일, 일어나요. 일어날게요."

하지만 몸이 제 마음대로 말을 듣지 않았다. 차가운 눈길에 몇 시간을 앉아 있었던 탓에 다리에 피가 돌지 않는 이진이 비틀거리며 다시 주저앉았다.

"정말 골고루 하는군."

남자는 성질을 부리면서 이진을 들쳐 업었다.

"걸을 수 있어요."

"입 닥치고 있어라. 성질나면 그냥 버리고 갈지도 모르니까."

"네."

짧은 대답을 하고 이진은 남자의 등에 얼굴을 묻었다. 남자의 등이 그렇게 넓을 수가 없었다. 그렇게 고마울 수가 없었다.

왈왈. 왈왈왈.

개 짖는 소리가 고요한 산골의 아침을 깨우고 있었다. 필시 산짐승이 내려와 집 주위를 어슬렁거리고 있거나 성질 고약한 장닭이 또 닭장으로 쓰고 있는 비닐하우스를 탈출해 깡이를 괴롭히고 있을 것이다.

"끙."

앓는 소리를 내며 민후가 눈을 떴다. 삭신이 쑤시고 아팠다. 이대로 온종일 누워 있어도 뭉친 근육들이 풀어지지 않을 것 같았다. 원망을 담은 눈으로 민후가 여자를 돌아봤다. 개야 짖든 말든 여자는 제집처럼 잘만 자고 있었다.

'미치겠군.'

대체 왜 저 여자를 다시 데리고 온 것인가 말이다. 저 성가시고 골칫덩어리인 여자를. 괜한 짓을 했다는 후회가 몰려왔다. 하지만 이미 데려와버렸으니 도로 내려가랄 수도 없는 노릇이었다.

'센상.'

어서 가라고 여자의 등을 떠밀고 민후는 곧바로 돌아섰다. 여자가 미련 같은 걸 두지 말고 떠나기를 바랐다. 그리고 혹시나 제가 붙잡아줄 것이라는 기대 따위를 갖게 하고 싶지 않았었다. 하지만 여자의 눈물이 마음에 걸려 민후는 쉬이 돌아오는 길을 재촉할 수가 없었다.

'그냥 뒤도 안 보고 올라왔었어야 했어.'

그런데 그러지를 못했다. 답지 않은 오지랖은 대체 왜 부린 것일까. 민후는 올라가던 길을 돌아 다시 여자의 뒤를 밟았다. 여자가 잘 내려가고 있는 것이라도 확인하고 나면 마음이 좀 가벼워질 것 같아서였나?

흑흑흑.

얼마 내려가지도 않아 민후는 여자의 울음소리를 들었다. 인적 드문 겨울 산길에서 처연하게 들리는 여자의 울음소리가 민후의 발목을 붙잡았다. 모른 척 다시 돌아서지도 못하고 민후는 그렇게 여자를 안타깝게 지켜봤다.

'죽고 싶었던 이유가 있었다면 기억이 되살아나도 나는 또 죽으려고 이 산으로 기어들어올지 모르겠다, 그죠? 근데 어차피 죽을 거라면 그때까지 기다릴 이유가 있을까요?'

해는 점점 기울어만 가는데, 산길은 자꾸 어두워져 가는데, 그런데도 여자는 일어나 내려갈 생각이 없어 보였다. 눈이 녹지 않은 산길에 주저앉은 채 그저 서러운 울음만 토해낼 뿐이었다. 그리고 그때 민후는 여자가 했던 그 말이 떠올랐다.

'죽을 생각이었니? 거기 그대로 앉아서 죽고 싶을 만큼 절망적이었어?'

어쩔 수가 없었다. 여자를 데리고 올라올 수밖에. 해는 이미 저물기 시작했고 더 어두워지면 저조차도 산길을 되짚어 올라오기 힘들 상황이었으니까.

왈왈. 왈왈왈.

아무래도 산짐승인 듯했다. 겨울철 먹을 것이 마땅치 않기는 사람이나 짐승이나 매한가지다. 혼자 산짐승을 쫓느라 고군분투하고 있을 깡이를 아무래도 도와줘야 할 모양이었다. 이불을 젖히고 일어나자 온몸의 근육들이 비명을 질러댔다.

'우윽.'

하긴 그 야밤에 혼자 올라오기도 벅찬 산길을 내내 여자를 들쳐 업고 왔으니. 제 몸은 이렇게 아픈데 세상 편한 얼굴로 잠들어 있는 여자가 민후는 갑자기 꼴 보기 싫어졌다.

"야, 일어나."

심통이 난 민후가 잠든 여자의 등을 발끝으로 툭툭 건드렸다.

"야, 일어나라고."

"아, 네. 벌써 아침이에요?"

민후의 발길질에 놀란 여자가 휙 고개를 돌리고 민후를 올려다 봤다. 게슴츠레 뜬 여자의 눈에도 피로가 묻어 있었다. 하긴 추운 산길에 그렇게나 오래 앉아 있었으니. 하지만 지금 민후는 측은지심보다 꼴 보기 싫은 감정이 더 컸다.

"언제까지 자고 있을 거야? 일어나서 빨리 따라 나와."

"뭐, 뭐…… 하게요?"

남자가 또 저를 산 밑으로 내려 보내려는 생각인 줄 알고 이진은 바짝 긴장했다.

"여, 여기 있어도 된다고 했잖아요."

남자를 바라보는 이진의 눈이 불안하게 떨렸다.

"있어도 된다고 했지, 내가 계속 너 종노릇 해주겠다는 말은 아니었잖아."

"네, 종이요?"

"그래, 종. 너도 염치라는 게 있으면 이젠 알아서 밥값을 해야 할 거 아니야?"

"밥……값이요?"

"그럼, 계속 공주처럼 앉아서 내가 해주는 밥 받아먹을 생각이었어? 네 눈엔 내가 그렇게 좋은 인간으로 보이냐?"

아, 그 말이었구나. 그제야 남자의 말을 알아들은 이진의 얼굴에 안도의 미소가 번졌다.

"아, 네. 뭐든 할게요. 뭐든 시켜만 주세요."

왠지 심기가 불편해 보이는 남자의 신경을 건드리지 않기 위해 이진은 발딱 자리를 털고 일어나 앉았다.

"옷 입고 나와. 할 일이 천지니까."

"네, 나가요. 금방 따라 나갈게요."

심통이 난 표정으로 방을 나서는 남자와는 달리 이진은 기분이 좋아졌다. 남자가 제게 어떤 일이든 시켜줘서 고맙고 좋았다. 그건 제가 정말 여기 있어도 된다는 말이었으니까.

방문을 열고 밖으로 나오니 시원한 아침 공기가 이진의 폐 속으로 스며들었다.

"흐음."

이진은 소리까지 내며 크게 숨을 들이마셨다. 분명 어제와 같은 공기일 텐데 이렇게 상쾌한 기분이 드는 이유는 뭘까? 방 앞 툇마루에서 바라보는 겨울 산의 풍경은 다시 봐도 절경이었다. 어제의 절박했던 기억도 잊힐 만큼.

"아, 좋다."

이진은 이곳이 좋았다. 이곳에 온 지 이제 겨우 일주일이었지만 이진은 이 집과 이 집에 사는 남자가 좋았다.

'입 닥치고 있어라. 성질나면 그냥 버리고 갈지도 모르니까.'

입으로는 그렇게 말하면서도 제게 넓고 따뜻한 등을 내어주는 그 남자가 이진은 정말 좋았다. 지난밤 남자의 등에 업혀 오던 길에 이진이 느꼈던 고마움과 그 듬직함은 남자의 타박과 핀잔 따위로 희석될 수 있는 그런 종류의 것이 결코 아니었다.

"어머!"

그때 툇마루 앞 섬돌 위에 예쁘게 놓여 있는 제 운동화가 눈에 들어왔다. 운동화는 남자의 신발 옆에 가지런히, 나란히 놓여 있었다. 그저 신발이 놓여 있는 것뿐인데. 이진은 괜스레 코끝이 찡해졌다. 더 이상 이 집의 불청객이 아니라 식구로 받아들여진 그런 기분이었다.

"하아, 진짜 좋다."

이 기분으로는 이진은 뭐든 할 수 있을 것 같았다, 뭐든. 환하게 미소 지으며 이진은 신발을 신고 섬돌 위에서 내려섰다.

"근데, 이 아저씨는 어디 있는 거지?"

아 참, 아저씨라고 부르지 말랬는데. 이제 정말 부를 호칭을 정해야 할 때가 된 것 같았다. 언제까지 여기 있게 될지는 모르겠지만, 그리고 왜인지는 모르겠지만 이진은 제 기억이 그렇게 빨리 돌아올 것 같다는 생각이 들지 않았다. 그러니 이젠 정말 남자를 부를 호칭이 필요했다.

"훗, 아저씨가 딱인데 말이야."

피식 코웃음 소리를 내며 혼자 중얼거리던 이진이 막 부엌으로 발걸음을 옮기려던 참이었다.

"뭐 하느라고 이제 나와?"

당연히 부엌에 있을 줄 알았던 남자의 목소리가 이진의 등 뒤에서 날아들었다. 여전히 볼멘소리를 하는 걸 보니 남자의 심통은 아직도 진행형인 모양이었다. 그러거나 말거나 이진은 지금 기분이 무척 좋았지만 말이다.

"아, 방 좀 치우고 나오느라고요."

옷을 갈아입고 누워 자던 이불을 개고 방까지 쓸고 닦았더니 시간이 그새 좀 지났나 보다.

"코딱지만 한 방 치울 게 뭐가 있다고……."

"뭐 할까요?"

남자의 잔소리가 길어질 것 같아 이진은 샐쭉 웃음을 보이며 남자의 말을 끊었다.

"따라와."

웃는 얼굴에 역시 침을 뱉기는 어려운 법이다. 말이 끊긴 남자
가 영 못마땅한 얼굴을 하며 부엌으로 먼저 걸어 들어갔다.

"네."

그런 남자의 뒷모습을 보며 이진은 또 피식 웃음을 지었다. 심
통을 부려도 남자가 무섭지 않았다. 아니, 그런 남자가 귀여워 보
이기까지 하다니.

'어머, 미쳤나 봐.'

산발한 머리 탓에 도대체가 어떻게 생겼는지조차 알 길이 없고
저보다 몇 살이나 많은지도 모르고, 심지어 남자가 결혼을 한 유부
남일 수도 있는데, 남자에 대해 아는 것이라곤 기타를 신의 경지로
잘 친다는 사실과 말투와는 달리 본심은 한없이 착한 남자라는 그
사실뿐인데, 그런데도 이진은 남자가 좋았다. 남자만 보면 자꾸 이
렇게 웃음이 나왔다.

"엄마앗!"

부엌으로 들어가는 남자의 뒷모습을 보며 이진이 혼자 수줍은
웃음을 짓고 있을 때였다. 휙 하고 제 옆을 지나가는 시커먼 형체
에 놀라 이진이 비명을 지르며 펄쩍 뛰어올랐다. 남자가 키우는 강
아지였다. 아니, 저렇게 큰 개를 강아지라고 부르지는 않는다. 덩
치도 산만 한 개가 털까지 까맣고 반들거리니 이진의 눈에는 거대
한 도사견처럼 보였다.

왈왈. 왈왈왈.

저를 보고 비명을 지르는 이진을 보고 놀랐는지 개도 시끄럽게

짖어대며 이진에게 달려들기 시작했다.

"엄마앗."

개가 달려들자 이진은 신발도 벗지 못하고 후다닥 툇마루 위로 뛰어올랐다.

"뭐야. 왜 이 난리야, 대체?"

이진의 비명 소리에 남자가 황급히 부엌에서 뛰쳐나왔다.

"하 참, 진짜 가지가지 한다."

저와 개의 대치 상황을 보고 남자가 어이없다는 표정을 짓고 있었다.

"애 좀, 애 좀, 애 좀 저리 가라고 해주세요."

"너는 입이 없어. 왜 나보고 해달래."

"부, 부탁이에요. 애 좀 쫓아줘요. 애 좀."

"알아서 해. 그리고 빨리 따라 들어와. 밥 짓게."

그 말만 하고 남자는 다시 부엌으로 휙 하고 들어가버렸다.

"아이씨. 좀 쫓아주면 어디가 덧나요? 아니, 이렇게 무서운 애를 왜 풀어놓은 거예요? 이런 개는 묶어놔야 하는 거 아니냐고요?"

이진이 들어주는 사람도 없는 하소연을 길게도 하고 있자니 깡이라는 그 개도 어이가 없고 흥미를 잃었는지 마당 입구에 있는 제집을 향해 어슬렁거리며 걸어가기 시작했다.

"히이잉. 대체 왜 하필이면 저렇게 무섭게 생긴 애를 키우는 거냐고요."

이 집은 다 좋은데 딱 한 가지 저 개가 문제였다. 지난 일주일간은 아픈 핑계로 방 밖을 나설 일이 많지 않았고 눈이 그치고 몸이 좋아졌을 때는 남자가 저를 배려해 개를 묶어 뒀었다. 그래도 개집 옆에 있는 화장실을 이용할 때면 생긴 것만으로도 이진을 주눅 들게 하던 게 저 개였는데.

"설마 계속 풀어놓을 건 아니죠?"

개가 저 멀리 갈 때까지 기다렸던 이진이 부리나케 부엌으로 뛰어 들어가며 남자에게 소리쳤다.

"풀어 두실 거냐고요?"

남자는 이진의 질문에 대답도 없이 아궁이에 계속 불만 지피고 있었다. 답답한 마음에 이진이 목소리를 높여 다시 물었다. 지금 이진에겐 이보다 더 급하게 해결해야 할 일이 없었으니까.

"그럼 개를 묶어서 키우냐, 이 산골짜기에서?"

이진을 한심한 듯 돌아보며 남자가 그제야 대답을 했다.

"왜, 왜요? 어제까지만 해도 묶어 뒀었잖아요."

"그땐 네가 잠깐 있다 갈 사람이었으니까. 하지만 아니잖아, 이제. 너 여기 있겠다며? 아니었어?"

이진의 의사를 재차 확인하려는 듯 처음으로 남자가 이진의 눈을 제대로 봤다.

"맞, 맞아요. 근데 그게 개 풀어놓는 거랑 무슨 상관이에요?"

"하아, 왜 상관이 없어? 깡이도 이 집에서 할 일이 있는 아이야. 집 주위에 어슬렁거리는 산짐승도 쫓아야 하고 나를 지켜주는 아이라고. 묶어 두면 깡이가 제 일을 어떻게 해?"

남자는 이진과의 이런 대화가 귀찮고 성가시다는 듯 다시 불쏘시개로 아궁이 안을 쑤셔댔다.

"그래도. 그래도 너무 무섭다고요. 생긴 것도 무슨……."

"그럼 내려가든가. 지금이라도 늦지 않았으니까."

남자는 건조한 목소리로 이진의 약점을 꼭 짚었다. 더 이상은 칭얼거리지도 못하게.

"하이씨."

남자에게 저는 개보다 못한 존재구나 하는 서글픈 각성에 이진은 금세 침울해졌다. 하지만 그 와중에도 가마솥에서 보글보글 끓고 있는 김치찌개 냄새는 기가 막히게 좋았다.

"혹시 전에 요리사였어요?"

찬이라고는 냄비째 밥상에 올려진 김치찌개와 곰취 장아찌가 전부였지만 이진의 입에는 꿀맛이 따로 없었다. 정말 이 남자의 정체가 궁금해질 만큼.

"뭐래?"

황당해하는 남자의 표정을 봐서는 요리사는 아니었던 모양이었다. 그럼 대체 뭘 하던 사람이었을까? 언제쯤 되면 이 남자의 지난 사연을 들을 수 있을까? 호기심 어린 표정으로 남자의 얼굴을 살피던 이진이 다시 밥을 먹기 시작했다.

"아니, 하는 음식마다 너무 맛있으니까."

갓 지은 따뜻한 밥 위에 곰취 장아찌 한 장만 올려도 진수성찬이 부러울 게 없었다. 장아찌의 새콤달콤한 맛이 입 안 가득 퍼지자 이진이 얼굴 가득 행복한 미소를 머금었다.

"네 모습이 지금 어떤지 알아?"

"내 모습이요? 어떤데요?

"제사상에 올려놓는 돼지머리 있지? 딱 그거 같아. 큭큭."

말해놓고 저도 웃긴지 남자는 어깨까지 들썩이며 코웃음 소리를 냈다.

"아, 진짜. 왜 자꾸 멀쩡한 사람한테 돼지래, 돼지가."

"돼지잖아, 너. 먹는 것도 돼지 같고 생긴 것도 돼지 같아."

"헉. 내가 어딜 봐서 돼지처럼 생겼어? 이렇게 예쁜 돼지가 어디 있다고?"

"아직 못 봤구나. 여기도 거울 있어, 저기 벽에. 밥 먹고 거울 좀 보든가."

"이씨. 안 먹어."

이진이 삐친 척 숟가락을 탁 내려놓았다. 그러자 남자의 손이 날아와 콩 하고 이진의 머리통을 때렸다.

"쬐그만 게 아까부터 왜 자꾸 반말이야."

"자기도 반말하면서. 뭐, 난 좀 반말하면 안 돼……요?"

남자의 주먹이 다시 이진의 머리통을 겨냥하자 이진이 재빨리 '요' 자를 덧붙였다.

"자꾸 까불어라, 응?"

"까불기는. 아니, 이럴 게 아니라 말난 김에 얘기 좀 해요. 대체 몇 살이세요? 이름은요? 이제 어떻든 한 지붕 아래 살 사람인데 이름은 알아야 하잖아요. 결혼은 하셨어요?"

콩.

대답 대신 날아온 건 또 알밤이었다.

"이씨, 왜 자꾸 때려요?"

"네가 맞을 짓을 자꾸 하잖아. 군소리 그만하고 다 먹었으면 빨리 설거지나 해. 지금부터 할 일이 산더미니까."

그러고 보니 그새 남자는 제 몫의 밥그릇을 다 비운 상태였다.

남자는 더 이상 이진과 말장난할 시간도 생각도 없다는 듯 다 비운 그릇을 들고 밖으로 초연히 걸어 나갔다. 그 얼굴에 피식 웃음이 걸렸지만 이진은 보지 못했다.

"씨, 군소리는. 사람이 만나서 처음 하는 게 뭐야? 통성명하고 신상 서로 까는 거지. 뭔 비밀이 그렇게 많은 거야, 대체? 설마 진짜 죄 짓고 여기 숨어 사는 거 아냐?"

이진이 의심의 눈초리로 남자의 뒤통수를 바라봤다. 하지만 이상하게도 남자가 범죄자 같다는 느낌은 처음부터 들지 않았다. 남자에 대한 이 밑도 끝도 없는 믿음이 대체 왜 생겼는지 저도 잘 모르겠지만 말이다.

"그러게 다 말해주면 좋잖아. 자기가 무슨 신비주의야, 뭐야."

혼자 그렇게 구시렁거리며 이진은 남은 밥그릇을 깨끗이 비웠다.

"아, 손 시려."

설거지를 마친 이진이 다 씻은 그릇을 들고 부엌으로 들어오고 있었다. 그릇이라고 몇 개 되지도 않았지만 얼음물같이 차가운 물에 씻으려니 손이 터져나가는 것 같았다.

"뭐야, 그걸 다 찬물에 씻은 거야?"

"그럼 어떡해요? 여기 온수 안 나오잖아요."

"저기 가마솥에 뜨거운 물 있잖아. 퍼가서 섞어서 해야지."

"그럼 미리 말을 해줬어야죠. 손이 터지는 줄 알았구만."

들고 들어온 그릇들을 선반 위에 엎어놓고 이진이 아궁이 앞으로 쪼르르 달려가 손을 쬐었다.

"그걸 일일이 다 말해줘야 하니? 대체 그 머리는 뭐하러 달고 다녀?"

"누구 집 제사상에 올릴 날 기다리고 있나 보죠."

계속되는 남자의 놀림에 빈정이 상한 이진이 뾰로통하게 입을 내밀었다. 그 모습을 남자가 얼마나 흐뭇하게 보고 있는지도 모르고.

"훗, 너도 거울 봤구나? 맞지, 네가 봐도 돼지지?"

"이씨이."

어지간히 약이 오르는지 얼굴까지 새빨개져서 저를 노려보는 여자의 모습이 귀여워 민후의 입가에 저도 모르게 자꾸 씰룩씰룩 미소가 지어졌다. 위험하게. 후회되게. 심란하게. 가지고 놀고 싶게.

'역시 다시 데리고 오는 게 아니었어.'

문득 민후는 생각이 많아졌다. 여자는 기억을 잃었다. 정상적인 상태가 아니라는 소리다. 그런 여자를 상대로 이렇게 자꾸 몸이 반응을 보이는 게 민후는 반갑지 않았다.

"손 대충 녹였으면 걸레 들고 따라 들어와."

여자의 기억이 돌아오는 날까지 어쩔 수 없이 한 공간에 살게 되겠지만 가급적 여자와 함께하는 시간을 줄여야 했다. 그러기 위해서는 가장 먼저 해야 할 일이 있었다. 민후는 어젯밤부터 생각해 오던 그 일을 지금 당장 해치울 생각이었다.

"걸레요? 뭐 하게요?"

"와보면 알겠지. 뭘 자꾸 물어, 묻긴."

여자의 질문에 습관처럼 핀잔을 주고 민후는 부엌 한편의 낡은 찬장을 들어내기 시작했다.

"어머, 뭐야. 거기 방이 있었어요?"

당연히 막힌 공간이라고 생각했던지 여자가 놀란 얼굴로 일어섰다. 하긴 저도 여태 한 번도 들어가본 적 없는 방이었으니.

"거긴 누가 쓰던 방이에요?"

"몰라. 누군가는 썼겠지."

삐걱거리는 문을 열고 들어서니 방 안에 메케한 곰팡이 냄새가 훅 하고 코를 찌르며 들어왔다. 풀풀 날리는 먼지를 헤치고 민후는 방 뒤편의 미닫이 창문을 서둘러 열었다. 방 안에 쌓여 있던 먼지들이 바람을 타고 창문 밖으로 날려나가는 모습이 겨울 햇살에 선명하게 선을 그리며 보였다.

"앞으로 이 방 써."

"와, 내 방이에요?"

제 방이라는 말에 여자가 신이 나서 방 안으로 걸어 들어왔다.

"네 방이 아니고 너 기억 돌아올 때까지만 잠시 빌려주는 방이야. 그러니까 눌러앉을 생각 말고 빨리 기억 찾아서 나가."

"알았어요. 알았다고요. 그땐 붙잡아도 갈 테니까 염려 마세요. 우와, 경치 봐. 진짜 끝내줘. 봤어요? 여기 봤어요? 이리 와서 이거 좀 봐요."

창밖에서 뭘 본 건지 여자가 갑자기 호들갑을 떨기 시작했다. 그리고 민후가 인식하기도 전에 민후의 팔에 팔짱을 끼며 잡아당겼다.

"하아, 너무 예쁘다. 너무 예쁘죠. 그죠, 아저씨?"

그리고 신이 나서 제 팔을 두드리며 여자가 환하게 미소 지었다. 눈이 부실 정도로 예쁜 미소였다. 민후의 얼굴이 일순간 긴장으로 굳어졌다. 이 여자는 정말 위험했다.

"이게 미쳤나. 왜 자꾸 남의 몸에 손을 대? 지난번에도 그러더니. 너 이거 습관이지? 쬐그마한 게 남자 무서운 줄을 몰라, 하여간. 그리고 내가 아저씨라고 부르지 말라고 했어, 안 했어?"

민후는 획 하고 여자의 팔을 뿌리치고 성난 사람처럼 방을 나섰다.

"손, 손을 대긴 누가. 나는 그냥 이거 좀 보라고……."

갑자기 화를 내며 방을 나가버리는 저 때문에 놀란 모양이었다. 씩씩거리며 부엌으로 내려서는 민후의 등 뒤로 황당하고 억울하다는 듯 말끝을 흐리는 여자의 목소리가 들렸다.

갑자기 버럭 화를 내고 나간 남자는 어디로 사라졌는지 아까부터 기척이 없었다.

"하, 누가 누구더러 미쳤대. 지는 완전 성격파탄자 같구만. 아니, 그게 그렇게 화낼 일이냐고. 뭐, 습관? 그러니까 내가 남자 만지는 게 습관이란 소리야, 지금? 그리고 아저씨가 대체 뭐가 어때서 저렇게 질색팔색이야? 그게 그렇게 싫으면 이름을 가르쳐주든가."

벌써 세 번째 방을 닦아내고 있는데도 걸레에는 새까만 먼지가 그대로 닦여 나왔다. 조금 전 남자에게 들었던 말을 곱씹을수록 이진은 어이가 없고 열불이 터졌다. 이진이 새까매진 걸레를 들고 벌떡 일어섰다.

"이제 알겠네. 그렇지, 그런 성격으로 사회생활이 가능할 리가 있어? 그래서 이런 데서 혼자 떨어져 사는 거야. 그래, 내가 미쳤긴 미쳤었다. 그런 인간이 대체 뭐가 좋다고."

절벽에서 떨어지면서 머리도 살짝 맛이 갔던 게 분명했다. 아니면 신들린 것 같던 남자의 기타 실력에 진짜 정신줄 놓고 홀려버렸든지.

"씨이, 근데 대체 방을 얼마나 안 쓰고 비워둔 거야. 닦아도, 닦아도 어떻게 표가 안 나?"

다시 걸레를 빨아 올 생각으로 이진은 씩씩거리며 방을 나섰다. 그리고 가마솥에서 뜨거운 물 한 바가지를 퍼들고 나와 마당 한편에 있는 수돗가로 향했다. 이 집에는 수도가 들어오지 않는 대신 간이 수도시설이 있었다. 남자의 말로는 예전 주인이 깊은 산속 약수터에서부터 배관을 끌어다 놓은 것이라고 했다.

최르륵. 촤아.

이진이 살얼음이 낀 찬물 양동이에 가마솥에서 퍼온 뜨거운 물을 붓자 하얀 김이 모락모락 올라왔다.

우당탕탕탕.

그리고 그때 내내 조용하던 마당 저편에서 남자의 기척이 들렸다.

'뭐야, 그새 어디서 저만큼이나 해온 거야?'

그렇게 화를 내고 나가서는 남자는 나무를 해온 모양이었다. 산더미같이 지게에 지고 온 나무들을 남자가 집 왼편 구석에 쏟아붓듯 내려놓고 있었다. 그리고 대체 어디서 저런 걸 구해왔을까 싶은 낡고 오래된 지게를 벗어놓고 잠시 쉴 틈도 없이 남자는 장작을 패기 시작했다.

퍽. 쩍.

남자가 내리친 한 번의 도끼질에 제 허리통만큼이나 굵은 나무 하나가 반 토막으로 쩍 하고 갈라졌다. 거친 야성미를 풀풀 풍기는 남자의 모습에 여태껏 남자를 성격파탄자라고 씹어대던 것도 잊고 이진이 넋이 빠진 듯 남자를 바라봤다. 마치 기타의 신이 강림이라도 한 듯 섬세하게 기타 줄을 튕기던 그 남자가 아니었다.

꿀꺽.

탄탄한 허벅지, 건장하게 벌어진 어깨, 크게 휘두르는 도끼날이 어우러진 날것 그대로의 남자의 모습에 이진은 저도 모르게 마른 침을 꿀꺽 삼켰다.

퍽. 쩍.

그렇게 이진이 한참을 보고 있는 것도 모르고 남자는 연이어 장작을 패고 있었다. 잘 쪼개진 장작들이 수북이 쌓일 즈음 남자가 허리를 곧추세우고 일어나 이마의 땀을 훔쳤다. 그 모습도 그림 같다고 느끼던 그 순간 툭 하고 남자가 무심하게 도끼를 던지고는 돌아섰다. 그리고 이진이 있는 쪽으로 걸어오기 시작했다.

"뭐야. 왜 오는 거야?"

나쁜 짓을 하다가 들킨 아이처럼 새빨개진 얼굴로 이진의 몸이 어쩔 줄을 모르고 이리저리 방황했다. 이대로 남자와 마주치면 몰래 훔쳐본 사실을 들켜버릴 것만 같았다.

"아, 화장실. 맞다. 나 아까부터 화장실이 급했어."

이진은 들고 있던 걸레를 내려놓고 급하게 손을 씻고는 화장실로 달려갔다. 때마침 깡이도 보이지 않아 다행이라고 생각하며 이진은 화장실 문을 열고 뛰어 들어갔다.

'어머, 미쳤나 봐. 가슴이 대체 왜 이러지?'

처음에는 적응이 안 돼서 미치겠던 냄새나는 재래식 화장실에 쪼그리고 앉아 이진은 새빨개진 얼굴과 두근거리는 제 가슴을 한 참이나 그렇게 두들겨야 했다.

아직도 삐친 모양이었다. 저를 보더니 여자는 쌩하고 자리를 피해버렸다. 여자는 작고 여린 체구에도 볼륨감이 좋았다. 쪼르르 화장실로 달려가는 여자의 탄력 있는 뒤태를 보자 민후는 또다시 숨이 막히는 것 같았다. 그리고 미친 아랫도리가 죽겠다고 비명을 질러댔다.

'하아, 대체 무슨 생각으로 다시 데리고 온 거야.'

나무를 하는 동안에도 내내 민후는 제 발등을 찍고 싶었다. 여자 때문에 피로감이 몰려왔다. 온종일 여자에게 신경이 몰려 있는 것만 같았다. 곁에 있으면 곁에 있는 대로. 눈에 안 보이면 안 보이는 대로. 할 수만 있다면 당장이라도 여자를 이 집에서 다시 내보내고 싶었다.

"기억이 돌아오는 약초는 없는 거야?"

씻고 들어가 당장이라도 약초 책을 뒤져봐야겠다는 생각을 하면서 민후는 부엌으로 들어가 뜨거운 물을 퍼가지고 나왔다.

촥 촤르르.

뜨거운 물을 세숫대야에 쏟아붓고 찬물을 받아 물 온도를 맞춘 후 민후는 잠시 고민했다. 나무를 해오고 장작을 패는 사이 민후의 온몸이 땀으로 흠뻑 젖어 있었다. 생각 같아서는 홀러덩 셔츠까지 벗어던지고 등목이라도 하고 싶었지만 언제 또 여자가 곁으로 다가올지 몰라 망설여졌다.

'하여간 여러모로 성가신 여자야.'

하는 수 없이 민후는 세수와 머리만 감기 시작했다.

"아아악. 엄마앗!"

민후가 막 수건으로 감은 머리를 털고 있을 때였다. 갑자기 여자의 비명 소리가 들리기 시작했다. 놀라 고개를 돌려보니 어처구니없게도 여자가 깡이에게 쫓기며 온 마당을 파닥거리며 도망 다니고 있었다.

"홋, 진짜 가관이군."

입으로는 그렇게 말하면서도 민후의 입가가 씰룩 올라갔다. 인정하기 싫지만 여자가 온 이후로 예전보다 이렇게 웃는 일이 많아지긴 했다.

"하아, 부탁인데 그런 모습 자꾸 내게 보이지 말아주라. 너랑 놀고 싶어지니까."

옅은 한숨을 토해내고 민후는 수건을 다시 양손에 거머쥐었다. 그리고 탈탈 젖은 머리의 물기를 다시 털어내기 시작했다. 막 씻은 얼굴에 닿는 겨울 공기가 차가워야 하는데 이상하게 열이 올랐다.

"살려줘요, 아저씨! 아아악. 저리 가. 저리 가. 살려줘요. 아저씨, 살려줘요."

그리고 그 순간 여자가 민후의 가슴으로 달려들었다. 아니, 매달렸다는 표현이 맞을 것이다.

왈왈. 왈왈왈.

쫓아온 깡이가 관성을 못 이기고 끼이익 멈춰서며 여자의 다리에 머리를 박은 모양이었다.

"엄마앗!"

놀란 여자의 다리가 반사적으로 올라와 민후의 허리에 감겼다. 그리고 그 순간 여자와 민후의 사이에 시간이 멈춰버렸다.

5장. 너 삼진 아웃이야

이진은 아무것도 할 수 없었다. 남자의 목에 매달리듯 안긴 채. 남자의 허리에 두 다리를 감은 채.

'맙소사.'

막 씻은 듯 아직 물기가 마르지 않은 머리를 올백으로 넘긴 남자가 긴장한 듯 굳은 얼굴로 저를 마주 보고 있었다.

'세상에.'

처음으로 남자의 얼굴을 제대로 봤다. 너무 놀라 아무 생각도 나지 않을 만큼 잘생긴 얼굴이었다. 아니, 그냥 잘생겼다는 말로는 부족했다. 남자는 마치 잘 빚어놓은 조각상 같았다. 만져보고 싶을 만큼. 남자의 충격적인 비주얼에 이진은 저를 쫓아온 깡이의 존재조차 잊어버렸다. 그리고 넋을 놓고 남자의 얼굴에 빠져들었다.

'당신 정말 뭐 하는 사람이에요? 왜 이런 얼굴을 가리고 다니는 거예요?'

생각보다 훨씬 작은 얼굴이었다. 그래서 뭘 걸쳐도 그렇게 스타일이 좋았던 모양이었다. 그리고 그 작은 얼굴 안에 그림 같은 눈, 코, 입이 한 치의 오차도 없이 균형을 이루며 자리를 잡고 있었다. 짙고 가지런한 눈썹은 그럴 리가 없을 텐데도 마치 전문가의 케어를 받은 것처럼 예뻤고 그 아래에 자리 잡은 깊고 우수에 찬 눈빛의 눈은 압권 중에 입권이었다.

'대체 무슨 사연이 있는 거예요?'

이진은 숨 쉬는 것조차 잊고 남자의 얼굴을 바라봤다. 그렇게 한참을 넋을 놓고 바라보다 이진은 문득 이상한 생각이 들기 시작했다.

'근데 왜 아무 말도 안 하는 거지?'

이쯤 되면 남자의 입에서 쌍욕이 나와도 벌써 나왔어야 할 타이밍인데. 아닌가? 그러고 보니 아까부터 남자의 숨소리가 거칠어진 것도 같았다. 한 뼘도 안 되는 거리에서 서로를 마주 보는 두 사람 사이에 알 수 없는 긴장감이 감돌았다. 그리고 이진의 숨결도 덩달아 거칠어졌다.

"이렇게까지 할 것 없이 차라리 그냥 말로 하는 건 어때?"

그리고 그 순간 남자의 입에서 알아듣지 못할 말이 나왔다. 평소와는 달리 거칠게 갈라지는 목소리였다.

"네? 뭐, 뭐가요?"

"그냥 말로 해. 나랑 자고 싶다고."

"네에?"

"아니라고? 이렇게 온몸으로 들이대면서."

"네에? 들, 들이대다니. 그런 거 아니잖아요. 깡이 저 녀석이……."

깡이 탓을 하려고 이진이 몸을 돌렸다. 하지만 언제 가버렸는지 깡이는 그 자리에 없었다. 순간 머쓱해진 이진이 남자에게서 내려오려고 했다. 하지만 남자는 허리에 바짝 힘을 주고 두 손으로 이진의 허리를 감싸 안았다. 그리고 제 품으로 이진을 잡아당겼다.

"왜, 왜 이래요. 내려줘요."

주먹 하나도 들어갈 수 없을 정도로 남자의 몸과 붙어버린 이진의 얼굴이 새빨개졌다. 그리고 주책스레 가슴이 빨라지기 시작했다.

"깡이가 뭐?"

볼이 터질 듯 새빨개진 이진의 얼굴을 보며 남자가 느물거리며 물었다.

"아, 다 봤으면서 왜 이래요. 내려줘요."

"보긴 뭘 봐. 난 네가 내 품으로 달려든 것밖에 본 게 없는데."

"아, 좀. 그만 놀리고 내려달라고요."

이진이 팍 하고 남자의 가슴을 밀어냈다. 그리고 주르륵 남자의 몸을 타고 땅으로 내려왔다.

"치. 놀리고 있어. 그러게 좀 묶어달라고 했을 때 묶어줬으면 좋았잖아요."

괜히 민망해진 이진은 되레 큰소리를 치며 도망치듯 부엌으로 걸어가기 시작했다. 하지만 몇 발작 걷지도 못하고 남자의 손에 다시 돌려세워졌다.

"아, 왜요? 뭐 또 할 말 있어요?"

"할 말? 있지. 너 삼진 아웃이야."

남자가 능글맞게 웃으며 말했다. 뜬금없이 삼진 아웃이라니. 이 인간이 미쳤나 싶었다. 하지만 그 순간 남자의 두 손이 이진의 작은 얼굴을 감싸듯 잡고는 그 잘생긴 얼굴을 향해 들어올렸다. 그리고 생각지도 못한 일이 벌어졌다. 남자의 거친 수염이 이진의 뺨을 스치고 남자의 입술이 순식간에 이진의 입술을 삼켜버렸다.

흡.

능청하게 미소 짓던 모습과 달리 남자의 입술은 다급했다. 그리고 거칠고 집요하게 이진의 입술을 씹고 빨아댔다. 너무 놀라면 몸이 굳어버린다는 것을 이진은 처음 경험했다. 세상의 모든 소음이 사라져버린 듯 아무 소리도 들리지 않았다. 두 손을 올린 채 숨 쉬는 것조차 잊어버리고 이진은 그저 눈만 깜빡이고 있었다.

"왜 이러……."

간신히 뱉은 이진의 말도 남자의 입술에 무기력하게 막혀버렸다. 그리고 벌어진 이진의 입술 사이로 남자의 혀가 거칠게 밀고 들어왔다.

"아웃."

그리고 어쩔 줄 몰라 방황하는 이진의 혀를 잡아채 유혹하듯 희롱했다.

'뭐지, 이 낯선 느낌은?'

이 촉촉하고 부드럽고 간지러운 느낌은? 그래서 미치게 좋은 이 느낌은? 입 안 구석구석의 모든 세포가 살아나는 것 같았다. 아무래도 저는 키스조차 경험이 많지 않은 모양이었다. 집요하게 제 혀를 옭아매고 빨아대는 남자의 혀에 도대체 어떻게 반응을 해야 할지도 모르는 것을 보니.

꿀꺽.

제 것인지 남자의 것인지 섞여버린 두 사람의 타액이 입 안 가득 고였다. 제 입 속을 집요하게 파고드는 남자의 혀에 막혀 이진은 어쩔 수 없이 고인 타액을 꿀꺽 목구멍으로 삼켜야 했다.

춥춥.

남자는 이진을 한입에 삼켜버릴 듯 덤벼들었다. 집요하게 이진을 파고들었고 굶주린 듯 음미했다. 남자의 입술이 제 입술을 빨아들이는 적나라한 소리가 낯설고도 민망했다. 더 이상은 버텨내질 못하고 이진이 남자의 어깨를 밀어냈다. 그리고 간신히 남자를 떼어냈다.

"왜, 왜 이래요, 대체?"

가쁜 숨을 몰아쉬며 여자가 타액으로 젖은 입술을 문지르듯 닦아냈다.

"벌이야. 경고했잖아."

"뭐……라고요?"

처음 듣는 말인 것처럼 황당한 표정으로 여자가 저를 올려다봤다. 그새 빨갛게 부풀어 오른 여자의 입술과 발그레 열이 오른 조그만 얼굴이 민후를 다시 자극했다. 당장 안고 방으로 들어가 시작한 일을 끝내고 싶었다. 이 순간을 참아내는 일이 얼마나 힘든지 여자는 결코 알지 못할 것이다.

"또 아저씨라고 부르면 키스해달라는 소리로 알아들을 테니까 그렇게 알아."

"네에? 그럼 지금 아저씨라고 불렀다고 이랬다는 거예요?"

여자는 황당하고 어이없다는 표정을 지었다.

"그럼 뭐겠어? 설마 내가 널 좋아하기라도 해서 이랬겠어?"

"이씨. 이런 게 어디 있어, 이런 게."

여자가 작고 하얀 손으로 민후의 왼쪽 가슴을 후려쳤다. 억울해서 죽겠다는 표정으로 저를 흘겨보는 그 모습마저 미치게 예뻤다. 여자의 작은 손을 낚아채고 민후는 갈등했다. 여자를 통째로 삼켜 버렸으면 좋겠다. 아무도 모르는 이 산속에서 이 작은 여자 하나 어쩐다고 무슨 상관이겠는가? 참지 말고 해버릴까?

"그러게 하지 말라고 했으면 하지 말았어야지."

제발 여자가 아무 짓도 안 했으면 좋겠다. 이렇게 자꾸 자극하면 민후도 더 이상 버티기는 힘들 것 같으니까. 키스 따위가 뭐 대수냐는 듯 느물거리며 돌아섰지만 사실상 민후는 여자에게서 달아나고 있었다. 저 조그만 여자가, 키스조차 어설프기 짝이 없는 이 조그만 여자가 너무 위험해서. 자꾸만 흥분하는 제 아랫도리를 여자에게 들키지 않기 위해서.

"이런 게 어디 있냐고요."

아무 일도 없었다는 듯 방으로 걸어가는 남자의 뒤통수에다 이진이 바락 고함을 질렀다. 그러거나 말거나 남자는 돌아보지도 않고 유유히 제 방문을 열고 들어가버렸다.

"이이씨."

닫힌 문을 노려보며 이진은 성질을 부렸다. 약이 올라 미치겠다. 남자가 제 입술을 삼켰을 때 그리고 유혹하듯 제 입 속을 파고들었을 때 어쩌면 남자도 제가 조금은 좋은지도 모르겠다고 생각했었다. 그렇게 가슴 떨리는 키스를 하고도 그 이유가 기껏 제가 아저씨라고 불러서라니.

"아저씨가 뭐? 도대체 그럼 뭐라고 부르라는 소리야?"

들어주는 사람도 없는데 이진은 어깨까지 들썩거리며 혼자 씩씩대고 있었다.

왈왈. 왈왈왈.

그러자 혼자 그러고 있는 이진이 불쌍했는지 깡이가 상대를 해주겠다고 왈왈거리며 제게로 쫓아오고 있었다.

"이이씨, 이게 다 너 때문이잖아."

왈왈. 왈왈왈.

이진이 저를 상대해주는 게 좋은지 깡이가 속력을 높여 달려왔다.

"엄마앗!"

기세 좋게 깡이에게 고함을 지르던 것도 잠시, 깡이가 달려오는 속도에 놀라 이진은 비명까지 지르며 부엌으로 달아났다.

왈왈. 왈왈왈.

'훗, 미치겠다, 정말. 널 진짜 어쩌면 좋지?'

방 안에 앉아서도 민후의 눈에는 보이는 것 같았다. 새빨개진 얼굴로 약 올라 소리치는 여자의 모습과 깡이에게 쫓겨 파닥거리며 달아나고 있을 여자의 모습이. 그냥 마음 가는 대로 해버리면 어떨까? 여자도 싫지 않은 모습이었는데. 하지만 그럴…… 수는 없었다.

'네 방이 아니고 너 기억 돌아올 때까지만 잠시 빌려주는 방이야. 그러니까 눌러앉을 생각 말고 빨리 기억 찾아서 나가.'

'알았어요. 알았다고요. 그땐 붙잡아도 갈 테니까 염려 마세요.'

여자는 기억을 잃어버렸다. 그리고 그 잃어버린 기억을 찾으면 떠나버릴 여자였다. 그런 여자를 상대로 미친 불장난을 할 수는 없는 노릇이었다.

'이게 나한테 얼마나 지독한 고문인지 알고나 있니, 이 여자야?'

민후는 기대감에 들떠 흥분이 사그라들지 않는 제 아랫도리를 애처롭게 내려다봤다. 그리고 풀 길 없는 정욕을 해결하기 위해 기타를 집어 들었다.

당당당당 당당당. 띠이잉. 띵

그리고 폭주하듯 기타 줄을 튕기기 시작했다.

방으로 돌아와서도 약이 올라 혼자 씩씩거리던 이진도 어느 순간부터 남자의 기타 연주에 빠져들었다.

디잉…… 딩딩딩 디잉 띵…….

한동안 몰아치던 남자의 기타 소리가 애잔해졌다. 폭주하듯 내달리던 기타 연주는 그것대로 이진의 심장을 미쳐 날뛰게 하더니 저렇게 애잔한 기타 선율은 그것대로 또 이진의 마음을 먹먹하게 파고들었다. 남자의 기타 연주는 그 남자의 키스만큼이나 황홀했다. 어쩜 이럴 수가 있을까? 기타 하나로 사람의 마음을 이렇게나 사로잡다니.

'대체 당신은…….'

남자의 방 쪽으로 저절로 고개가 돌아갔다. 그리고 저도 모르게 이진은 제 부은 입술을 만지고 있었다. 아직도 느낌이 생생했다. 제 입술을 삼키듯 빨아대던 남자의 그 절박했던 입술. 거칠게 파고들던 남자의 그 뜨거웠던 혀. 그리고 그것이 제 입 속에서 불러일으켰던 그 황홀한 감각이.

'정말 그게 전부였어요?'

왜 이런 기분이 드는 걸까? 믿고 싶지 않았다. 그렇게 뜨겁고 절박했던 남자의 입맞춤이 그저 아저씨라는 호칭이 듣기 싫어서였다는 그 말이.

'당신도 조금은 내가 좋아진 거 아니에요? 당신에게 나는 여전히 그렇게 성가시고 귀찮기만 한 존재예요?'

가슴이 이상하게 저렸다. 저린 가슴을 툭툭 치며 이진은 벽에 머리를 기대고 앉았다. 그리고 남자의 연주에 다시 귀를 기울였다.

'밀어내지 말걸.'

좀 더 길게, 남자가 지쳐 떨어져 나갈 때까지 남자의 입술을 느껴볼 걸 그랬다. 이진은 분홍빛 혀를 내밀어 수줍게 제 입술을 핥아보았다. 아직도 남자의 입술이 느껴지는 것 같았다.

띠잉띵 띠딩띵…… 띠잉…….

그리고 어느새 달콤해진 남자의 연주에 이진의 가슴도 같이 녹아내렸다.

'나 어떡하죠? 당신이 정말 좋아요.'

왈왈. 왈왈왈.

돌발적으로 발생한 오전의 그 일 때문에 강원도 두메산골 민후의 집에는 어색한 공기만이 가득했다. 아직도 그 일로 삐쳤는지 여자는 여자대로 제 방에서 나오지를 않았고 민후는 민후대로 여자의 얼굴을 다시 보기가 민망했다. 그리고 제 욕정을 다스릴 시간이 필요했고.

왈왈. 왈왈왈.

민후의 집에는 시계가 필요 없었다. 깡이 녀석은 칸트 선생 저리 가라로 얄짤없이 정확한 녀석이었다. 특히 제 밥시간에 한해서는 말이다.

티잉.

깡이가 짖는 소리에 민후가 아쉬운 듯 기타 줄을 놓았다. 그리고 난감한 표정으로 여자의 방 쪽을 돌아봤다.

'그냥 벌준 거였잖아, 벌.'

민후는 인정하고 싶지 않았다. 미치게 여자의 그 예쁜 입술을 맛보고 싶었다는 사실을. 한번 인정해버리면 그 이후엔 봇물 터지듯 여자와 하고 싶은 게 많아질 테니까.

'그래, 벌준 거야. 그러니까 하지 말라고 할 때 하지 말았어야지.'

그래서 비겁하게 여자를 탓하기로 했다. 그리고 그건 절대 키스 따위가 아니었다고, 여자에 대한 경고성 벌이었다고 그렇게 자신을 합리화하기로 마음먹었다. 그래야 다시 아무렇지 않은 얼굴로 여자를 마주 볼 수 있을 테니까.

"야, 나와."

아닌 게 아니라 민후 역시 여자를 부를 만한 마땅한 호칭이 없었다. 여자는 제 이름조차 기억을 못 하니 제게 이름을 알려주고 싶어도 알려줄 수가 없었을 것이다. 부엌에 들어서며 민후는 크게 숨을 한 번 내쉬었다. 그리고 지체 없이 여자의 방을 두드렸다.

드르륵.

아직 불도 때지 않은 냉방에서 여자는 덩그러니 저렇게 앉아 있었던 모양이었다. 아침에 그 일만 아니었다면 벌써 도배도 끝내줬을 것이고 아궁이에 불도 지펴줬을 텐데. 그제야 민후는 여자에게 미안한 마음이 들었다.

"왜요?"

아까까지만 해도 약이 오를 대로 올라 있더니 왜 이렇게 기가 죽은 모습일까? 답지 않게.

"나와서 밥 해."

"네?"

"왜 이렇게 놀라? 아침을 내가 했으면 적어도 점심 한 끼는 네가 해야 하는 거 아냐? 사람이 대체 왜 이렇게 염치가 없지?"

"치이."

제발. 제발 부탁인데 그 입술 좀 그렇게 내밀지 말아줄래? 민후는 휙 고개를 돌려버렸다. 정말 죽을 맛이었다.

"안 나오고 뭐 해? 빨리 나와서 밥 하라고."

최대한 퉁명스럽게 쏘아붙이고 민후는 여자를 등지고 섰다. 그래, 안 보는 게 상책이었다.

"간단하게 된장찌개로 해. 그 정도는 할 수 있겠지?"

"아마도요."

역시 오전 같지는 않았다. 어딘가 풀이 팍 죽은 게. 왈가닥에 바락바락 대들며 성질을 부리는 캐릭터 아니었나? 여자가 저러니 민후는 왠지 불안해졌다.

"기면 기고 아니면 아니지 아마도는 뭐야?"

"해본 기억이 없어서 그러잖아요. 근데 어려워 보이지는 않는다는 뜻이고요. 자꾸 말 시키지 마세요. 성가시고 귀찮으니까."

헐. 기가 죽은 게 아니고 겁대가리를 상실한 모양이었다, 이 여자가. 성가시고 귀찮다니. 여자에게 그런 소리를 들은 건 강민후 인생 처음이었다. 어이없는 표정으로 여자를 돌아보며 민후가 가소롭다는 듯 입을 열었다.

"좋아, 성가시고 귀찮게 안 할 테니까 알아서 잘해봐. 밥은 아침에 먹다 남은 것 있으니까 찌개만 해. 넉넉잡아 20분이면 되겠지? 다 되면 불러, 그럼."

그리고 휙 하고 삐쳐서는 부엌을 나와버렸다.

"하아."

미치게 어색했다. 남자가 나가버린 후 이진은 그제야 참았던 숨을 몰아쉬었다. 남자를 바로 볼 수가 없었다. 남자와 마주 서 있기만 했는데도 입술이 자꾸 말려들어갔다. 가슴이 자꾸 뛰었다. 그런 줄도 모르고 자꾸만 말을 시키는 남자에게 결국 제 성질을 못 이기고 버럭 화까지 내고 말았다.

'씨이.'

성가시고 귀찮기만 한 여자가 성질까지 더럽다고 남자가 절 더 싫어하겠다는 생각이 들자 이진의 고개가 땅으로 푹 꺼졌다.

"이씨이. 저 인간이 나는 대체 왜 이렇게 좋은 거야."

아무도 없는 부엌에서 이진이 혼자 몸부림을 치며 괴로워했다.

'넉넉잡아 20분이면 되겠지?'

그래, 이러고 있을 때가 아니었다. 저 요상한 인간이 어쩌면 밖에서 초시계라도 재고 있을지 모를 일이었다.

"20분. 할 수 있어. 깔끔하게 해 보이겠어. 근데 뭐가 있어야 하지? 아, 된장."

이진은 그제야 허둥지둥 된장을 찾기 시작했다. 그리고 간신히 찬장 옆 양념 통들 사이에서 된장을 발견했다.

"찾았다."

그래, 된장찌개 그까이 거. 물 넣고 된장 풀어서 끓이면 되는 거 아니야? 일 초 뒤를 모르고 이진이 의기양양한 표정을 지었다.

"뭐야."

그런데 가마솥을 열어보니 뭐가 한가득 들어 있었다.

"뭐야, 불도 피워야 하는 거야? 이씨이."

남자는 분명 이 사실을 알고 있었을 것이다. 그런데도 지금 20분 운운하며 나가버린 거야?

"씨이."

이진은 서둘러 부엌을 나섰다. 부엌과 수도 사이에 간단한 음식을 만들 수 있는 간이 아궁이 시설이 있었다. 그곳에 빨리 불부터 피워야 했다. 손에 찌개를 끓일 냄비와 된장을 들고 이진이 후다닥 부엌을 뛰어나와 보니 저 멀리서 남자는 세상 편하게 깡이와 장난을 치고 있었다.

"씨이."

이진이 골이 난 얼굴로 남자를 노려보고 있는데 그 순간 깡이와 장난치던 남자가 환하게 웃으며 몸을 돌렸다. 처음 보는 남자의 환한 웃음이었다. 산발로 가려진 얼굴에 덥수룩한 수염 사이에 치열 고른 하얀 이를 드러내고 기분 좋게 웃고 있는 남자의 모습을 보는데 이진은 제 몸에 피가 다 빠져나가는 기분이었다. 제자리에 서 있을 수도 없을 만큼 다리가 풀렸다.

‘하이씨. 미치겠네.’

정말 저 남자가 좋아서 미쳐버리겠다.

“히이잉.”

이진이 제 입술을 질근 깨무는데 남자가 이진을 발견하고는 씨익 웃었다. 그러더니 보란 듯이 제 손목을 톡톡 쳤다. 시간이 가고 있다는 뜻인가 보다.

“이이씨, 나쁜 놈.”

남자는 도와줄 마음이 전혀 없는 게 분명했다. 20분 안에 점심상을 대령하지 않으면 또 얼마나 타박을 할 것이고 얼마나 잘난 체를 할 것인가.

“내가 하고 만다. 두고 보라고.”

이게 무슨 올림픽 경기냐고. 갑자기 승부욕이 들끓었다. 이진은 우선 오전에 남자가 패놓은 장작더미로 달려갔다. 그리고 불이 잘 붙을 것 같은 잘 마른 나무들만 골라 뛰어왔다. 그리고 신문지를 구겨 부엌에서 챙겨온 성냥으로 불을 붙였다. 그리고 어깨가 빠지도록 부채질을 하기 시작했다.

콜록콜록.

“하아. 하아.”

글렀다. 젠장. 20분 안에 된장찌개는커녕 불붙이는 것도 어렵겠다. 어깨가 나가떨어지도록 아무리 부채질을 해도 나무에는 불이 붙지 않았다. 시꺼먼 연기만 올라올 뿐. 그리고 그 연기는 왜 또 자꾸 제게로만 몰려오는 것인가?

“너 뭐 하니? 이러다 해 넘어가겠다. 된장찌개는 저녁에나 먹는 거야?”

아닌 게 아니라 이진의 등 뒤로 기다렸다는 듯 남자의 비아냥이 날아들었다.

'씨이익.'

눈물이 다 났다. 이건 연기 때문이지 절대 약이 올라서 흘리는 눈물이 아니다.

"내가 좀 도와주고 싶은데 너 성가시고 귀찮게 할까 봐 나서지를 못하겠네."

누가 저 대신 저 인간 입을 좀 막아주시면 안 돼요?

"네가 도와달라고 부탁하면 뭐 불 정도는 붙여줄 수 있는데……."

남자의 말이 떨어지기 무섭게 그 제안 받아들이겠노라 말하기에는 이진은 자존심이 너무 상했다. 그리고 이 모든 게 남자의 시나리오에 있었을 거라는 생각을 하니 약이 올라 미치겠다.

"싫은가? 아, 내가 또 성가시게 했구나. 그럼, 배는 너무 고프지만 뭐 좀 더 기다리는 걸로."

그리고 뚜벅뚜벅 남자가 어딘가로 걸어가는 소리가 들렸다. 돌아보지는 않았지만 재미있어 죽겠다며 웃고 있을 남자의 얼굴이 보이는 것 같았다.

"히이잉."

이 웬수를 어떻게 갚을 것인가. 약이 오른 이진이 몸부림을 쳤다. 그리고 이진은 미친 듯이 다시 부채질을 시작했다.

"제발 좀 붙어라, 붙어."

툇마루에 걸터앉아 여자가 하는 꼴을 보고 있던 민후의 입가에 절로 미소가 번졌다. 팔이 떨어져 나가도록 부채질을 하고 있는 여자의 어깨에 바짝 약이 올라 있었다.

'하, 생각보다 자존심이 센데?'

이까짓 게 뭐라고. 그러다 문득 민후는 의구심이 들었다. 저렇게 승부욕이 강한 애가 대체 왜 죽으려고 했을까? 세상에 어떤 도전에도 맞서 싸울 것 같은 아이가. 뭐, 비록 매사에 2프로씩 어설프기는 했지만 말이다.

"하아."

한참을 탐구하듯 그렇게 여자를 바라보던 민후는 결국 자리를 털고 일어났다. 저렇게 해서는 밤새 부쳐도 불이 붙지 않을 거라는 걸 아니까.

"비켜, 내가 할 테니까."

최대한 무심한 목소리로 말을 하며 민후가 여자의 엉덩이를 발로 툭 쳤다. 그제야 저를 돌아보는 여자의 눈에 눈물이 그렁하게 맺혀 있었다. 그리고 얼굴은 온통 숯검정이 묻어 있었다.

'하아, 미치겠다, 진짜.'

너 그냥 잘래, 나랑?

"히이잉."

그것도 모자라 여자는 고양이 앓는 소리까지 냈다. 아무래도 민후의 애간장을 녹일 생각인가 보다. 돌아버리겠군, 정말.

"우냐, 지금? 이깟 일로?"

여자의 코맹맹이 소리를 애써 무시하며 민후는 여자의 옆에 앉았다.

"우는 거 아니에요. 연기 때문에 그래요. 연기 때문에."

그 와중에도 바락 우기는 여자를 보니 참고 있던 웃음이 절로 터져 나왔다.

"하이고 참, 끝까지 지기는 싫어가지고."

그리고 저도 모르게 여자의 앞머리를 흐트리고 있었다. 여자의 예쁜 눈이 놀라 동그래졌다. 여자보다 더 놀란 민후가 화들짝 여자의 머리에서 손을 떼었다.

"그러게 왜 까부니? 어디다 대고 성가시고 귀찮대, 계집애가."

당황했다. 저도 모르게 손이 먼저 나가버려서. 또다시 이렇게 민망한 상황이라니.

"뭐 하고 있어? 들어가서 시래기하고 챙겨 나와. 불은 내가 붙일 테니까."

불을 붙여야 하니 제가 어디로 사라질 수는 없는 노릇이었다. 그러니 여자를 제게서 떼어놓는 수밖에. 아무 일도 아니라는 듯 민후는 애써 태연하게 여자를 부엌으로 들여보냈다. 하지만 속으로는 정말 죽을 맛이었다.

'하아, 고문도 이런 고문은 없을 거야.'

어찌어찌해서 남자와 이진은 늦은 점심을 먹었다. 마주 보고 앉은 밥상머리의 그 죽을 것 같았던 어색함이란.

'하아.'

설거지 그릇을 챙겨 나와 먼 산을 바라보며 차가운 공기를 들이켜고 나니 그제야 이진은 숨이 쉬어졌다. 그런데 그것도 잠시. 또다시 제 앞머리를 흐트리던 남자의 손길이 떠올랐다. 그리고 그 순간의 간질거리던 기분도.

'아, 대체 왜 이렇게 간질거리게 구냐고! 그리고 언제는 나보고

남자 몸 만지는 게 습관이냐더니 지는 왜 자꾸 허락도 없이 만지는 거야, 만지길.'

도무지 앞뒤가 안 맞는 남자의 행동을 대체 어떻게 받아들여야 할지 모르겠다.

'이이씨.'

이진은 애먼 설거지통을 등 하고 손으로 쳤다.

오후 시간은 바쁘게 돌아갔다. 남자와 이진의 사이엔 여전히 어색한 기류가 흐르고 있었다. 하지만 그런 와중에도 남자는 팔을 걷어붙이고 이진의 방 정리에 나섰다. 도배까지 새로 해줄지는 몰랐는데 정성들여 새 벽지를 발라주었고 오랫동안 비워둔 방이라 오늘은 뜨거울 정도로 방을 데워야 한다며 이진의 방 아궁이에 불을 지피고 지폈다.

"이거."

그리고 남자가 덮고 자던 두꺼운 겨울 이불을 무심한 얼굴로 이진의 방에 밀어 넣었다. 이걸 주고 나면 자기는 그 얇은 여름 이불을 덮어야 할 텐데도 말이다.

"그냥 얇은 걸로 주세요."

"덮어, 그냥. 여러 말 시키지 말고."

도통 알다가도 모를 인간. 다중인격인가? 대체 몇 개의 인격이 그 안에 있는 거야? 세상의 오만 가지 타박은 다 하면서도 또 어느 순간엔 지금처럼 사람 마음을 싱숭생숭하게 만들고. 무심하게 왔던 길을 돌아 밖으로 나가는 남자의 뒷모습을 바라보며 이진은 또 심란해졌다.

'부탁인데 제발 한 가지만 해요. 사람 헷갈리니까.'

도배까지 마친 방에서 이진은 쉬고 있었다. 남자가 가져다준 두 꺼운 겨울 이불을 푹 당겨 덮고 이진은 저녁 식사 전까지 낮잠을 좀 자볼까 생각 중이었다.

'앗, 뜨거······.'

하지만 방이 너무 뜨거웠다. 한증막이 따로 없을 정도로. 아무래 도 남자의 정성이 너무 뜨거웠던 모양이었다.

드르륵.

참다 참다 이진이 도저히 안 되겠는지 벌떡 일어나 창문을 열었 다. 아무래도 방 안 가득한 열기를 밖으로 좀 빼내야 할 것 같았다.

"하아."

창문을 통해 들어오는 차갑고 신선한 공기로 머릿속까지 개운 해지는 기분이었다. 그리고 이진의 방에서 보이는 바깥 경치는 정 말······.

'어, 뭐야. 안 보이더니 저기 있네.'

경치는 정말 끝내준다며 감탄하려던 차에 이진의 눈에 남자가 보였다. 남자는 깡이와 함께 비탈진 산길을 오르고 있었다. 멀리서 도 9등신의 탄탄한 몸매가 멋져 보였다. 모델을 해도 좋았을 것 같 았다.

'갈 거면 나도 좀 데려가지.'

혼자 이렇게 누워 있기가 심심하기도 했고 어차피 한동안은 여 기서 살게 될 테니 이것저것 남자가 해오던 일을 배워보고 싶은 마음도 있었다. 하긴 깡이 저 녀석이 따라나서면 그것도 힘들겠지만 말이다.

'근데 저기서 뭐 하는 거지?'

이진은 목을 빼고 남자를 눈으로 좇았다. 그냥 산책을 하는 건지 어슬렁어슬렁 걷는 것도 같았고 중간중간 멈춰서 땅을 파는 것도 같았다.

'하아, 도대체가 뭘 하는 사람인지 알 수가 없어.'

이진은 도리도리 고갯짓을 했다. 어쩜 하는 짓마다 다 저렇게 수수께끼 같을까? 그 얼굴, 영화배우를 해도 백 번 천 번은 하고도 남을 그 얼굴은 대체 왜 그렇게 가리고 다니는 것이며, 그 환상적인 기타 연주는 어떡할 것이냐고. 그리고 몇 번을 물어도 왜 이름은 안 가르쳐주는 거고.

'설마, 저 사람도 나처럼 기억을 잃은 건 아니겠지?'

정말 그런 걸까? 아무리 물어도 대답을 안 해주니 남자에 대해 별의별 상상을 다 하게 되는 이진이었다.

"누구냐, 넌?"

기억에는 없지만 어디서 들은 듯 입에 착 달라붙는 대사를 읊조리며 이진은 그렇게 하염없이 남자의 모습을 바라봤다.

"어, 사라졌다."

남자가 숲속으로 사라져 보이지 않을 때까지.

툭툭툭. 툭툭툭.

'어, 왔나 봐.'

다시 설핏 잠이 들었던 이진은 부엌에서 들리는 툭툭거리는 소리에 번쩍 눈을 떴다. 남자가 돌아온 모양이었다. 자리에서 발딱 일어난 이진은 먼저 흐트러진 머리를 곱게 매만졌다. 그리고 혹시나 부었을지도 모를 두 뺨을 손으로 톡톡 두드렸다.

드르륵.

그리고 쭈뼛거리며 제 방을 나섰다. 방문이 열리는 소리에 남자가 반사적으로 이진을 돌아봤다. 짧은 순간 남자와 눈이 마주쳤지만 남자는 이내 고개를 돌렸다. 그리고 이진에겐 1도 관심이 없다는 듯 하고 있던 일을 그저 계속할 뿐이었다. 도배를 해주고 두꺼운 이불을 넣어주던 그때와 또 다르게 냉랭하고 무심한 표정이었다.

'치이.'

이제나저제나 남자가 돌아오길 기다리고 있었는데. 이진은 괜히 풀이 죽었다. 구박이든 타박이든 남자가 상대라도 해주면 좋겠다는 생각이 들 지경이었다.

툭툭. 툭툭툭.

산에 다녀오더니 더덕을 캐온 모양이었다. 그리고 오늘 저녁 반찬은 더덕구이가 될 모양이고. 남자는 깨끗이 씻은 더덕을 두드려 펴고 있었다. 남자는 뭘 해도 멋있었다. 저 머리만 어떻게 좀 하고 하얀 셰프복을 입어도 참 잘 어울릴 것 같았다.

"뭐지, 이 표정은?"

이진은 남자가 셰프복을 입고 제게 맛있는 음식을 서빙하는 상상을 하고 있었다. 깡이에게 웃어주듯 환하게 웃어주는 남자를 상상하며 이진의 표정이 나른해졌다. 그리고 저도 모르게 입꼬리가 무한대로 올라가고 있었다. 그래서 어느새 남자가 돌아서서 저를 쳐다보고 있다는 사실을 알지 못했다.

"엄마앗."

행복한 상상에 빠져 배시시 미소 짓던 이진은 바로 제 코앞에 있는 남자의 얼굴을 보고 화들짝 놀랐다.

"왜, 왜요?"

"대체 무슨 생각을 하고 있었기에 이렇게 놀라는 거야?"

"무, 무슨 생각은요? 아무 생각도 안 했어요."

"안 했어?"

"네. 아무 생각도 안 했어요. 아무 생각도."

이진은 손사래까지 치며 정색을 했지만 남자는 믿는 표정이 아니었다.

"그래, 하긴 뭐 네가 생각이 없는 애긴 하지."

"네에?"

뭐야. 이 생각이 지금 그 생각이야?

"생각도 없고 염치도 없고."

점점.

"이씨이. 내가 무슨 생각이 없고 염치가 없어요?"

"네 입으로 방금 생각은 없다고 했고."

"그 생각이 그 생각이에요?"

"뭐 아무튼. 그리고 염치라는 게 있으면 그렇게 내내 손 놓고 있으면 안 되지 않겠어? 집주인은 혼자 이렇게 어깨가 빠지게 저녁을 준비하고 있는데 말이지."

남자는 부러 이진에게 보라는 듯 어깨가 아픈 척 엄살을 떨었다.

"치이. 괜히 트집이야. 시킬 일이 있으면 그냥 뭐 좀 하라 그러면 되지. 꼭 말을 그렇게 해야 해요?"

콩.

"지금 나 가르치냐?"

이진이 삐죽 입을 내밀며 불평을 하자 어김없이 남자의 꿀밤이 이진의 이마로 날아들었다.

"아, 왜 때려요? 씨, 말만 막히면 때리고 난리야. 은근히 폭력적인 거 알아요?"

"헐. 이깟 걸로? 생각도 없고 염치도 없고 은근히 비약도 심한 건 아니?"

"이씨이!"

이진은 남자와의 말싸움에서 번번이 지는 게 너무 약이 올랐다. 어깨까지 들썩이며 씩씩거리는 이진의 얼굴이 열을 받아 빨개졌다.

"게다가 다혈질이고."

"아, 하지 말라고요. 짜증 난다고요."

콩.

"이게 어디다 성질이야."

"씨이잉."

약이 오를 대로 오른 여자의 새빨개진 볼을 보는 게 즐거웠다. 민후는 삐져나오는 웃음을 간신히 목구멍으로 삼켰다.

"바람 빠지는 소리 그만 내고 닭장에 가서 계란이나 몇 개 꺼내와."

"……"

아직 성질이 안 풀렸는지 여자가 뾰로통하게 입술을 내밀고는 대답을 안 했다. 민후가 제일 기겁하는 그 표정이었다.

"안 가고 뭐 해?"

"치이이."

민후가 서둘러 여자를 내보내자 여자는 불만이 가득한 표정으로 마지못해 부엌을 걸어 나갔다.

'히이, 제빌 입술 좀 그렇게 내밀지 말아주라. 죽겠으니까.'

점심 식사 전의 그 어색했던 순간 뒤로 민후는 일부러 여자와 거리를 두었다. 산책을 핑계로 깡이를 데리고 가파른 산을 오르면서 간신히 여자와 놀고 싶은 제 마음을 진정시키고 내려왔는데 또 이렇게 됐다. 여자만 곁에 있으면 자꾸 눈이 가고 자꾸 손이 간질거렸다. 그리고 자꾸 만지고 싶었다. 자꾸 자고 싶었다. 저 여자랑. 그래서 미쳐버리겠다.

"엄마앗!"

또 뭐냐? 이젠 놀랍지도 않았다. 또 깡이에게 쫓기는 것이겠거니 하면서 민후가 어슬렁 부엌을 나섰다.

'하 참. 하다하다.'

근데 이번에 깡이가 아니었다. 하긴 저놈의 장닭이 깡이보다 더 성질이 고약하긴 하지만 말이다. 푸드득푸드득 날아다니며 달걀을 안 뺏기겠다고 여자를 공격하는 장닭을 피해 여자가 닭장 안을 이리저리 도망 다니다가 간신히 닭장을 빠져나오는 모습이 보였다.

"아악."

그래도 무사히 나왔나 싶었더니 어이없게 닭장 문 앞에서 제 발에 걸려 여자가 넘어졌다.

"하여간 도움이 안 되는 여자야, 너란 여자."

계란국이라도 끓이려면 하는 수 없이 제가 나서야겠다 싶어 닭장 앞으로 걸어가니 여자는 멀리서 보던 모습보다 더 가관이었다.

"하 참."

이 여자를 어쩌지? 어찌어찌 계란은 가지고 나온 모양이었는데 넘어지면서 다 깨져버린 계란이 여자의 뺨과 입가에 노랗게 묻어 있었다. 어쩐지 금방 안 일어난다 싶었더니 창피해서 그랬던 모양이었다.

"이리 봐. 안 다쳤어?"

헛웃음을 뱉으며 민후가 여자의 곁에 쭈그리고 앉았다. 그리고 여자를 일으켜 앉혔다. 되는 일이 없어서인지 제 꼴이 너무 창피한지 여자의 표정이 곧 울기 직전이었다.

"하 참."

웃음밖에 안 나왔다. 그리고 이번에도 머리보다 손이 먼저 움직였다. 여자의 뺨에 묻은 계란 노른자를 쓰윽 하고 닦아 민후가 제 입 속으로 가져가 빨았다.

달다.

계란이 어떻게 달 수가 있지?

'너도 이렇게 달까?'

쓰윽. 민후는 여자의 입가에 묻은 계란을 다시 닦아왔다. 그리고 또 쪽 제 입 속으로 넣어 맛을 봤다. 역시 달다. 민후의 눈에 열이 올랐다. 더는 숨기지도 못하고.

"너 그냥 나하고……."

잘래? 민후는 차마 하고 싶은 말을 끝맺지 못했다. 그 알량한 양심이 또 발목을 잡았다. 기억을 잃은 여자를 상대로 이래서는 안 되는 거니까.

"그냥 뭐……요?"

제게서 이상한 분위기를 읽기라도 했는지 되묻는 여자의 목소리에도 긴장감이 묻어 있었다.

"그냥……."

꺼낸 말을 어떻게 마무리해야 할지도 모르겠는데 그냥 자자고 말해버릴까? 널 안고 싶다고. 널 만지고 싶다고. 너 때문에 미치겠다고.

"네, 그러니까 그냥 뭐요?"

말없이 바라보고만 있는 제가 답답했던지 여자가 대답을 재촉했다. 무슨 말을 기대하고 있는지 여자의 눈빛이 반짝였다.

콩.

"앗!"

민후가 콩 하고 여자의 꿀밤을 때리자 여자가 '앗.' 소리와 함께 인상을 찡그렸다.

"굶자고. 그러니까 이걸 어쩔 거냐고. 몇 개 낳지도 않는 계란 다 깨먹고. 굶자, 오늘 저녁은 굶어."

제가 아무리 둔해도 남자가 삼킨 그 말이 같이 굶자는 소리가 아니었다는 것쯤은 이진도 알 수 있었다. 그리고 저를 바라보던 남자의 눈에 일렁이던 그것이 무엇이었는지도. 그것은 놀랍게도 정염의 눈빛이었다.

'그러니까 당신도 나랑 같은 마음이었던 거죠?'

이진은 가슴이 벅차 올라왔다.

'나한테 들켰어요, 당신.'

이진이 설레고 떨리는 표정으로 남자를 올려다봤다.

"뭘 보고 있어, 안 일어나고? 여기서 밤샐 거야?"

툭툭 내뱉는 남자의 볼멘소리도 싫지 않았다.

"일어나요, 일어나야죠. 아, 뭐야. 피 나요."

몰랐는데 넘어지면서 무릎을 까인 모양이었다. 이진은 아이처럼 남자에게 불쌍한 표정을 지어 보였다.

"하여간, 가지가지야. 보자."

먼저 일어섰던 남자가 다시 쭈그리고 앉아 이진의 무릎을 살폈다.

"너, 진짜 성가신 거 아니?"

이제는 남자가 이런 말을 해도 하나도 서럽지 않았다.

"알아요."

서럽기는커녕 이진은 남자에게 배시시 웃어 보이기까지 했다.

"야, 왜 웃어. 이 상황에서?"

여자가 웃는 모습에 약한가? 남자가 기겁을 하며 정색을 했다.

"아파요."

내친 김에 이진은 엄살도 떨어봤다.

"아파?"

"네, 많이요."

"일단 가자."

그러더니 남자가 저를 덥석 안아 올렸다. 이진은 모른 척 남자의 목에 팔을 둘러 안았다. 장난기가 발동한 이진이 남자의 눈을 빤히 바라봤다. 남자의 몸이 긴장으로 굳는 게 느껴졌다. 저로 인해 남자가 긴장하는 게 이진은 좋았다. 기뻤다.

"아저씨."

"까불래?"

"아저씨. 나 지금 아저씨라고 불렀어요."

그리고 이진은 보란 듯이 배시시 웃어 보였다. 남자의 눈빛이 크게 흔들렸다.

6장. 나 이제 못 멈춰.
무슨 말인지 알아?

겁이 없는 걸까? 아니다. 분명 몰라서 이러는 거다. 여자는 아무 것도 모르는 게 분명했다. 그래서 이렇게 겁이 없는 거고. 저를 보며 배시시 웃는 그 입술이 얼마나 유혹적인지. 그래서 제가 지금 얼마나 미치겠는지. 그리고 지금 제가 여자의 입술을 삼키면 더 이상은 멈출 수 없다는 사실도.

"이게 정말. 까불지 말랬지."

민후는 애써 여자의 말을 무시했다. 그리고 툇마루에 던지듯 여자를 내려놓았다.

"힝, 아파요."

민후가 얼마나 용을 쓰며 참고 있는지도 모르고 여자는 또 코맹 맹이 소리를 냈다.

"있어, 구급함 가지고 나올 테니까."

구급함은 핑계였다. 민후는 도망치고 있었다. 이를 악물고.

"하아. 저게, 진짜."

저게 사람이 아니었다. 요물이었다. 절 아주 말려 죽이려고 하늘에서 떨어진 요물이었던 거다. 방으로 뛰어 들어온 민후는 가쁜 숨을 몰아쉬었다. 아랫도리에 피가 몰려 터질 것만 같았다.

드르륵.

거칠게 창문을 열고 민후는 먼 산을 노려보았다. 그리고 속으로 애국가 가사를 읊조리기 시작했다. 동해물과 백두산이…….

"젠장, 젠장, 젠장. 저 빌어먹을 여자."

동해물과 백두산이……. 동해물과 백두산이……. 으으, 동해물과 백두산이……. 동해물과 백두산이…….

"하아."

수십 번의 애국가 가사를 읊조린 후에야 간신히 민후의 거칠었던 호흡이 잦아들었다. 마지막으로 크고 길게 호흡을 뱉어내고 민후는 그제야 구급함을 들고 다시 방을 나섰다.

"왜 이렇게 오래 걸렸어요, 아저씨?"

"까불지 마라. 경고했어."

민후는 애써 여자의 시선을 피하며 툇마루에 걸터앉았다. 그리고 구급함을 열어 소독 솜과 알코올을 꺼내 여자의 까진 무릎에 바르기 시작했다.

"아, 따가워요."

"참아. 벌이야. 까분 벌."

"까분 거 아닌데. 근데 왜 사람이 자기가 뱉은 말을 안 지키지?"

여자는 보란 듯이 입술을 삐죽 내밀었다.

'하아, 동해물과 백두산이……. 동해물과 백두산이…….'

콩.

"아야. 아프잖아요. 치, 왜 이렇게 세게 때려요."

아프겠지. 이번 꿀밤은 다분히 민후의 감정이 실렸으니까. 그러니까 왜 까불어. 왜 자꾸 사람을 고문해?

"약 바르고 바로 산 내려가고 싶지 않으면 입 다물어."

민후는 바득 이를 갈았다. 그리고 치료를 서둘렀다. 한시라도 빨리 여자에게서 떨어져야 했으니까.

"됐어. 들어가 있어. 밥 다 되면 부를 테니까. 방에서 절대 나오지 마."

여자의 무릎에 밴드를 붙여주고 민후는 구급함을 정리하고 있었다. 하지만 그 순간 일이 벌어지고 말았다. 순식간에 민후의 옆을 파고든 여자가 그 보드라운 입술을 제 입술에 부딪쳐왔다.

"겁쟁이."

그렇게 유혹하듯 저를 놀리고 여자가 다시 제 입술을 빨았다. 어설프기 그지없는 키스였다. 하지만 미치게 달았다. 미치게 촉촉했다.

"이게 정말."

한계였다. 더는 못 버틴다. 민후의 손이 거칠게 여자의 목덜미를 휘어잡았다. 그리고 단숨에 여자의 작은 입술을 삼켰다. 빨갛게 상기된 얼굴로 여자가 저를 올려다봤다. 그리고 이제야 만족한다는 듯 배시시 웃어 보였다. 승리의 미소였다.

"웃지 마. 보기 싫으니까."

"거짓말, 흡."

여자의 벌어진 작은 입술 사이로 보이는 붉은 혀가 민후의 피를 끓게 했다. 뜨거워진 민후의 혀가 순식간에 여자의 입 속을 파고들었다. 거칠게 휘젓고 다니며 닥치는 대로 핥고 빨았다.

춥, 춥.

달았다. 한번 맛보고는 절대 잊을 수 없는 맛. 너는 요물이야. 네게서 눈을 뗄 수가 없어. 민후의 입술은 집요했다. 뜨거웠다.

하악, 하악.

입 안 가득 고인 서로의 타액으로 숨이 가빠져서야 민후는 여자의 입술을 놓아주었다. 떨어지는 두 입술 사이로 끈적하게 연결된 타액이 실처럼 늘어졌다 끊겼다.

"기억이 돌아오면 후회할지도 몰라."

"내 걱정 했던 거네? 내가 후회할까 봐."

여자가 애틋한 눈빛으로 저를 봤다.

"넌 지금 제대로 판단할 수 있는 상태가 아니야."

"무슨 상관이에요? 기억 안 나요? 나 여기 죽으러 올라온 거라면서요. 아저씨가 그랬잖아요. 만에 하나 내가 기억이 돌아와서 이 일을 내가 후회하게 된다고 해도 그게 무슨 대수냐고요. 어차피 죽을 생각이었던 사람이. 안 그래요?"

"그렇지만……."

민후는 아직도 이게 옳은 일인지 확신이 없었다.

"나도 아저씨가 좋아요. 아저씨도 내가 좋은 거죠? 우리 그것만 생각해요."

"누가 널 좋아한데?"

"거짓말. 아저씨 나한테 이미 다 들켰는데."

여자가 유혹하듯 민후의 얼굴을 만졌다. 그리고 쪽 하고 입술을 부딪치고는 민후의 목에 팔을 둘렀다.

"나 이제 못 멈춰. 무슨 말인지 알아? 너 지금 알고나 이렇게 까부는 거야?"

"몰라요. 난 기억이 없으니까. 근데 난 뭐든 좋아요. 아저씨하고 하는 건. 아저씨가 좋으니까."

제 입술에 대고 속삭이는 여자의 숨결이 뜨거웠다. 여자의 뜨거운 숨결이 민후의 선택을 재촉했다.

"오늘 밤에 잠은 다 잔 줄 알아."

민후는 단숨에 여자를 안아 올렸다.

벌컥.

남자의 방에는 언제나처럼 보온을 위해 요가 깔려 있었다. 남자는 그 위로 이진을 던지듯 내려놓았다. 그리고 절박한 몸짓으로 이진의 위로 올라탔다.

튕.

남자의 거칠고 조급한 손이 이진의 셔츠를 찢듯이 열어젖혔다. 튕 하고 어딘가로 단추 날아가는 소리가 들렸지만 거기에 신경 쓸 겨를 따위는 없었다. 벗겨진 이진의 셔츠가 좁은 방 한편으로 던져진 것도 순간이었다. 이진의 뽀얀 살결이 드러나자 남자의 숨결이 가빠지는 게 느껴졌다.

하아.

그리고 그 순간 이진의 브래지어가 남자의 거친 손에 가슴 위로 밀려났다. 봉긋하게 부풀어 오른 이진의 가슴을 남자가 음미하듯 내려다봤다. 남자의 두 눈에서 느껴지는 열기가 뜨거웠다.

"예쁘다."

남자의 길고 가는 손가락이 이진의 젖가슴을 유혹하듯 쓸어내렸다. 그리고 어느새 솟아오른 유두를 놀리듯 눌러 돌렸다. 이진의 얼굴이 수줍게 붉어졌다. 그 모습이 얼마나 남자를 자극하는지 이진은 죽어도 모를 것이다.

"요물. 너는 요물이야."

뜻 모를 말을 뱉어내며 남자가 입술을 내렸다. 그리고 거침없이 이진의 젖무덤을 베어 물었다. 한입 가득. 그리고 쪽쪽쪽 빨아들였다. 굶주린 아이처럼.

"하아!"

낯선 감각에 놀란 이진이 어깨를 움찔 떨었다. 그리고 저도 모르게 몸을 뒤로 뺐다. 파르르 경련을 일으키는 이진의 어깨 위로 남자의 입술이 옮겨왔다. 그리고 입술이 닿는 곳마다 흔적을 남기듯 빨아들였다. 그리고 가늘고 하얀 목을 타고 올라가 앙증맞은 이진의 귓불을 유혹하듯 빨아들였다.

"이제 와서 그만두자고 하면 죽여버릴 거야."

뜨겁고 축축한 남자의 숨결이 이진의 귓가를 간질였다.

"아저씨가 좋아요."

"너무 쉬운 여자도 재미없어."

"그래서 싫어요? 그만둘까요?"

"죽을래?"

훗.

그 말에 샐쭉 웃는 이진의 입술을 남자가 성마르게 다시 삼켰다. 두툼하게 들어온 남자의 혀가 이진의 입술 곳곳을 훑고 빨아들였다.

츕, 츕.

먹어 삼킬 듯 이진을 빨아들이는 남자의 혀가 뜨거웠다. 입 안 가득 흥건하게 고인 두 사람의 섞인 타액을 이진이 목뒤로 삼켰다. 그러자 남자의 손가락이 기다렸다는 듯 이진의 입 속을 파고들었다. 그리고 열에 들뜬 이진의 혀를 희롱하듯 쓸고 만졌다.

"처음이야?"

남자의 목소리가 거칠게 갈라져서 나왔다.

"모르겠어요."

"뭐, 상관없어. 어차피 오늘 이후로는 나만 기억하게 될 테니까."

남자는 긴 혀를 쭉 내밀어 이진의 입술을 다시 맛보듯 핥아 올렸다. 그리고 거침없이 이진의 바지 위로 손을 내렸다. 순식간에 내려간 지퍼. 벗겨진 바지. 그리고 이진은 알몸이 되었다. 그리고 남자는 제 옷도 전부 벗어던졌다.

'하아.'

튕기듯 솟아오른 거대한 남자의 그것에 이진의 입이 저절로 벌어졌다. 언제부터 저 상태였을까? 금방이라도 터져버릴 듯 바짝 독이 오른 남자의 그것에는 굵은 힘줄이 성난 것처럼 불거져 있었다. 하늘로 치켜든 귀두가 당장이라도 제 속을 쑤시고 들어올 것만 같아 이진은 그제야 덜컥 겁이 났다.

"나보고 겁쟁이라더니 설마 지금 겁먹은 거야?"

"그, 그럴 리가요?"

한 말이 있으니 이진은 괜한 허세를 부려본다.

지기 싫어 허세를 부리고 있었지만 여자가 남자 경험이 많지 않다는 건 한눈에 봐도 알 수 있었다. 여자의 머리는 기억 못 해도 몸이 보이는 반응은 속일 수가 없으니까.

"만져볼래?"

"싫, 싫어요."

"싫어? 나 상처받아야 하는 거니?"

"아, 아니 아직은 좀 그렇다고요."

"훗."

귀엽다. 귀여워 미치겠다. 여자는 제 것을 제대로 쳐다보지도 못했다.

"널 통째로 삼켜버리고 싶어."

민후는 작고 여린 여자의 몸을 제 품으로 당겨 안았다. 제 몸에 착 감기는 여자의 여리고 보드라운 피부가 민후를 흥분시켰다. 작고 여린 몸에도 여자의 가슴은 풍만했다. 그리고 흥분한 유두가 이미 보기 좋게 솟아 있었다.

"아웃."

오뚝 솟은 여자의 유두를 손가락으로 문지르고 돌리자 여자의 입에서 낮은 신음이 튀어나왔다.

"보기보다 예민하네."

놀리는 민후의 말에 여자의 얼굴이 화끈 달아올랐다. 민후는 놀리듯 말하며 여자의 민감한 유두를 혀로 핥아 올렸다. 길게 내민 혀로 크게 유륜을 돌리고 입 안 가득 젖무덤을 삼켰다. 그리고 거세게 빨아 당겼다. 탱글탱글 제 입 안에서 존재감을 드러내는 여자의 유두를 이 사이에 넣고 살짝 깨물었더니 여자의 가는 허리가 움찔하며 외로 비틀렸다. 보기보다 예민하다는 그 소리가 부끄러웠던지 여자는 애써 신음을 삼키는 모습이었다.

"소리 내. 참지 말고."

"놀릴 거잖아요."

"칭찬이었어."

민후는 참으려면 참아보란 듯이 다시 여자의 유두를 깨물었다. 그리고 거세게 빨아들였다.

"아웃, 앙."

그리고 이내 여자에게서 항복을 받아냈다. 제 타액이 묻어 있어 반들거리는 여자의 유두를 혀로 핥아주고 민후의 손이 여자의 배를 타고 내려갔다. 여자의 배가 긴장한 듯 팽팽해져 있었다. 그 위에 낙인을 찍듯 민후는 입술로 제 흔적을 남겼다. 예민한 여자의 피부가 빨갛게 물들어갔다.

"하아."

먼저 내려간 손이 여자의 음부를 쓸어 올리자 여자의 입에서 나른한 신음이 터져 나왔다. 음부에 닿은 손가락에 말간 액이 묻어 나왔다.

"역시 예민해."

"칭찬인 거죠?"

"칭찬이야."

"좋아라."

훗.

"다리 더 벌려. 이제부터 좋아서 미치게 해줄 테니까."

따박따박 말은 되바라지게 받으면서도 더 벌려보라는 제 주문에 여자는 오히려 수줍게 다리를 모았다.

"이제 와서 부끄러워?"

민후의 손이 참을성 없게 여자의 다리를 벌렸다. 새까만 수풀 사이로 보이는 빨갛게 피어 있는 꽃잎이 미치게 예뻤다.

"이럴 줄 알았어."

자석에라도 끌리듯 민후의 혀가 그곳을 핥아 올렸다.

"하웃."

놀란 여자가 허리를 외로 비틀어댔다. 정직하게 반응해 오는 여자의 몸이 민후를 기쁘게 했다.

"아웃, 아."

부풀어 오른 꽃잎을 깨물고 핥아주자 여자는 진저리를 치며 어쩔 줄 몰라 했다.

"벌써 그렇게 좋아? 이 정도로?"

민후는 기대하라는 듯 여자를 돌려 눕혔다.

"엎드려. 엉덩이 들고."

여자는 놀란 표정으로 저를 돌아봤지만 차마 제 말대로 할 엄두가 안 나는 모양이었다. 급한 놈이 우물을 파는 법이었다. 토실토실 살 오른 여자의 엉덩이를 잡아당기자 그 벌어진 틈 사이로 촉촉하게 물기를 머금은 꽃잎들이 벌름거리며 얼굴을 내밀었다. 당장이라도 쑤시고 들어가고 싶어 미쳐 날뛰는 제 것을 진정시키기 위해 민후는 이를 악물어야 했다.

"알아? 너 여기 엄청 예쁜 거? 빨고 싶어 미치게 생겼어."

"그, 그런 말……."

"뭐? 하지 말라고?"

"네."

"그럼 이러고 같이 공자, 맹자 얘기라도 할까?"

민후가 여자의 살 오른 엉덩이를 잡아당겨 벌렸다. 그리고 음미하듯 간질이듯 여자의 음부를 혀로 훑어 내렸다.

"아히힝."

그러자 여자의 허리가 움찔거리며 비틀렸다. 외로 비틀리는 여자의 엉덩이를 고쳐 잡고 민후가 이미 촉촉해진 여자의 음순을 깨물고 빨았다. 그리고 젖은 질구로 길게 빼낸 혀를 밀어 넣었다.

"아웃, 앙."

흥분한 여자의 엉덩이가 바들바들 경련을 일으켰다. 그리고 벌어진 여자의 중심에서 왈칵왈칵 샘물이 터져 나오기 시작했다.

츕, 츕.

터져 나오는 샘물을 민후는 생명수처럼 빨아먹었다.

"하아, 하아. 하지 마. 하지 마요."

여자가 몸을 비틀어 민후의 얼굴을 밀어냈다.

"가만히 있어. 아직 멀었으니까."

밀어내는 여자의 손목을 쳐내고 민후는 여자의 클리토리스를 손으로 비비고 이로 깨물었다.

"아웃."

흥분한 여자의 중심에서 분수처럼 다시 샘물이 터져 나왔다. 여자의 중심에 얼굴을 파묻고 민후는 집요하게 그곳을 핥고 빨았다. 그리고 벌름거리는 여자의 구멍으로 긴 혀를 박아 넣었다.

"아웃, 하."

박아 넣은 혀로 여자의 젖은 내벽을 긁어 올리자 여자가 엉덩이를 비틀며 이불을 긁어댔다.

"하앙. 그만, 제발 그만해요. 쌀 거 같아."

흥분으로 요의를 느낀 여자가 참아보려는 듯 부들부들 질구를 조여댔다.

"싸고 싶으면 싸."

"아, 안 돼, 못 해."

여자는 반쯤 절정으로 올라가 있었다. 절대 그런 꼴은 안 보이겠다는 듯 도리질을 하는 여자의 얼굴이 흥분으로 잔뜩 일그러졌다. 그리고 그 와중에도 왈칵왈칵 쏟아내는 샘물이 민후의 입가를 질퍽하게 적셨다.

"이제 우리 둘 사이에 못 할 건 없어. 싸고 싶으면 싸. 먹고 싶으면 먹고 빨고 싶으면 빠는 거야. 어때, 이래도 참을 수 있겠어?"

그리고 민후는 여자의 질 안으로 손가락을 찔러 넣었다. 그리고 살살살 내벽을 긁어댔다.

"아훗."

자극에 못 이겨 여자가 달아나듯 몸을 빼냈다.

"어림없지. 기다려봐. 좋아서 질질 싸게 해줄 테니까."

달아나는 여자의 엉덩이를 고쳐 잡고 민후는 더 깊이 손가락을 찔러 넣었다. 흥분한 여자의 내벽이 오물조물 제 손가락을 물고 조여왔다.

"아아항, 하앙, 아응."

민후가 찔러 넣은 손가락을 돌리자 여자가 곧 죽을 것처럼 교성을 질러댔다.

"그래, 아끼지 말고 소리 질러. 아무도 들을 사람 없으니까."

"하응, 하웃, 아저씨, 하아."

애액이 묻은 손가락으로 민후가 여자의 질구를 빠르게 쑤셔대자 쾌감을 못 이긴 여자가 울먹였다.

"민후야."

"하아, 하아."

그렇게 궁금해하던 제 이름을 가르쳐 줘도 흥분한 여자는 알아듣지 못했다.

"민후라고, 내 이름."

"민후."

"아저씨 아니고 오빠, 해봐. 민후 오빠."

"민. 후. 오. 빠."

여자의 입에서 나오는 제 이름이 민후를 더 흥분시켰다.

"이제 넣을 거야. 아파도 조금만 참아."

민후는 여자의 얼굴을 제 쪽으로 돌리고 입술을 강하게 빨아들였다.

"응. 참아. 참을게."

"그래, 착해."

민후는 칭찬하듯 여자의 허리를 부드럽게 쓰다듬어주었다. 그리고 손가락으로 여자의 질구를 벌려 돌진하듯 그곳으로 제 것을 박아 넣었다.

"아악."

역시 좁았다.

'역시 처음인 거지.'

기억은 못 해도 몸은 정직했던 거야.

"힘 빼. 이러면 너도 아파."

"아파. 너무 아파."

여자는 아기처럼 울었다. 민후는 달래듯 다시 여자의 입술을 빨아 당겼다.

"조금만, 조금만 참아. 처음이라서 그런 거니까."

민후는 달래듯 여자의 엉덩이를 토닥였다. 그리고 뻣뻣해진 허리와 아래로 늘어진 여자의 젖가슴을 주무르며 여자를 진정시켰다. 그리고 여자가 방심한 사이 다시 쾅 하고 제 것을 뿌리 끝까지 박아 넣었다.

"아항, 항."

아무리 제가 기억을 잃었어도 이런 느낌을 잊어버렸을 리 없었다. 처음인 거다. 제 몸속에 남자를 받아들인 게. 죽을 것같이 아팠지만 가득 찬 느낌.

"괜찮아, 금방 괜찮아질 거야."

토닥토닥 저를 달래며 템포를 조정하는 남자에게서 저에 대한 배려가 느껴졌다. 꿈틀꿈틀 몸을 비틀더니 남자가 제 것을 다시 빼냈다.

'아, 안 돼. 다시 넣어줘.'

찢어질 것 같았던 통증도 두렵지 않았다. 남자를 다시 가지고 싶었다.

쾅.

그리고 남자는 이진의 기대를 저버리지 않았다.

쾅쾅쾅.

"아얏, 악, 아웃."

남자의 허리 짓이 휘몰아쳤다. 남자가 쾅쾅쾅 박아 넣을 때마다 이진의 작은 몸이 자꾸만 앞으로 밀려나갔다. 온몸에 땀범벅이 된 채 헉헉거리는 이진의 허리를 잡아채고 남자는 폭주하듯제 것을 박아 넣고 또 박아 넣었다. 그리고 이진은 뭘 하는지도모르고 남자의 것을 조이고 빨았다. 그것은 말 그대로 동물의 본능이었다.

"빨리 배우네."

남자가 기특하다는 듯 이진의 등과 젖가슴을 쓸어내렸다. 그리고 다시 남자의 폭주가 이어졌다. 미친 듯한 허리 짓이. 끝도 없이.맹렬하게.

"아핫, 핫, 아응."

넓지 않은 남자의 방에 이진이 뱉어내는 낯 뜨거운 교성이 울려퍼졌다. 남자의 것이 제 안에 쾅쾅 박힐 때마다 죽을 것같이 좋았다. 몰려오는 쾌감에 이진의 몸이 경련을 하듯 부들거리며 절정을향해 달려갔다.

"하웃, 하. 하웃."

극도의 흥분에 몰린 이진의 중심이 바들바들 떨렸다. 그리고 그곳에서 쏟아져 나온 흥분액이 남자의 것을 적시고 이진의 사타구니를 타고 줄줄 흘러내렸다.

"내가 싸게 해준댔지."

남자의 목소리에 자부심이 느껴졌다. 그리고 아직도 끝나지 않았다는 듯 막판 폭주를 시작했다. 죽을 것처럼 이진의 그곳으로 제것을 박아 넣었다.

"아악!"

그리고 그 순간 세상의 모든 소음이 사라졌다. 마침내 이진의 몸이 아득한 하늘로 솟아올랐다.

"아으, 아읏."

폭주하는 기관차처럼 제 것을 내리꽂던 남자에게도 한계가 찾아온 모양이었다. 남자의 입에서도 거친 신음이 터져 나왔다.

"아앗!"

그리고 사정의 순간, 머뭇거리던 남자는 아쉬운 듯 이진에게서 제 것을 빼냈다.

울컥.

토해지듯 따뜻하고 하얀 액체가 이진의 등으로 쏟아져 내렸다.

"하아, 하아."

거친 숨을 몰아쉬며 남자가 이진의 위로 쓰러져 내렸다. 남자의 정액을 온몸에 바르고 이진은 그렇게 남자의 품 안으로 끌려가 안겼다.

왈왈. 왈왈왈.

문밖에서 들리는 깡이의 짖는 소리에 이진은 눈을 떴다. 남자의 방이었다. 방은 이미 환하게 밝아 있었고 이진은 지난밤 발가벗은 상태 그대로였다.

12시 20분.

'세상에, 벌써 12시가 넘었어.'

시계를 돌아보고 놀란 이진이 벌떡 몸을 일으켜 앉았다.

"아앗."

온몸이 두드려 맞은 듯 안 아픈 곳이 없었다. 특히 남자가 밤새 파고들던 아래와 쉬지도 않고 빨아대던 젖꼭지는 스치기만 해도 아리고 아팠다. 지난밤 남자는 이진을 정말 밤새 재우지 않았다. 창문 너머로 희끄무레한 여명이 밝아올 때까지 도대체 몇 번을 했는지 기억할 수도 없었다.

"부엌에 있나?"

이상하게 조용했다.

"으윽."

이진은 이불 옆에 잘 개켜져 있는 제 옷들을 잡아당겼다. 그러고 보니 남자의 정액으로 엉망이던 제 몸도 깨끗하게 닦여져 있었다. 제가 잠든 사이 남자는 제 몸을 닦아내고 흩어져 있던 제 옷들을 모아 이렇게 개켜놓은 모양이었다.

"으읏."

쑤시는 통증을 참아내며 이진은 주섬주섬 옷들을 챙겨 입었다. 셔츠에서 떨어져 나간 단추는 한두 개가 아니었다. 피아노 밑에서 하나를 찾기는 했지만 나머지 단추들은 도대체 어디로 날아갔는지 눈에 띄지 않았다.

"다 어디로 간 거야?"

채우지 못한 단추 탓에 앞섶이 민망하게 벌어져 브래지어가 그대로 보였다.

"아, 몰라. 어디서라도 나오겠지."

어차피 알몸까지 다 본 사이에 이제 와서 이따위가 부끄러울 게 뭐란 말인가?

드르륵.

그럼에도 맨정신에 너무 풀어진 모습을 보이기는 싫었다. 이진은 벌어진 셔츠의 앞섶을 손으로 꼭 움켜쥐고 부엌으로 통하는 쪽문을 열었다.

"어, 없네."

아침, 아니 점심인가? 아무튼 밥을 하고 있을 줄 알았던 남자는 부엌에 없었다.

드르륵.

마당으로 향하는 방문을 열어보아도 남자의 모습은 보이지 않았다.

왈왈. 왈왈왈.

이진이 방문을 열자 볕 좋은 뜨락에 늘어지게 누워 있던 깡이가 발딱 일어나 짖어대기 시작했다.

"어머, 깜짝이야."

제 딴에는 저게 좋아서 짖는 거라고 했다. 하지만 이진은 여전히 깡이 저 녀석이 무서웠다.

"야, 저리 가. 저리 좀 가라고. 네 집 놔두고 왜 여기 누워 있는 거야."

툇마루를 내려설 엄두는 내지도 못하고 이진이 손짓으로 깡이를 쫓았다. 하지만 못 알아듣는 것인지, 알아듣고도 저러는 건지 녀석이 꼼짝할 생각을 하지 않았다.

"저리 좀 가라고. 네가 가야 내가 내려갈 거 아니냐고."

왈왈. 왈왈왈.

녀석과는 여전히 커뮤니케이션에 문제가 있었다. 하는 수 없이 이진은 툇마루 위에 그대로 서서는 목을 쭉 빼고 주위를 살폈다. 그런데 어디에도 남자는 보이지 않았다.

"아저씨이!"

큰 소리로 불러봤지만 대답이 없었다. 맞다, 오빠라고 하랬다.

"오빠, 민후 오빠아!"

하지만 여전히 남자는 나타나지 않았다.

"뭐야. 대체 어디 간 거야?"

털썩 툇마루에 주저앉은 이진이 뾰로통 입술을 내밀고 주위를 두리번거렸다.

왈왈. 왈왈왈.

깡이 녀석이 뭐라고 제게 말을 해주는 것도 같았다. 그런데 도통 뭐 알아들을 수가 있어야 말이지.

"어디 갔어요, 대체? 빨리 와요."

남자가 없는 집이 너무 허전하고 적막했다. 덩그러니 툇마루에 앉아 이진은 목을 빼고 그렇게 남자를 기다렸다. 하염없이. 그리고 그렇게 이진이 누웠다 앉았다 하는 동안 네 시간이라는 시간이 훌쩍 지나갔다.

"대체 어디 간 거예요?"

시간이 그렇게나 흘러도 남자가 돌아오지 않자 이진은 점점 불안해졌다. 겁이 나기 시작했다. 이제는 어젯밤 남자와 몸을 나누었던 그 일마저 꿈같이 느껴졌다. 대체 어떻게 된 일일까? 이진이 이 집에 오고 나서 남자가 이렇게 오랫동안 집을 비운 적은 없었다.

"어디로 가버린 건 아니죠? 오빠, 나 무서워. 이제 그만 와요, 제발."

애가 탔다. 자꾸 무서운 생각이 들어서 눈물까지 나려고 했다.

왈왈. 왈왈왈. 왈왈왈.

그런데 그때 깡이 녀석이 벌떡 일어나 짖기 시작했다. 그리고 쏜살같이 내달리기 시작했다. 주인을 닮아 잘 뻗은 근육질의 몸매가 순식간에 산 아래로 모습을 감췄다.

"오, 오빠야? 오빠 왔어요?"

깡이 녀석이 떠난 자리로 이진이 급하게 내려섰다. 그리고 종종종 마당 앞으로 뛰어나갔다.

"오빠아!"

맞았다. 민후였다.

"오빠아!"

반가운 마음에 저절로 두 손이 올라갔다. 그리고 세차게 흔들었다.

왈왈. 왈왈왈.

그런데 깡이 녀석이 무슨 착각을 한 모양이었다. 제게 흔드는 건 줄 알았나?

"앗, 오지 마. 오지 마."

내려갈 때만큼 쏜살같이 제게로 달려오는 깡이 녀석을 보고 이진이 기겁을 하며 다시 집으로 내달렸다.

"오지 말라고오!"

파닥파닥. 파닥파닥.

'훗. 너란 여자는 정말……'

미치겠다. 저 여자가 보고 싶어서, 저 여자가 다시 안고 싶어서 민후는 이 가파른 산을 내내 뛰어올라왔다.

왈왈. 왈왈왈.

깡이 녀석도 분명 저 여자가 마음에 드는 것이겠지.

'대체 저렇게 순하고 착한 녀석이 뭐가 무섭다는 거지?'

가까스로 깡이보다 먼저 툇마루로 뛰어 올라가는 여자를 보며 민후는 조만간 저 둘을 제대로 인사시켜야겠다는 생각을 했다.

"헉헉헉."

깡이에게 쫓기느라 여자는 가쁜 숨을 몰아쉬고 있었다. 여자의 벌어진 셔츠 앞섶으로 봉긋한 가슴이 들썩이는 게 보였다. 그 모습이 지난밤 제 밑에서 흥분으로 헐떡이던 여자의 모습과 오버랩되면서 민후의 아랫도리를 자극했다. 민후는 들고 오던 짐들을 내리고 헐떡이는 여자의 허리를 당겨 안았다.

"어디, 헉헉, 갔었……어요?"

"장에."

"장이요? 헉헉."

"오늘 아랫동네에 10일장 서는 날이야."

민후는 헉헉 가쁜 숨을 내쉬는 여자의 얼굴을 당겨 입술을 비볐다. 그리고 두툼한 혀를 내밀어 여자의 입술 사이로 밀어 넣었다. 이제는 익숙해진 듯 여자의 혀가 민후의 혀에 제법 그럴싸하게 반응을 해왔다.

"이제 선수가 다 됐는데?"

피식 웃어 보이며 민후가 여자를 더욱 당겨 안았다.

"놀리지 말아요."

작고 여린 몸이 제 품을 파고드는 느낌이 미치게 좋았다.

"많이 기다렸어?"

"네. 너무 안 와서 별생각이 다 들었다고요. 나 혼자 두고 어디로 가버린 줄 알았어요."

아기처럼 칭얼대며 여자가 민후의 몸에 감겼다.

"훗, 가긴 어딜 가? 여기가 내 집인데."

"그런 줄도 모르고 얼마나 애가 탔는지 알아요?"

"애가 타? 아, 나 다시 못 볼까 봐? 훗, 그래서 지금 이렇게 다 풀어헤치고 나 기다린 거야? 나 이제 아무 데도 가지 말라고?"

어느새 여자의 셔츠 앞섶을 헤치고 들어간 민후의 손이 가볍게 브래지어를 밀어냈다. 그리고 제 것인 양 여자의 가슴을 조물거렸다.

"아, 아파요."

"아파?"

"네. 어제 너무……."

여자는 뭔가 쑥스러운 얼굴로 말끝을 흐렸다.

"너무? 아, 내가 너무 빨아서?"

이런 노골적이고 적나라한 표현이 아직은 민망한 모양이었다. 여자의 얼굴이 수줍게 붉어졌다.

"훗, 또 이렇게 얼굴 붉히네. 어젯밤에 나하고 별별 짓을 다 해놓고."

민후는 희롱하듯 손가락으로 여자의 유두를 지분댔다. 아프다면서도 기대에 찬 여자의 가슴이 부풀어 올랐다. 여자의 기대를 배신할 수는 없지 않은가? 민후는 삼키듯 여자의 젖가슴을 베어 물었다.

"알아? 옛날 호랑이 담배 피우던 시절에는 아픈 상처에 이렇게 침을 발랐대."

황당한 얘기를 하며 민후는 이진의 젖가슴을 핥아 올렸다.

"훗, 말도 안 돼."

"정말이야. 이렇게, 이렇게 침을 바르고 이렇게 상처를 핥아줬대. 그리고 이렇게 빨아주면⋯⋯."

"아훗."

여자의 입에서 눌린 신음이 새어 나왔다. 민후가 바라던 대로. 민후의 입가에 길게 회심의 미소가 걸렸다.

"방에 들어가? 여기서 해?"

"아직 낮이잖아요."

놀란 여자가 제 젖가슴에서 민후를 떼어냈다.

"무슨 상관이야. 안고 싶으면 안는 거지. 여기서 그냥 할래? 이대로 선 채로 넣고 싶다."

"싫, 싫어요. 그러다 누가 보기라도 하면⋯⋯."

"누가 볼 사람이 어디 있어?"

왈왈. 왈왈왈.

저 자식이 여태 있었나? 꺼지라는 듯 민후가 뒷발질을 하자 그제야 엉거주춤 깡이가 일어섰다. 한참 구경이 좋았는데 아쉽다는 듯 느릿느릿한 걸음이었다.

수줍어하는 여자의 손을 끌고 민후는 방으로 들어왔다. 그리고 주저 없이 여자의 옷을 벗겨냈다. 여자의 하얀 몸 곳곳에 낙인처럼 붉은 꽃들이 피어 있었다. 갑자기 알 수 없는 소유욕이 들끓었다. 이 작고 여리고 예쁜 몸을 절대 다른 놈이랑 공유하고 싶지 않다는. 저만 보고 저만 만지고 저만 맛보고 싶다는.

"하늘이 어때?"

이불 위로 여자를 밀어 쓰러뜨리고 민후가 조급하게 여자를 타고 올라갔다.

"뭐가요?"

진득하게 입술을 비비자 여자의 입술이 벌어졌다. 벌어진 입술 사이로 꾹 혀를 밀어 넣자 기다렸다는 듯 여자의 혀가 얽혀들었다. 맞닿은 두 혀가 격렬하게 서로를 옭아매고 빨아들였다.

"나도 널 부를 이름이 필요하잖아."

"근데 왜 하늘이에요?"

"올라오는데 오늘 하늘이 너무 예쁘더라. 너처럼."

입 안 가득 고인 서로의 타액을 나눠 마시며 민후는 삼킬 듯 여자의 입 안을 휘저었다. 여자의 작은 혀를 붙잡아 쭉쭉 빨아 당기자 여자의 입에서 열에 들뜬 신음이 터져 나왔다.

"으흠, 하. 내, 내가 예뻐요?"

"예뻐. 눈도 코도 입술도. 통째로 씹어 삼켜버렸으면 좋겠어. 특히 여기가."

주르륵 미끄러져 내려온 민후의 입술이 흥분으로 들썩이는 여자의 젖가슴을 입 안 가득 삼켰다. 기대감으로 오뚝 솟아오른 핑크빛 유두가 정말 예뻤다. 타액이 흥건히 묻은 혀를 내밀어 작심하고 핥아 올리자 여자가 자지러지게 몸을 비틀었다.

"그리고 여기는 색기가 흐르지. 죽여주게 야해."

뿌리를 뽑을 것처럼 젖꼭지를 빨아대면서 민후의 손이 여자의 사타구니 사이를 파고들었다.

"아웃."

순식간에 파고든 민후의 손가락에 여자의 허리가 움찔거렸다.

"벌써 이만큼이나 젖은 거야?"

애액이 묻은 손가락을 빼내 여자의 눈앞에서 놀리듯 보여주고 민후가 제 입 속으로 손가락을 집어넣었다. 그리고 맛있다는 듯 쪽 쪽 빨며 웃어 보였다.

"아앗, 하, 하지 마요."

"왜, 이게 뭐 어때서? 얼마나 맛있는데."

본격적으로 맛을 보겠다는 듯 민후의 얼굴이 아래로 미끄러져 내려갔다.

"더 벌려봐. 더, 더."

민후는 여자의 다리를 세우고 엉덩이를 쭉 당겨 그 사이에 자리를 잡았다. 촉촉해진 여자의 음순을 핥아 올리자 흥분한 여자의 엉덩이가 움찔하며 들썩였다. 기대로 벌름거리는 여자의 질 구를 손가락으로 벌리고 민후는 가차 없이 혀를 밀어 넣어 쑤시고 돌렸다.

"하읏."

주름진 내벽을 혀끝으로 긁고 간질이자 여자는 쾌감을 못 이겨 몸을 비틀어댔다. 그리고 왈칵왈칵 애액을 쏟아냈다. 입가에 흥건하게 묻은 여자의 애액을 혀로 핥아내며 손가락으로 음핵을 눌러 비틀고 비벼주니 여자의 입에서 자지러지는 신음이 터져 나왔다.

"하웅, 응, 하읏."

민후는 서둘러 바지의 버클을 풀었다. 그리고 순식간에 드로우 즈까지 벗어던졌다. 튕기듯 올라와 끄덕이는 성난 분신에서는 벌써부터 쿠퍼액이 흘러내리고 있었다. 그리고 비키라고, 제발 좀 비키라고, 이제 제 차례라고 성을 내는 것만 같았다. 민후는 여자의 손을 당겨 홍분한 제 것을 거머쥐게 했다.

"하아, 아으으."

어젯밤 몇 번이나 제 속에 놓고 곧 죽을 것처럼 빨고 조여댈 때는 언제고 이제 와서 이까짓 게 뭐라고 여자는 격렬하게 도리질을 하며 손을 빼냈다. 아무래도 아직은 무리였던가 보다.

"좋아, 시간은 많으니까."

애써 아쉬운 표정을 삼키며 민후는 여자의 엉덩이를 다시 잡아챘다. 그리고 여자의 질구에 귀두 끝을 맞춰 비볐다. 어젯밤 몇 번의 출입으로 친해진 두 성기가 벌름벌름 서로를 끌어당겼다.

"손으로는 만지기도 싫다면서 여긴 아주 좋아 죽네. 내가 이러니 색기가 있다지."

히죽히죽 웃으며 민후는 넣을 듯 말 듯 여자의 애를 태웠다.

"오, 오빠아."

안달이 난 여자가 빨리 넣어달라는 듯 엉덩이를 치켜 올렸다.

"제발……."

"제발 뭐?"

"히이잉."

하고 싶은 말은 빤한데 수줍은 여자는 그 말조차 뱉어내지를 못하고 울먹이기만 했다.

"넣어달라고?"

열에 들뜬 여자의 빨간 얼굴이 수줍게 끄덕였다.

"따라 해봐. 넣어줘요, 민후 오빠."

"아히잉."

주저하는 여자를 채찍질하듯 민후는 손으로 여자의 음핵을 문

질렀다. 가차 없이. 이래도 말 안 하겠냐는 듯이.

"아힝, 아, 하, 오빠, 제발."

"넣어주세요, 해."

"넣, 넣어, 넣어줘요, 제발. 들어와요, 제발."

민후의 입가에 승리의 미소가 길게 걸렸다. 그리고 단숨에 여자에게 제 것을 박아 넣었다. 그리고 민후의 허리 짓이 폭주를 시작했다. 여자가 교성을 내지르며 까무러칠 때까지.

관계가 끝나고 두 사람은 서로의 품에서 가쁜 숨을 진정시키고 있었다.

"장에 뭐 사러 갔었어요?"

먼저 호흡이 진정된 여자가 민후를 올려다보며 물었다.

"뭐, 쌀도 떨어졌고 해서."

민후는 땀으로 젖은 여자의 머리칼을 넘겨주고 이마에 입술을 꾸욱 눌렀다.

"아직도 많이 아파?"

민후가 아프다던 여자의 젖꼭지를 손끝으로 돌렸다.

"아니, 오빠 침이 정말 약인가 봐. 아까보단 덜 아프네."

"그래? 그럼 더 빨아줘야겠네."

민후는 신이 나서 여자의 젖무덤을 삼켰다. 긴 혀를 빼내 유륜을 돌리고 젖꼭지를 소리 나게 빨아주니 아직도 조금 전 흥분의 여운이 가시지 않은 여자의 손이 제 얼굴을 감싸 안았다.

"하늘아."

"하, 이제 내 이름 하늘이 돼버린 거예요?"

"하자, 그냥. 예쁜 이름이잖아. 넌 별로야?"

"아니, 그냥 좀 낯설어서."

"하늘이라고 한다."

"훗, 마음대로 해요."

"으, 착해. 오빠 말도 잘 듣고."

민후는 여자를 제 품에 꼭 당겨 안았다. 그리고 여자의 희고 가는 목에 입술을 내려 깨물듯 빨아들였다.

"흐음."

얕은 신음을 뱉어내며 여자가 안겨왔다. 내친 김에 민후는 욕심을 부렸다.

"하늘아."

"네?"

"입으로 한 번만 해주면 안 돼?"

"네에?"

"한 번만, 응?"

"하이, 그건……."

여자는 여전히 자신이 없는지 대답을 회피했다.

"대신 네가 해달라는 거 다 해줄게. 한 번만 해줘, 응?

"내가 해달라는 거 다요?"

"응, 뭐든 다 해줄게."

순간 여자의 눈빛이 흔들렸다. 뭔가 원하는 게 있었던 모양이었다.

"그럼……."

"응, 말해. 뭐든 들어준다니까."

"그럼, 오빠 머리랑 수염⋯⋯."

"뭐?"

왜 하필이면 그거란 말인가. 이건 민후도 망설여지는 대목이었다. 그나마 시골 장터에라도 마음 놓고 다닐 수 있었던 게 다 이 머리와 수염 덕이었으니까.

"안 돼요? 그럼 뭐 없었던 일로 하고요."

하지만 여자가 없던 일로 하자니 민후는 조급해졌다. 그래, 어차피 머리와 수염은 다시 기르면 그뿐이었다.

"아니, 아니. 해. 자를게. 자르면 되잖아. 대신 꼭 해줘야 해."

"알았어요. 해볼게요."

"좋았어."

여자의 저 작은 입 안으로 들어갈 생각만으로도 아랫도리가 불끈불끈 되살아났다.

"까짓 것. 당장이라도 밀어버리겠어."

민후가 자리를 박차고 벌떡 일어났다.

위이잉. 위이잉.

몇 년간 기른 수염을 밀어버리는 일은 쉬운 일이 아니었다. 하지만 그래 봤자 수염이었다. 조금 뒤 맛볼 황홀경에 비하면 이까짓 것 아무것도 아닌 것이다.

위이잉. 위이잉.

3년 만이었다. 파르슴하게 빛이 도는 턱선이 모습을 드러냈다. 오랜만에 보는 턱선이 민후 자신조차도 낯설었다.

"우와."

면도를 하는 동안 여자는 내내 제 곁을 떠나지 않고 지켜보고 있었다. 그리고 저렇게 연신 소리를 질러대고 있었다. 점점 맨얼굴을 드러내는 민후를 보며 여자의 눈빛이 반짝였다. 새삼스레 반하기라도 한 것처럼.

'이제 와서?'

민후의 입가에 씰룩 미소가 번졌다.

"오빠, 너무 멋져요."

민후는 내친 김에 머리까지 삭발로 밀어버릴 생각이었다. 어차피 여자에게 보여주기로 마음먹은 것 화끈하게 보여줄 생각이었다.

위이잉. 위이잉.

아무렇게나 산발로 자란 머릿결을 가위로 대충 잘라내고 민후는 본격적으로 머리를 밀기 시작했다.

위이잉. 위이잉.

깎여나간 머리가 수돗가에 시커멓게 쌓이고 있었다. 그런데 이상하게 여자가 조용했다. 돌아보니 여자가 웬일인지 혼란스러운 얼굴을 하고 있었다.

"왜 그래?"

"모, 모르겠어요."

"왜, 어디가 아파?"

"아니, 아픈 게 아니라 이상한 장면이 떠올랐어요."

"이상한 장면?"

"혹시…… 오빠, 내가 아는 사람이에요?"

순간 민후는 긴장했다. 이럴 거라는 생각은 왜 못 했던 걸까? 입으로 해준다는 그 말에 너무 흥분해버린 탓이었다. 제 존재를 알아버린 모양이었다.

"오빠, 혹시……?"

"응."

민후는 꿀꺽 마른침을 삼켰다.

"오빠, 혹시 예전에 전당포 하지 않았어요?"

"뭐?"

어처구니가 없어 여자를 돌아보니 여자는 쓸데없이 심각한 얼굴이었다.

"아니면 뭐지? 군인이었나, 경찰? 오빠같이 생긴 사람이 막 총을 쏘는 장면이 보였어요."

뭐라는 거니? 기억을 떠올리려는 듯 관자놀이를 꾹꾹 누르고 있는 여자를 보며 민후는 실소를 터트리고 말았다. 하긴 닮았다는 소리를 많이 듣긴 했었으니까.

위이잉. 위이잉.

"다 밀었어. 들어가자."

여자는 여전히 혼란스러운 표정으로 제 얼굴을 쳐다보고 있었다. 그러거나 말거나 민후는 마음이 급했다. 민후는 여자의 손을 당겨 잡았다. 그리고 황홀경이 기다리고 있을 제 방으로 한달음에 뛰어 들어갔다.

7장. 그냥 사랑한다고 해,
그럼. 어려운 말 찾지 말고

산골에서의 하루하루는 더디게 흘러갔다. 그런데도 돌아보면 어느새 훌쩍 시간이 지나가 있었다. 지난 봄 민후가 저를 위해 만들어준 장독대 옆 작은 화단에 노란 매미꽃이 예쁘게 피어 있었다. 벌써 6월이었다. 이진이 이곳에서 살기 시작한 지도 어느덧 반년이라는 세월이 지난 것이다.

따라라따라라 딴따라라딴따…….

늦은 아침을 먹고 이진은 햇살 좋은 뜨락에서 민후의 피아노 연주를 듣고 있었다. 개인적으로 이진은 민후의 기타보다 피아노 연주가 훨씬 더 마음에 들었다.

따라라따라라…….

아무리 생각해도 민후는 이 산골에서 썩고 있을 인재는 아니었다. 민후의 사연이 궁금하긴 했지만 이진은 묻지 않았고 민후 역시 지난 자신의 사연을 이진에게 들려주지 않았다. 하지만 괜찮았다.

어차피 저 역시도 민후에게 해줄 말이 없었으니까. 반년이라는 세월이 지났지만 이진의 기억은 아직도 돌아오지 않았다.

으으음으으음 음으으음음으으음…….

하지만 조급한 마음은 전혀 들지 않았다. 지금 이대로도 이진은 충분히 행복했으니까. 단 하나 마음에 걸리는 건 이런 감정이 저만의 것이라는 사실이었다. 민후는 제게 어떤 약속의 말도, 심지어 좋아한다, 사랑한다는 그 말조차 한 번도 해준 적이 없었다. 그 점이 이진은 못내 섭섭했다. 하지만 그렇다고 표를 내거나 섭섭함을 토로해본 적은 단 한 번도 없었다.

"멋진 곡이다, 그지?"

제 옆에서 늘어지게 누워 일광욕을 즐기고 있는 깡이에게 이진이 동의를 구하듯 물었다. 처음엔 그렇게 무서웠던 녀석인데 알고 보니 순둥이도 이런 순둥이가 없었다. 이진이 더 이상 이렇게 깡이를 무서워하지 않게 된 데에는 민후의 도움이 컸다. 이제는 깡이가 안 보이면 찾아 나설 만큼 이진도 깡이 녀석을 좋아하게 되었다.

"막 기분이 좋아지지 않니? 가사가 있으면 따라 부르고 싶지, 응?"

그리고 비록 가끔이기는 했지만 이렇게 물으면 정말 깡이가 대답을 할 것 같은 기분이 들 때도 있었다.

왈왈. 왈왈왈.

그렇다는 듯 깡이의 꼬리가 기분 좋게 흔들렸다.

"그럴 게 아니라 가사를 한번 붙여볼까? 잠깐만, 있어봐."

이진은 쪼르르 제 방으로 달려갔다. 도배를 마친 그날 이후로 이진은 한 번도 이 방에서 잠을 자본 적이 없었다. 그렇게 하도록 민후가 놓아주지 않았으니까. 대신 두 사람 몫의 늘어난 살림들이 이 방을 채우고 있었다. 창문 옆 낮은 앉은뱅이책상 위에서 펜과 메모지를 찾아 이진은 다시 깡이 곁으로 돌아왔다.

"있어봐. 완전 예쁜 가사를 써줄 테니까."

깡이 녀석의 새까맣고 반들반들한 머리를 쓰다듬으며 이진이 그 곁에 다시 자리를 잡고 앉았다. 정말 뭘 알아듣는 건지 기대를 품은 깡이의 눈빛이 반짝였다.

으으음으으음…….

민후의 연주에 허밍으로 따라 하며 이진은 메모지 위에 생각나는 대로 글자를 채워나갔다. 이 시간이 이렇게 평화롭고 행복할 수가 없었다.

따라라라따라라 딴따라라딴따…….

민후는 여전히 연주 중이었다. 기타든 피아노든 한번 필이 꽂히면 몇 시간도 몰입해서 연주하는 사람이 민후였다.

"오빠?"

다 쓴 가사 종이를 들고 이진이 조심스럽게 방문을 열었다. 저렇게 무아지경으로 연주에 빠져 있는 민후는 뭐랄까, 다른 세상에 가 있는 사람 같아서 방해하기가 조심스럽고 어려웠다.

"응?"

"나 보여줄 거 있는데."

"보여줄 거?"

"응."

"뭔데, 들어와."

민후의 승낙이 떨어지자 이진이 쪼르르 피아노 곁으로 다가갔다. 그리고 수줍은 듯 가사가 적힌 종이를 내밀었다.

"이거."

"뭐야, 이게?"

얼떨결에 메모지를 받아들고는 민후는 뭔가 하는 표정으로 빼곡히 적힌 글자들을 읽어 내려갔다.

<……you're my hero, you're my love, forever.>

훗.

이내 민후의 입가에 피식 만족스러운 미소가 걸렸다. 그리고 어떠냐는 듯 묻는 얼굴로 서 있는 이진을 당겨 제 무릎 위로 사뿐히 앉혔다. 이런 자세가 한두 번도 아니었기에 이진의 팔은 자연스럽게 민후의 목에 감겼다.

"뭘 이런 걸 줘? 말 안 해도 다 아는데."

민후의 입술이 쪽 하고 이진의 입술에 부딪쳤다.

"무슨 말이야? 뭘 알아?"

"너 나 사랑하는 거. 새삼스럽게 무슨 고백이야?"

"엥? 말도 안 돼. 고백은 무슨. 그냥 가사잖아요. 오빠가 방금 친 곡에 붙였으면 해서 그냥 써본 거라고요."

"가사?"

그러고 보니 방금 제가 연주한 곡이랑 분위기며 리듬이 딱딱 맞아떨어지는 글귀였다.

"어때요?"

"응, 좋긴 한데……."

가사는 훌륭했다. 여자에게서 뜻밖의 재능을 발견한 것 같아 놀라울 정도였다. 하지만 민후는 이상하게 기분이 상했다.

"씨, 별로구나?"

"아니, 좋다니까."

"그런데 표정이 왜 그래요?"

"아니, 그게……. 그러니까 말도 안 될 건 뭐냐고? 사랑하는 건 아니다 이 말이야?"

"네?"

"아니야?"

"뭐, 그게 꼭……."

여자에게 사랑한다는 소리를 들은 게 한두 번도 아니었다. 하지만 그건 매번 절정에 올라 반쯤 제정신이 아니었을 때였다. 그런데 맨정신의 여자는 사랑을 말하길 주저했다. 민후는 이상하리만치 배신감이 느껴졌다.

"어, 말 안 하네. 그러니까 사랑하는 건 아니다?"

"에이, 뭐 자꾸 그런 건 묻고 그래요."

맨정신에 그런 말을 하기엔 천하의 이진도 쑥스러웠다. 피식 웃음을 지으며 이진이 민후의 무릎에서 일어나려 하자 민후의 손이 이진의 허리를 당겨 다시 앉혔다.

흡.

그리고 벼르듯 이진의 입술을 삼켰다.

"이래도 아니야?"

깊숙이 밀고 들어온 민후의 혀가 이진의 입 속을 집요하게 물고 빨았다.

"으, 으, 맞, 맞아요. 사랑, 사랑해요, 오빠."

결국 항복의 말이 터져 나올 때까지.

"하아, 하아. 이씨이, 이런 게 어디 있어? 자긴 한 번도 말 안 해주면서."

괜히 약이 올랐다. 오빠도 날 사랑하냐고 되물어보기도 자존심이 상했다. 그래 봤자 말 안 해줄 게 뻔했으니까. 그러면서도 저는 꼭 이 소릴 듣고야 마는 민후의 심리는 정말 고약했다.

"치, 이리 줘요."

"그런 게 어디 있어? 나 준 거잖아."

"줘요."

"안 돼."

"이이씨."

훗.

단단히 삐친 듯 성난 걸음으로 방을 나가버리는 여자를 보며 민후가 피식 웃음을 지었다.

'이씨이, 이런 게 어디 있어? 자긴 한 번도 말 안 해주면서.'

그러고 보니, 그랬다. 절정의 순간마다 숨이 넘어갈 듯 사랑한다고 외치는 여자에게 그 말을 되돌려줬던 적이 한 번도 없었다. 사랑이라는 감정은 민후에게도 낯선 감정이었다. 그동안 제게 여자가 없었던 건 아니었지만 그게 진정으로 사랑이라고 느꼈었던 적은 단 한 번도 없었다.

'그러게. 이 감정은 대체 뭘까?'

여자와 함께 살아온 지도 벌써 반년이 넘게 지났다. 아침에 눈을 뜨면 소꿉장난 같은 산골의 일상들이 기다리고 있었다. 여자는 작은 종달새처럼 재잘재잘 잘도 종알댔고 그래서 온종일 붙어 있어도 심심할 겨를이 없었다. 그리고 밤이 되면 열락의 시간이 시작되었다. 하긴 밤낮이 따로 있었던 건 아니었다. 반년이나 지난 지금도 민후는 여자에게서 손을 뗄 수가 없었으니까.

'이런 게 사랑이니?'

여자가 제게 사랑이라고 말하는 게 좋았다. 그걸 부정하는 여자는 상상도 하기 싫을 만큼 여자의 몸과 마음을 온전히 소유하고 싶었다. 그러면서도 제 감정을 드러내는 것에는 아직 이렇게 자신이 없었다. 경험해보지 못한 감정에 대해 확신이 없었고 여자에게 느끼는 자신의 이 감정을 딱히 정의할 말을 찾지 못한 탓이기도 했었다.

'이런 감정이 사랑이야?'

피아노 위에 턱을 괴고 민후는 여자가 나간 문을 한참이나 그렇게 바라보고 있었다.

드르륵.

점심때가 다가오고 있었다. 민후는 찬거리를 핑계 삼아 방문을 열고 나왔다.

"치이."

아직도 성이 안 풀린 것 같았다. 제가 나오니 뜨락에서 깡이와 놀고 있던 여자가 확 하고 고개를 돌려버렸다.

훗.

뭘 해도 귀여웠다. 찬거리고 뭐고 당장 데리고 방으로 들어가서 여자의 삐친 입에서 다시 항복의 비명 소리를 듣고 싶을 만큼.

"산에 갈 건데 같이 가."

"치이……."

뽀로통 입술을 내밀고 여자는 대답을 하지 않았다.

"치는 무슨 치야. 점심때가 다 돼가는데 밥 할 생각도 안 하고. 빨리 안 일어나?"

지난 반년 동안 이 집에서 설거지와 빨래, 그리고 점심 준비는 늘 여자의 몫이었다. 대신 그 외의 모든 일은 민후가 도맡아서 했다. 불공정한 분업이긴 했지만 어차피 여자가 할 수 있는 일이 많지는 않았고 저 작은 여자를 고생시키고 싶은 마음도 없었다.

"이씨이."

잔뜩 불만이 쌓인 얼굴로 여자가 마지못해 자리를 털고 일어났다.

훗.

그 말이 뭐가 어렵다고. 저렇게 듣고 싶다는데 그냥 해줘버리면 그만인 것을. 그럼 금세 쌜쭉 웃으며 좋아할 텐데.

「아이 러브 유, 아이시떼루요, 워아이니…….」

의미도 없는 외국 팬들에게조차 아무렇지도 않게 뱉어내던 그 말이 왜 이 여자에게만은 이렇게 쉽지가 않은 것일까? 이 여자에게만은 그 말에 어떤 의미라도 담고 싶은 것일까?

'대체 이 감정은 뭐니? 나는 지금 너하고 뭘 하고 있는 걸까? 앞으로 뭘 하고 싶은 것일까?'

이진은 토라진 채 민후의 얼굴도 제대로 쳐다보지 않았다. 그런 이진을 바라보는 민후의 눈빛이 혼란스러웠다.

"가자, 깡아."

민후가 이름을 부르니 깡이 녀석이 좋다고 따라붙었다. 야생초가 만발한 6월의 산은 아름다웠다. 그리고 집 밖으로 조금만 나가도 먹을거리가 무진장으로 널려 있었다. 자연이 베푸는 선물처럼. 뭉게구름이 피어 있는 파란 하늘 아래 따뜻한 햇살이 내리비치는 산길을 민후, 이진, 그리고 깡이 세 식구가 나란히 걸어가고 있었다.

"어, 이제 다 익었네."

집에서 얼마 올라가지 않아 산딸기 군락지가 나왔다. 개망초 사이로 빨갛게 익은 산딸기가 송이송이 맺혀 입맛을 다시게 했다. 2년 전 발견한 이후로 매년 이맘때면 물릴 때까지 민후는 산딸기를 먹었다. 그리고 올해는 복분자주도 담가볼 생각이었다. 그래서 와인처럼 여자와 나눠 마시고 싶었다.

"먹어봐. 맛있어."

새빨간 열매를 한 줌 따서 여자에게 내미니 여전히 볼이 부은 채 고개를 저었다.

"안 먹을 거야?"

"생각 없어요. 드세요, 혼자 많이."

"아직 화났어?"

"……."

또 대답이 없었다. 쉽게 풀어주지 않을 모양이었다.

"응?"

그러지 말고 이제 그만 풀라는 듯 민후가 이진의 옆구리를 툭 쳤다. 딴에는 기분을 풀어주겠다고 안 부리던 애교까지 부린 셈이었다.

"화는 뭐, 내가 화낸다고 신경이나 쓸 사람이에요, 오빠가?"

돌아오는 여자의 말이 뾰족했다. 생각보다 화가 많이 난 모양이었다. 어떻게 풀어주지? 안 보던 눈치까지 보게 된다. 어쩌다 제가 여자에게 이렇게까지 쩔쩔매는 신세가 된 거지?

"신경 쓰여. 그러니까 그만해라."

"치, 신경이 쓰이긴 뭐가 쓰여. 내가 당장 여기 떠나버려도 눈하나 깜짝 안 할 사람이면서."

"뭐?"

가슴이 내려앉는다는 게 이런 느낌이었구나. 체한 듯 먹먹하고 조이듯 가슴이 저렸다.

"기억이 돌아오는 약초라도 있으면 먹어버렸으면 좋겠어."

충격을 받은 민후는 거머쥐고 있던 산딸기를 바닥에 내던졌다.

"그래서 기억이 돌아오면……? 그럼, 떠날 거야?"

그리고 애써 저를 외면하고 서 있는 여자를 돌려세웠다.

"말 안 해? 떠날 거냐고?"

여자의 묵묵부답이 지금처럼 숨이 막히기는 처음이었다. 당장이라도 저 작은 입에서 대답을 들어야 했다. 떠나지 않겠다는 그 말을.

"무슨 상관이에요? 나한테 관심도 없으면서."

하지만 여자는 그런 민후를 밀치고 달아나버렸다.

"거기 안 서? 거기 서."

이게 웬 때아닌 술래잡기인가? 이진을 쫓아 내려가는 민후는 왜 이렇게 절박한 기분이 드는지 알 수 없었다. 지금 저 여자를 놓쳐버리면 이대로 산을 떠나버릴 것 같은 불안감이 엄습했다. 그리고 그 순간 모든 것이 명확해졌다. 모든 것이.

"거기 서라고."

민후는 긴 다리로 잽싸게 달려 단숨에 여자의 허리를 낚아챘다.

"떠날 거냐고 묻잖아."

"그래요, 떠날 거야, 가버릴 거라고. 나도 나 좋다는 사람 찾아서 가버릴 거라고."

여자는 다시 민후를 밀쳤다. 하지만 몇 발자국 뛰지도 못하고 민후가 뻗은 팔에 붙잡혔다. 그리고 중심을 잃은 여자는 휘청하며 길가에 핀 야생초 수풀 사이로 쓰러졌다. 그리고 여자에게 힘이 쏠린 민후도 덩달아 같이 엎어졌다.

이상했다. 너무 서러웠다. 그래서 눈물이 쏟아져 나왔다. 갑자기 왜 이렇게 감정이 폭발해버렸는지 이진 스스로도 이해가 안 될 정도였다. 그동안 켜켜이 쌓여 있던 서러웠던 감정들이 터져버린 모양이었다. 사랑한다는 그 말이 뭐라고 끝내 해주지 않는 민후가 미웠다. 지난 6개월의 행복했던 시간이 신기루같이만 느껴졌다.

"왜 이래요, 나 같은 거 상관도 없으면서."

"누가 상관없대? 누가 보내준대? 누가 가게 한대?"

그런데 이상하기는 민후도 마찬가지였다. 관계를 가질 때면 낯뜨거운 말도 잘도 뱉어내는 민후였지만 평상시 민후는 감정의 표현이 큰 사람은 아니었다. 그런 민후가 답지 않게 흥분해서 소리를 질렀다. 거칠게 저를 품에 가두는 민후의 가슴이 세차게 뛰고 있었다. 그리고 절대 놓아주지 않겠다는 듯 저를 절박하게 안았다.

"왜요? 다른 여자가 나타날 때까지 내가 필요한 거야? 그런 거지? 오빠는 내 몸만 필요한 거야, 아니야?"

이런 말까지 하게 될 줄이야. 이렇게까지 저 스스로를 비하할 생각은 절대 아니었다. 그런데 이진은 불쑥 그런 비참한 생각까지 들었다.

"아니야, 절대. 대체 왜 그런 생각을 하는 거야?"

"그럼, 왜 말을 안 해줘? 그 말이 뭐가 어렵다고?"

"……."

"봐, 말 못 하겠지? 마음에 없는 말은 죽어도 못 하는 성격이니까. 됐어, 놔요, 나. 놓으란 말이야."

민후의 침묵이 제 말에 대한 긍정이라고 생각한 이진은 절망했다. 결국 민후에게는 이 모든 것이 잠깐의 불장난일 뿐이었던 거다.

"비켜요, 제발. 내 몸에 이제 손도 대지 말라고요. 흑흑흑."

이진은 민후에게서 벗어나려고 몸부림을 쳤다. 민후는 그런 이진의 팔을 잡아채 가슴으로 누르고 외면하는 이진의 얼굴을 돌려 저를 보게 했다. 그리고 소리쳤다.

"날 봐, 아니라고, 아니야. 그냥 나도 내가 네게 느끼는 이 감정이 뭔지 몰라서 그랬어. 하지만 절대 널 어디에도 보내지 않을 거야. 네가 떠나버린다는 생각만으로도 가슴이 조이고 아파."

진심을 토해내는 민후의 외침에 용을 쓰며 벗어나려던 이진의 몸부림이 잦아들었다.

"알아? 사랑이라는 말도 너한테는 너무 가벼워. 이 감정을 달리 어떻게 표현해야 할지 나도 정말 모르겠다고. 그러니까 평생 내 옆에 있어. 너 아무 데도 안 보내, 못 보내."

제 눈을 바라보며 숨겨둔 감정을 쏟아내는 민후의 눈빛은 진심이었다. 민후의 눈빛에 담긴 진심에 이진의 눈에는 다시 울컥 눈물이 고였다.

"치, 그냥 사랑한다고 해, 그럼. 어려운 말 찾지 말고."

"그 말이 그렇게 듣고 싶어?"

"응."

"사랑해. 사랑한다는 그 말보다 훨씬 더 널 사랑하고 좋아해, 하늘아."

이진의 눈가에 맺힌 눈물을 닦아주며 민후가 다정하게 속삭였다. 그동안 쌓여 있던 서러움이 눈 녹듯 녹아내리는 것만 같았다. 그제야 이진은 숨이 쉬어졌다. 코끝으로 야생화의 진한 꽃향기가 파고들었다.

"치, 그러니까 이렇게 말해줬으면 됐잖아. 왜 사람을 이렇게 구질하게 만들어?"

이진이 작은 주먹으로 민다는 듯 민후의 어깨를 내리쳤다.

"제발 떠나지 말라고 너한테 매달리는 나는? 하늘아, 나 지금 너한테 매달리는 거야. 안 떠날 거라고 말해줘. 기억이 돌아와도 나하고 살 거라고."

"안 떠나. 오빠가 너무 좋아. 오빠 없인 이제 나도 못 살…… 흡."

이진이 채 말을 끝맺기도 전에 민후의 입술이 이진을 삼켰다. 그리고 뜨겁고 절박한 혀가 이진의 입술 사이를 순식간에 헤집고 들어왔다. 그리고 혀뿌리가 빠지도록 이진의 혀를 빨아들였다.

"으음."

민후의 혀가 이진의 고른 치열을 핥고 열에 들뜬 입천장을 유혹하듯 간질이자 이진의 입에서 참지 못하고 신음이 새어 나왔다.

"약속해. 평생, 죽을 때까지 내 옆에 있겠다고."

민후의 입술이 이진의 목줄기를 훑으며 올라왔다. 그리고 타액으로 젖은 입술이 이진의 작은 귓불을 깨물었다.

"있을게. 평생. 오빠 옆에."

민후의 뜨거워진 호흡이 이진의 귓구멍을 간질였다. 그리고 이내 두툼한 혀가 좁은 구멍을 파고들어 간질이듯 유혹하듯 핥고 휘저어댔다.

"하아."

민후의 애무에 달아오른 이진의 입에서 다시 나른하게 젖은 신음이 새어 나왔다.

"알겠어, 이제."

이진의 귓불을 핥아 올리며 민후는 알 수 없는 말을 했다. 낮게 깔려 거칠게 들리는 음성과는 달리 민후의 표정은 확신에 차 있었다.

"뭐얼?"

"너하고 뭘 하고 싶었는지."

"나하고 뭘 하고 싶었는데?"

"있어. 하지만 지금은 말해 줄 수가 없어. 지금은 이게 더 급하니까."

민후의 손이 성마르게 이진의 셔츠 앞섶을 벌렸다. 그리고 주저 없이 브래지어를 밀어내고 젖가슴을 움켜잡았다. 민후의 손가락이 유두를 꼬집어 비틀자 그 손길에 길든 꼭지가 금세 오뚝하게 솟아올랐다.

"하아. 안 돼, 오빠. 여기 밖이야."

저도 모르게 튀어나온 신음을 애써 삼키며 민후의 손을 저지하는 이진의 숨결도 이미 거칠었다.

"밖이면 어때? 이 산속에서 누가 볼 거라고."

하지만 민후는 거침이 없었다. 이진에게 잡힌 손을 밀어낸 자리에 민후의 입술이 그대로 내려앉았다. 그러자 주인의 의지를 배반하고 이진의 가슴이 기대에 부풀어 올랐다. 뾰족 솟은 이진의 젖꼭지를 입에 넣고 민후가 거세게 빨아들였다.

"하아, 하아, 오빠아."

긴 혀를 내밀어 유륜을 휘감듯 돌리고 치솟은 유두를 이 사이에 넣고 깨물자 흥분을 못 이긴 이진이 허리를 들썩이며 신음을 토해냈다.

"하늘아."

거칠게 파고든 손이 이진의 사타구니 사이를 가르고 들어왔다. 바지 위에서도 민후의 손은 정확히 클리토리스를 찾아냈다. 그리고 성마르게 그곳을 비비고 문질러댔다.

"집으로, 집으로 가요."

열에 들뜬 이진의 숨소리가 가빴다.

"못 가, 가고 싶어도 지금은."

민후의 손이 이진의 손을 끌어내려 제 바지 속으로 쑥 하고 집어넣었다. 언제부터 이 상태였는지 단단히 성이 난 페니스가 당장이라도 폭발해버릴 것같이 부풀어 있었다.

"당장 네 속에 못 넣으면 죽을 것 같아."

민후는 단숨에 이진의 바지를 끌어내렸다. 그리고 이진의 엉덩이를 제 앞으로 바짝 잡아당겼다. 그리고 이미 촉촉해진 그곳으로 머리를 박아 긴 혀로 음핵에서부터 회음부를 따라 훑어 내렸다.

"으흠."

이진이 움찔 몸을 떨자 민후의 입술이 본격적으로 이진의 아래를 빨아들였다.

춥춥.

"하아, 하아."

흥분으로 몸을 비틀며 이진의 손이 민후의 머릿속을 헤집고 들어왔다. 거칠게 파고든 민후의 혀가 주름진 내벽을 긁어 올리자 왈칵 하고 샘물이 터져 나왔다. 고개를 들어올린 민후가 입가에 질펀하게 묻은 애액을 혀로 핥아 올렸다. 그 모습을 보자 더 이상은 저도 못 버티겠는지 이진의 엉덩이가 들썩이기 시작했다.

철컥.

민후가 버클을 풀어내고 단숨에 바지와 드로즈를 벗어던졌다. 발딱 튕겨 올라온 페니스는 당장이라도 정액을 토해낼 것처럼 성질이 나 있었다. 울툭불툭 힘줄이 불거져 올라온 기둥의 끝에는 진득한 액이 흘러내리고 있었고 벌써부터 후끈하게 뜨거운 열기가 느껴졌다.

"다리 더 벌려, 더."

벌어진 이진의 다리 사이에 자리를 잡고 민후는 다급한 손으로 이진의 다리를 어깨에 걸쳐 올렸다. 그리고 흘러내리는 애액과 쿠퍼액을 질구에 비벼 묻히며 두 손가락으로 들어갈 구멍을 넓혔다.

푹.

그리고 인내심을 잃은 제 것을 힘껏 박아 넣었다. 질구를 뚫고 들어오는 페니스가 오늘따라 유독 뜨겁고 단단했다. 맞물린 두 성기가 갈증이라도 난 듯 서로를 물고 빨았다. 절대 놓아주지 않겠다는 듯. 귀두까지 뺐다가 뿌리까지 푹 하고 박아 넣을 때마다 이진의 가는 허리가 몸서리를 치며 비틀렸다.

"아웃. 아응, 앙."

우거진 야생초 수풀 사이로 이진의 새하얀 다리와 말의 그것을 닮은 튼실한 민후의 엉덩이가 보였다 사라졌다, 보였다 사라졌다를 반복했다. 그리고 그 속도가 미친 듯 빨라졌다. 그리고 숨이 넘어갈 듯 토해내는 이진의 신음 소리가 아무도 다니지 않는 산골의 고요한 정적을 깨고 있었다.

퍽퍽퍽.

"하읏, 응, 아읏."

폭주하는 민후의 허리 짓에 이진의 허리가 요동을 쳤다. 그때마다 이진의 속살이 경련을 일으키며 페니스를 잘라 먹을 것처럼 조여댔다.

"하아, 하읏, 아아아."

"아응, 응, 하아아아."

얼핏 들으니 산짐승 소리 같기도 했다. 짐승의 포효와도 같은 신음 소리를 토해내며 이진과 민후가 동시에 절정으로 솟아올랐다. 그리고 그 순간 왈칵 하고 뜨거운 정액이 이진의 자궁 안으로 쏟아져 들어왔다.

"하아, 하아. 하, 오빠?"

이진이 놀란 얼굴로 민후를 바라봤다. 처음이었다. 민후가 제 속에 사정을 한 것은. 피임기구나 피임약을 구하기 힘든 산속에서는 체외사정이 유일한 피임 방법이었다. 그래서 매번 민후는 사정의 순간에 제 것을 빼내야 했다. 그리고 이진의 배고 등이고 가끔은 이진의 입 속에 닥치는 대로 그것들을 쏟아냈었다.

"이제부터는 안에다 할 거야."

"안 돼, 오빠. 그러다 임신이라도 되면 어쩌려고 이래?"

"낳으면 되지. 낳고 싶어. 너 닮은 예쁜 딸. 나 닮은 사내 녀석도."

"뭐?"

그건 민후가 제 속에 정액을 뿜어낸 것보다 더한 충격이었다. 이진은 놀라 벌어진 입을 다물지도 못하고 무슨 뜻이냐는 듯 민후의 얼굴을 바라봤다.

"아이씨, 멋지게 프러포즈하려고 했는데 이 꼴로 하게 생겼네."

"프러포즈?"

"응. 결혼하자, 하늘아. 나랑 결혼해줘."

"……."

"왜 말이 없어? 혹시…… 싫어?"

"히잉."

이진은 대답 대신 민후의 품을 파고들었다.

"좋다는 뜻이지? 대답해. 얼른."

이진은 이번에도 대답 대신 고개를 끄덕였다. 감정이 벅차올라 입 밖으로 소리가 나오지 않았다.

"행복하게 해줄게."

민후의 입술이 이진의 이마 꼭지에 내려앉았다.

"제대로 하자. 우리 둘만의 결혼식이라도 제대로 차려입고 제대로 식을 올리자. 프러포즈도 멋지게 다시 해줄 테니까 기대해도 좋아."

"괜찮아요, 난. 아무래도 좋아. 오빠하고 살 수만 있으면 난 이대로도 좋은걸."

"아냐, 내가 해주고 싶어. 화려하진 않더라도 세상에서 제일 행복한 신부로는 만들어줄게."

"오빠."

"응?"

"사랑해요."

행복에 취한 얼굴로 이진이 민후에게 입술을 부딪쳤다.

"내가 더 사랑해. 그리고 늦게 말해서 미안해."

이진의 입술에 입술을 비비며 민후가 다시 혀를 밀어 넣었다. 서로 얽힌 두 혀가 다시 뜨거워졌다. 그리고 아직 이진의 안에 있던 민후의 분신이 꿈틀거리며 다시 살아 올랐다.

야생초 수풀을 침대 삼아 이진과 민후는 다시 서로를 가졌다. 그리고 또 한 번의 사정액이 이진의 흥분한 질 안으로 쏟아져 내렸다.

"씻으러 가자."

"아아아, 잠깐, 잠깐만요. 옷 좀 입고요."

대충 바지를 껴입은 민후가 이진을 들쳐 업었다. 말려 올라간 브래지어와 풀어헤쳐진 셔츠를 여밀 새도 없이.

"어차피 벗을 건데, 뭘 입어."

그런데 당연히 수돗가로 갈 줄 알았던 민후가 집을 지나쳤다. 당황한 이진이 민후의 어깨 위에서 내리겠다고 버둥거렸다.

"이러고 어딜 가는 거예요, 내려줘요."

"떨어져 버둥거리지 좀 마. 다 왔으니까."

민후가 이진을 내려놓은 곳은 숲속에 숨어 있어서 잘 보이지도 않는 개울가 웅덩이였다. 작지만 제법 세찬 폭포수가 떨어지는 아래에 바닥까지 환하게 보이는 맑은 물이 고여 있었다.

"우와, 이런 데가 있었어요?"

"가끔 오는 곳이야. 개인 목욕탕인 셈이지. 아, 이제는 부부탕이 되는 거네."

"부부탕……이요?"

부부. 말만 들어도 좋았다. 이 남자를 가지는 건 제게 세상을 다 가지는 것과 같았다. 언제부턴가 이진의 세상에서는 이 남자를 중심으로 모든 것이 돌아가고 있었으니까.

"옷 벗어."

민후는 역시 거리낌 없이 훌훌 알몸이 되었다.

"누가 보면 어떡해요."

"보라고 해."

민후는 주저하는 이진의 옷마저 제 손으로 벗겨냈다. 작고 하얀 나신에 제가 찍어놓은 흔적들이 울긋불긋 꽃을 피우고 있었다. 온전히 제 것이라는 표시였다. 이진의 나신을 바라보는 민후의 입가에 흡족한 미소가 그려졌다.

"들어가자."

민후가 이진의 손을 당겨 웅덩이 중앙으로 이끌었다. 중앙으로 들어갈수록 제법 깊이가 있었지만 그렇다고 해서 빠질 정도는 아니었다.

"아우, 시원해. 물이 너무 시원해요."

계곡물에 푸욱 몸을 담그자 온몸에 와 닿는 청량감이 끝내줬다.

"우와."

이진은 장난치듯 물보라를 일으켰다.

"아쭈. 해보자는 거야?"

이진의 장난을 도전으로 받아들인 민후가 긴 팔로 세찬 물보라를 일으켰다. 물보라에 부딪쳐 부서지는 6월의 무지갯빛 햇살이

찬란했다.

"하하하, 이게 뭐예요."

금세 머리끝까지 흠뻑 젖은 두 사람이 서로를 마주 보며 폐 속까지 시원해지는 웃음을 토해냈다. 그리고 끌리듯 서로를 마주 껴안았다.

"하, 여긴 정말 천국 같아요."

행복에 젖어 천국을 이야기하는 이진의 입술에 민후의 입술이 내려앉았다. 그리고 한 손으로 이진의 뒷머리를 당겨 잡고는 거침없이 혀를 밀어 넣었다. 환영의 뜻으로 이진의 팔이 민후의 목에 둘러졌다.

"네가 오면서 완성된 천국이지."

진득한 키스가 끝도 없이 이어졌고 민후의 손은 어김없이 이진의 가슴을 거머쥐고 비틀었다. 그리고 계곡 물속에서의 또 한 번의 정사가 시작되었다.

"하아, 하아, 더는, 더는 못 할 것 같아요. 더는."

물속에서 몰아치는 민후의 허리 짓에 이진은 민후의 품에 안긴 채 그대로 뻗어버렸다.

"아아으읏."

배설의 쾌감을 못 이겨 민후의 몸이 경련을 하듯 부들부들 떨렸다. 그리고 꿀렁 하고 다시 뜨거운 액들이 이진의 자궁으로 들어왔다. 오늘만 해도 벌써 세 번째다. 묵직하게 제 속을 채우는 그 온기가 미치게 좋았다. 이대로 죽어도 좋을 만큼.

"하아, 하아."

가쁜 숨을 몰아쉬며 이진과 민후는 물속에 몸을 담그고 있었다. 뭉게구름이 핀 파란 하늘을 지붕 삼아 깨끗하고 시원한 물속에서 따뜻한 6월의 햇살을 즐기는 행복감이란. 그것도 사랑하는 사람의 품에 안겨서. 이진은 행복감으로 전신이 나른해지는 기분이었다.

"여기 진짜 너무 좋아요. 오빠는 이렇게 좋은 곳을 대체 어떻게 알고 온 거예요?"

행복한 감정에 취해서 저도 모르게 뱉어낸 말이었다. 그리고 민후에게 등을 대고 안긴 이진은 그 순간 민후의 얼굴에 비친 당황한 기색을 읽지 못했다.

"나 배고픈데. 이제 그만 씻고 가자. 아무리 날씨가 따뜻해도 물속에 너무 오래 있으면 감기 들어."

민후는 요령 있게 말을 돌렸지만 이진은 눈치채지 못했다.

"배고파요?"

"응.

배고플 만도 했다. 공복에 세 번이나 사정을 했으니. 그러고 보니 아닌 게 아니라 이진도 허기가 느껴졌다.

"빨리 씻고 가요, 맛있는 거 해줄게요."

"그래."

고인 물을 흘려보내고 작은 폭포에서 내려오는 깨끗한 물에 두 사람은 몸을 씻어냈다. 이진은 예쁜 미소를 지으며 민후의 몸 구석구석을 닦아주기도 했다.

"훗, 내가 할게. 어서 씻어."

그런 이진을 바라보는 민후의 눈빛이 복잡했다.

몸이 땅속으로 빨려들어 가는 것처럼 나른한 밤이었다. 낮에 이곳저곳에서 너무 무리를 했던 탓이었다. 민후의 품에 안겨 이진은 이른

잠을 청하고 있었다. 하지만 또 막상 누우니 잠이 쉬이 오지는 않았다.

"자니?"

이진의 가는 허리를 쓰다듬으며 민후가 말을 걸어왔다.

"아니, 자고 싶기는 한데 이상하게 누우니까 잠이 안 와."

"그럼 얘기 좀 할까?"

"얘기, 무슨 얘기?"

자려다 말고 무슨 얘기를 하려는 걸까? 그러고 보니 개울가에서 돌아온 이후로 내내 저렇게 심각한 얼굴이었다. 예사롭지 않은 기분이 들어 이진이 돌아누웠다. 역시 민후의 눈빛이 복잡했다.

"뭔데요? 무슨 고민 있어요?"

"아니, 고민까지는 아니고."

"그럼 뭔데요. 말해 봐요, 얼른."

"그게……."

무슨 말을 하려고 이렇게 뜸을 들이는 걸까? 민후의 이마에 흘러내린 머리카락을 넘겨주며 이진이 재촉하듯 미소 지었다.

"혹시 어디까지 기억나?"

"기억이요?"

"응. 어릴 때 기억도 안 나?"

"네. 어릴 때 기억이라도 나면 적어도 제 이름 정도는 알겠죠. 근데 아무것도 기억이 안 나요."

"흐음, 그럼 혹시 기억나는 가수는 있어?"

"가수요? 가수는 뜬금없이 왜?"

도무지 이 대화의 맥을 짚을 수 없어 이진이 어리둥절한 표정을 지었다.

"없어?"

"네."

역시. 그럴 거라고는 생각했었다. 제가 머리와 수염을 다 깎고 맨얼굴을 고스란히 드러냈을 때조차 여자는 저를 알아보지 못했었으니까.

"음, 그럼 강민후라는 가수도 모르겠다?"

"강민후? 오빠 이름이잖아요. 오빠 혹시 가수였어요?"

생각지도 못한 이야기에 이진이 벌떡 자리에서 일어나 앉았다.

"놀랐어?"

덩달아 민후도 자리를 털고 일어났다.

"네, 아니, 네. 오빠 기타나 피아노 연주가 너무 대단해서 범상치 않은 사람이라고는 생각했지만 가수였는지는 몰랐어요. 유명한 가수였어요? 아, 그래서 머리랑 수염도 길렀던 거예요? 사람들이 다 알아볼 정도로 유명한 가수라서."

민후가 쑥스러운 듯 머리를 끄덕였다.

"하아, 그랬었던 거구나."

이진은 그제야 모든 게 이해가 되었다. 혼자 보기에는 아까운 그 얼굴을 왜 민후가 그렇게 말도 안 되는 헤어스타일과 덥수룩한 수염으로 악착같이 가리고 다녔었던 건지.

"근데……?"

왜 제가 여기 이렇게 살고 있는 건지 궁금한 거겠지. 당연한 궁금증이었다. 그리고 민후는 지금부터 그 얘기를 여자에게 해줄 생각이었다. 이 이야기가 지금 시점에서 꼭 필요한 것인가 낮부터 고민을 했었다. 그리고 고민 끝에 민후는 얘기를 하는 게 맞다는 결론을 냈다. 여자는 이제 제 아내가 될 사람이었으니까.

"그럼, 어머니 돌아가시고 이 산으로 들어오신 거예요?"

"응. 강원도가 엄마 고향이었어. 엄마는 내가 사는 유일한 이유였어. 대단한 가수가 되면 엄마를 행복하게 해줄 수 있을 거라고 생각했었어. 그런데 그게 엄마를 더 외롭게 할지는 몰랐어."

"많이 힘들었겠어요."

"엄마가 돌아가신 게 내 탓인 것만 같더라. 도저히 내가 용서가 안 됐어. 우울증이 심하게 왔어. 일종의 자학 같은 거였던 것 같아. 갈수록 힘들어졌어. 내가 망가지고 있다는 게 느껴졌지. 어쩌면 살려고 이곳으로 도망친 건지도 몰라."

그랬었구나. 사연을 다 듣고 나니 언제나 크게만 느껴졌던 이 남자가 왜 이렇게 안쓰러워 보이는지. 이진의 눈에도 어느새 촉촉하게 눈물이 맺혔다.

"울지 마. 울라고 한 소린 아니야. 다만 이제 결혼도 할 사인데 서로에게 비밀은 없어야 하는 게 아닌가 싶었어."

"고마워요, 오빠. 다 말해줘서 너무 고마워요."

정말 고마웠다. 가슴이 뜨거워질 만큼. 제 지난 얘기를 다 털어놓는다는 건 결혼하자는 그 말이, 사랑한다는 그 말이 모두 진심이라는 뜻이었으니까. 그렁하게 맺힌 눈물을 손으로 쓰윽 닦아내고 이진이 민후의 품을 파고들었다.

"처음엔 도피처로 여기에 들어왔지만 난 여기가 너무 좋아. 이렇게 운명처럼 여기서 너까지 만나게 되고, 네 말대로 여긴 나한테 천국이고 파라다이스야. 너만 좋다면 여기 계속 살고 싶어. 너는 어때?

나랑 계속 여기서 사는 거 괜찮아? 도시로 내려가고 싶지는 않아?"

"아니, 난 아무 곳이라도 좋아. 오빠가 있는 곳에 있고 싶어."

"훗, 넌 말도 어쩜 이렇게 예쁘게 하니?"

쪽.

민후가 이진의 입술을 빨아들였다.

"말만 예뻐?"

"아니, 다 예뻐. 눈, 코, 입, 가슴, 다리, 그리고 거기까지 몽땅 다. 그리고 제일 예쁜 건 네가 내 옆에서 이렇게 있다는 사실이야. 너 때문에 하루하루가 행복하고 즐거워."

"훗, 오빠 정말 나 사랑하는구나?"

"사랑해. 아니, 사랑하는 것보다 더 많이 널 좋아해. 이 감정을 표현할 수 있는 다른 말이 세상에 있으면 좋겠어."

두 사람의 입술이 다시 부딪쳤다. 그리고 또다시 민후의 작은 방 안이 후끈하게 달아올랐다.

"어때?"

"됐어요. 어디서 그런 걸 구해왔어요? 그 정도면 아무도 못 알아 볼 거예요."

마스크에 챙이 넓은 모자까지 푹 눌러쓰고도 못 미더운지 민후 는 연신 거울을 들여다보고 있었다.

"그래, 됐다, 이 정도면. 가자."

"네, 출바알!"

"어쭈, 아주 신이 났는데?"

"신나죠. 맛있는 거 사준다면서요?"

오늘 민후와 이진은 아랫동네가 아닌 원주 시내로 나가기로 했다. 거기 약재상에 들러 그간 말려둔 산약초들을 내다팔고 그 돈으로 민후는 사올 게 많다고 했다. 민후와 이진은 다가오는 7월 7일에 둘만의 결혼식을 올리기로 약속했다. 뭘 준비하겠다는 건지 오늘 밤 프러포즈를 하겠다며 미리 예고까지 한 터라 이진이 신이 안 날 수가 있었겠는가?

"우와."

원주까지만 나와도 전혀 다른 세상이었다. 반년이 넘는 산 생활에 적응이 된 터라 이진에게 바깥세상은 너무 소란했고 번잡했다. 예전에 제가 이런 세상에 살았다는 게 실감이 안 날 정도였다.

"정신 차려. 눈 뜨고 있어도 코 베어갈지 모르니까."

"훗. 사람을 촌사람 취급하고 있어."

애써 센 척하면서도 이진의 손바닥에는 긴장으로 땀이 흘렀다.

"저기 길 건너 약재상 보이지? 저기야. 내 단골 약재상."

자동차가 쌩쌩 달리는 도로 건너에 아닌 게 아니라 제법 오래되어 보이는 약재상 간판이 걸려 있었다.

"오, 오빠 혹시 나한테 돈 좀 줄 수 있어?"

"돈?"

"응, 사고 싶은 게 있어서."

"뭔데? 말해, 내가 사줄게."

"아니야. 내가 사고 싶어서 그래. 나중에 확실해지면 말해줄게."

"뭔데 그래?"

"있다니까."

며칠 전부터 아무래도 몸이 이상했다. 민후가 원주에 나간다고 했을 때 제일 먼저 이 생각이 났었던 이진이었다. 약국에 갈 수 있겠구나. 그리고 그걸 살 수 있겠구나.

"아, 그래, 알았어. 대신 꼭 말해줘야 해."

"알았어, 알았다고."

"근데 얼마나 줘?"

"모르겠는데…… 한 만 원이면 되려나?"

"만 원? 그걸로 돼? 대체 뭘 사려고 그래?"

영 미심쩍은 얼굴로 민후가 돈 만 원을 이진에게 건넸다.

"저기랬지. 오빠, 먼저 들어가 있어. 금방 따라갈게."

"빨리 와. 차 조심하고."

"알았다니까. 아휴, 산에서는 안 그러더니 여기 내려오니까 대체 왜 그렇게 잔소리가 많아. 가 있어. 금방 따라갈게요."

민후의 잔소리가 성가시다는 듯 손사래를 치더니 하늘은 민후의 곁을 떠났다. 그리고 복잡한 시장 쪽으로 뛰어갔다.

"빨리 와."

"알았다고오!"

그리고 그것이 민후가 본 하늘의 마지막 모습이었다. 그리고 두 달이라는 시간이 흘렀다.

8장. 내가 싫다고? 왜, 왜, 왜?

　지난 두 달간을 제가 어떤 상태로 살았는지 여자는 모를 것이다. 하루하루가 피가 마르는 날들이었다. 하늘이 사라진 날. 시장을 샅샅이 뒤지고도 하늘을 찾지 못한 날. 민후는 하늘이 무너져 내리는 것만 같았었다.

　"글쎄, 그 시간에 시장 근처에서 사고 접수된 건 없다니까요. 어디 잠깐 다니러 간 건지도 모르잖아요. 집에 돌아가서 좀 기다려보세요."

　다급하게 뛰어 들어간 경찰서에서도 알아낼 수 있는 건 아무것도 없었다.

　"아, 그 아가씨 말하는 건가? 그 왜, 테스터기 사러 와서 화장실 좀 쓰자고 했었던."

　그리고 하늘이 사라진 후 3일째 되는 날이었다. 마침내 하늘의 마지막 행선지를 찾아낸 후 민후는 다리에 힘이 풀려 바닥에 주저

앉고 말았다.

"임신이라고 얼마나 좋아하던지. 남편이 저기 어디 약재상에 있다고 빨리 알려야 한다면서 뛰어나갔는데……."

하늘이 제 아이를 가졌다고 했다. 그리고 사라져버린 것이다. 민후는 미친 사람처럼 원주 시내를 헤매고 다녔다. 하지만 그 어디에서도 더 이상 하늘의 흔적을 찾을 길은 없었다.

'죽고 싶었던 이유가 있었다면 기억이 되살아나도 나는 또 죽으려고 이 산으로 기어들어올지 모르겠다, 그죠? 근데 어차피 죽을 거라면 그때까지 기다릴 이유가 있을까요?'

임신이라고 그렇게 좋아했다던 여자가 증기처럼 증발해버린 것이었다. 사고가 아니라면 기억이 돌아온 것일지도 모른다는 생각이 들기 시작했다. 그리고 자꾸만 떠오르는 '죽음'이라는 두 글자가 민후의 피를 말렸었다.

'얼마나 무서웠는지 알아? 다시는 너를 볼 수 없을까 봐.'

최악의 경우가 일어나기 전에 하루라도 빨리 하늘을 찾아야 했다. 민후는 결국 박 실장에게 도움을 청했다.

"찾아줘. 찾아줘야 해. 하라는 일은 뭐든 할 테니까 제발 그 여자만 내 앞에 데려다 달라고."

두메산골 민후의 집에 우르르 사람들이 몰려왔다. 그리고 그 사람들과 함께 하늘이 남기고 간 흔적들을 샅샅이 모아 서울로 올라왔다. 그리고 두 달이라는 시간이 흘렀다.

"이 여자 맞지?"

박 실장이 몇 장의 사진을 내밀었다. 맞았다. 사진 속의 여자는 하늘이 맞았다. 아니, 윤이진이라고 했다. 마지막으로 봤을 때처럼 이진은 웃고 있었다.

'살아 있었구나. 다행이다. 하느님 감사합니다.'

처음엔 무조건 감사한 마음뿐이었다. 살아 있으면 된 것이다. 찾았으니 이제 된 것이었다.

"네가 걱정했던 것보다는 훨씬 잘 지내는 것 같더라."

하지만 환하게 웃으며 누군가와 통화하는 사진을 봤을 때는 어쩔 수 없이 배신감도 느껴졌다.

'이렇게 살아 있으면서…… 기억이 돌아와도 평생 내 곁에 있겠다고 했으면서…….'

"이 시간이면 편의점 알바할 시간이라니까 회의 끝나는 대로 데려다줄게. 한 시간만 기다려."

두 달이나 기다렸는데 한 시간을 어떻게 더 기다리라는 말인가? 박 실장이 회의에 들어가자 민후는 그길로 바로 여기로 달려왔다.

"안녕? 나 안 늦었지?"

그리고 하늘이, 아니 윤이진이 편의점 문을 열고 들어서는 순간, 그토록 그립던 제 여자의 목소리를 듣는 순간 민후는 벅차오르는 감정을 주체할 수가 없었다. 아까부터 저를 지켜보며 사진기를 눌러대던 사람들의 시선 따위를 신경 쓸 정신이 없었다.

"나야. 하늘아."

"하늘이라니요? 사, 사람 잘못 보신 것 같아요."

그런데 이상했다. 분명 사진 속의 그 여자가 맞았고 제가 알던 하늘이도 맞았다. 그런데 여자는 하늘이라는 이름을 전혀 모르는 사람처럼 굴었다.

"강, 강민······후?"

게다가 오빠도 아니고 강민후라니. 하늘은 마치 아무 상관없는 사람처럼 제 이름을 불렀다. 아니, 그냥 상관없는 사람도 아니고 마치 싫어하는 사람을 본 것처럼 질색을 하는 얼굴이었다.

"하늘아, 나야, 나라고."

"글쎄, 아니라고요. 사람 잘못 보신 것 같아요. 저는 하늘인가 그 사람이 아니고 윤이진이에요."

"하늘이를 모른다고? 그럼 나는. 나도 몰라?"

"아뇨, 알죠. 가수 강민후 씨잖아요."

"뭐?"

왜, 왜 이러는 거야, 하늘아. 너를 내가 어떻게, 어떤 마음으로 찾아 다녔는데. 민후는 저를 모르는 척하는 이진의 모습에 가슴이 찢어지는 것만 같았다.

"착각을 하신 모양인데 저는 그만 일해야 해서요."

이진이 민후를 남겨두고 돌아서려 했다. 그 순간 민후에게 '설마?' 하는 생각이 들었다.

"잠, 잠깐만. 그럼 혹시 지난겨울부터 올해 6월 달까지 어디에서 누구와 있었는지 말해줄 수 있어?"

"네?"

당황하는 기색이 역력했다. 그리고 기겁을 하며 하얗게 질리는 이진의 얼굴이 모든 것을 말해주고 있었다. 그제야 민후는 상황 파악이 되었다. 이진은 기억을 찾고 또 기억을 잃어버린 것이다.

'기억을 못 한다고? 너와 나의 그 행복했던 시간을 잊어버렸어? 내가 지어줬던 그 예쁜 이름도 잊을 만큼 낡김없이 깡그리?'

알 수 없는 상실감이 몰려왔다. 얼마나 아름다웠던 시간들이었는데.

"강, 강민후 씨가 그, 그걸 어떻게?"

"그런 거였군. 또 기억을 잃어버린 거였어."

민후의 얼굴에 씁쓸함과 안도감이 교차했다.

'그래, 기억이야 다시 찾으면 되는 거야. 너를 다시 찾은 걸로 됐어.'

민후는 애써 제 씁쓸한 마음을 다독였다.

"혹시 알고 있는 거예요? 제가 지난 7개월간 어디서 누구하고 지냈는지? 그, 그럼……?"

그럼 우리 아이, 우리 아이 아빠가 누군지도 알아요? 그 말이 묻고 싶었다. 하지만 차마 선뜻 입 밖으로 내기가 이진은 두려웠다. 정우의 말대로 질 나쁜 남자에게 안 좋은 일을 당한 것인지도 모르니까. 이진은 마음의 준비를 할 시간이 필요했다.

"아무래도 우린 얘기를 좀 해야겠지? 가자."

민후가 이진의 손을 잡아끌었다.

"어, 어딜요?"

"어디든. 여기 서서 할 얘기는 아니잖아."

"지, 지금은 안 돼요. 일해야 한다고요."

민후에게 잡힌 손을 뿌리치며 이진이 난감한 표정으로 미영을 돌아봤다.

"일? 지금 잃어버린 기억보다 편의점 알바 일이 더 중요하다는 소리야?"

"교대해줘야 해서 어쩔 수 없어요. 연락처를 주시면 제가 일 마치고 연락드릴게요."

"하아."

짧게 한숨을 내쉰 민후는 주저 없이 카운터로 걸어갔다.

"대신 좀 해줄 수 있죠?"

그리고 아까부터 이 상황을 모두 지켜보고 있던 미영에게 수표 한 장을 내밀었다. 금액을 확인한 미영의 눈이 놀라 커졌다.

"아, 네. 언니 여기 걱정은 말고 가요. 중요한 얘긴 거 같은데. 사장님한테도 제가 잘 말씀드릴게요."

민후가 내민 수표가 무척이나 마음에 들었던지 미영의 목소리가 간드러졌다.

"아 참, 그 사장이라는 사람 오면 이 여자 오늘부로 여기 그만뒀다고도 전해주세요."

이진의 손을 잡아끌고 나가면서 민후가 미영에게 습관처럼 싱긋 웃어 보였다. 여자들에게 저 웃음이 먹힌다는 걸 아는 게 분명했다. 아닌 게 아니라 민후의 웃는 모습에 미영이 수줍게 낯을 붉혔다.

"하. 말도 안 돼. 미영아, 아니야. 나 그만 안 둬."

이진은 미영에게 아니라고 손을 내저으며 황당하다는 듯 민후를 노려봤다.

"대체 무슨 말씀을 하시는 거예요? 강민후 씨가 뭔데 남의 일자리를 그만두네 마네 이러는 거예요, 대체."

"그러니까. 지금 우리 그 얘기 하러 가는 거잖아. 가자."

왜 갑자기 기분이 이렇게 좋아진 거지? 제가 노려보는데도 강민후는 전혀 개의치 않았다. 아니, 오히려 이진을 보며 작정한 듯환하게 웃어 보이기까지 했다. 데뷔 때부터 그의 트레이드마크였던 하얀 치열을 다 드러낸 웃음. 뭇 여성들의 가슴을 설레게 만들던 그 미소.

"알았어요. 가요, 갈 테니까 이 손 제발 좀 치워요."

하지만 윤이진은 절대 속지 않을 미소였다. 이 인간이 저렇게 근사하게 웃으면서 얼마나 잔인한 말을 할 수 있는 인간인지 이진은 잘 알고 있었으니까. 이진은 제 어깨에 둘러졌던 민후의 손을 있는 힘껏 뿌리쳤다.

"원래 이렇게 아무 여자한테나 어깨에 손 얹고 그래요? 상대에 따라서는 불쾌해할 수도 있다고요, 이거."

이진이 쌜쭉 토라진 표정으로 민후를 노려봤다. 그런데 그런 이진을 바라보는 민후의 눈빛이 왜 저렇게 아련한 것인가? 그리운 연인이라도 바라보는 눈빛처럼. 그 가짜 웃음에 절대 속지 않겠다던 이진의 마음까지 울렁이게.

"왜, 왜 그렇게 봐요?"

"그러게."

민후의 목소리가 물기라도 머금은 듯 촉촉했다.

"가자. 빨리."

젠장. 방금 제가 한 말은 어디로 들은 것이냐? 민후가 다시 이진의 손을 움켜잡았다.

"이봐요, 강민후 씨, 손 놔요. 손 좀 놓고 가자고요."

하지만 민후는 절대 이진의 손을 놓아주지 않았다.

"대체 어디까지 가는 거예요?"

이번에도 민후는 이진이 묻는 말에 대답을 하지 않았다. 민후의 검정색 마세라티는 막 한남대교를 빠져나오고 있었다. 아직 퇴근 시간이 되지 않은 도로는 평소에 비해 한산한 편이었다. 누군가와 알아들을 수 없는 전화 통화를 마친 후 민후는 내내 저렇게 차만 몰고 있었다.

"이봐요, 강민후 씨."

더 이상은 참지를 못하고 이진이 버럭 소리를 질렀다.

"오빠."

"네?"

"민후 오빠라고 했었어."

"누, 누가요?"

이진이 황당한 얼굴로 민후를 돌아봤다. 민후의 입가에 씁쓸한 미소가 걸려 있었다.

"하나도 기억 안 나?"

"그러니까 뭐가요?

"⋯⋯."

다시 민후가 입을 다물어버렸다. 누군 속이 타들어가는 줄도 모르고.

"저기, 강민후 씨, 그러지 말고 말해요. 알고 있는 거죠? 그러니까 내가 지난 7개월간 어디에서 누구와 있었는지."

"오빠."

"네?"

"오빠라고 부르라고."

"싫, 싫어요. 제가 왜요?"

내가 왜 너 같은 개자식을 오빠라고 불러야 하는데? 하고 싶은 말을 애써 속으로 삼키며 이진이 어이없다는 듯 삐죽 입을 내밀었다.

"싫어?"

"네."

"왜 싫어?"

"하아, 그야 제 마음이죠."

점점. 그런 줄은 알았지만 대체 뭐가 이렇게 제 마음대로야.

"내가 싫어?"

"네."

"뭐?"

전혀 상상도 못 한 대답이라는 듯 앞만 보고 달리던 민후가 휙 하고 고개를 돌렸다.

"아, 저기, 저기요. 앞에 보세요. 왜 이래요. 운전하시는 분이."

"내가 싫다고? 왜, 왜, 왜 내가 싫어?"

충격을 받은 얼굴로 강민후가 소리, 소리를 질렀다. 절대 그런 일은 있을 수 없다는 듯. 원래 개자식인지는 알았지만 이렇게 황당한 인간인지는 몰랐다.

"이봐요, 강민후 씨, 지금 그딴 게 중요한 건 아니잖아요. 일도 못 하게 사람은 데리고 나와서 왜 자꾸 엄한 소리만 하시는 거예요? 이제 그만 말해주세요. 내가 어디에 있었죠? 누구하고 지냈어요? 그리고……?"

이 아이 아빠는 누구예요? 이진은 어렵게라도 입을 떼려고 했다. 하지만 그 순간 차가 대로변을 벗어났다. 그리고 건물 주차장으로 들어서고 있었다.

<한빛 산부인과 의원>

이야기를 하자더니 저를 대체 왜 이런 곳으로 데려오는 건지.

이진은 황당한 표정으로 민후를 돌아봤다.

"여긴 왜 오신 거예요? 얘기하자면서요? 급한 일 아니시면 저하고 얘기부터 해요."

"이게 더 급해. 내려."

"나까지요? 저는 차에 그냥 있으면 안 돼요?"

"내리라고. 차 대고 올 테니까 입구에서 기다려."

"하아, 진짜. 대체 왜 이러는 거야?"

도대체가 마음에 안 드는 인간이었다. 이진이 볼멘소리를 하며 민후의 차에서 내려섰다.

띠리리. 띠리리.

그리고 그때 이진의 전화가 울렸다. 당연히 정우일 것이다.

"응."

-기사 봤어?

"기사? 무슨 기사?"

-강민후 나타난 거. 살아 있었대. 지금 인터넷에 난리가 났는데 너 못 봤어?

대단한 소식이라도 전하는 양 정우는 흥분해 있었다. 하긴 흥분할 만도 했다. 강민후가 나타났으니. 저도 처음에 보고 얼마나 놀랐던가 말이다. 정우에게 강민후는 존경하는 뮤지션이기도 했지만 시기와 질투의 대상이기도 했었다.

'강민후 이번에 5집 나온 거 들었어? 좋긴 진짜 좋더라. 그 인간은 진짜 타고났나 봐.'

'강민후가 이번에 새솔이랑 콜라보한 곡 들어봤어? 우와, 기타 솔로가 진짜 압권이야. 대체 어떻게, 얼마나 연습을 하면 그렇게

기타를 칠까?'

'강민후 그 인간 진짜 재수 없지 않아? 젠장, 사내자식이 웃는 거하고는.'

4년 전 강민후가 실종되기 전에도 정우에게서 이런 류의 전화를 자주 받았던 기억이 났다. 그럴 때마다 저는 짜증을 냈었다. 그 개자식 얘기는 왜 자꾸 하느냐며. 지금 제가 강민후와 같이 있는 걸 안다면 정우가 어떤 표정을 지을지 이진은 갑자기 그게 궁금해졌다.

-그 인간 여태 공식적으로 스캔들 한 번 없었던 인간이잖아. 근데 이번엔 제대로 빵 터졌어.

"터져?"

-응, 딱 걸린 거지. 편의점에서 여자 안고 있는 사진이 지금 인터넷에 대문짝만 하게 깔렸어.

"뭐?"

-난리도 아니라니까. 그 인간 팬덤이 얼마나 큰지 알지? 살아서 돌아온 것도 나라가 뒤집어질 일인데, 지금은 자기 오빠 채간 여자 신상 밝히겠다고들 난리도 아니야.

헐. 대체 뭐가 어떻게 돌아가고 있는 것인가? 편의점? 여자? 설마 그 여자가 지금 저를 말하는 거야?

"여자 얼굴도 나왔어?"

-아니, 나왔으면 벌써 게임 끝이지. 벌써 신상 털리고 인터넷에서 오만 악플에 노출됐을걸. 모르긴 몰라도 일상생활 제대로 하기도 힘들걸? 강민후 팬덤이 원래 과격하기로 유명했잖아.

맙소사. 아무래도 엮이지 말아야 할 인간과 엮여버린 모양이었다. 이진은 불안에 떨며 주위를 살폈다. 저 멀리 임산부 한 명과 남편으로 보이는 사람이 함께 걸어오고 있었고 그 뒤로 주차를 마치고 차에서 내리는 강민후가 보였다.

"정, 정우야, 너 지금 시간 괜찮아?"

-시간? 왜? 나 보고 싶어?

이진의 사정도 모르고 정우는 세상 느긋한 목소리였다.

"아니, 그런 게 아니라 그냥 지금 나한테 좀 와주면 안 돼?"

-왜 그래? 무슨 일 있어?

"그냥 지금 좀 와줘. 오면 알아. 이게 지금 아무래도 나 혼자 감당할 수 있는 상황이 아닌 것 같아."

-뭐래? 너 지금 편의점 아니야?

"응, 아니야. 여기 한남대교 근처 한빛 산부인과야."

-산부인과? 왜? 뭐 문제 생겼어?

아기를 지우는 게 어떻겠냐고 그렇게 권할 때는 언제고 이진의 몸에 문제라도 생겼을까 봐 그러는지 어지간히도 놀라는 목소리였다. 그런 정우의 존재가 이진은 새삼 고맙게 느껴졌다.

"아니야, 아니니까 묻지 말고 그냥 좀 와줘. 와서 나 좀 데려가줘."

-뭐야. 무슨 일인데 이래? 아무튼 알았어. 한빛 산부인과라고 했지? 금방 갈게. 한남동이면 20분이면 갈 거야.

"응, 와서 전화해."

-알았어.

"조심, 조심해, 자기야."

조금 전 그 부부였다. 별로 높지도 않은 계단을 오르는데도 남편은 유난스럽게 부인을 챙겼다. '웬 오버야.' 싶었지만 이진도 부러운 건 어쩔 수 없었다.

'누굴까? 이 아이 아빠는? 내 곁에 있었다면 그 남자도 저 사람처럼 호들갑을 떨어줄까?'

괜히 씁쓸한 기분에 이진은 시멘트 바닥을 쿡쿡 발끝으로 찍고 있었다.

"뭐 하냐? 그래서 땅이 파져?"

언제 왔는지 강민후가 그런 저를 보고 있었다. 이진은 혹시 누가 보기라도 할까 주위를 살폈다.

"저, 저기, 강민후 씨 지금 인터넷에 기사 나고 난리도 아니라는데 알고 있어요?"

"그러라고 해. 신경 쓰지 말고 빨리 들어가기나 하자."

기사가 났다는데, 난리도 아니라는데, 강민후는 전혀 개의치 않는 것처럼 보였다. 스타가, 연예인이 이래도 되나? 그렇게 대단하고 과격한 팬덤을 가지고 있다는 사람이. 걱정해야 할 당사자는 저렇게 아무렇지도 않은 얼굴인데 왜 아무 상관도 없는 저만 이렇게 가슴이 조이는지.

"안 들어가고 뭐 해?"

"아, 네. 근데 대체 왜 나까지 들어가자는 거예요? 볼일 보고 오라니까요."

구시렁거리면서도 이진은 빨리 이 상황을 끝내고 싶어서 민후가 하자는 대로 건물 안으로 따라 들어갔다.

"조심, 조심해. 계단이잖아."

왜 이러는 걸까? 조금 전 그 남편처럼 굴고 있었다. 이깟 계단이 뭐 어떻다고. 이진은 민후의 호들갑에 어이없다는 표정으로 돌아봤다.

"내 팔 잡고 천천히 올라와."

점점.

"왜 이러세요. 사람들 보면 어쩌려고."

"보라고 하라잖아."

"아, 이 사람이 진짜. 당신은 어떤지 모르겠지만 난 안 괜찮다고요. 그러니까 빨리 앞장서요. 따라 들어갈 테니까. 대체 왜 나까지 들어가야 하는 거냐고요?"

버럭 소리를 지르면서도 이진은 주위를 살폈다. 다른 곳도 아니고 산부인과에서 강민후와 함께 있는 사진이 찍히기라도 하면 어쩔 것인가? 이진은 강민후를 앞장세우고 최대한 멀찍이 떨어져 뒤를 따라갔다.

"윤이진 씨."

"네. 네에?"

진료실 앞에 도착했을 때 간호사가 기다렸다는 듯 이진의 이름을 불렀다. 이 병원에 민후가 아는 의사라도 있나 했었다. 이진은 진료실 앞에서 강민후가 볼일을 마치고 나올 때까지 기다릴 요량이었다. 뜬금없이 불린 제 이름에 이진은 얼떨결에 대답을 하고는 이내 깜짝 놀라 되물었다.

"바로 들어가시면 됩니다."

"제, 제가요? 왜요?"

이건 또 무슨 상황인가? 뭐가 어떻게 잘못되면 이런 상황이 생기는 거지? 진료 예약도 하지 않은 병원에서 왜 저를 들어오라는 거야?

"들어오라면 들어가면 되지, 말이 왜 이렇게 많아?"

황당한 표정으로 서 있는 이진의 손을 민후가 끌어당겼다.

"아, 왜 이래요?"

그리고 이진은 어느새 진료실에 앉아 있었다.

"반갑습니다, 강민후 씨. 팬이에요."

"아, 네. 고맙습니다."

우아하게 생긴 사십 대 여의사가 민후에게 어울리지 않는 팬심을 드러내고 있었다. 이진은 저도 모르게 입술을 삐죽였다.

"김희진 실장한테 연락받았어요. 이 아가씨군요."

"네. 잘 부탁드립니다."

무슨 부탁? 무슨 부탁을 대체 왜 당신이?

"아이 아빠는……?"

심증은 있는 듯했지만 직업의 특성인지 원래 성격이 그런지 여의사가 조심스럽게 운을 뗐다.

"네, 접니다. 제 아이입니다."

"네에에?"

이 인간이 뭐래는 거냐, 지금? 이진은 놀라서 말도 제대로 나오질 않았다.

"아휴, 축하드려요."

그 와중에 고상한 여의사의 입에서 축하의 말이 나왔다. 축하는 지금. 대체 둘이서 무슨 말을 하는 거냐고요?

"아, 아니, 잠깐, 잠깐만요. 무슨 오해가 있으신 것 같아요. 이 사람일 리가 없거든요."

"네, 그게 무슨⋯⋯?"

여의사는 이진이 무슨 말을 하는지 이해가 안 된다는 표정이었다.

"아이 아빠 말이에요. 강민후 씨일 리가 없다고요."

"그럼, 아니라고요?"

"네, 당연히 아니죠. 제가 이 인간하고⋯⋯."

저도 모르게 나와버린 본심에 놀라 이진이 뒷말을 급하게 삼켰다. 마음 같아서는 '이 개자식하고 그러니까 아이를 만들었을 리가 없잖아요? 내가 이 인간을 얼마나 증오하고 경멸하는데요.' 그렇게 말해버리고 싶었지만 말이다.

"뭐, 이 인간?"

민후가 말꼬리를 잡으며 발끈하고 이진을 쳐다봤다.

"아, 잠깐만요. 두 분 진정 좀 하시고요."

듣다 못한 의사가 이진과 민후를 진정시켰다.

"사실 제가 이런 일까지 관여할 상황은 아니지만⋯⋯. 그럼, 여자분, 아이 아빠가 누구라는 소리죠?"

민후의 팬으로서 의사는 개인적인 호기심이 발동한 모양이었다.

"그, 그게 누군지 저도 모르겠어요. 하지만 이 사람은 분명히 아니에요."

"아닙니다, 선생님. 이 여자 말 신경 쓰실 필요 없이 진료 봐주시면 돼요. 제 아이가 맞습니다."

"아, 아니라고요. 대체 왜 이래요, 정말?"

기다 아니다로 진료실이 순식간에 어수선해졌다.

"하아, 뭐가 뭔지. 네, 그럼 그 문제는 두 분이서 잘 얘기해보시고요. 윤이진 씨는 이쪽으로 올라오시면 됩니다."

아이는 잘 자라고 있다고 했다. 혼란스러운 정신에도 이진은 다행이라는 생각을 했다. 그리고 그 순간 돌아본 민후의 얼굴에도 안도감이 느껴졌다. 왜? 자기가 대체 왜?

"고맙습니다, 선생님."

민후가 답지 않게 의사에게 깍듯한 인사를 건넸다.

"네. 다음 진료일 예약도 잡아뒀으니까 몸 관리 잘하시다가 그때 편한 마음으로 오시면 됩니다."

"네, 그때 뵙겠습니다."

의사의 배웅까지 받으며 이진과 민후는 진료실을 나섰다. 진료실을 나서자 이진은 벼른 듯 민후를 노려봤다.

"대체 왜 이래요? 왜 이러는지 말해보라고요."

"뭘 더 말하라는 거야? 말했잖아, 내 아이라고."

바짝 날이 선 이진과는 달리 민후의 목소리에는 여유가 넘쳤다. 그게 더 이진은 약이 올랐다.

"아, 진짜. 왜 자꾸 말도 안 되는 소리를 하세요?"

"말이 안 될 건 뭐야? 너야말로 기억도 없다면서 내 말을 안 믿는 이유가 대체 뭐야? 당장 아이 태어나면 친자확인 검사만 해도 알 수 있는 일을 내가 왜 거짓말을 한다고 생각해? 그것도 나 강민후가 너를 상대로?"

이렇게까지 말하는 걸 보면 사실인 거지? 민후의 말에 틀린 말은 하나도 없지 않는가. 이진의 얼굴이 참담할 만큼 하얗게 질렸다.

'왜, 왜 하필, 왜 하필이면 이 자식이야?'

정우가 늘 걱정하던 질 나쁜 남자에게 나쁜 일을 당한 것만큼이나 이진에게는 있어서는 안 되는 일이었다.

'말도 안 돼. 이건 진짜 말도 안 되는 일이라고.'

어떻게 이런 일이 있을 수 있지? 그렇게 개자식, 개자식 노래를 불렀던 강민후와 제가 아이를 가졌다니……. 아이가 그냥 생기는 것도 아니고 둘이서 그, 그걸 해야 하는 거 아닌가 말이다. 내가 이 자식이랑 그러니까 그걸 했다고?

"혹시 강, 강제로 했어요? 그러니까 그, 그거 말이에요."

"뭐? 하하하하. 하하하하."

이진은 나름 심각했다. 하지만 민후는 너무 어이가 없는지 진료실 앞이 떠나가라고 웃어젖혔다. 그러더니 이내 정색을 하고는 이진의 얼굴을 빤히 바라봤다.

"다행이야, 정말. 너도 아이도 무사해서."

그리고 못 참겠다는 듯 이진을 당겨 안았다.

"아, 왜 이래요, 진짜."

이진이 정색을 하며 밀어냈지만 민후는 이진을 제 품에서 놓아주지 않았다. 사람들이 긴가민가하는 표정으로 쳐다보며 두 사람을 지나쳤다.

"강민후 아니야?"

"에이, 아니야. 그 사람 죽은 지가 언젠데."

"너 기사 못 봤어? 살아 있다던데?"

이진은 혹시 사진이라도 찍힐까 얼굴을 애써 가렸다. 하지만 민후는 사람들의 그런 시선 따위에는 정말 1도 신경을 쓰지 않았다.

"그리웠어, 이진아."

그리고 그 와중에 너무 애틋했다. 민후의 목소리가. 정말 진심인 것처럼. 이진이 더 이상 밀어내지도 못하게.

'아, 뭐야, 진짜.'

머리가 터질 것만 같았다. 이런 일은, 강민후와 아이를 가지는 일 따위는 제 인생 계획에는 절대 없었던 일이었다. 이 인간에게 제가 당한 수모와 이 인간에 대해 제가 느끼는 증오 따위는 차치하고서라도 이진은 이런 유명한 남자를 감당하며 살고 싶은 마음은 추호도 없었다. 작고 평범한 가정을 꾸려 무탈하고 행복하게 사는 게 이진의 바람이었으니까.

"이것 좀 놓으라고요."

절대 놓아주지 않을 것 같은 민후의 품 안에서 이진이 벗어나려 안간힘을 썼다.

"너 이 자식."

그리고 그때 진료실 복도가 쿵쿵쿵 울려댔다. 그리고 스모선수 같이 덩치가 큰 남자 하나가 복도를 뛰어 들어왔다.

"어, 왔어?"

민후가 아는 사람인 듯했다.

"이 자식이 지금 여기가 어디라고."

남자는 준비해온 벙거지 모자와 마스크를 꺼내 민후의 얼굴을 가릴 수 있는 한 최대로 가렸다.

"박 실장입니다. 인사는 나중에 다시 할게요."

그 와중에 남자는 이진에게 인사도 했다.

"따라와. 윤이진 씨도 가요, 빨리."

그리고 최대한 사람들의 시선을 차단하며 민후와 이진을 데리고 병원을 빠져나가기 시작했다.

"나랑 같이 움직이자고 했지? 대체 뭐가 그렇게 급해서 일을 이 지경으로 만들어, 만들길."

"뭐가?"

성난 남자의 일갈에도 민후는 전혀 기가 죽지 않았다. 아니, 오히려 여유를 부렸다.

"지금 인터넷에 난리도 아니야. 벌써 윤이진 씨 일하는 편의점이며 집에도 기자들 좌악 깔렸다고."

"네에?"

결국 제 신상이 털려버린 모양이었다. 이게 대체 무슨 마른하늘에 날벼락이란 말인가?

"어떡해요?"

이런 일을 경험해본 적이 없는 이진으로서는 당연히 겁이 나는 상황이었다.

"깔리라고 해. 뭐가 걱정이야? 어차피 편의점이든 집이든 안 보낼 건데."

"무슨 소리예요? 거긴 내 일터고 집이에요. 거길 안 가면 저보고 대체 어떻게 살라는 거예요?"

이진이 원망하듯 민후에게 쏘아붙였다.

"당연히 내 집에서 지내야지."

"뭐라는 거야, 대체. 내가 왜 강민후 씨 집에서 지내요. 제발 말

같은 소릴 좀 하세요."

"너야말로 상황 파악을 하라고. 넌 지금 내 아일 가졌다고."

제집으로 가지 않겠다는 이진이 도저히 이해가 안 되는 모양이었다. 민후가 걷던 걸음을 딱 멈추고 이진에게 따지듯 말했다.

"그래서요? 만에 하나 이 아이가 강민후 씨 아이라고 쳐요."

"치는 게 아니라 내 아이야."

"아, 그러니까요. 그렇다고 쳐도 저는 강민후 씨하고 어떻게든 엮일 생각이 없다고요. 당신하고 같이 살 마음은 더더욱 없구요."

이진도 지지 않고 바락 목소리를 높였다.

"너야말로 그게 말이 돼?"

"왜 말이 안 돼요? 대체 무슨 사정으로 내가 강민후 씨와 아이까지 만들게 됐는지는 모르겠지만 지금의 저는 아니라고요. 저는 강민후 씨를 좋아하지도 않고……."

사실은 증오하고 경멸한다는 말까지 해버리면 이 상황이 좀 더 빨리 종료될 텐데. 차마 면전에서 대놓고 그런 말은 하기가 힘들었다. 그럼 제가 강민후와 다를 게 뭐란 말인가.

"됐어. 둘 다 그만하고 빨리 나가. 지금 그게 급한 게 아니야."

서로 한 치의 양보도 없이 버티는 두 사람을 박 실장이 힘으로 밀었다.

"이진아."

그때 병원 현관으로 뛰어 들어오던 정우가 이진을 발견하고 달려왔다.

"정우야."

정우를 친구로 좋아하기는 했지만 오늘처럼 든든하고 반가웠던 적은 없었다. 이진이 달려가 정우의 손을 맞잡았다. 민후와 박 실장을 곁눈질하며 정우가 이진의 귀에다 대고 작은 소리로 속삭였다.

"대체 이게 무슨 일이야? 낮에 강민후하고 사진 찍힌 게 너라며. 인터넷에 네 신상 다 까발려졌어."

"하, 모르겠어, 나도. 뭐가 뭔지. 강민후가 갑자기 나타나서는 이 아이가 자기 아기라잖아."

"뭐어어?"

놀란 정우가 주변 사람들이 다 들을 정도로 크게 소리를 질렀다.

"뭐지, 이 상황은?"

언제 다가왔는지 민후가 죽일 듯이 이진을 노려보고 있었다.

"그러니까 이 남자 때문이었어?"

민후가 잔뜩 경계심을 보이며 정우를 쏘아봤다. 적의가 가득한 민후의 눈빛에 마음 여린 정우가 움찔 기가 죽는 게 보였다.

"무슨 소릴 하는 거예요?"

"나하고 안 살겠다는 게 이 남자 때문이냐고. 이 남자 때문이었어?"

"아니에요. 그런 거."

"아니면 왜 백주 대낮에 남의 남자 손은 잡고 난리야. 애까지 가진 유부녀가."

언제 연락을 했는지 갑자기 나타난 남자 때문에 민후는 불안했다. 급한 마음에 저도 모르게 뱉은 말이었다. 뭐, 하지만 전혀 없는 말도 아니지 않은가? 어차피 식만 안 올렸지 결혼하기로 했던 사이였으니까.

"네에, 유, 유부녀요?"

"뭐, 유부녀?"

민후가 얼떨결에 터트린 폭탄성 발언에 이진과 정우, 박 실장의 입이 동시에 벌어져 다물어지지가 않았다.

"결, 결혼까지 했어요, 우리가?"

민후가 아이 아빠라는 말보다 둘이 이미 결혼을 했다는 말에 더 충격을 받은 모양이었다. 이진이 하얗게 질린 얼굴로 민후와 정우을 번갈아 쳐다봤다.

"결혼이라니. 너 그런 말은 없었잖아. 아, 아니다. 지금 여기서 이럴 게 아니야. 사무실로 가. 가서 얘기하자고. 이진 씨. 가요. 가서 얘기해요."

병원 로비에 드나드는 사람들이 많아지자 박 실장이 서둘러 상황을 정리했다. 박 실장의 육중한 덩치에 떠밀려 세 사람은 그렇게 병원 로비를 빠져나왔다.

"아니에요."

이진과 정우, 그리고 민후, 박 실장 네 사람은 M&J의 박 실장 방에 앉아 있었다.

"아니라고? 죽으려고 뛰어내렸던 게?"

"네. 죽긴 제가 왜 죽어요. 곡이 너무 안 써져서 리프레시도 할 겸 해서 산에 갔었던 거예요."

"뭐, 곡이 안 써져? 그게 무슨 소리야? 너 설마 이쪽 일 하고 있었어?"

편의점 일이 이진의 일인가 보다 했었다. 그런데 이진도 곡을 쓰는 사람이었다니. 민후는 새삼스레 이진에 대해 아는 게 없다는 생각이 들기 시작했다.

"지금 그게 중요해요?"

"아, 그래. 얘기 계속해."

"뭘 좀 꺼내려다가 가방이 아래로 떨어져버려서 그걸 찾는다고 눈길 위를 헤매고 있었어요. 눈이 너무 많이 와서 앞이 잘 안 보였어요. 그래서 그게 그렇게 높은 절벽인지도 몰랐다고요."

"그러니까 죽으려던 건 아니었군."

그런 줄도 모르고 기억이 돌아온 이진이 죽어버렸을까 봐 제가 얼마나 마음을 졸였었는지 이진은 모를 것이다.

"네. 그러니까 당신 말은 내가 절벽에서 떨어지면서 기억을 잃었다는 거죠?"

이진은 그제야 이 상황이 이해되기 시작했다. 아무리 그래도 그렇지, 강민후 저 자식을 못 알아보다니. 저 가식덩어리 개자식을. 그래서 상황을 이 지경으로 만들어버리다니. 이진은 이 난감한 상황을 대체 어떻게 헤쳐 나가야 할지 알 수가 없었다.

"이제 알겠어? 그러니 군소리 말고 한남동으로 같이 가."

"한남동이라니요? 거기가 어딘데요?"

"어디긴 집이지. 이제 너랑 나랑 우리 아기가 함께 살게 될 집."

"싫어요. 싫다고 했잖아요."

민후에게서 그간의 일을 다 듣고서도 이진은 싫다고 했다. 어떻게 저렇게 잠시의 고민도 없이 싫다는 소리를 할 수 있는 거지? 민후는 내심 충격을 받았다. 이진이 저를 이렇게까지 싫어할 이유가 대체 뭐란 말인가 말이다.

"싫다니. 아직도 상황을 이해 못 하겠어?"

"아뇨. 이제 충분히 알았어요. 하지만 싫은 건 싫은 거예요. 당신도 말했었잖아요. 그때 난 기억을 잃었었다고. 내가 누군지도 몰랐었다고. 나는 지금 그때의 내가 아니라고요. 기억을 잃었던 그때의 일로 남은 인생을 내 의지와는 상관없이 살고 싶지 않아요."

결국 이렇게 되고야 마는 거였어. 이런 일이 생길까 봐, 이진이 기억을 되찾으면 후회하게 될까 봐 그때 제가 얼마나 참았었는데. 그럼에도 불구하고 먼저 유혹해놓고는. 기억이 돌아와도 절대 떠나지 않겠다고 해놓고서는. 이렇게 제 마음을 온통 가져가버려 놓고는.

"그래서? 그래서 지금 대체 어쩌자는 거야?"

"아이는 제가 키울게요. 원한다면 당신이 보고 싶을 땐 언제든 보여드릴 테니까 걱정 마세요. 당신이 아이 아빠라는 사실도 원한다면 부인하진 않을게요."

"뭐? 그게 말이 돼, 지금? 내가 말했지. 우린 결혼한 사이라고."

"그럼, 이혼해요. 아니, 결혼을 무효로 할 수는 없는 거예요? 그때의 난 제정신이 아니었으니까 어쩜 가능할지도 몰라요."

"뭐?"

이건 정말 쇼크였다. 이 알 수 없는 패배감은 무엇이냐. 저 조그만 여자에게, 저 배은망덕하고 사악한 여자에게, 그럼에도 불구하고 절대 포기할 수 없는 저 깜찍한 여자에게 민후는 제대로 한 방 얻어맞은 기분이었다.

"훗, 이혼 같은 소리 하고 있네. 이혼은 꿈도 꾸지 마."

"그럼, 뭘 어쩌자고요. 사랑하지도 않는데 당신이랑 평생 이러고 부부로 살란 말이에요."

"사랑! 했어. 너 나 사랑했다고. 기억을 못 할 뿐이지. 그러니까 살아. 살자고."

"다시 처음부터 말해야 해요? 그때의 저는 제가 아니었다고요. 그러니까 당신 말대로 당신을 사랑했다고 해도 그건 무효예요. 아무런 효력이 없다고요."

이야기가 계속 맴돌았다. 민후는 미련을 떨었고 이진은 바늘 하나 들어갈 곳 없이 단호했다.

"제 의사는 충분히 말씀드린 것 같아요. 가볼게요."

이진은 더 이상의 대화는 의미가 없다고 생각했다. 저만큼이나 민후도 물러설 기미가 없었으니까.

"정우야, 가."

일어나라는 듯 이진이 정우의 팔을 툭 쳤다. 얼이 빠진 얼굴로 앉아 있던 정우가 끼이익 의자 끄는 소리를 내며 따라 일어났다.

"가긴 어딜 간다는 거야. 앉아, 앉으라고."

"강민후 씨, 그만하세요, 제발. 저는 강민후 씨 아내로 살기 싫다고요."

어쩔 줄을 모르고 난감한 얼굴로 서 있는 정우의 손을 잡아끌고 이진이 돌아섰다.

"야, 윤이진, 거기 서. 거기 안 서? 그 손 놔. 놓으라고. 아무 손이나 잡지 말라고."

미쳐서 팔딱팔딱 뛰는 민후와 그 꼴을 말없이 지켜보고 있는 박 실장을 남겨두고 이진은 정우와 그렇게 사무실을 나와버렸다.

"야, 거기 서라고."

"진정 좀 해."

이진을 잡겠다고 따라나서는 민후의 팔을 박 실장이 잡아챘다.

"내가 지금 진정하게 생겼어? 쟤 저대로 보내면 안 돼. 알잖아. 신상 다 털렸다며. 지금 쟤네 집 앞 사정이 어떨지 알면서 그래?"

"알았어. 철민이 딸려 보낼게. 여차하면 다시 데리고 오라고 할 테니까 제발 넌 좀 진정하라고."

그러고 박 실장은 철민에게 전화를 돌려 이진을 보호하라는 지시를 내렸다.

"됐지? 앉아. 앉아서 이제 어떻게 할 건지 얘길 하자고."

박 실장이 잡아당기자 민후가 어쩔 수 없이 소파에 다시 앉았다.

"뭘 어떻게 해? 다시 데려와야지."

"그 말이 아니잖아."

"그럼 뭐?"

"기사 난 거 말이야. 아주 벌떼처럼 달려들고 있어, 회사 업무가 마비될 지경이라고. 당장 너 그동안 어디서 뭘 하고 지냈는지, 이진 씨하고는 어떤 관계인지 알려달라는 전화가 폭주하고 있어. 그래서 선까지 죄다 빼놨다고, 지금."

하긴 차로 이동 중일 때도 박 실장의 휴대전화가 불이 난 것처럼 울렸었다. 결국 박 실장은 안 되겠다며 묵음 처리를 해버렸었다.

"결혼할 사이라고 해."

"할 사이? 아깐 결혼했다며. 아니야?"

"정확히는 아니야. 식 올리기 전에 사라져버려서. 아니, 그냥 결혼한 사이라고 발표해버려."

민후는 어떻게든 빨리 이진과의 결혼을 기정사실로 만들어버리고 싶었다. 이진이 달아날 생각 같은 건 엄두도 내지 못 하도록.

"그러다 나중에 다 밝혀지면 어쩔 건데? 밝혀지는 거 금방이야. 요즘 애들이 얼마나 무서운지 몰라? 서류라도 떼보고 그때 가서 해명하라면 또 어쩔 거야. 게다가 이진 씨는 너하고 살 마음도 없는 것 같은데. 나중에라도 결혼한 사이가 아니라면 이진 씨는 가만히 있겠어?"

하지만 박 실장의 말도 틀린 말은 아니었다. 이진과의 신성한 결혼에 그런 흠집을 낼 수는 없었다.

"하아, 좋아. 그럼, 세 달만 막아줘."

"세 달? 뭘 어쩌려고?"

"기억이 돌아오게 해야지. 그리고 날 다시 사랑하게 만들 거야."

이진이 그랬었다. 산골에서의 저는 정상이 아니었으니 그때의 사랑은 무효라고. 그러니 지극히 정상으로 보이는 지금 저를 다시 사랑하게 만들면 되는 것이다. 꽉 다문 민후의 입가에 기필코 그렇게 만들고야 말겠다는 굳은 의지가 보였다.

9장. 기억하는 거지, 내 손길?

M&J 건물을 빠져나와 이진이 사는 망원동까지 오는 동안 정우도 이진도 서로의 눈치만 볼 뿐 말을 아꼈다. 이진은 갑작스럽게제게 닥친 이 상황이 너무 버거웠고 정우는 정우대로 무슨 생각을하는지 고민이 있어 보였다.

"어쩔 거야?"

지하철에서 내려 이진이 살고 있는 원룸 건물이 있는 언덕길을올라가고 있었다. 이제 곧 헤어져야 한다는 생각이 정우의 입을 먼저 열게 했나 보다.

"어쩌긴. 거기서 다 들었잖아."

"아이는?"

"낳아야지. 지울 수는 없어. 아무리 강민후 그 자식 아이라도."

지울 수는 없었다. 처음부터 그랬다. 아이를 낳아 기를 형편도아니면서 아이를 지워야겠다는 생각은 단 한 번도 든 적이 없었던 이진이었다.

"왜 하필이면 그 자식 아이야?"

이진의 배 속에 있는 아이가 강민후의 아이라는 사실이 마음에
안 들기는 정우도 마찬가지인 모양이었다.

"하아, 그러게 말이야. 대체 이게 무슨 개 같은 경우냐고?"

이진도 덩달아 한숨이 나왔다.

"뭐, 뭐야?"

그리고 저 멀리 이진의 원룸 건물이 보일 때쯤이었다. 뭘 본 건
지 놀란 정우가 말까지 더듬었다.

"왜?"

"저, 저기."

맙소사! 사람들이 떼거지로 건물 입구를 막고 있었다. 대포처럼
생긴 카메라를 들고 있는 사람들도 있었고 교복을 입은 여학생들
도 보였다. 난리도 저런 난리가 없었다.

"안 되겠다. 우선 피하자."

급하게 방향을 틀며 정우가 이진의 손을 잡아당겼다.

"어디로?"

"몰라. 근데 지금은 집에 못 들어가. 봤잖아."

정우의 손에 끌려 내려가면서 불안한 마음에 이진은 자꾸 뒤를
돌아봤다.

"저기 아니야?"

"떴어?"

"아닌 것 같은데."

그새 눈치 빠른 몇 명이 다다다 뛰어 내려오고 있었다.

"뛰어."

그 소리를 듣고 정우가 내달리기 시작했다. 이진의 손을 꼭 잡고.

"헉헉헉."

간신히 쫓아오던 무리들을 따돌리고 이진과 정우는 지하철역 인근까지 내려왔다.

"어쩌지?"

"우리 집에 가 있을래?"

"하아, 그건 좀."

정우는 좁은 아파트에서 부모님과 함께 살고 있었다. 아무리 상황이 급해도 민폐를 끼칠 수는 없는 노릇이었다.

"그럼, 어디 좀 들어가 있다가 늦게 들어가자."

"너 가봐야 하는 거 아니야?"

"괜찮아."

"부모님 걱정하시잖아."

"나 집에서 내놓은 지 오래됐어."

그것도 자랑이라고 말해놓고 정우가 피식 웃는다.

"훗."

그래, 지금 정우라도 없으면 너무 막막하고 두려울 것만 같았다. 이 기가 막힌 상황을 의논할 대상이 아무도 없다니. 이진은 문득 엄마가 너무 그리웠다.

"가자."

정우가 또 이진의 손을 잡아끌었다. 그리고 둘은 역 부근의 작은 커피숍에 자리를 잡고 앉았다.

"이진아."

정우는 자기가 마실 커피 한 잔과 이진을 위한 망고주스를 주문했다. 그리고 무슨 생각을 하는지 한참을 또 입을 다물고 있었다. 기본적으로 정우는 수다스러운 편이었다. 그런데 오늘은 이상하게 조용했다. 한참을 그렇게 말이 없던 정우가 갑자기 이진을 불렀다. 그 목소리가 너무 심각해서 이진은 그 와중에도 웃음이 나올 것 같았다.

"응?"

얼마 남지 않은 망고주스를 쭈욱 빨아 당기며 이진이 저를 부르는 정우를 바라봤다.

"그 아이."

"또 그 말 하려는 거야? 말했잖아. 지울 수는 없어."

"알아. 네 생각 안 변할 거라는 거. 그래서 말이야⋯⋯."

역시 이정우답지가 않았다. 무슨 말인데 저렇게 꺼내기가 어려운 거지? 의아한 표정을 지으며 다음 말을 재촉하듯 이진이 웃어 보였다.

"응?"

"강민후하고는 절대 안 살겠다는 거지?"

"당연하지. 넌 내가 그 자식을 얼마나 싫어하는지 알면서."

"그럼 말이야."

정말 무슨 말을 하려고 저렇게 뜸을 들이는 걸까?

"너만 좋다면 내가 아빠 해줄게."

"뭐?"

"네가 아이 끝내 포기하지 않겠다고 했을 때부터 생각했던 거야. 몰랐어? 내가 너 좋아하는 거?"

하루에 하나씩만 놀랄 일이 생겼으면 좋겠다. 단연코 한 번도 정우가 저를 여자로 좋아한다는 생각을 해본 적이 없었다. 그도 그럴 것이 정우는 이런 내색을 한 번도 한 적이 없었다. 아니, 제가 둔했던 걸까? 정우는 제게 여자보다도 더 편한 친구였다.

"너 내가 불쌍해 보여서 이러는 거지? 왜 갑자기 마음에도 없는 말을 하는 거야?"

이 상황에서 무슨 말을 어떻게 해야 할지 몰라 이진은 최대한 가볍게 정우의 말을 받았다.

"진심이야. 너 여자로 좋아해. 벌써 오래됐어. 혹시라도 네가 불편해할까 봐 감정 안 드러내려고 많이 애썼어. 너 사라지고 내가 얼마나 너 많이 찾아 다녔는지 모르지?"

하아. 버거운 하루였다.

"정우야, 고마워."

"뭐? 그럼, 너도 좋다는 소리야?"

어렵게 꺼낸 얘길 텐데 이진의 입에서 너무 쉽게 고맙다는 말이 나오니 놀란 모양이었다.

"아니야. 네 마음이 너무 고맙다는 소리야. 하지만 그런 짐을 너한테 지울 수는 없어. 내 문제니까 나 혼자 감당하면 돼."

정우의 얼굴에 실망한 표정이 역력했다. 제 짐을 같이 져주겠다는 정우의 마음이 이진은 고마웠다. 하지만 아닌 건 또 아니니까.

"짐이라고 생각 안 해. 네 아이니까."

"아니야, 정우야. 아니라고. 우리 그냥 지금처럼 좋은 친구 하자. 넌 더 좋은 여자 만나야 해. 너네 부모님 생각해서라도."

"남자로는 아니라는 소리지?"

어쩔 수 없이 분위기가 어색해져버렸다.

"그런 말 아니야. 너 좋은 남잔 거야 내가 제일 잘 알지. 나 성격 더러워서 싫은 사람 옆에 붙여두는 체질 아니잖아. 그냥 더 이상 복잡해지고 싶지 않을 뿐이야. 아이는 그냥 내 힘으로 어떻게든 키워볼게. 아, 그, 그러니까 내 곡이나 어떻게 좀, 응, 잘 부탁 좀 해 줘."

이진은 어떻게든 화제를 돌리고 싶었다. 그리고 이 분위기를 풀고 싶었다. 그리고 정우와 지금처럼 잘 지내고 싶었다.

"다시 생각해볼 여지도 없어?"

하지만 정우는 쉽게 포기하지 않았다.

"정우야아, 응? 난 너랑 정말 친구가 하고 싶어. 너같이 좋은 친구를 잃고 싶지 않다고. 그러지 말고 우리 나가서 밥 먹자. 나 배고파. 그리고 영화도 보러 가자. 오늘은 내가 쏠게."

어색해진 분위기를 못 이기고 이진이 자리를 털고 일어났다. 어차피 배도 고팠고 커피 한잔 시켜놓고 언제까지 여기 앉아 있을 수도 없는 노릇이었다.

"뭐 먹을래? 응?"

실망이 큰지 정우는 일어날 생각은 않고 계속 시무룩하게 앉아 있었다. 그런 정우의 기분을 애써 모른 척하며 이진은 정우를 데리고 커피 가게를 나왔다. 그리고 분식집에 들러 저녁을 먹었다. 비록 입덧 때문에 몇 숟가락 뜨지도 못했지만. 그러고 나서 내키지 않는 영화도 봤다.

<닥치고 웃겨드리겠습니다.>

포스터 문구가 무색하게 영화는 전혀 웃기지 않았다. 아니, 이진은 웃을 기분이 아니었다. 앞으로 대체 어떻게 살아가야 할지 그 막막한 생각만이 이진의 머리를 채우고 있었다.

"내리지 말고 타고 가. 알잖아, 이 시간에 여기서 택시 잡는 거 하늘의 별 따기야."

지하철도 끊긴 시간이었다. 그냥 혼자 가겠다는데도 정우는 고집을 부려 택시를 타고 이진의 동네까지 함께 왔다.

"없어. 봐. 다 갔잖아."

이진은 원룸으로 올라가는 언덕 아래 아스팔트 포장이 된 길가에 내렸다. 그리고 따라 내리려는 정우를 말렸다. 고개를 쭉 빼 이진의 집 앞 상태를 살핀 정우가 그제야 안심이 되는지 다시 엉덩이를 붙여 앉았다.

"쉬어, 문단속 잘하고. 그리고 생각해봐. 내 말 아직 유효하니까."

다 끝난 얘긴 줄 알았는데 정우가 다시 그 얘기를 끄집어냈다. 그 바람에 분위기가 또 묘해졌다.

"가, 정우야. 오늘 고마웠어."

이진은 못 들은 척하기로 했다. 택시를 세워두고 다시 이야기를 새로 시작할 수는 없는 노릇이었으니까.

부르릉.

택시가 떠나고 이진은 지친 걸음으로 원룸을 향해 올라가고 있었다.

"윤이진 씨죠?"

분명 아무도 없었는데……. 건물 사이사이에서 소방훈련이라도 하듯 우르르 사람들이 쏟아져 나왔다.

"엄마앗."

놀란 이진이 뛰기 시작했다. 파닥파닥. 파닥파닥.

부웅.

벌컥.

"야, 타. 윤이진, 빨리 타라고."

민후였다. 낮에 본 그 마세라티가 아니었다.

'차가 대체 몇 대나 있는 거야?'

하긴 지금 그게 중요한 게 아니었다. 일단은 저 사람들을 피하는 게 우선이었으니까. 이진은 속도를 줄인 민후의 차에 허들 선수처럼 풀쩍 뛰어올랐다.

"가요, 빨리. 뭐 해요, 잡히겠어요."

철민은 지하철 인근에서 이진을 놓쳤다고 했다. 걱정이 돼서 견딜 수가 없었다. 혹시나 기자들이 제 차를 알아볼 수도 있으니까 민후는 M&J의 직원 차를 빌려 타고 이진의 집 앞에서 매복 아닌 매복을 하고 있었다. 잠시 한눈을 파는 사이 이진이 올라가는 걸 놓쳤지만 기자들에 쫓겨 내려오는 이진은 다행히 발견했다. 파닥파닥거리며 쫓기는 폼이 한눈에 봐도 이진이었다.

"거봐, 내 말 맞잖아. 여기서 지내는 건 불가능하다고 했지?"

이진이 차에 올라타자 따라오던 기자들이 우왕좌왕 차로 달려가는 모습이 보였지만 타이밍상 민후의 차를 따라오기는 힘들어 보였다.

"제가 알아서 할 테니까 신경 쓰지 마세요."

이진은 생각대로 고집이 있었다. 성격도 그다지 고분고분한 타

입도 아니었다. 그런데도 이 여자가 아니면 안 되겠으니 어쩌겠는가. 이젠 직진밖에는 길이 없는 것을.

"알아서 하긴 뭘 어떻게 알아서 하겠다는 거야? 고집을 부릴 때 부려."

"아, 알겠으니까 적당한 곳에 좀 내려주세요."

적당한 곳에 내려달라는 이진의 말을 민후는 가볍게 무시했다. 그리고 보란 듯이 계속 차를 몰았다.

"아, 어딜 가는 거예요? 내려달라고요."

이진이 앙칼지게 바락 고함을 질렀다.

"너 좋은 성격 아닌 건 알고 있지?"

"아, 내려달라는데 무슨 성격 얘기예요. 내려줘요, 얼른."

"하, 역시. 더러워, 성격이 아아주 더러워."

민후가 못 말리겠다는 듯 고개를 저었다.

"이씨, 누가 누구더러 성격이 나쁘대, 지는……"

개가식에 개차반이면서. 그 말을 차마 뱉지는 못하고 이진은 입 안으로 뒷말을 씹어 삼켰다.

"지는?"

콩.

꿀밤이 날아들었다. 어이없게도.

"아, 지금 뭐 하신 거예요?"

"뭘?"

"지금 저 때리신 거예요? 폭력을 휘두르셨다고요, 지금. 그것도 임산부를 상대로."

"훗, 여전히 비약은 심하고. 맞아, 그런 캐릭터였지. 생각도 없고 염치도 없고 은근히 비약도 심한. 게다가 지금 보니 배신은 밥 먹듯 하고 말이야."

가만 보니 강민후는 은근히 이 상황을 즐기는 것 같았다. 하지만 이진은 전혀 즐겁지가 않았다.

"강민후 씨, 진지하게 말할 테니까 진지하게 들어주세요. 아까 저 구해주신 건 고마워요. 그런데 이제 그만 내려주셨으면 좋겠어요."

이진은 정색을 하며 민후를 돌아봤다. 그리고 또박또박 제 의사를 밝혔다.

"내려주면? 내려주면 갈 데는 있어? 있으면 말해. 안전한 곳이면 데려다줄게."

불행히도 없었다. 갈 데가. 갈 곳을 말하라는 민후의 말에 이진은 그만 입을 다물어야 했다.

"윤이진, 나도 진지하게 말할 테니까 중간에 말 끊지 말고 잘 들어. 회사에서 어떻게든 수습을 해주겠다고 했지만 한번 냄새를 맡은 기자들이 널 그냥 두지는 않을 거야. 뭐라도 캐낼 때까지 집이고 편의점이고 오늘처럼 찾아와서 괴롭힐 거라고. 그리고 미안하게도 내 팬들이 좀 과격한 면들이 있어. 그래서 나는 널 못 내려줘. 널 보호해야 하니까."

민후의 목소리에 더 이상 짓궂은 웃음기는 없었다. 그리고 절 보호하겠다는 그 말이 진심이라는 것도 이진은 느낄 수 있었다. 이진은 문득 그런 생각이 들기 시작했다.

'왜 강민후는 날 좋아하게 됐을까?'

기억을 잃었던 저는, 강민후가 가식덩어리 개자식이라는 사실을 몰랐을 산골에서의 저는 강민후를 사랑하고도 남았을 것이다.

저렇게 훈훈한 외모에 완벽한 연주 실력, 그 와중에도 아웃사이더 같은 반항기를 풍기는 이 남자에게 어쩌면 마음이 설렜을수도. 예전 강민후에 대해 아무것도 모르던 저도 그랬었으니까.

'하지만……?'

그래, 하지만 왜? 강민후는 왜? 중학교 시절부터 연습생 생활을 했던 강민후는 늘 대한민국에서 내로라하는 예쁜 여자들 틈에서 생활했었다. 그런 강민후의 눈에 저 같은 여자가 특별히 예뻐 보였을 리도 없었을 텐데.

"나하고 왜 결혼했어요?"

이진은 단도직입적으로 물었다.

"뭐?"

"나랑 왜 결혼했냐고요?"

"그런 질문이 어디 있어? 당연히 널 좋아하고 사랑하니까 했지."

사랑이라니. 강민후가 절 좋아하고 사랑한다니. 하아, 이건 진짜 믿기 어렵고 감당하기 버거운 말이었다. 왜? 도대체 왜?

"날 왜 사랑해요? 설마 예뻐서는 아닐 거고."

"왜 아니라고 생각해?"

"내가 예뻐요?"

이진은 모를 것이다. 이런 질문을 산골에서도 했었다는 사실을. 그날 밤의 뜨거웠던 기억들이 잠시 민후의 입을 다물게 했다.

"훗, 왜요? 거짓말하려니까 영 입이 안 떨어져요?"

"답지 않게 콤플렉스도 있나 봐. 넌 그런 거 안 가져도 되는데. 내 눈엔 세상 어떤 여자보다 네가 예쁘니까."

잊지 말아야 한다. 속지도 말아야 한다. 저렇게 진지한 목소리로 진심인 것처럼 말해도. 강민후는 가식덩어리 개자식이니까. 분명히 다른 꿍꿍이가 있는 것이다.

"내가 그렇게 순진해 보여요? 그런 말에 넘어갈 정도로?"

"훗, 모르는군. 네 입술이 얼마나 맛있는지. 네 가슴이 얼마나 예민한지. 네 거기가 얼마나 야하게 생겼는지. 한번 맛보고는 절대 잊을 수 없는 맛이라는 것도. 그래서 하루에도 몇 번씩 박고 싶어서 미치게 만든다는 것도. 넌 너 자신에 대해 아무것도 모르는 거야."

민후는 그리운 듯 이진을 아련하게 돌아봤다.

"지, 지금 무슨 말씀을 하시는 거예요? 이거 지금 성희롱인 건 아세요?"

새빨개진 얼굴로 이진이 민후를 노려보았다.

"뭐? 하하하, 하하하."

"왜 웃고 난리예요. 성희롱범 주제에. 내려줘요, 빨리."

"훗, 성희롱이라니. 부부 사이에 이런 대화를 성희롱이라고도 할 수 있는 거였군. 나하고 자는 걸 그렇게 좋아해놓고. 밤마다 애원해놓고. 오빠 제발 넣어줘요. 제발 그만 들어와요."

"아, 그만, 그만하라고. 내릴 거예요."

말만 들어도 낯이 뜨거워져 도저히 더는 듣고 있을 수가 없을 것 같았다. 이진이 당장이라도 차에서 뛰어 내리겠다는 듯 문손잡이를 잡았다.

찰칵.

도어록이 걸리는 소리였다.

"뭐 하는 짓이야. 위험하게."

"그러니까 내려달라고요."

"안 된다고 했잖아. 넌 나하고 있는 게 제일 안전해."

정말 진퇴양난이었다. 어떻게 차에서 뛰어내린다 해도 이 밤에 갈 곳이 없는 건 엄연한 사실이었고, 이 인간과 한집에서 계속 이런 낯 뜨거운 소리를 듣고 있을 수도 없는 노릇이었다.

끼이익.

그리고 이진이 갈등하는 사이 민후의 차는 한남동의 어느 고급 빌라 안으로 들어서고 있었다.

"다 왔어. 내려."

그래, 일단은 이 빌어먹을 차에서 내려야 했다. 그리고 어디로든 가는 거야. 이 인간 집만 아니면 되는 거야. 민후가 차의 시동을 끄자 이진은 바로 차에서 뛰어내렸다. 그리고 들입다 달리기 시작했다.

"꿈도 꾸지 마."

하지만 세 발짝도 못 떼고 민후의 손에 목덜미가 잡혔다.

"아, 놔요. 이거 지금 납치라고요, 납치."

"훗, 납치라."

산골에서 처음 만날 날, 그때도 이진이 그랬었다.

'내, 내가 왜 여기 있는 거죠? 설마 저 납치해오신 거예요?'

민후는 문득 그날의 기억이 떠올랐다. 그날 그 눈밭에서 구해오지 말았어야 했나? 이렇게 꼬여버린 상황이 민후도 달갑지만은 않았다. 하지만 이젠 되돌릴 수도 없는 일이었다. 이 깜찍하고 사악한 배신녀를 미치게 사랑하게 돼버렸으니까. 그리고 절대 놓아줄 생각이 없으니까.

"넌 어쩜 레퍼토리가 매번 그렇게 똑같냐?"

"뭐, 뭐가요? 아, 그리고 이것 좀 놓으라고요."

"놓으면 또 튀려고?"

"안, 안 가요. 그러니까 이거 놔요. 조인단 말이에요. 목이 너무. 캑캑."

"조용히 들어가자, 응?"

달리 방법이 없었다. 그렇게 결국 이진은 민후의 집까지 들어와 버렸다.

"뭐 해, 안 들어가고?"

7층 건물의 6층에 위치한 민후의 빌라는 이진의 상상을 초월하는 곳이었다. 한 세대가 한 층 전부를 사용하는 모양이었다. 출입문에서부터 그 화려하고 웅장한 모습에 압도된 이진은 간신히 신발을 벗고는 현관에서 주춤거리고 있었다.

"앉아 있어. 마실 거 좀 줄게."

한눈에는 도저히 끝을 가늠할 수 없이 넓은 공간이었다. 그리고 그 고급스러움은 말로 표현하기 힘들 정도였다. 대리석 바닥에 화려한 샹들리에가 매달린 거실의 분위기는 민후와 어울리지 않게 로맨틱했다. 그리고 거실 창으로 세대별 단독 개인 정원이 보였다. 누군가 따로 관리를 해주는 사람이라도 있는지 멋지게 자란 정원수들이 창밖에서 한껏 자태를 뽐내고 있었다.

"임산부에게 줄 만한 게 없네. 내일 채워놓으라고 할게. 보리차야, 마셔."

회색 빛깔이 위아래 두 부분으로 그러데이션 된 빗살무늬의 머그잔도 고급스럽기는 매한가지였다.

"설마 이렇게 넓은 데서 혼자 사는 거예요?"

"이젠 너랑 아기랑 셋이 살게 되겠지."

그 말을 하는 민후의 얼굴이 왠지 기대에 들뜬 모습이었다.

"저 여기 살겠다고 한 적 없는데요. 또다시 그 얘기 시작해야 하는 거예요?"

그 기대에 부응하지 못해 미안한 감이 있긴 했지만 아닌 건 아닌 거니까.

"좋아, 자기 전에 얘길 끝내자. 너나 나나 계속 고집만 부린다고 우리 문제가 해결될 게 아니라는 건 너도 잘 알 테니까."

"뭘 더 얘길 하자는 거예요. 제 입장은 변할 게 없는데."

"세 달만 줘."

"네?"

뜬금없이 세 달이라니. 알 수 없는 민후의 말에 이진은 마시려고 들어올리던 머그잔을 다시 탁자 위에 내려놓았다.

"무슨 말이에요?"

"싫어도 세 달만 여기서 지내."

"싫어요. 싫다고 했잖아요."

"그렇게 대책 없이 싫다고만 할 게 아니라는 걸 너도 지금쯤은 알 거 아니야. 기자들을 달리 하이에나에 비유하는 게 아니야. 회사에 수습해달라고는 했지만 언제까지 네 주위를 맴돌지도 모르고. 너 한동안은 정상적인 생활 하기 힘들어. 세 달보다 더 길어질 수도 있지만 최소한으로 잡은 거야."

아까 제집 앞 상황을 생각하면 민후의 말이 과장이 아니라는 걸 알 수 있었다. 그리고 대책이 없다는 그 말도 아팠지만 사실이었다.

"세 달…… 뒤에는요?"

한풀 고집이 꺾인 듯 이진이 내뱉는 말이 조금 전만큼 단호하지 않았다.

"그때도 네 마음에 변화가 없다면 원하는 대로 다 해줄게."

"정, 정말이에요?"

"정말이야. 나도 나 싫다는 사람 억지로 끼고 살고 싶은 마음 없어. 아무리 내 아이를 가진 여자라 해도."

물론 거짓말이었다. 민후는 이진을 놓아줄 생각이 없었다. 그리고 자신이 있었다. 세 달, 아니 그보다 훨씬 짧은 시간 안에 이진이 다시 저를 사랑하게 만들 자신이.

'아저씨, 나 지금 아저씨라고 불렀어요.'

그렇게 이진이 저를 먼저 유혹한 게 산골에서 같이 살기 시작한 지 열흘도 안 됐을 때였다. 그때는 작정하고 이진의 마음을 얻을 생각도 아니었는데 말이다. 그러니 민후는 자신이 있었다. 하지만 이진에게 그 사실을 알리지는 않을 것이다. 살살 물밑 작업으로 눈치도 못 채게 제게 다시 빠지게 할 것이다. 그리고 단번에 이진의 마음을 낚아 올릴 것이다.

"그렇게 할 거지?"

"생, 생각해볼게요."

"더 나은 대안이 없으면 여기 있는 거야."

"생각해보겠다고요."

"알았어. 그만 들어가서 씻고 자."

민후는 이진을 게스트룸으로 안내했다. 마음 같아서는 당장 제 침대로 끌고 들어가 지난 두 달간 못 푼 욕정을 풀어내고 싶었지만 저렇게 저를 거부하는 이진을 상대로 강제로 그 짓을 할 수는 없는 노릇이었다. 게다가 이진은 지금 임신 상태였다. 제 거친 욕정을 풀기 위해 아기에게 해가 될 일은 할 수 없었다.

"하아."

샤워를 끝낸 민후는 샤워 가운 차림 그대로 주방으로 향했다. 이진을 다시 찾았으니 축배의 와인 한잔 정도의 호사는 누려야 할 밤이었다. 이제야 모든 게 제대로인 것 같은 느낌이었다. 민후는 이진이 잠든 방을 애틋한 눈빛으로 돌아봤다.

"잘 자, 이진아."

민후의 입가에 나른한 미소가 그려졌다. 이진이 제집에 누워 있다는 생각만으로도 세상을 다 가진 것만 같았다. 게다가 이진의 배 속에는 제 아이가 자라고 있었다. 건강하게. 이 행복을 다시는 놓치지 않을 것이다. 다시는.

"너랑 하고 싶은 게 너무 많아."

이진이 저와 같은 일을 하고 있다는 사실도 좋았다. 지금 생각하니 그래서 그랬던 모양이었다. <마마>를 연주했을 때 이진이 그렇게 슬퍼했던 것도 다 이유가 있었던 것이다. 부부끼리 같은 감성을 공유할 수 있다는 것도 대단한 축복일 것이다. 모든 게 좋았다. 윤이진에 관해서는. 저 조그만 여자에게 제대로 빠져버린 것이다.

"행복하게 해줄게, 이진아."

민후는 다짐하듯 혼자 말을 뱉었다.

탁.

오랜만에 주인의 손길이 닿은 와인 셀러의 문이 경쾌한 소리로 제 주인을 반겼다.

"훗, 이것도 그대로네."

와인 셀러에는 4년 전 제가 사두고 간 와인들이 해를 묵힌 채 그대로 있었다. 즐겨 마시던 와인 한 병을 꺼내든 민후가 새삼스러운 표정으로 제집을 둘러봤다. 4년 넘게 비워둔 집은 어느 하나 그대로가 아닌 게 없었다.

'정리하자고 해도 말을 들어야지.'

박 실장 말로는 그랬다. 죽은 줄 알았었다고. 그 흔한 친척 동생 한 명 없는 민후였다. 민후의 어마어마한 재산을 처리하는 일도 보통 일이 아니었다고. 그래서 차일피일 미루고 망설였다고. 그러다 관리가 어려우니 이 집만이라도 정리하자고 했었다고. 그런데 주련이 막았다고 했다. 살아 있을 거라며. 제가 아는 강민후는 그렇게 죽을 사람이 아니라며. 그러고 보니 주련을 못 본 지도 꼬박 4년이었다. 옛 기억이 떠올라 민후는 피식 웃음을 지었다.

"어떨 것 같아?"

-믿을 놈은 믿고 안 믿을 놈은 안 믿겠지. 어쨌든 우리 입장에서는 거짓 해명이라도 해명은 한 거니까 계속 오리발 전략으로 나가는 수밖에 없는 거고.

이른 아침 민후는 박 실장과 통화를 하고 있었다. 어제저녁 늦게까지 이 문제로 회의를 했었다고 했다.

'민후는 지난 4년간 우울증 치료차 시골에서 요양을 했었다.'

'이진은 작년에 옆집에 잠깐 놀러 와서 알게 된 동생 같은 사람이다.'

'마침 서울에서 보게 되어 반가운 마음에 껴안은 것뿐이지 절대

연인 사이 같은 건 아니다.'

그렇게 해명하기로 결론이 났다고 했다.

"그건 그럼 그렇게 처리해주고. 그리고……."

당연히 싫은 소리를 들을 걸 알기에 민후는 일부러 뜸을 들였다.

-뭐? 또 뭐가 있어?

"응. 나한테도 3개월 정도만 시간을 더 줘. 3개월 뒤부터 정식으로 활동 재개할게."

-뭐? 그런 말은 없었잖아. 안 돼, 그건. 너 살아 돌아왔다고 지금 섭외 전화가 얼마나 많이 오는지 알아?

"봐줘. 앨범 작업으로 바쁘다고 해. 앨범 발표를 3개월 뒤로 공표를 하든지. 써놓은 곡은 많으니까."

괜히 시간을 벌기 위해 하는 거짓말은 아니었다. 배운 게 도둑질이라고 지난 4년 동안 산골에서 틈틈이 써놓은 곡만 해도 정규 앨범 몇 개는 연달아 낼 수 있는 정도였으니까. 물론 발표의 목적은 아니었다. 그저 남아도는 시간에 할 일이 없었고 악상이 떠오르면 손이 저절로 움직였을 뿐이었다.

-곡이 그렇게 많아?

"많아."

-알았어. 그럼, 그렇게 말해둘게.

박 실장이 끝내 양보를 안 해주면 민후는 묻어두기로 마음먹었던 그 얘기까지 꺼낼 생각이었다. 제가 사라지고 나서 박 실장이 마음대로 풀어버린 제 곡들에 대해서.

-근데, 3개월 동안 뭐 하려고?

"집에 있을 거야. 이진이랑 하루 종일 같이."

-그렇게 좋니?

"좋아."

-대체 그 여자 무슨 매력에 빠진 거야? 네가 여자한테 이렇게 목매는 거 처음 본다.

"걔가 요물이야. 그렇게만 알아."

-훗, 단단히 빠졌구만. 끊자, 못 들어주겠다. 필요한 거 있으면 또 연락하고.

"알았어. 고마워."

전화를 끊은 민후는 바로 주방으로 걸어갔다. 이제 시간도 벌었겠다, 제게 주어진 3개월이라는 이 시간을 느긋하게 즐길 참이었다. 이진이 제게 다시 넘어오는 모습을 상상하는 것만으로도 기분이 들떴다. 이진과 단둘이 한집에서 함께 지낼 생각을 하니 다시 산골 집으로 돌아간 기분도 들었다. 이진과 저만의 파라다이스였던 그 집으로.

"여기도 우리 둘만의 파라다이스가 될 거야."

아직 깨지 않았는지 기척이 없는 이진의 방을 바라보며 민후가 꿈을 꾸듯 아련한 미소를 지었다.

"어머, 몇 시야?"

지난밤 이진은 쉬이 잠들지 못했다. 낯선 집, 낯선 침대에 어색하기도 했었지만 무엇보다 민후의 제안에 대해 대답할 말을 정해야 했기 때문이었다. 방 한편에 걸려 있는 벽시계가 새벽 3시를 가리키는 것까지 보고서야 이진은 겨우 결정을 내릴 수 있었다. 그리고 잠이 들 수 있었다.

"아, 뭐야."

벌써 10시가 넘어가고 있었다. 아무리 제 아이의 아빠 집이라고는 해도 지금의 감정상으로는 엄연히 남의 집인데. 남의 집에서 10시나 되도록 늘어지게 잠을 자다니. 놀란 이진이 발딱 침대에서 몸을 일으켰다. 그리고 방에 딸린 욕실로 달려 들어가 서둘러 세수를 마쳤다.

삐걱.

방문을 열고 이진은 바깥 상황을 살피듯 빼꼼 목을 내밀었다.

"일어났니?"

내내 이진이 일어나기를 기다리고 있었던 사람처럼 민후의 목소리가 바로 날아왔다. 돌아보니 민후가 저를 보며 상큼한 미소를 짓고 있었다. 인간을 왜 망각의 동물이라고 하는지 알겠다. 어처구니없게도 민후의 그 미소에 가슴이 쿵 하고 내려앉는 느낌이었다.

"잠은 잘 잤어?"

달리 꿀 성대가 아니었다. 목소리는 대체 왜 또 저렇게 다정한 건지. 이진은 새벽 3시가 넘어가도록 고민하고 내린 제 결정이 잘한 결정인지 갑자기 자신이 없어졌다.

"네."

이진은 최대한 시큰둥하게 대답했다.

"이리 와서 잠깐 앉아."

편한 실내복 차림인데도 민후는 단정하고 멋스러웠다. 거실 통유리창에는 9월의 강렬한 햇살을 막으려는 듯 화이트 블라인드가 반쯤 내려져 있었고 그 반쯤 아래로는 멀리 한강다리가 보였다. 그리고 탁자 위에는 빨간색 머그잔 하나와 인터넷 화면이 띄워진 최신형 노트북이 올려져 있었다. 민후를 둘러싼 그 배경화면이 마치 그림엽서의 한 장면처럼 예뻤다.

'내가 저 사람의 아이를 가졌다고?'

다시 생각해도 도저히 믿어지지 않는 현실이었다. 민후가 벼르고 작정이라도 한 듯 이진을 보며 연신 미소를 지어댔다. 강민후의 실체를 모르고 있었다면 지금쯤 윤이진의 몸은 다 녹아서 없어져 버렸을지도 모를 일이었다.

'미친. 윤이진, 정신 차려. 속지 말라고.'

이진은 지난날 제 데모 USB를 쓰레기통에 집어 던지며 민후가 했던 그 치욕스러웠던 말들을 기억해내려 애썼다. 그리고 저 인간 때문에 2년이나 넘게 한 곡도, 아니 단 한 마디도 쓸 수 없었던 그 비참했던 시간들을 떠올렸다. 그래, 정신 차리자, 그래 봤자 저 자식은 개자식이다.

"뭐 해, 와서 앉아. 우리 할 얘기 있잖아."

그래, 그 얘기를 해야 하는 거지? 이제부터. 이진은 뚜벅뚜벅 내키지 않는 걸음을 걸어 민후가 앉아 있는 소파로 다가갔다. 그리고 민후와 한 사람 정도의 거리를 두고 소파에 앉았다.

"생각해봤어?"

"네."

"그래서……?"

민후는 전혀 궁금한 얼굴이 아니었다. 밉살스럽게도 제가 무슨 말을 할지 이미 다 알고 있다는 표정이었다. 그런 민후의 표정에 이진은 생각보다 더 약이 올랐다. 대책 같은 건 1도 없었지만 그냥 싫다고 해버리고 싶을 정도였다. 하지만 이 세상이 어디 성질대로 다 하고 살 수 있는 세상이던가?

"좋아요. 있을게요. 대신 말씀하신 대로 딱 3개월만이에요. 그리고 약속은 꼭 지켜주셔야 해요. 세 달 뒤엔 강민후 씨와 저는 아무 상관없는 사람이에요. 물론 이혼도 해주시는 거고요."

새벽 3시가 넘게 생각해도 이 방법이 최선이었다. 기억을 잃어 생긴 일이지만 어쨌든 강민후와의 사이에 아이가 생겨버린 것이다. 그 말은 지금 이렇게라도 매듭짓지 않으면 계속 어떤 식으로든 강민후와 부딪힐 일이 생길 거라는 소리였다. 3개월이면 끝내준다니, 이진은 3개월을 참아내는 대신 남은 인생에서 강민후와의 이 반갑지 않은 인연을 끊어버리고 싶었다.

"좋아. 밥 먹자. 배고파."

민후는 '좋아.' 그 한마디로 이야기를 정리해버렸다. 긴말을 해야 할 필요성을 못 느끼는 것처럼. 민후가 긴 다리를 펴고 소파에서 일어났다.

"뭐 해, 가자니까."

이진은 이상하게 손해 보는 기분이 들었다. 저는 장장 새벽 3시까지 고민한 문제였고 이보다 더 심각하고 진지할 수가 없었는데 민후의 대답은 너무 쉬웠고 너무 건성이었다.

"그게 다예요?"

"뭐가?"

"아니 너무 건성으로 대답하시는 거 아니냐고요?"

"그럼, 뭐가 더 있어야 해? 네가 원하는 대로 해주겠다는 대답이면 되는 거 아니야?"

"아뇨. 그 걸로는 안 되죠. 서면으로 남겨주세요. 나중에 다른 말 할 수도 있잖아요."

"성가시게 꼭 그래야겠어?"

"네."

이진은 단호했고 민후는 성가시고 귀찮은 표정이었다.

"됐지?"

민후가 건네준 서류에는 이진의 요구 사항들이 하나도 빠짐없이 다 적혀 있었다.

"네. 됐어요."

그제야 이진은 마음이 좀 놓였다. 곱게 접은 서류를 이진은 바지 주머니에 무슨 보물처럼 찔러 넣었다.

"하아, 된 거지, 이제?"

"네."

"오케이. 가자. 배 안 고파? 너 일어날 때까지 기다리느라고 나지금 엄청 배고파."

"그냥 먹지 뭐하러……."

기다린 거야. 누가 좋아한다고. 그래 놓고 웬 생색은. 이진은 강민후와 마주 앉아 밥을 먹을 생각을 하니 벌써부터 가슴이 꽉 막히는 기분이었다.

"어떻게 나 혼자 먹냐? 집에 사람 달랑 둘인데. 가. 밥 해뒀어. 네가 엄청 좋아하는 걸로."

대체 몇 가지 성격을 가지고 있는 걸까? 민후가 세상 다정한 얼굴로 이진을 바라보며 웃었다. 저렇게 웃으면 100에 99명의 여자들은 넘어갈 것이다. 나머지 한 명은 물론 말 안 해도 알겠지만 말이다.

'근데 밥을 해뒀다니? 설마 직접 했다는 말은 아니겠지? 게다가 내가 좋아하는 거라고?'

이진이 좋아하는 거? 뭘 말하는 지 도통 감이 잡히지 않았다. 순대, 떡볶이, 족발, 매운 닭발?

"으윽."

"왜 그래?"

"아니, 괜, 괜찮…… 으윽."

평소 그렇게도 좋아하던 순대와 족발이었는데 생각만 해도 구역질이 났다. 다시 속이 울렁거리자 이진은 입을 막고 후다닥 욕실로 뛰어 들어갔다. 한동안 잠잠하던 입덧이 며칠 전부터 이진을 괴롭히고 있던 참이었다.

"괜찮아? 이진아, 괜찮냐고?"

혼비백산한 표정으로 민후가 따라 들어왔다.

"으웩."

"너 왜 이래? 언제부터 이랬어? 안 되겠다. 병원, 병원 가자."

"아니, 괜찮아요."

민후는 당장 이진을 안아 올릴 기세였다. 간신히 진정이 되어 변기에서 고개를 들어올린 이진은 저도 모르게 피식 웃음이 터졌다. 하얗게 겁에 질린 민후의 얼굴이 저보다 더 상태가 안 좋아 보였다.

"안 돼. 병원 가야 돼. 당장 가자."

"아, 괜찮다고요. 그냥 입덧이에요."

"입덧?"

"네."

"병원 안 가도 되는 거야?"

입덧이라는 소리를 듣고도 민후는 안심이 안 되는 얼굴이었다. 이런 상황에서 뭘 어째야 할지 모르겠다는 듯 쩔쩔매는 민후의 모습이 혼자 보기 아까웠다. 무대 위에서 카리스마를 뿜어내던 그 강민후가 아니었다. 거대한 팬덤을 거느린 천재 뮤지션 강민후도 결국은 저랑 같은 사람이었나 싶은 생각에 이진은 이상한 동질감 같은 게 느껴졌다.

"이 정도 입덧으로 병원에 가면 의사가 비웃을 거예요."

"그럼 어떡해?"

"어떡하긴요. 가라앉을 때까지 참는 거죠."

"언제부터 이랬는데? 계속 이렇게 안 좋았던 거야?"

그리고 아주 찰나의 순간이었다. 민후의 손이 자연스럽게 이진의 흘러내린 앞머리를 넘겨준 것은. 그리고 안쓰러운 표정을 지으며 손등으로 이진의 뺨을 훑어 내린 것은. 그리고 그 순간부터 시간이 멎어버리기라도 한 것처럼 더디게 흘러갔다. 사람이 너무 놀라면 몸이 굳는가 보다. 제 뺨에 닿은 민후의 손을 쳐내야 하는데 몸이 제 마음대로 움직여지지 않았다.

'이상해.'

싫지가 않았다. 위로하듯 제 얼굴을 훑어 내리는 민후의 손길이. 빨려들 것 같은 눈빛으로 저를 저렇게 바라봐주는 강민후가. 민후의 손등이 닿은 그곳이 뭔가를 더 기대라도 하듯 말랑해지는 기분이었다.

"더 빨리 찾았어야 하는데. 너 혼자 이렇게 고생하게 놔둬서 미안해."

이건 이진이 원치 않는 사과였다. 그런데도 민후의 눈빛이 너무 진심이라 이진은 이상하게 가슴이 먹먹해졌다. 저렇게 걱정 어린 눈빛으로 저를 봐주는 존재가 있다는 사실에 순간 코끝이 시큰해지기도 했다.

'아, 안 돼. 이 남자 강민후야, 강민후라고.'

이진은 한순간 흔들리던 마음을 간신히 부여잡았다.

"아, 왜 함부로 남의 얼굴은 만지고 그래요?"

그리고 매몰차게 민후의 손을 쳐냈다. 쳐내진 민후의 손이 허공에서 그대로 뻘쭘하게 멈춰 있었다. 그리고 민후의 입가에 피식 쑥스러운 미소가 걸렸다.

"유난 떨지 말라고요. 아기 가진 여자들 다들 하는 게 입덧이니까. 배고프다면서요. 밥이나 먹으러 가요."

이진은 어색한 분위기가 싫어 일부러 대수롭지 않은 척 먼저 욕실을 빠져나왔다. 빨갛게 홍조가 핀 뺨을 민후에게 들켜버린 줄도 모르고.

"기억하는 거지, 내 손길? 머리는 기억 못 해도 네 몸은 기억하는 거야."

제 손길에 달아오른 이진의 뺨을 보는 것만으로도 민후는 짜릿한 쾌감이 느껴졌다.

"더 기억나게 해줄게. 기대해."

10장. 역전

가스레인지에 불을 켜고 민후는 미리 해뒀다던 그 음식을 다시 데우고 있었다. 중간중간 저어주는 것도 잊지 않았다. 요리를 하는 강민후라. 그것도 저를 위해 만든 요리라니. 이 믿기지 않은 장면을 이진은 신기한 듯 빤히 쳐다보고 있었다.

"근데 왜 직접 하세요?"

이 넓은 집에 설마 가사도우미가 없을 리가 없을 텐데.

"응, 아무도 오지 말라고 했어."

"왜요?"

"방해받고 싶지 않아서."

"방해받을 게 뭐 있다고."

"있을지 없을지는 두고 봐야지."

왜 저렇게 보는 거야? 별말 아닌 것 같은데도 이상하게 낯이 뜨거워졌다.

"뭘 두고 봐요?"

"그러게."

히죽 웃는 민후의 입가가 영 불량스러웠다. 대체 무슨 생각을 하는 건지.

"당장 입을 옷가지들 준비해서 보내라고 했어. 오후에 도착할 거야. 아, 그리고 밥 먹고 설거지는 네가 해야 해. 아 참, 점심 준비하고 빨래도 네가 해야겠다. 재료는 철민이한테 알려주면 사다 줄 거니까 필요한 거 있으면 나한테 말하고. 불만 없지?"

"아, 왜 불만이 없어요? 저 여기 가사도우미로 들어온 거예요?"

"이게 다 이 오빠의 깊은 뜻이 있어서 그런 거니까 군소리 말고 해. 산에서도 네가 다 하던 일이야. 기억이 돌아오는 데 도움이 될지도 모르잖아. 그리고 식기세척기 있지, 세탁기 있지? 뭐 할 거나 있어?"

"치이. 오빠는 무슨 한여름에 얼어 죽을 오빠야."

"뭘 그렇게 구시렁대? 다 됐으니까 앉아. 어서 먹자."

애개? 이진이 엄청 좋아하는 거라며 그렇게 생색을 내더니 이게 뭐야? 기껏 죽 한 그릇 해주면서 그렇게 생색을 냈던 거야?

"뭐 해. 앉아, 얼른."

"네."

그렇다고 스물일곱이나 먹은 여자가 음식 투정도 우스운 일인 거고 이진은 애써 실망한 표정을 숨기며 식탁에 앉았다.

'아, 진짜 시원해.'

맛있었다. 그게 이상했다. 기껏해야 김치 쫑쫑 썰어 넣고 콩나물 듬뿍 넣고 끓인 죽이 제 입에 맞춘 것처럼 맛있었다. 시장이 반찬이라더니 너무 허기가 져서 그런지도 모르겠다. 어제저녁 분식집에서 정우와 시켜먹었던 우동과 김밥이 마지막 식사였고 그마저도 입덧으로 제대로 먹지를 못했으니 허기가 질 만도 했다. 간만에 입에 맞는 음식을 만나니 이진은 감개가 다 무량할 지경이었다.

"역시 잘 먹네."

하지만 역시 저 남자가 문제였다. 이진이 깨어날 때까지 기다리느라 배가 고프네 어쩌네 하더니 밥은 먹을 생각을 않고 턱을 괴고는 내내 저러고 저를 지켜보고 있었다. 세상 흐뭇한 표정을 하고는.

"식사 안 하세요?"

"먹어야지."

그제야 한술 뜨며 민후가 또 힐끗 저를 쳐다봤다.

"아, 닳겠네. 왜 자꾸만 봐요? 밥도 편하게 못 먹게."

"훗."

"뭐가 웃겨요?"

"아니, 그런 말 하기에는 그릇이 너무 깨끗하게 빈 것 같아서."

젠장. 언제 이걸 다 먹은 거야.

"더 먹을래?"

"아뇨, 됐어요. 먼저 일어날게요."

더 먹고 싶은 마음도 있었지만 이진은 저렇게 내내 지켜보는 강민후가 불편해서 숟가락을 내려놓았다. 그리고 다 비운 그릇과 수저를 챙겨 자리에서 일어섰다.

"야, 그런 게 어디 있어? 나 다 먹을 때까지는 앉아 있어야지."

민후는 그런 이진의 손을 잡아채 도로 앉혔다.

"꼭 그래야 돼요?"

"응."

그러고는 또 보란 듯이 환하게 웃어 보였다. 저렇게 좀 웃지 않으면 좋겠다. 저렇게 환한 웃음 뒤에 악랄한 혀를 숨기고 있는 남자라는 걸 모르지 않는데 그래도 자꾸 가슴이 살랑거렸다. 민후의 손등이 닿았던 뺨이 또다시 말랑해지는 느낌이었다.

'정신 차리자, 윤이진.'

3개월만 버티자. 그러면 다시는 이 인간과 엮이는 일은 없을 테니까. 이진은 눈앞에서 계속 제 시선을 끌려고 애쓰는 민후를 애써 무시했다. 그리고 빨리 먹으라는 듯 팔짱을 끼고 의자 등받이에 등을 기댄 채 애꿎은 주방 천장을 노려봤다.

"천장이랑 원수졌니? 나 좀 봐, 나 좀 보라고."

아이가 엄마를 조르듯 민후가 이진의 손을 잡고는 살살 흔들었다.

"아, 그냥 식사나 빨리 좀 하세요."

이진이 귀찮다는 듯 민후의 손을 툭 쳐냈다.

"하아, 산에서는 안 그러더니 너 되게 비싸게 군다. 그냥 좀 봐주는 게 뭐가 어렵다고 그러냐? 혹시 너…… 인혁이 팬이야? 그래서 이러는 거야?"

"네?"

"아니야? 박인혁 말이야."

뜬금없이 박인혁이라니. 어이가 없어 이진은 콧방귀까지 뀔 뻔했다.

"아니에요."

박인혁은 민후와는 일종의 라이벌 관계라고 할 수 있는 솔로 가수였다. 사실 실력이나 외모로 애초에 비교 대상이 될 수 없는 두 사람이었지만 어느 세계든 한 사람이 너무 독보적으로 잘나가면 안티가 생기기 마련이었고 또 사람 취향이란 게 죄다 같을 수는 없는 것이니까.

"그럼 뭐야, 내가 왜 싫어?"

벌써 몇 번이나 말했건만 민후는 이진이 자기를 싫어한다는 그 말을 그다지 대수롭게 여기지 않았던 모양이었다. 그러니까 기껏 생각해낸 게 박인혁인 거지.

"인혁이가 아니면 대체 누구야? 아, 진짜 이해가 안 되네. 내가 왜 싫지?"

순간 이진은 망설였다. 속 시원히 지난 얘기를 다 말해버리고 당신 때문에 내가 얼마나 힘든 시간을 보냈는지 억울함이라도 호소하고 싶었다. 그런데도 내가 당신이 좋을 이유가 무엇이며 당신 같이 겉 다르고 속 다른 남자가 뭐가 좋다고 같이 살고 싶겠냐며 따져 묻고도 싶었다.

"그, 그냥 싫어요, 사람 싫은 데 이유가 꼭 있어야 해요?"

하지만 이진은 차마 옛 기억을 꺼내놓지 못했다. 이 잘난 천재 뮤지션 앞에 그 옛날 쓰레기통에 던져졌던 제 데모 USB마냥 비참해지고 싶지 않아서. 아무 말도 안 하면 저렇게 저한테 잘 보이려고 매달리는 꼴이라도 볼 수 있으니 그걸로 반은 복수라면 복수인 거니까.

"다 먹었으면 그릇이나 줘요."

이진이 민후의 그릇에 손을 뻗었다.

"야, 아직 다 안 먹었어."

그릇 귀퉁이에 김치 조각 하나 붙어 있구만 다 안 먹기는.

"다 먹었구만, 뭘 다 안 먹어요?"

이진은 뺏다시피 민후의 그릇을 낚아채 식탁에서 일어났다. 설거지를 하라니 해야지. 밥값이라고 생각하면 그뿐이었다. 식탁 위의 그릇들을 죄다 모아 이진은 싱크대로 향했다.

"세척기에 넣으면 돼."

"몇 개나 된다고요."

"그래도 넣어. 넣고 나랑 차나 마시자."

하랄 때는 언제고 민후는 그새 이진의 뒤를 쫄래쫄래 따라왔다. 그리고 싱크대 안에 넣어둔 그릇들을 챙겨 세척기로 가지고 갔다. 이진의 마음과는 달리 민후는 아이처럼 마냥 좋기만 한 것 같았다. 저랑 같이 있는 이 시간이.

'저렇게 좋을까?'

이진은 문득 절 좋아하고 사랑한다던 민후의 말이 떠올랐다.

'훗, 모르는군. 네 입술이 얼마나 맛있는지. 네 가슴이 얼마나 예민한지. 네 거기가 얼마나 야하게 생겼는지. 한번 맛보고는 절대 잊을 수 없는 맛이라는 것도. 그래서 하루에도 몇 번씩 박고 싶어서 미치게 만든다는 것도. 넌 너 자신에 대해 아무것도 모르는 거야.'

그리고 다시 생각해도 낯 뜨거운 그 말들도. 이진의 뺨이 저도 모르게 화끈 붉어졌다.

'정말일까? 나랑 하는 게 그렇게 좋았다는 게?'

이진은 아직 남자를 몰랐다. 기억을 못 하니 모르는 거다. 아직 남자와 자본 기억이 없었다. 늘 사는 데 바빴으니까. 작곡가가 되고 싶은 꿈과 아르바이트라는 현실 사이를 매일 왔다 갔다 하며 시간을 빠듯하게 살았다. 그래서 저를 여자로 마음에 품고 지켜봤 다던 정우의 마음조차 읽지 못했던 여자가 저였다.

"대체 무슨 생각을 하는데 부르는 소리도 못 들어?"

"엄마앗."

민후가 절 불렀었나 보다. 생각에 빠져 있던 이진은 민후가 절 부르는 소리도 듣지 못했고 민후가 제 앞으로 고개를 쑥 내미는 것도 보지를 못했다.

"뭐야, 얼굴은 또 왜 이렇게 빨게?"

민후가 손가락 하나로 이진의 붉어진 뺨을 톡 건드렸다.

"야한 생각했지?"

"웃겨. 내가 강민후 씨 같은 줄 알아요?"

이진은 장난스럽게 톡 건드리는 민후의 손가락을 쳐냈다.

"훗, 어떻게 알았어? 나 어젯밤부터 온종일 그 생각뿐이었는 데."

"아, 뭐래. 진짜 변태 같애."

이진은 제 앞에 바짝 붙어선 민후를 애써 무시했다. 그리고 식 기세척기 앞으로 가려고 했다. 그런데 민후가 이진의 손을 붙잡아 세웠다.

"진짠데."

제 손을 잡은 민후의 손에서 열감이 느껴졌다. 미친 인간. 밥 잘 먹고 왜 이러는 걸까? 그러고 보니 눈빛도 이상했다.

"아, 왜 이래요?"

이진은 당연히 피하려고 했고 민후는 놓아주지 않았다.

"왜 이러겠니? 너랑 하고 싶어서 그러지. 하고 싶어서 미치겠다, 이진아. 두 달이나 못 했는데. 너 언제까지 내 속 태울래?"

"아, 누가 누구 속을 태웠다고 이래요. 이거 좀 놓으라고요."

이진은 민후의 손을 뿌리쳤고 가까스로 민후에게서 등을 돌렸다. 하지만 그 순간 이진의 목 앞으로 민후의 손이 휘감듯이 둘러졌다. 그리고 훅 하고 이진의 몸이 당겨지듯 민후의 품에 안겼다. 그리고 또 욕실에서처럼 시간이 멎을 듯 더디게 흘러가기 시작했다. 맞닿은 등 뒤로 돌멩이처럼 단단한 민후의 가슴 근육이 느껴졌다. 그리고 이진의 심장이 주인을 배반하고 미친 듯이 날뛰기 시작했다.

"이진아, 내가 왜 싫은지 모르겠지만 나 그냥 좀 좋아해주면 안 되니? 난 이제 너 없으면 안 돼."

등만 맞닿은 게 아니었다. 어느새 이진의 얼굴 옆으로 민후의 얼굴이 바짝 다가와 있었고 민후가 말을 할 때마다 뜨거운 열기를 품은 입김이 이진의 귓가를 간질였다.

'윤이진, 뿌리치고 나가야지 왜 이러고 있는 거야?'

저도 모르겠다. 그 이유를. 매몰차게 뿌리치면 풀리지 않을 정도도 아닌데 그런데도 민후의 팔 안에 갇혀 꼼짝을 할 수가 없었다. 마치 민후를 거부하는 자신을 비웃기라도 하듯 이진의 몸이 민후를 그렇게 반겼다. 계속 그 품에 안겨 있고 싶었다.

띠리리. 띠리리.

구세주가 따로 없었다. 아니, 훼방자인가? 이진은 서둘러 바지 뒷주머니에 꽂아둔 휴대전화를 꺼내들었다. 당연히 정우였다. 아니면 누구겠는가?

"아, 잠깐만요. 이거 좀 놔요, 전화 왔잖아요."

이진은 전화를 핑계로 민후를 밀어내려 했고 그런 이진을 민후
는 놓아주지 않으려 했다.

"받지 마."

"무슨 소리예요. 전화를 왜 받지 말래. 그리고 이거 좀 놓으라고
요."

가까스로 민후를 밀어내는 데 성공한 이진은 제 방으로 달아나
듯 뛰어 들어갔다.

"누구야? 혹시 어제 그 자식이야? 그 정운가 뭔가 하는 그 자식
이지? 야, 윤이진 받지 말라고. 잊지 마. 너 유부녀야. 네 남편은 나
라고."

방으로 달려 들어가는 이진의 뒤통수로 고래고래 소리치는 민
후의 목소리가 날아들었다.

탁. 철컥.

역시 고급빌라라 다른 모양이었다. 문을 닫고 방문까지 잠그니
세상이 그렇게 조용할 수가 없었다. 문밖에서 소리소리 지르는 강
민후의 목소리도 그저 희미하게 들릴 뿐이었다. 그럼 이제 정우의
전화를 받으면 되는데 이진은 그러지를 못했다. 가슴이 여전히 너
무 두근거려서.

'미쳤나 봐. 왜 이러는 거야?'

민후는 185센티는 충분히 넘을 만큼 큰 키였다. 그리고 예전 제
가 알던 그 미소년 이미지의 강민후도 아니었다. 검게 그을린 피부
에 떡 벌어진 어깨가 웬만한 운동선수를 붙여도 전혀 꿀리지 않을
것 같은 건장한 체격이었다.

'처음이라서 그래, 처음이라. 놀라서 그래, 놀라서.'

그래, 처음이었다. 산골에서 강민후와 아이까지 만들었다지만 이진은 처음 남자에게 안긴 것이다. 기억에 없으니 처음인 거지. 그래서 그래. 놀라서, 너무 놀라서.

'근데 이런 느낌이구나. 남자에게 안긴다는 게.'

이상했다. 손끝 하나 꼼짝도 못 할 만큼 좋았다. 등 뒤에서 느껴지는 민후의 단단한 가슴도. 폭 감싸듯 저를 당겨 안던 민후의 근육질 팔도. 제 어깨에 얼굴을 비비며 귓가에 불어넣던 뜨거운 입김도.

'하아, 정말 미쳤나 봐. 강민후야, 강민후라고.'

그래, 강민후. 그 개자식 강민후. 그 개가식쟁이 강민후. 그런데 그 품에 안겨 있는 동안은 왜 그런 생각이 안 들었을까? 개자식이라는 생각도 개가식쟁이라는 생각도. 왜 그저 그렇게 좋기만 했을까?

띠리리. 띠리리.

때마침 걸려온 정우의 이 전화가 원망스러울 정도로.

띠리리. 띠리리.

이진이 계속 안 받으니 잠시 끊어졌던 전화가 다시 걸려왔다. 이진은 그제야 정신을 차리고 서둘러 정우의 전화를 연결했다.

-뭐야, 왜 이렇게 전활 안 받아? 그리고 너 대체 어디 있는 건데? 집 안에 있어? 왜 벨은 눌러도 대답이 없는 건데?

정우가 아침부터 제집엘 찾아갔나 보다. 하긴 어제 제집 앞 상황이 어땠는지 알고 있는 정우였으니까 걱정도 되었을 것이다. 정우는 그런 성격이었다. 잔걱정도 많고 세심했다.

"정우야, 진정해. 진정하라고."

정신없이 제 안부를 묻는 정우를 이진은 먼저 진정시켰다.

"나 여기……."

강민후의 집이라고 말을 해야 하는데 이진은 그 말이 선뜻 나오질 않았다.

-너 지금 집 아니지? 아닌 거야. 너 대체 어디 있어, 응?

"응, 정우야. 그래, 나 지금 집 아니야."

-그래, 어디냐고?

어디라고 말하면 당장 찾아올 기세였다. 정우가 이렇게 흥분하는 이유가 그저 친구 사이이기 때문인지 절 좋아하는 남자로 구는 건지 이진은 헷갈렸다. 이게 다 어젯밤 당황스러웠던 정우의 그 고백 때문이었다. 그 당황스러웠던 고백 전에 정우에게서 느껴졌던 절대적인 편안함이 사라진 기분이었다.

"그게…… 여기 강민후 씨 집이야."

-뭐, 강민후? 너 싫다고 했었잖아. 그 인간하고 살 마음 없다며.

처음엔 놀라는 것 같더니 그다음엔 왠지 낙담하는 것 같았고 그다음엔 왠지 화가 난 것도 같았다.

-살 거야? 그렇게 싫어하던 놈이랑 살고 싶은 거야?

그러더니 이제는 회유를 하는 기분도 들었다. 말은 그렇게 안 했지만 이진의 귀에는 당장 강민후의 집에서 나오라는 소리처럼 들렸다.

"아니야, 정우야. 그런 거 아니라고."

-그럼 뭔데? 왜 거길 가 있는 거야? 갈 데 없으면 차라리 우리 집엘 오지.

"그냥 3개월만 여기 있기로 한 거야."

-뭐? 3개월?

"응."

그리고 이진은 정우에게 변명 아닌 변명으로 어제오늘 있었던 일을 들려주었다.

-그래서 3개월 후에도 네가 싫다고 하면 네가 원하는 대로 해주 겠다고 했다는 거야?

"그렇다니까."

-그 말을 믿어? 네가 그랬잖아. 그 자식 겉과 속이 완전히 다르 다고. 앞에서 웃는 얼굴 하면서 뒤로는 인간성이 쓰레기라고. 그런 데 그런 자식 말을 믿는 거야?

정우는 어떻게 해서든 저를 이 집에서 나가게 하고 싶은 모양이 었다. 정우가 이렇게 애써 기억을 되살려주지 않아도 강민후가 어 떤 인간인지는 제가 더 잘 아는데도 말이다.

"걱정 안 해도 돼, 정우야. 강민후 어떤 인간인지는 너보다 직접 당한 내가 더 잘 알잖아. 그래서 서류로 다 남겨뒀으니까 걱정 말 아. 우리 집에 가봤다면서? 어땠어? 오늘도 기자들 많아?"

정우도 걱정되어서 하는 말이겠지만 기왕 민후의 집에 머물기 로 한 것이라 정우와의 이런 대화는 이진에게 이제 소모적일 뿐이 었다. 이진은 빨리 이 대화를 마무리하고 싶었다.

-응. 아까 오다 보니까 편의점 앞에도 쫘악 깔렸더라.

"그럴 거라고 했어. 근데 보이는 것보다 더 많을지도 몰라. 어젯 밤에도 없는 줄 알았는데 어디서들 우르르 쏟아져 나오더라. 얼마 나 무서웠는지 몰라."

어젯밤 골목에서 우르르 쏟아져 나왔던 사람들을 떠올리며 이진이 몸서리를 쳤다.

"3개월만 여기서 버티면 다 없던 일처럼 편안해질 거니까 너무 걱정 마, 정우야. 나 여기서 잘 지내다 갈게. 밥도 잘 먹고 곡도 쓸 거야."

-연락도 자주 하고. 하루에 한 번씩은 전화한다고 약속해.

"훗, 그럴게. 너도 잘 지내고. 곡 열심히 써."

몇 번의 더 의미 없는 대화를 이어가다 이진은 못내 아쉬워하는 정우와의 전화를 그렇게 끊었다.

'그 말을 믿어? 네가 그랬잖아. 그 자식 겉과 속이 완전히 다르다고. 앞에서 웃는 얼굴 하면서 뒤로는 인간성이 쓰레기라고. 그런데 그런 자식 말을 믿는 거야?'

그러게. 강민후가 어떤 인간인지, 카메라 앞에서는 세상 어디에도 없는 천사처럼 미소를 지으면서 저보다 힘없는 약자에겐 어떤 식으로 악랄하고 잔인해질 수 있는지 모르지 않는데.

'그런데 정우야, 정우야 그런데, 나 그 사람이 만져주는 게 좋았어. 그 사람이 안아주는 것도 좋더라. 나 미친 거지?'

정말 미쳤나 봐. 민후를 생각하니 조금 전 민후의 품에 폭 하고 안겼던 그 느낌이 다시 되살아났다.

'정신 차리라고, 윤이진. 이게 말이 돼?'

그래, 아무리 생각해도 이건 말이 안 되는 소리였다. 강민후의 개 같은 인간성이나 지난날 강민후가 제게 줬던 상처 따위 다 잊어준다고 해도 강민후와 윤이진이 말이 되는 소린가 말이다. 이 속은 썩고 겉만 번지르르한 남자를 제가 어떻게 감당하며 살라는 소린가. 한국 최대 규모의 팬클럽을 보유하고 있다는 이 화려한 세계의 천재 뮤지션 강민후를 감당하며 사느니 차라리 혼자 아이를 키우며 평생 싱글맘으로 살아가는 쪽이 백번은 더 나은 선택일 것이다.

"이씨, 대체 무슨 통화를 이렇게 오래 하고 있는 거야?"

이진이 제 방으로 뛰어 들어간 후 민후는 내내 이렇게 이진의 방문에 접착제처럼 들러붙어 있었다.

"야, 윤이진, 전화 빨리 끊고 안 나와?"

아무리 소리를 질러도 묵묵부답이었다.

"아이씨, 괜히 방마다 방음시공은 해가지고 이래."

이 빌라로 이사 오면서 방음에 그렇게 공을 들인 게 민후는 지금 후회가 돼 미칠 지경이었다.

쾅쾅.

"윤이진, 그만 나오라고. 이게 진짜. 너 문 따고 들어간다."

쾅쾅 방문을 두드리며 민후가 오만 유치한 소리를 다 해도 야속한 그 문은 그대로 영영 열리지 않을 것처럼 잠잠하기만 했다.

"대체 그놈이랑 무슨 할 얘기가 이렇게 많은 건데, 어? 진짜 그 인간하고 아무 사이 아닌 거 맞아?"

헛수고인 줄 알면서도 민후는 다시 문에 들러붙어 쫑긋 귀를 기울였다.

벌컥.

그 순간 벌컥 하고 방문이 열렸다.

"으앗."

앞으로 쏠려 있던 민후의 몸이 순간 균형을 잃고 이진의 방 안으로 곤두박질쳤다.

"뭐 하세요, 지금?"

그리고 그런 민후를 이진이 한심하다는 듯 위에서 내려다보고 있었다.

"야, 그렇게 갑자기 열면 어떡해?"

아무 일도 아니라는 듯 발딱 일어나기는 했지만 민후는 제가 생각해도 제 꼴이 한심했다. 그런데 이진이 절 이렇게 만들었다. 세상천지 오만 유치한 얘기는 다 하게 하고 생전 어떤 여자에게도 해보지 않은 질투도 하게 만들었다. 저 조그만 여자가. 저 깜찍하고 사악한 배신녀가. 그렇게 사랑했던 기억을 잃어버린 것도 배신이라면 배신인 거지.

"열라면서요."

저는 이렇게 만들어놓고 이진은 내내 저런 얼굴이었다. '그게 저랑 무슨 상관인데요?' 그런 표정 말이다. 누구 약이 올라 미쳐버리게.

"이씨. 그러게 누가 내 집에서 문 잠그고 외간 남자랑 전화하랬어?"

"하, 외간 남자래. 어디 조선 시대에서 오셨어요?"

그리고 이젠 아예 저렇게 대놓고 저를 비웃기까지 했다.

"이게 진짜. 너, 그 자식이랑 아무 사이 아닌 거 맞아?"

"아니라고요."

"아닌데 왜 전화질이야. 대체 너 몇 분이나 통화했는지 알아?"

"몰라요. 강민후 씨는 친구랑 통화할 때 시간 재가면서 통화하세요?"

콩.

원래가 더 많이 사랑하는 사람이 지는 법이라고 했다. 이 빌어먹을 사랑이란 게. 산에서는 한 번도 이렇게 이진에게 말로 밀린 적이 없었는데. 역전도 이런 역전이 없었다. 도저히 말로는 이진을 이길 수 없을 것 같으니 민후의 손이 대신 날아갔다. 산에서 하던 그 버릇 그대로.

"아이씨, 왜 때려요. 강민후 씨 은근히 폭력적인 거 알아요?"

이번 건 감정이 실려서 제법 아팠던 모양이었다. 꿀밤을 맞은 이마를 손바닥으로 누르며 이진이 저를 노려봤다. 민후는 이제야 분이 좀 풀리는 기분이었다.

"그러게 왜 까불어, 까불길."

"누가 까불었다고 그래요?"

"까불었지. 앞으로 그 자식이랑 통화할 거면 내 앞에서 해. 어디 유부녀가 겁도 없이 문까지 잠그고 말이야."

"이씨, 이런 게 어디 있어? 이 집엔 사생활도 없어요?"

"사생활이 어디 있어, 부부 사이에."

약이 올라서 새빨개지는 이진의 얼굴이 이렇게 반가울 수가. 산에서는 늘 저런 모습이었는데.

'그런 네가 얼마나 그리운지 아니, 이진아? 빨리 돌아와라, 빨리 기억 좀 찾아. 내 속 좀 그만 태우라고. 너랑 하고 싶어, 하고 싶어 미치겠다고.'

이진을 찾아 헤매던 지난 2개월 동안은 아침마다 불끈불끈 솟아오르던 그것마저 휴업을 하더니 이진을 찾아내자 아닌 게 아니라 온몸이 아플 지경으로 민후는 이진이 안고 싶었다. 만지고 싶었다.

"이씨, 이런 게 무슨 부부야."

어지간히 약이 오르는지 이진이 온몸을 비틀어대며 성질을 부리고 있었다.

"강민후 씨, 말해보라고요. 이런 게 어디 있냐고요?"

그런 민후의 몸 사정도 모르고 말이다. 민후의 속을 이렇게 태우는 죄, 꿀밤 한 대로 이게 끝날 일이냐?

콩.

"하, 진짜. 왜 자꾸 때려요. 아프다고요. 신고해버릴 거야. 폭력 남편으로."

"훗, 경찰서에 전화해서 뭐라 그럴 건데? 남편한테 꿀밤을 두 대나 맞았어요, 그러게?"

"하이씨."

이진이 또 몸을 비틀어댄다.

"그러게 왜 까불어. 너 나이가 대체 몇 살이야? 내가 오빠라고 하랬지. 내가 너보다 몇 살이나 많은데 꼬박꼬박 강민후 씨야, 강민후 씨가."

"이젠 하다하다 나이 가지고 뭐라 그래. 강민후 씨니까 강민후 씨죠."

콩.

"하이씨."

"오빠. 오빠라고 해. 민후 오빠."

"싫어요, 싫다고요."

"강민후 씨라고 하기만 해봐."

"하면 어쩔 건데요?"

"확 뽀뽀해버릴 거야."

이거라도 제발 먹혔으면 좋겠다. 이렇게라도 네 그 맛있는 입술을 다시 맛보고 싶어서 나는 지금 안달이 났다고, 이진아.

"뭐, 뭐, 이런, 정말 유치한 거 알아요?"

말은 그렇게 하면서도 이진이 산에서처럼 작은 손으로 제 입술을 가리며 뒷걸음질을 했다. 벌써 몇 번째의 데자뷔인가? 하긴 우린 지금 두 번째 사랑을 시작하고 있으니까.

"그러게 오빠라고 하면 될 거 아니야."

"아, 싫다고요."

"오빠라고 부르기가 정말 그렇게 싫어?"

"네. 싫어요. 죽어도 싫어요."

"그럼 자기라고 해. 아님 주인님? 남편님?"

"우웩."

콩.

"이씨."

"나 강씨야. 넌 알고 보니 윤씨였고."

"아, 진짜."

"그만 열 내고 나와. 차 마시게."

안 마시겠다고 버티는 이진을 강제로 끌다시피 데리고 나와 민후는 주방으로 왔다. 그리고 아침에 이진이 깨기 전에 씻어놓은 생강과 대추를 티포트에 넣고 끓이고 있는 중이었다.

"산에서 죄다 챙겨오길 잘한 것 같아."

"……."

"어젯밤에 너 그냥 물만 준 게 마음에 걸려서 찾아봤더니 임산부한테는 생강차가 좋다더라. 잘됐지, 뭐. 딱 마침 생강도 내가 직접 기른 무공해 생강이고."

"……."

수다스러운 새댁처럼 민후는 자꾸 주절대고 있었다. 하지만 이진은 아직도 부은 게 풀리지 않았는지 입술을 뽀로통 내밀고는 내내 묵묵부답이었다. 하지만 뭐, 그런 이진을 보는 것도 민후는 즐거웠다. 저렇게 뽀로통하게 입술을 내미는 걸 민후가 얼마나 좋아했는지 이진은 모를 것이다.

'빨리 강민후라고 불러, 이진아.'

쓰리 아웃도 필요 없었다. 그렇게 참고 있을 인내심이 지금 민후는 없으니까. 걸리기만 해봐.

'난 미리 경고했으니까.'

그러니까 강제로 하는 건 아닌 거야.

피식.

"아까부터 대체 뭐가 그렇게 웃겨요?"

"내가? 웃었어?"

그래, 이제야 나는 웃음이 난다, 이진아. 웃을 수 있어. 네가 내 앞에 그렇게 앉아 있으니까. 그리고 우린 이제 다시 사랑하게 될 테니까. 나는 조금만 더 인내심을 가지고 널 기다리면 되는 건데. 그게 그렇게 쉽지만은 않다.

"뭐야, 자기가 웃었는지도 모른대."

앗, 아깝……. 웬 자기야 자기가. 강민후. 강민후우!

"하, 다 된 것 같다."

어느새 보글보글 끓고 있는 티포트의 전원을 끄고 민후가 찻잔에 잘 우려진 차를 쪼르르 따르기 시작했다.

"생강차 마시기에는 찻잔이 너무 고급인 거 아니에요?"

"그런가?"

하긴 산에서라면 울퉁불퉁 못생긴 머그잔에 대충 따라 마셨을 텐데 말이다. 문득 민후는 산골의 그 집이 그리웠다.

"직접 고른 거예요?"

"뭐가?"

산골 집을 떠올리느라 잠시 이진의 말을 놓친 민후였다.

"찻잔 말이에요. 예뻐서요."

"아니, 선물 받은 거."

예쁜가? 민후는 도통 이런 것에는 관심이 없는 편이었다. 이것도 주련이 스코틀랜드에 여행을 다녀온 후 자기 명가에서 직접 구입한 거라며 생색에 생색을 내며 줬었지만 민후는 받으면서도 그저 시큰둥했던 기억이 났다. 그래도 이진이 예쁘다니 예뻐 보이기는 하네.

"작업실 가서 마시자."

"작업실요?"

"응, 아직 안 봤잖아. 가, 거기 소파도 있어."

'작업실? 강민후의 작업실?'

이진은 다른 곳은 몰라도 민후의 작업실이 어떤지는 궁금했다. 대한민국 사람이라면 누구나 따라 부르는 강민후의 대표곡들이 만들어진 곳. 강민후의 인간성에 상처받기 전 저도 그렇게 열광하며 따라 불렀던 그 대단한 곡들이 만들어진 곳이란 말이지?

"따라와. 차는 내가 가지고 갈 테니까."

찻잔만큼이나 예쁜 원목 트레이에 김이 모락모락 올라오는 생강차 두 잔이 나란히 올려졌다. 그리고 민후가 세상 행복한 얼굴로 이진에게 고개를 까딱했다. 따라오라는 듯.

"작업실은 일부러 내 방 맞은편에 만들었어. 자다가도 생각나면 바로 달려가야 하니까."

별말 아닌데도 그 말이 굉장히 프로페셔널하게 들렸다. 그 말만으로도 강민후의 삶에서 음악이 얼마나 중요한 위치를 차지하고 있는지 가늠할 수 있었다.

딸깍.

"와아."

이진이 간밤에 잤던 방과 크게 다르지 않은 평범한 방문을 열고 들어가니 그곳은 신세계였다. 이진의 입에서 저도 모르게 감탄사가 터져 나왔다. 작업실은커녕 겨우 발 뻗고 누우면 끝인 제 방과 그 끝에 딸린 싱크대와 욕실이 이진이 거주하는 원룸 공간의 전부였다. 그러니 이곳은 이진에게 신세계가 아니라 천국이라고 해도 과장이 아니었다.

"와, 모니터가 대체 몇 개야?"

하나, 둘……. 책상 위에 놓인 노트북 모니터까지 총 다섯 개. 거기에 베릴리움 트위터 특유의 고역의 화사함과 정확한 정위감을 자랑한다는 포컬 스피커가 위용도 당당하게 나란히 펼쳐놓은 두 개의 모니터 양옆을 무슨 스핑크스마냥 지키고 있었다.

"뭐 해, 앉아 어서. 차 식기 전에 마셔야지."

민후가 트레이를 들고 작업실 한편에 놓인 푹신해 보이는 소파로 걸어갔다. 하지만 지금 그깟 차가 문제냐고?

"피아노도 두 대나. 와, 마이크도 있네요. 여기서 녹음도 하세요?"

"가이드 정도는 녹음해."

"멋지다."

진심에서 하는 말이었다. 이런 작업실에서 작업을 하면 저도 엄청 대단한 곡을 만들어낼 수 있을 것 같은 착각마저 들 지경이었다.

"야, 그만 보고 와서 차 마시라고. 일부러 너 마시라고 생강차 끓인 거잖아."

"알았어요, 알았다고요. 왜 그렇게 자꾸 보채요, 남자가?"

2단으로 된 디지털 피아노에 꽂힌 시선을 아쉽게 돌리며 이진이 성가시다는 듯 흘겨보며 민후의 곁으로 다가갔다.

"훗, 뭐?"

"그렇잖아요. 아기도 아니고 자꾸 조르지 좀 마요."

"아쭈."

"왜요? 또 폭력 행사하시려고요?"

"훗. 그래, 까불 수 있을 때 까불어라. 나중에 내가 그대로 돌려줄 테니까."

"치, 돌려주기는 뭘 돌려줘."

습관처럼 입술을 삐죽이며 이진이 민후의 곁에 앉았다. 보기에도 푹신해 보일 것 같았던 소파는 진짜 푹신했다. 엉덩이에 닿는 감촉이 세상에 와, 이런 소파가 있었다니 싶을 정도였다.

"와우."

"뭐가 또?"

"이 소파는 어디서 산 거예요? 엄청 푹신하다."

"이태리에서 바로 물 건너온 거야."

네, 네. 그렇겠죠. 손만 대면 이 집 물건은 죄다 물 건너온 거니까.

"국민 가수가 애국자는 아니었군요?"

"푸흡, 아이씨. 야, 웃기지 마."

이진의 말에 푸흡 하고 웃음이 터져 민후가 마시던 생강차를 뿜어냈다.

"뭐가 웃겨요? 돈 자랑도 아니고 죄다 수입이야. 반성 좀 합시다, 우리."

그냥 배가 아파서 한 소리였다. 저라고 뭐 대단한 애국자였나? 아니, 하긴 저야 돈이 없으니 비자발적 애국자긴 애국자였다. 작은 원룸에 국산 아닌 게 없었으니. 아, 아니다. 죄다 중국산이었나? 이런 젠장. 이진이 심란한 얼굴로 생강차를 한 모금 마셨다.

"어때?"

"뭐가요?"

"차 맛?"

"생강 맛이랑 대추 맛이 나요."

"그걸 누가 몰라? 그래서 어떠냐고?"

"생강 맛이랑 대추 맛이 나서 생강 맛이랑 대추 맛이 난다고 했는데 뭐가 잘못……."

"까불래?"

"좋아요. 맛있어요."

저 성질에 또 꿀밤이 날아올 타이밍인 것 같아 이진은 얼른 민후가 듣고 싶어 하는 말을 해줬다. 그리고 뭐, 차 맛도 나쁘지는 않았다.

"임산부한테 좋다니까 천천히 마셔."

그러더니 민후가 성큼성큼 피아노 앞으로 걸어갔다.

"태교 음악 같은 것도 들어야 한다며? 좋겠다, 우리 아기는. 아빠가 완전 유명한 작곡가라 라이브로 들을 수도 있거든."

뭐, 우리 아기? 당신이랑 내 아기? 그래서 우리 아기? 이진은 순간 기분이 이상해졌다. 뭔가 정말 강민후랑 하나로 묶여버린 느낌. 말도 안 되는 헛소리에 정신이 번쩍 들어야 맞는데 왜 싫지가 않은 거지? 왜 이제야 온전하게 채워진 느낌이냐고?

'아가야, 엄마, 정신 차리라고 말 좀 해줘. 아빠한테 속지 말라고. 너한텐 미안한 얘기지만 네 아빠가 보이는 것만큼 그렇게 좋은 사람은 아니거든.'

따라라따라라 딴따라라딴따…….

그리고 그 순간 거짓말처럼 아름다운 음악이 민후의 작업실을 채웠다. 피아노 소리에 빨려들어 가듯 이진의 고개가 민후에게로 향했다.

'젠장.'

이건 반칙이잖아. 언제부터 썼는지 제법 손때가 묻은 피아노 앞에 민후가 앉아 있었다. 화려한 메이컵을 하고 번쩍이는 조명 아래서 노래하던 강민후보다, 어제 오후 갑자기 제가 일하는 편의점에 나타나 제 옆을 내내 맴돌고 있는 그 낯선 강민후보다 지금 피아노 앞에 앉아 있는 강민후가 가장 멋있고 자연스러워 보였다. 피아노와 온전히 하나가 된 느낌이랄까.

'아가야, 네 아빠 너무 멋있다. 그지?'

인정할 수밖에 없는 제 본심에 이진도 당황했다. 대체 어쩌자고 이러는 건지.

따라라따라라 딴따라라딴따…….

너무나 평화로웠다. 게으름이 허락되는 나른한 오후의 자투리 시간처럼. 맑고 따뜻한 햇살을 받으며 시골집 뜨락에 앉아 넓게 편 돗자리 위에서 잘 말려지고 있는 태양초를 바라보고 있는 기분이었다. 어젯밤 기자들에게 쫓겨 도망치던 그 순간부터 낯선 민후의 집에서 내내 곤두서 있던 이진의 신경을 한순간에 나른하게 풀어 주는 음악이었다.

"어때, 괜찮아?"

"괜찮은 정도가 아니에요."

"그렇게 순순히?"

"나도 음악 하는 사람이에요. 음악 가지고 장난을 할 수는 없죠."

"오오."

설마 지금 비웃는 거니? 하지만 그렇게 날 선 신경으로 따져 물을 수도 없었다. 아직도 들리고 있는 민후의 피아노 소리에 이진의 신경이 흐느적 무뎌진 탓이었다.

"혹시 이거 직접 만드신 곡이에요?"

"당연하지."

"와, 대박. 듣고 있으니까 기분이 너무 좋아져요."

그랬다. 아무리 강민후가 싫어도 강민후가 만든 음악까지 부정할 수는 없었다. 강민후가 만드는 음악은 어쨌든 최고였다. 진짜였고.

"이 곡 가사도 있어."

"와, 정말요? 불러줄 수 있어요?"

"원한다면."

"원해요, 완전 원해요."

"날 좀 그렇게 원해주면 안 되겠니?"

"노래나 빨리 불러요."

"자꾸 그렇게 야박하게 굴래?"

"노래!"

민후가 노래를 불렀다. 예전 그 일이 있기 전 이진이 그렇게 좋아하던 그 꿀 보이스로. 가사도 너무 예뻤다. 연주를 들었을 때 제가 느꼈던 그 느낌 그대로였다. 사랑에 빠진 누군가의 너무나 행복한 시간이 가사에서 고스란히 느껴졌다.

"……you're my hero, you're my love, forever."

짝짝짝짝. 짝짝짝.

저절로 박수가 터지는 멜로디였고 가사였다. 이런 걸 두고 완벽하다고 하는 거지?

"가사도 너무 좋은데요? 가사도 물론 직접 쓰신 거겠네요?"

"아니."

"그럼요? 유명한 분이에요? 이름만 들으면 아는?"

"뭐, 적어도 너랑 나는 아는 사람이야."

"누군데요? 네? 누구 가사예요?"

"윤이진."

"네? 네에?"

무슨 미친 소리냐는 듯 이진이 소파에서 벌떡 일어났다.

"맞아. 네가 쓴 가사야. 산에서. 어때? 곡에 붙여서 부르니까 제법 괜찮지?"

좋은 정도가 아니었다. 놀란 이진의 가슴이 벌렁벌렁거릴 만큼.

"진짜예요? 진짜 제가 썼어요?"

이진이 성큼성큼 민후의 곁으로 걸어갔다.

"보여줘? 네가 쓴 메모지도 그대로 가지고 있어."

"어디 봐요."

피아노에서 일어난 민후가 뒤적뒤적 책상 서랍을 뒤지더니 고이 접은 메모지 한 장을 꺼내 보여줬다. 맞았다. 이진의 필체였다. 보면 딱 아니까. 제 글씨가 맞았다.

"정말 내 글씨네."

흥분한 이진이 메모지를 더 자세히 보겠다는 듯 다시 활짝 펼쳤다.

"야, 그러다 찢어지겠다. 이리 줘. 내 거야."

"아, 그런 게 어디 있어요. 내가 쓴 거라면서요."

"쓰긴 네가 썼어도 나 줬으니까 내 거지."

"뭐야. 쓴 사람이 임자지. 줘요. 달라고요. 이리 줘요, 강민후 씨."

185센티보다 큰 키의 남자가 놀리듯 팔을 위로 뻗어 메모지를 흔들어댔다. 이진은 그걸 또 잡겠다고 펄쩍펄쩍 뛰어대고 있었고 그리고 민후는 이 순간이 너무 즐거웠다. 윤이진이 방금 뭐랬는지 들었으니까.

"아, 달라고요."

이진이 다시 펄쩍 뛰어올랐다. 그러나 이번에는 방바닥에 다시 내려서지 못했다. 허공에서 낚인 이진의 작은 몸이 그대로 위로 안겨 올려졌다.

"강민후라고 내가 부르지 말랬잖아."

민후는 마냥 행복해 보였다. 저를 보며 환하게 웃는 민후의 미소가 너무 예뻤다. 그리고 이내 그 예쁜 미소를 머금은 입술이 내려와서 이진의 작은 입술 위로 포개졌다.

11장. 버티지 마.
더 이상 피하지 말라고

어쩌다 이런 자세까지 돼버렸을까? 이진의 다리가 어느새 민후의 탄탄한 허리에 감겨 있었다. 이진은 민후의 입술에 포개진 제 입술을 뗄 수도 민후의 가슴을 밀어낼 수도 없었다. 더 솔직히는 떼고 싶지도 밀어내고 싶지도 않았다. 그저 미친 듯이 쿵쿵거리는 제 심장 소리가 민후의 귀에 들릴까 봐 그것만이 신경 쓰일 뿐이었다.

춥춥. 하아.

처음엔 부드럽게 포개진 민후의 입에서 어느새 거친 숨결이 뱉어지기 시작했다.

"네 입술이 얼마나 맛있는지 넌 모르지?"

길게 뺀 민후의 혀가 애태우듯 이진의 입술을 핥아 올렸다.

"얼마나 달콤한지도."

민후는 뾰족하게 혀끝을 내밀고 몇 번이나 이진의 입술을 파고

들려고 했다. 하지만 간신히 부여잡고 있는 이진의 이성이 쉬이 출입을 허락하지 않았다.

"입 벌려, 이진아. 다 기억나게 해줄 테니까. 네가 이걸 얼마나 좋아했는지."

욕실에서처럼 민후의 손등이 유혹하듯 이진의 뺨을 쓸어 내렸다. 보잘것없는 이진의 이성을 비웃기라도 하듯, 민후의 눈빛에 일렁이는 뜨거운 열기에 홀리기라도 하듯 이진의 입술이 그렇게 주인을 배신하고 벌어졌다.

"흡."

벌어진 그 조그만 틈사이로 열기가 가득한 민후의 혀가 단숨에 파고들었다. 무섭도록 거칠고 맹렬하게.

츕츕.

그리고 순식간에 이진의 혀를 낚아 올려 혀뿌리를 뽑을 기세로 이진의 작은 혀를 빨고 또 빨았다.

"하아."

밀어내야 하는데. 이 남자를 밀어내야 하는데. 이진은 도리어 매달리고 있었다. 제 작은 혀를 감고 미친 듯이 빨아대는 이 남자의 혀를 놓치고 싶지 않았다. 아니, 이런 걸 어떻게 배웠을까? 이진의 혀가 제 마음대로 움직이고 있었다. 민후의 혀와 익숙한 듯 얽히고 능숙하게 혀를 놀렸다.

꿀꺽.

입 안 가득 서로의 타액이 섞여 꿀꺽꿀꺽 목구멍을 타고 넘어가고 있었다. 그런데도 두 사람은 서로의 입술을 놓아주지 않았다. 마치 다시 헤어질까 두려운 사람들처럼. 다시는 놓아주지 않겠다는 듯 그렇게 집요하게 서로의 혀를 얽고 빨아들였다.

"하아, 하아."

거친 숨을 몰아쉬며 민후가 피아노 옆 모니터가 올려져 있는 책상 위로 이진을 내려놓았다.

촉.

이진의 긴 머리를 빗듯이 넘겨주며 타액이 촉촉하게 묻은 민후의 입술이 이진의 동그랗고 예쁜 이마 위로 내려앉았다. 그리고 이진의 얼굴을 두 손으로 감싼 민후가 열기가 가득한 눈으로 이진을 내려다봤다.

"이진아, 윤이진."

다정하게 눈을 맞추며 민후가 속삭이듯 이진의 이름을 불렀다. 열에 들뜬 민후의 목소리가 마치 마법사의 주문처럼 이진의 피를 끓게 했다.

"널 다시 못 볼까 봐 내가 얼마나 두려웠는지 아니?"

이 순간 모든 것이 진실 같았고 모든 것이 진심 같았다. 오래전 민후와의 악연 따위는 잃어버린 기억과 함께 사라져버린 듯 저를 저렇게 갈망하는 민후의 눈빛만 보였고 주문처럼 제 이름을 부르는 민후의 애틋한 목소리만 들렸다. 그리고 미처 깨닫기도 전에 이진의 손가락이 민후의 입술을 만지고 있었다.

"이진아."

목이 멘 소리가 나왔다. 민후의 입에서. 그리고 벌어진 민후의 입술 사이로 빨려들어 간 이진의 손가락들이 뜨겁게 열이 오른 민후의 혀에 감기고 있었다. 그리고 민후가 유혹하듯 이진의 손가락 마디마디를 핥고 빨았다.

"미칠 것 같아, 이진아. 널 가지고 싶어서. 하고 싶어, 이진아."

경고음이 들리는 것 같았다. 위험을 감지하기라도 한 듯 이진의 손가락이 민후의 입에서 미끄러지듯 빠져나왔다. 그리고 이진은 민후의 절절한 눈빛을 피해 애써 고개를 외로 돌렸다. 하지만 이진의 턱을 잡은 민후의 손이 이내 이진의 고개를 제 쪽으로 돌려놓았다.

"버티지 마. 더 이상 피하지 말라고."

초라하게 남아 있는 이진의 이성이 아니라고, 안 된다고 맥없이 고개를 저어대고 있었다.

흡.

그러자 이진의 목덜미를 휘어잡은 민후가 거칠게 이진의 입술을 파고들었다. 그딴 씨도 안 먹힐 거짓말 따위 하지도 말라는 듯. 또 한 차례의 폭풍이, 광풍이 이진의 입 안을 휘몰아쳤다. 서로 얽힌 두 혀가 또다시 미친 듯 서로를 갈망했다.

"이러고도 아니야? 이러고도 안 된다고?"

참을성을 잃은 민후의 손이 이진의 셔츠를 헤집고 들어왔다. 그리고 예민한 이진의 가슴을 움켜쥐고는 소유권을 주장하듯 비틀어댔다.

딸깍.

그러나 아이러니하게도 민후가 이진의 가슴을 쥐고 비틀자 마치 토글스위치가 딸깍하고 모드를 바꾸듯 다 사그라들었던 이진의 이성이 고개를 빳빳이 쳐들기 시작했다.

"하, 하지 마. 하지 말라고요."

마음과 몸이 서로 다른 주인의 말을 듣는 것처럼 울먹이는 이진의 목소리에서도 갈등이 느껴졌다. 하지만 이진은 끝내 민후를 밀쳐냈다. 책상에서 내려서 달아나듯 자리를 피하던 이진의 손목을 민후가 다급하게 붙잡았다.

"이진아, 제발. 너도 느끼잖아. 너도 좋은 거잖아."

민후의 목소리에서 절망감과 조바심이 느껴졌다.

"아니에요, 나는. 당신하고 이러기 싫어요."

하지만 온전히 이성이 깨어버린 이진의 목소리는 차갑기만 했다.

탕.

그리고 잡힌 손을 뿌리치고 이진은 그렇게 작업실을 도망치듯 나가버렸다.

"거짓말."

온몸으로 저를 원해놓고. 그래 놓고. 민후는 절망했다. 저렇게 온몸이 저를 기억하면서. 손만 대도 파르르 떨면서.

"왜 아니라고 하는데, 왜? 정말 모르겠어? 네가 날 얼마나 원하는지 넌 정말 모르겠니?"

도대체가 알 수 없는 일이었다. 저렇게 원하면서도 이진이 저를 거부하는 이유를.

"하아."

그 와중에도 한껏 기대에 부풀어 오른 아랫도리가 풀어내지 못한 욕구로 욱신거리고 있었다. 긴 한 숨을 내쉬며 민후가 닫힌 문을 답답하고 원망스러운 눈으로 돌아봤다.

'대체 어쩌자고. 어쩌자고 그런 거야?'

달아나듯 제 방으로 뛰어 들어온 이진은 방문을 잠그고 그대로 주저앉았다.

'어쩌자고 그렇게 좋은 거냐고.'

미칠 것처럼 좋았다. 온몸 세포 하나하나까지 강민후를 원했다. 강민후를. 방금 전 민후가 파고들던 입술을 쓸어내리며 이진은 그 황홀했던 감각에 온몸을 떨어야 했다.

'그 사람 강민후야. 강민후랑 어쩌자고 이래.'

강민후가 얼마나 잔인해질 수 있는 인간인지, 얼마나 못 믿을 인간인지 누구보다 잘 알면서. 그런데도 민후가 제 몸에 손을 대기만 하면 자꾸만 열이 올랐다. 자꾸만 피가 끓었다. 그리고 자꾸 더 많은 걸 하고 싶어졌다. 강민후와.

'정우야, 나 정말 미쳤나 봐.'

가슴이 미친 듯이 뛰었다. 이 일을 어떻게 감당해야 할지도 모르겠다. 저 남자는 강민훈데. 대한민국 사람이면 누구나 아는 강민훈데. 백번을 생각해도 이건 아닌데.

안 돼! 강민후와는 안 된다고.

그래, 백번을 고민해도 강민후와 윤이진은 아니었다.

똑똑. 똑똑.

그렇게 얼마나 바닥에 주저앉아 있었는지 모르겠다. 이진은 제 몸과 마음이 따로 노는 이 상황이 여전히 감당이 안 됐고 다시 민후를 어떻게 봐야 할지도 몰랐다. 그런데 노크 소리가 들렸다. 이진은 아직 준비가 안 됐는데. 민후를 다시 볼 마음의 준비가 안 됐는데.

똑똑. 똑똑.

빨리 나오라고 재촉하듯 노크 소리가 다시 들렸다.

삐걱.

하는 수 없이 이진은 문을 열었다. 역시 어색했다. 이진은 민후와 제대로 눈을 마주칠 수도 없었다.

"나와서 점심 준비 안 하고 뭐 해?"

그런데 민후는 아무 일도 없었던 것처럼 굴었다. 그리고 점심 준비라니. 제 기억이 틀리지 않다면 10시가 넘어서 아침을 먹었다. 지금 시간이 12시 30분을 향해 가고 있으니 밥 먹은 지 고작 두 시간 남짓이었다. 그런데 무슨 점심 준비를 또?

"뭘 그렇게 놀라? 점심 준비는 네 담당이잖아."

"밥 먹은 지 얼마나 됐다고……."

"얼마가 됐든 그건 아침이었잖아."

"배 안 고픈데요."

"그래서 나까지 굶길 거야?"

헐. 밥을 굶다의 사전적 의미가 어떻게 되는지 이진은 갑자기 헷갈렸다. 두 시간 지나서 아무것도 안 먹으면 그게 굶는 것이 되는 것인가 말이다.

"알았어요."

하지만 이진은 민후와 긴말을 나누고 싶지 않았다. 차라리 주방에 들어가 적당한 먹을거리를 만들어주는 쪽을 택하고 싶었다.

"뭐 해줘요?"

"뭐든 할 수 있다는 소리야? 내 기억에 그다지 솜씨가 좋은 편은 아니었던 것 같은데."

제장. 대체 저에 대해 어디까지 알고 있는 거지? 순간 억울한 생각도 들었다. 강민후에 대해 제가 아는 건 백 년에 한 번 한국에 나올까 말까 한 천재 뮤지션이라는 사실과 완벽한 미모에 더러운 인간성을 숨기고 있다는 사실 정도인데 강민후는 저에 대해 시시콜콜 모르는 게 없었다. 심지어 이진의 거기가 야하게 생겼다고까지 했었으니까.

"그냥 말해요. 할 수 있는 선에서 최선을 다해볼 테니까."

"뭐, 자세는 나쁘지 않군."

"말하라고요."

"스파게티 어때? 할 수 있겠어?"

"알았어요."

이진은 그저 군말을 하기 싫어 주방으로 향했고 그런 이진의 뒷모습을 민후는 복잡한 시선으로 바라보고 있었다.

'시간이 더 필요한 거야, 너한테는.'

민후는 알 수 없는 이진의 속마음과 풀지 못한 욕구로 인한 답답함을 해소하기 위해 드럼을 두드리고 두드렸다. 그리고 그렇게 결론을 냈다. 제가 급했다고. 당장 눈앞에 있는 이진을 보고 욕구 조절을 못 한 제 잘못이라고. 이진에게는 시간이 더 필요하다고. 그리고 저는 기다릴 수밖에 없다고.

'기다릴게, 이진아. 하지만 너무 오래 기다리게 하지는 마.'

그리고 그제야 이진이 궁금해졌다. 그렇게 작업실을 나가서는 어쩌고 있는 건지. 그래서 배도 안 고픈데 이진을 불러냈다.

달그락달그락.

민후의 주방에 익숙지 않은 이진은 어디서부터 어떻게 손을 대야 할지 난감한 얼굴이었다. 하지만 민후는 한 발짝 떨어져서 지켜볼 생각이었다. 이진이 빨리 제집에 익숙해지길 바랐으니까. 그리고 이 모든 상황을 빨리 받아들이길 바랐으니까.

촤르르 촤르르.

수돗물 소리가 들려도 탁탁탁 도마 소리가 들려도 민후는 애써 주방 쪽에서 시선을 거두었다. 두리번두리번 할 일을 찾던 민후는 베란다 문을 열고 정원으로 걸어 나갔다. 남향인 빌라에는 이 시간 쯤 햇살이 피크였다.

'노란 매미꽃.'

민후는 문득 이진이 좋아했던 노란 매미꽃을 구해야겠다는 생각이 들었다. 산골 그 집 장독대 옆에처럼 예쁜 화단도 만들어주고 싶었다. 깡이도 데려오면 좋겠는데. 급하게 서울로 오면서 깡이를 산 아래 고물상 아저씨에게 맡겨두고 왔었다. 조만간 찾으러 가겠다고 했는데 이렇게 차일피일 미뤄지고 있었다. 이 빌라에서 깡이를 키울 수는 없는 노릇이었으니까.

'집을 옮길……'

또 이런다. 우선은 이진의 기억을 되찾는 게 급하다는 걸 아는데. 자꾸만 조급해지는 제 마음을 민후는 이렇게 다스리기 힘들었다. 여차하면 훌쩍 시간만 지나갈 것 같았고 끝내 이진의 마음도 못 잡고 다시 놓쳐버릴 것 같은 불안감이 민후를 점점 조급하게 만들었다.

'진정해. 이제 겨우 하루 지났을 뿐이라고.'

거실 통창 문 너머 멀리 이진이 보였다. 넓은 주방을 요리조리 옮겨 다니며 점심 준비를 하고 있는 이진을 바라보며 민후는 애써 조급해지려는 마음을 눌렀다.

촤르르 촤르르.

그리고 민후는 정원의 나무들에게 물을 주기 시작했다. 그리고 못생긴 나뭇가지도 잘라주고 빗물에 팬 흙도 채워주었다.

드르륵.

"다 됐어요. 오세요."

그리고 얼마 뒤 이진이 저를 불렀다. 밥을 먹으라고. 오늘은 딱 이만큼의 행복에 만족해야지. 윤이진이 제집 주방에서 요리를 만들어 저를 불러주는 것까지. 그리고 하루하루 조금씩 이진과 행복한 일들을 만들어 나가야지. 민후는 그렇게 급해지려는 제 마음을 다독이며 거실 안으로 들어섰다.

"좋아, 윤이진의 최선이 어느 정도인지 보자고."

주방으로 걸어가며 민후는 애써 가벼운 농담조로 말을 던졌다. 둘 사이에 아직도 남아 있는 어색한 분위기를 어떻게든 풀고 싶었으니까.

"드세요."

하지만 이진은 쉽게 풀어줄 생각이 없는 모양이었다. 식탁 위에는 달랑 스파게티 한 접시만 놓여 있었다.

"뭐야. 나 혼자 먹으라고."

"네. 배 안 고프다고 했잖아요."

"야, 그래도 조금은 먹어야지. 너 임산부야. 먹기 싫어도 아기 생각해서라도 조금 먹어."

"됐어요. 진짜 배가 안 고파서 그래요. 드시고 그릇은 두세요. 나와서 제가 치울 테니까."

할 일도 다 했고 할 말도 다 했다는 듯 이진이 방으로 들어가려고 했다.

"그럼, 앉아서 나 먹는 거라도 봐. 말했잖아. 혼자 먹는 거 싫어."

"강민후 씨가 애예요?"

저도 모르게 민후의 이름을 말했다가 이진이 움찔 놀란다. 짧은 순간 이진과 민후 둘 사이에 또다시 어색한 긴장감이 파고들었다.

"드세요."

긴장감을 못 이기고 이진이 먼저 입을 열었다. 그리고 민후만 남겨두고 제 방으로 들어가려 했다.

"이진아."

그런 이진의 손목을 민후가 낚아채듯 붙잡았다.

"아무 짓도 안 할게. 네가 허락할 때까지는 아무 짓도 안 할 테니까 그냥 앉아."

"……."

"약속할게. 아무 짓도 안 하겠다고."

"다시는 내 몸에 손대지 않는다고 약속해줘요."

너도 좋아했잖아. 그 말이 민후의 목까지 차올랐다. 하지만 민후는 애써 그 말을 삼켰다.

"손 안 댈게. 안 댈 테니까 앉아서 같이만 있어줘. 얘기만 하자."

"하아, 좋아요. 무슨 얘길 할까요? 무슨 얘기가 하고 싶은데요?"

아무 얘기라도 좋아. 아무 얘기라도 좋으니까 산골에서처럼 온종일 내 앞에서, 내 옆에서 종달새처럼 종알거리는 널 다시 보고싶어. 소꿉장난 같았던 일상을 너와 다시 공유하고 싶다고.

"네 얘기. 네 얘길 해봐."

"무슨 얘기요?"

"아무 얘기나."

"궁금한 걸 물으세요. 손도 안 대고 코 풀 생각이세요?"

"뭐?"

훗, 성질은. 저렇게 발끈하는 걸 보니 이제 좀 풀린 모양이었다. 이진이 말랑말랑 순둥이였으면 재미가 없었을 것이다. 산골에서도 그랬다. 지기 싫어하고 바락바락 대들기도 잘했다. 그래서 이진이 좋아졌었다. 물론 예쁜 가슴과 맛있는 저 입술이 저를 자극한 건 부인할 수 없는 사실이었지만 말이다.

"주 장르가 뭐야? 발라드? 알앤비? 무슨 곡을 주로 써?"

"……."

"응? 뭐냐니까? 음원 등록된 거 있으면 알려줘. 한번 들어보게."

"싫어요."

"뭐가?"

"당신한테 내 곡 들려주기 싫다고요."

뭐지? 이진은 자꾸 사람을 놀래켰다. 그것도 늘 이렇게 예상치 못한 포인트에서. 웬만한 작곡가 지망생들이나 초보 작곡가들은 제게 곡을 못 들려줘서 안달들이었다. 그런데 기회를 줘도 싫다니 말이다.

"왜?"

"싫은 데 이유가 꼭 있어야 해요?"

"내가 들어봐 주겠다는데도 싫어? 나 강민후야."

"당신이 강민후라서 싫은 거예요."

"뭐?"

이진의 말을 이해하기 힘들었다. 저라서 싫다니? 그런데 그 순간 민후는 이진의 얼굴에서 상처 비슷한 걸 봤다.

'뭐지?'

이상한 기분이 들었다. 제가 싫다던 이진의 말이 그저 취향의 문제겠거니 했었다. 세상 모든 사람이 저를 좋아할 수 없다는 것쯤은 민후도 아니까. 하지만 방금 전 상처 입은 듯한 이진의 그 표정을 봤을 때 어쩌면 저를 싫어하게 된 다른 이유가 있는 게 아닐까 하는 생각이 들기 시작했다.

"왜 그래?"

"뭐가요?"

"왜 그런 표정이냐고?"

딩동, 딩동.

하던 이야기를 마쳐야 하는데, 그래서 대체 뭐가 문제인지 알아내야겠는데 불청객이 찾아들었다.

딩동, 딩동.

"안 나가보세요?"

"음……."

대화를 채 끝맺지 못한 찜찜함을 표정에 고스란히 드러내며 민후가 들고 있던 젓가락을 내려놓았다. 그리고 식탁에서 일어나 현관으로 걸어갔다.

삐이.

현관 카메라에 잡힌 얼굴을 확인하고 민후는 바로 문을 열어주었다. 그리고 곧이어 양손 가득 뭘 잔뜩 들고 박 실장이 들어왔다.

"대체 이런 건 왜 구해달라는 거야? 마트에 먹을거리가 얼마나 많은데 촌놈처럼 시래기가 웬 말이냐고. 구해달라는 것마다 이렇다고 철민이 자식이 아주 죽으려고 해."

박 실장은 현관에 들어서면서부터 불만을 쏟아냈다.

"왔어?"

하지만 이런 일에 익숙한지 민후는 크게 개의치 않는 모습이었다. 그리고 그저 가벼운 손 인사로 박 실장을 반겼다.

"김 실장한테 이진 씨 옷도 부탁했다며? 당장 입을 것만 가지가지 챙긴 것 같더라."

"이게 다야?"

박 실장에게 건네받은 옷가방들을 들여다보며 민후가 양에 안차는지 볼멘소리를 했다.

"김 실장은 노냐? 걔도 요즘 바빠. 시간 되는 대로 더 준비해서 보낸대."

"오셨어요?"

식탁에서 일어난 이진이 박 실장에게 수줍게 인사를 건넸다.

"네. 잘 지내셨어요? 이 자식이 힘들게 하지는 않죠?"

"......"

이진이 대답 대신 맥없이 웃어 보였다.

"뭐야? 너 이진 씨 힘들게 해?"

"무슨 소리야. 쟤 때문에 내가 더 힘들어."

억울하다는 표정을 지으며 민후가 식탁으로 돌아와 앉았다.

"식사하시고 오셨어요? 안 하셨으면 이거라도 좀 드실래요? 좀 남았는데?"

그냥 뻘쭘히 서 있기도 뭣했는지 이진이 박 실장에게 스파게티를 권했다.

"아, 있어요? 그럼 저도 한 젓가락 거들까요?"

넉살도 좋게 박 실장이 식탁으로 와서 앉았다.

"네."

저러니까 제법 안주인 같았다. 이진이 저 대신 박 실장을 챙기는 모습이 민후는 내심 흡족했다. 남은 스파게티를 긁어먹고 있는 민후의 입가가 내심을 못 숨기고 씰룩거리고 있었다.

"뭘 그렇게 웃어?"

"내가? 웃었어?"

"홋. 세상 좋구만. 누군 저 때문에 이리저리 수습하느라 정신이 없구만."

심통이 나는지 박 실장이 볼멘소리를 했다.

"드세요."

그사이 이진이 예쁘게 담아 온 스파게티 한 접시를 박 실장 앞에 내려놓았다.

"잘 먹겠습니다."

"맛은 장담 못 해요."

먹어보고 혹시라도 박 실장이 실망할까 봐 그러는지 이진이 먼저 선수를 쳤다.

"맛있어 보이는데요, 뭐."

"천천히 드시고 그릇은 두세요."

"아, 네."

배가 고팠던지 박 실장이 허겁지겁 스파게티를 입 안으로 퍼 넣었다.

"들어가게?"

"네. 얘기 나누세요."

박 실장이 와 있으니 민후도 이진을 잡지는 못했다.

"그만 봐라. 닳아 없어지겠다."

방으로 들어가는 이진의 뒷모습을 민후가 복잡한 표정으로 바라보고 있었다.

"형."

"왜?"

"내가 예전에 이진이랑 얽힌 적 있었어? 만났다든가 상처를 줬다든가."

"산에서 같이 지냈다며."

"아니, 그 전에 말이야."

"그 전에? 너 사라지기 전에?"

"응."

다 먹은 스파게티 접시를 밀어놓으며 민후가 심각한 얼굴로 박 실장을 바라봤다.

"뭐야? 표정이 왜 그렇게 심각해?"

"이진이가 생각보다 더 심하게 날 거부해. 그냥 단순히 내가 자기 스타일이 아니라서 싫어하는 차원이 아니야. 뭔가 나하고 얽혀서 일이 있었던 모양이야."

"일? 무슨 일?"

"그걸 모르겠으니까 하는 소리 아니야."

민후가 답답하다는 듯 박 실장을 쳐다봤다.

"직접 물어봐."

"물어도 말을 안 해. 미칠 노릇이라고. 이진이 찾으면서 조사한 거 있지? 거기 뭐 특별한 내용 없었어?"

"특별한 거? 글쎄."

"가서 다시 한번 봐봐. 나랑 엮였던 일이라거나 나 때문에 뭐 안 좋은 일 당했던 일이라거나."

"알았어. 뭐, 보는 건 어렵지 않으니까."

민후는 애가 타서 죽겠는데 그런 민후의 속도 모르고 박 실장은 스파게티를 흡입하느라 정신이 없었다. 대답은 건성으로 툭 던지고 남은 스파게티를 아예 접시째 들고 입 안으로 털어 넣기 시작하는 박 실장을 보자 민후는 순각 욱하고 성질이 올라왔다.

"그렇게 건성으로 대답하지 말고. 나 심각하다고."

"알았어. 알았다고."

그 와중에 더 먹었으면 하는 표정을 지으며 주방 쪽을 돌아보는 박 실장을 보자 민후는 더 이상 말할 의욕이 사라졌다.

"근데 철민이 안 보내고 왜 형이 직접 왔어?"

"아 참, 그 얘기 하러 와놓고 내가 이러고 있다."

"뭔데?"

"유 대표가 3개월은 너무 길대. 너 내놓으라고 다들 난리도 아니라서."

"안 돼. 3개월 동안은 여기서 안 나갈 거라고 했잖아."

"알아. 유 대표 말로는 그냥 여론도 달랠 겸 그사이에 디지털 싱글 정도로 한 곡만 먼저 풀재."

내키지는 않았지만 시간을 벌기 위해서는 이것도 나쁜 선택은 아닌 것 같았다.

"좋아. 뭐, 한 곡 정도면 할게."

마지못해 민후는 승낙을 했고 오후 시간은 작업실에서 그렇게 박 실장과 둘이서 선곡 작업을 하느라 시간을 보내야 했다.

한편, 방으로 돌아온 이진은 침대 위에 맥없이 앉아 있었다.

훗.

스물셋, 그 지독했던 첫 만남 이후 지금까지 자그마치 4년 동안이나 개자식이라며 증오하고 살아왔었는데 그런 강민후에게 제 손으로 직접 만든 스파게티까지 차려주고 들어온 자신이 이진은 제가 생각해도 우스웠다.

'우리 집에 가봤다면서? 어땠어? 오늘도 기자들 많아?'

'응. 아까 오다 보니까 편의점 앞에도 좌악 깔렸더라.'

당장이라도 집으로 돌아가고 싶었다. 하지만 어젯밤 저를 쫓아오던 수많은 카메라와 기자들을 떠올리니 돌아가는 것 역시 엄두가 안 나기는 마찬가지였다. 강민후의 여자로 낙인찍혀 평생 사람들의 입방아에 오르며 그들의 눈을 의식하고 살아낼 자신도 없었다.

'그렇게 대책 없이 싫다고만 할 게 아니라는 걸 너도 지금쯤은 알 거 아니야. 기자들을 달리 하이에나에 비유하는 게 아니야. 회사에 수습해달라고는 했지만 언제까지 네 주위를 맴돌지도 모르고. 너 한동안은 정상적인 생활 하기 힘들어. 세 달보다 더 길어질 수도 있지만 최소한으로 잡은 거야.'

세 달도 최소한이라니. 세 달 동안이나 민후와 한집에서 이렇게 지내야 할 것을 생각하니 이진은 또 가슴이 답답해졌다. 강민후의 말을 대체 어디까지 믿어야 할지도 모르겠지만 더 어이없는 건 이제 저 자신도 믿을 수가 없다는 사실이었다. 강민후의 작은 손짓에도 온몸의 신경이 곤두섰다.

'버티지 마. 더 이상 피하지 말라고.'

민후의 말대로 이진은 정말 간신히 버티고 있었다. 민후가 저를 만져주면 저도 민후를 만지고 싶었다. 그 남자의 속이 그 잘생긴 얼굴과 얼마나 다른지 모르지 않는데도. 그런데도 민후를 만지고 민후를 느끼고 싶었다.

'좋아, 윤이진의 최선이 어느 정도인지 보자고.'

그래, 최선. 지금으로서는 더 나은 선택이 없으니 이게 이진에게 는 최선이었다. 이곳에서 3개월을 버티는 것. 그리고 모든 것이 잠잠해지기를 기다리는 것.

'아무 짓도 안 할게. 네가 허락할 때까지는 아무 짓도 안 할 테니까 그냥 앉아.'

그리고 못 믿을 강민후의 그 약속을 믿어보는 것.

"하아."

그렇게 한동안 멍 때리듯 침대에 앉아 있던 이진이 일어섰다. 설거지는 제 당번이라니 제 할 일을 해야 했으니까.

삐걱.

왜 지은 죄도 없이 이 방문을 나설 때면 이렇게 바깥 상황을 살피게 되는지 모르겠다. 빼꼼 고개를 내밀고 주방 쪽을 돌아보니 다행히 두 사람은 보이지 않았다. 아무리 제가 존재감이 없어도 밥까지 차려준 사람에게 박 실장이 인사도 없이 갔을 것 같지는 않았다. 필시 어느 방엔가 둘이 들어가 있는 모양이었다.

'잘됐다. 빨리 해치우자.'

하지만 쪼르르 달려간 주방 식탁에는 씻어야 할 그릇이 보이지 않았다. 달랑 접시 두 개를 또 식기세척기에 넣어버린 모양이었다.

할 일이 없어진 이진은 뻘쭘하게 주위를 둘러봤다. 대체 이 긴긴 시간을 어쩔 것인가 말이다.

'하아.'

하는 수 없이 이진은 뚜벅뚜벅 집 구경을 나섰다. 뭔가 소일거리나 킬링 타임을 할 만한 것을 찾고 싶었다. 일부러 민후의 방과 반대 방향을 향해 가다 보니 반갑게도 책장 가득 책이 꽂혀 있는 서재가 보였다. 그리고 혼자 앉으면 딱 좋을 편안해 보이는 소파도 놓여 있었다.

'잘됐다.'

이진은 책장에 꽂힌 책들을 쭈르륵 눈으로 훑고 그중에서 화성학에 대한 제법 두꺼운 책 한 권을 꺼내들었다. 그리고 볕 좋은 창가에 놓인 일인용 소파에 앉아 읽기 시작했다.

띠리리. 띠리리.

전화벨 소리에 이진은 읽던 책을 뒤집어놓고 뒷주머니의 휴대전화를 꺼내들었다.

"응."

-뭐, 응?

당연히 정우겠거니 했더니 황당하게도 전화를 건 사람은 민후였다.

"어머."

-어머는. 너 지금 대체 어디야? 설마 몰래 도망간 건 아니지?

현관에 버젓이 신발이 있을 텐데 가긴 어딜 갔다는 소린지. 그리고 가면 갔지. 도망은 왜 가? 무슨 죄를 지었다고? 이진이 어이

없는 표정으로 휴대전화를 내려다보며 시간을 확인했다.

'세상에.'

놀랍게도 시간이 벌써 8시를 지나 있었다. 대체 몇 시간을 이러고 앉아 있었단 말인가. 처음 꺼내온 책을 너무 재미있게 읽은 이진은 또 다른 화성학 책과 코드 분석 책을 꺼내와 다시 탐독하기 시작했다. 그렇게 한자리에서 책 세 권을 읽는 동안 시간이 이렇게나 흘러간지도 몰랐었다.

-어디냐고?

이진이 잠시 생각에 잠겨 있는 동안 전화기 너머로 민후가 바락하며 소리를 지르는 게 들렸다.

'성질은.'

못마땅한 표정을 지으며 이진은 전화기를 들고 일어났다.

"왜요, 왜?"

그리고 서재를 나와서 거실로 걸어가니 뭐 마려운 강아지마냥 불안하게 제 방 앞을 서성이고 있는 강민후가 보였다.

'얼굴은 또 왜 저래?'

민후의 얼굴이 겁먹은 듯 하얗게 질려 있었다.

'널 다시 못 볼까 봐 내가 얼마나 두려웠는지 아니?'

문득 작업실에서 민후가 했던 그 말이 떠올랐다.

'산에서 내가 사라졌을 때, 그때도 저런 모습이었을까?'

이진은 이상하게 가슴 한쪽이 저리고 아파왔다.

"뭐야, 왜 거기서 나와?"

그제야 이진을 발견한 민후가 긴 다리로 성큼성큼 다가왔다. 그리고 덥석 이진을 안으려다 순간 얼음처럼 멈췄다. 짐작건대 손을 대지 않겠다던 그 약속이 생각난 모양이었다.

훗.

이진은 왠지 모르게 피식 웃음이 나왔다. 제가 사라져버렸을까
봐 안절부절못하는 강민후의 모습을 보고 왠지 모를 애틋함이 생
겨버렸는지도 모르겠고 제게 손을 대지 않겠다던 그 약속을 어떻
게든 지키려는 노력이 가상해서였는지도 모르겠다.

"박 실장님은요? 가셨어요?"

"아까 벌써 갔지. 난 너 자고 있는 줄 알았어. 그래서 인사하고
가겠다는 것도 말렸는데 거기서 어떻게 나와?"

"책 보고 있었어요. 할 일도 없고 해서."

"아, 책. 뭐 볼 건 있었어?"

"많던데요. 시간 날 때 봐도 되죠?"

"당연하지. 뭘 그런 걸 물어. 근데, 배는 안 고파? 너 점심도 안
먹었잖아."

그러고 보니 그랬다. 아침 10시쯤에 먹은 밥이 전부였으니까.

"배고프지?"

"네."

이진은 순순히 인정했다.

"아, 그럴 줄 알았으면 진즉에 깨우러 들어가보는 건데. 어서 와.
밥 해뒀으니까."

이진이 배가 고프다는 소리에 주방으로 향하는 민후의 발걸음
이 빨라졌다. 그런 민후의 모습을 바라보며 이진은 자꾸 흔들렸다.
그렇게 나쁜 사람은 아닐지도 몰라. 아니, 나쁜 사람이라도 저한테
만 잘하면 되는 거 아니야?

'정신 차려, 윤이진.'

하지만 이내 흔들리는 저를 꾸짖는 목소리가 이진의 내부에서 들려왔다. 저 남자의 사랑을 믿어? 그 사랑이 영원할 거라고?

'정말이야. 나도 나 싫다는 사람 억지로 끼고 살고 싶은 마음 없어. 아무리 내 아이를 가진 여자라 해도.'

그랬었다. 강민후가 그렇게 말했었다. 그러니까 정신을 제발 좀 차려야 했다. 지금 당장의 저런 모습에 흔들릴 일이 아니란 말이다. 강민후의 사랑이란 건 기껏해야 3개월의 노력인 거고. 제 노력이 성과를 못 내면 미련 없이 털어내는 거니까. 아무리 제 아이를 가진 여자라 해도 말이지.

훗.

쓸쓸한 미소를 지으며 이진도 주방으로 따라 들어갔다.

"뭐 도울 것 없어요?"

"없어. 다 해놨으니까 앉아서 먹기만 하면 돼."

돕겠다는 이진을 말리며 민후는 상을 차리기 시작했다. 오늘의 메뉴는 된장국인 모양이었다. 가스레인지에서 식탁으로 옮겨지는 된장국 냄새를 맡자 허기진 이진의 위가 빨리 음식을 넣어달라고 요동을 쳤다. 책에 빠져 몰랐었는데 어지간히 배가 고팠던 모양이었다.

"먹어."

"네."

이번에도 식탁 위에는 시래기를 듬뿍 넣고 끓인 된장국에 능이버섯 밥이 전부였다. 민후가 차려내는 음식들은 늘 이렇게 단출했다. 하지만 그 어떤 진수성찬보다 맛이 좋았다. 그리고 정말 이상하고도 신기한 일이었다. 그렇게 입덧이 심했었는데 민후가 차려준 음식은 괜찮으니 말이다.

"역시 잘 먹네."

허기도 졌었고 맛도 좋았으니 이진이 또 정신을 놓고 밥을 먹고 있었나 보다. 아닌 게 아니라 어느새 밥공기가 거의 다 비어가고 있었다.

"내가 산에서 너 돼지라고 불렀는데. 그것도 기억 안 나지?"

"하, 돼지요? 제가 어딜 봐서 돼지예요?"

"내가 해주는 음식은 뭐든 잘 먹었어. 그래서 더 예뻤어."

지난번에도 그러더니 또 저런다. 밥상 앞에 앉아서 민후는 또 저렇게 저만 쳐다보고 있었다.

"안 드세요?"

"먹어. 난 너 먹는 것만 봐도 배불러."

민후의 말에 이진은 문득 엄마 생각이 났다. 그리고 울컥 치밀어 오르는 감정을 미처 숨기기도 전에 민후에게 들켜버렸다.

"왜 그래?"

"아, 아뇨."

"못 먹겠어?"

"아니, 그게……. 아니, 아니에요."

말을 하니까 더 감정이 올라왔다. 절대 그럴 생각은 아니었는데 눈물이 고였다.

"뭐야, 너 지금 울어? 밥 잘 먹다가 왜 이래? 어디 아파? 아파서 이래? 병원 갈까?"

"아니, 아니라고요. 그냥 엄마가, 엄마가 생각나서……."

"뭐?"

"그러니까 그런 말은 왜 하고 그래요?"

"무슨 말?"

"아니에요. 먹어요, 얼른."

이진은 맺힌 눈물을 서둘러 닦아냈다.

"어머님이⋯⋯?"

그냥 모른 척 넘어가줬으면 좋았을 텐데.

"흑."

이진은 결국 눈물이 터져버렸다. 민후 앞에서 울음을 터트리긴 싫었다. 이진은 달아나듯 식탁을 빠져나왔지만 바로 민후의 손에 잡혔다.

"흑, 놔요. 놔줘요."

"울고 싶으면 울어. 그 대신 내 앞에서 울어. 너 혼자 울게 두지 않을 거야."

흐느껴 우는 이진을 민후는 그냥 두고 볼 수 없었나 보다. 다시는 이진의 몸에 손을 안 대겠다더니 민후가 이진을 제 품으로 당겨 안았다.

"흑흑흑. 왜 이래요, 진짜."

이진은 비키라는 듯 민후를 밀어냈지만 민후는 그런 이진을 더 꼭 안을 뿐이었다.

"엄마가, 엄마가 나 찾겠다고. 나 찾겠다고 나가서. 전단지 돌리러 나갔다가⋯⋯."

민후는 묻지 않았지만 이진은 혼자 서러움이 터져 울먹이듯 엄마 얘기를 쏟아냈다.

"빗속에서 달려오는 차에. 나 때문에 엄마가 죽었어요, 엄마가⋯⋯."

그런 일이 있었는지 몰랐었다. 서럽게 흐느껴 우는 이진을 민후는 어떻게 달래야 할지 알 수 없었다. 엄마 잃은 그 슬픔이 얼마나 클지 모르지 않았다. 그것도 이진을 찾으러 나가셔서 그렇게 되셨다니. 그 한을 저 작은 가슴속에 어떻게 누르고 있었을까?

"울어, 실컷 울어."

이진은 그렇게 한참을 민후의 품에서 눈물을 쏟아냈다. 그리고 민후는 그런 이진을 말없이 안아주었다.

"미안해요."

"이제 좀 괜찮아?"

괜찮을 리가 있을까? 저는 4년이 지났는데도 돌아가신 엄마 생각만 하면 아직도 이렇게 가슴이 아픈데 이진이 사라진 후 돌아가셨다면 이제 얼마 되지도 않았을 것 아닌가?

"미안해요. 좀 쉬고 싶어요."

임신한 몸으로 갑자기 감정이 너무 격해진 탓이었는지 이진은 쉬고 싶어 했다.

"그래, 들어가. 들어가서 좀 누워 있어. 차 준비되면 가져다줄게. 마시고 한숨 자."

민후는 이진을 먼저 방으로 들여보내고 식탁 위를 정리하기 시작했다.

엄마.

그 이름만으로도 이렇게 가슴이 먹먹해지는 사람. 사실 이틀 후면 민후 엄마의 기일이었다. 그래서 민후는 더 이진이 짠했다. 아픈 엄마를 돌보지 못한 한도 이렇게 큰데 저 때문에 엄마가 돌아가셨다니.

"하아."

애틋하고 안쓰러운 표정으로 이진의 방을 돌아보던 민후는 길게 한숨을 내쉬고 티포트에 넣을 생강과 대추를 씻기 시작했다.

똑똑, 똑똑.

다 끓여진 차를 가지고 민후는 이진의 방을 노크했다. 그런데 대답이 없었다.

삐걱.

조심스럽게 문을 열고 들어서니 이진은 그새 잠이 들어 있었다. 들고 들어간 차를 침대 옆 협탁 위에 내려놓고 민후는 침대에 걸터앉아 잠든 이진을 내려다봤다. 방으로 들어와서도 한참을 울었는지 빨갛게 부은 눈이 아직 물기가 젖어 있었다.

'이진아.'

이진의 눈에 맺힌 눈물을 닦아주며 민후는 소리 없이 이진을 불렀다.

'나 그만 받아줘. 엄마 대신 내가 너 지켜줄게.'

그렇게 한참을 이진의 곁에 앉아 있던 민후는 어느새 팔베개를 하고 누운 자세로 이진을 지켜보고 있었다. 잠든 이진의 곁에 누워 이렇게 바라보는 것도 오랜만이었다. 이런 시간마저 얼마나 그리웠던가? 민후는 검지를 세워 이진의 눈을 가리고 있는 앞머리를 말없이 넘겨주었다. 그 순간 뒤척이던 이진이 민후의 품을 파고들었다.

"엄마."

잠결에도 엄마를 부르며 제 품을 파고드는 이진을 두고 나올 수 없어 민후는 그렇게 한참을 더 누워 있었다. 그리고 그곳에서 저도 모르게 스르르 잠이 들고 말았다.

'뭐야.'

그렇게 이진을 품에 안고 단잠을 자던 민후는 새벽녘 익숙한 느낌에 눈이 번쩍 뜨였다.

'맙소사, 윤이진.'

산골에 있을 때도 이진을 품에 안고 자는 날이면 자주 있었던 일이었다. 비몽사몽간에 이진의 손이 민후의 바지 앞춤을 파고들고 있었다. 그러고는 일말의 망설임도 없이 민후의 그것을 거머쥐었다.

'하아, 미치겠네.'

이진은 잠에 취해 있었다. 분명 무의식중에 몸에 익은 행동이 그냥 나온 탓일 것이다. 아니다, 나온 덕분인가? 그 덕에 이진이 제 것을 만져주고 있으니.

'하아.'

간만에 느껴보는 이진의 손결에 흥분한 민후의 분신이 신이 나서 부풀어 오르기 시작했다. 이 느낌이 얼마나 그리웠던가. 이진의 손길이 닿는 것만으로도 죽을 것같이 좋았다. 그래서 잠에 취해 제가 지금 뭘 하는지도 모르는 이진을 민후는 절대 깨우고 싶지 않았다.

'아으, 이진아. 제발.'

12장. 머리라도 감고 나올걸

'조금만 더. 아으, 조금만.'

민후는 본능적으로 더 강한 자극을 원했다. 그런 민후의 속도 모르고 이진의 손길은 애태우듯 느리기만 했다. 참다못한 민후는 이진의 손을 덥석 잡았다. 그리고 이진의 손을 잡은 채 제 것을 미친 듯이 아래위로 흔들었다. 그러지 말았어야 하는데. 민후는 그 순간 제 손을 잘라버리고 싶은 심정이었다. 놀란 이진이 번쩍 눈을 떠버린 것이다. 그리고 시간이 정지해버린 듯, 이진의 몸이 얼어버린 듯 몇 초간의 정적이 흘렀다.

"아아악."

새된 이진의 비명 소리와 함께 민후의 황홀했던 순간이 날아가 버렸다. 마치 불에 데기라도 한 것처럼 이진이 제 분신에서 손을 뗐다. 그러고는 후다닥 침대에서 빠져나갔다. 임산부가 저렇게 빨라도 되는 것인가?

"뭐, 뭐 하는 거예요? 당신이 왜 여기 있어요? 나가요. 나가라고요, 당장."

너무 놀란 모양이었다. 이진은 거의 히스테리 상태였다.

"하아, 이진아, 제발. 그냥 하던 거 마저 해주면 안 돼? 나 정말 미치겠다고."

아직도 성이 나서 끄덕거리는 제 분신을 그대로 노출시킨 채 민후는 죽을 것같이 인상을 썼다.

"이 파렴치한. 이 변태 자식. 당신 같은 사람을 믿을 뻔했다고. 손 안 댄다고 했잖아. 나가, 나가라고요."

이진은 정말 잠에 푹 빠져 있었나 보다. 졸지에 민후는 변태에 파렴치한이 되고 있었다. 이미 한계까지 오른 제 욕구를 풀어내지 못한 것도 억울한데 변태에 파렴치한 취급은 정말 억울해서 미치고 팔딱 뛸 노릇이 아닌가?

"무슨 소리야. 손댄 건 내가 아니라 너야. 네가 자다가 이런 거잖아."

"거짓말. 거짓말하지 말고 나가요. 나가라고, 이 변태 자식아."

이제 보니 믿고 싶지 않은 모양이었다. 자다 깼을 때 분명 제 손으로 민후의 그것을 만지고 있던 걸 봤을 텐데도 저러니 말이다.

"나가, 빨리 나가라고요."

급기야 이진은 베개를 거머쥐고 민후를 때리기 시작했다.

"아악. 윤이진, 너 진짜. 진짜 네가 날 말려 죽이려고 작정을 한 거야. 세상에 고문도 이런 고문이 어디 있어?"

"하아, 제발 그 바지 좀. 바지 좀 올리고 나가라고요, 제발."

"그래, 나가, 나간다고. 나도 나 싫다는 여자 흥미 없으니까. 그리고 분명히 알아둬. 내가 손댄 거 아니야. 네가 이런 거라고, 네가."

쾅.

단단히 화가 난 모양이었다. 민후는 뒤도 돌아보지 않고 쾅 소리가 날 정도로 문을 닫고 나가버렸다.

"하아."

세상에. 이진의 손이 파르르 떨렸다. 잠결에 누군가 제 손을 잡고 흔드는 느낌이 들었다. 이상해서 눈을 떴는데 제 손안에 그게 있었다. 처음 보는 그것. 그렇게 크고 긴 게 민후의 거기에 달려 있을 거라는 생각은 못 했었다. 검붉은 힘줄이 툭툭 불거진 거대하고 딱딱한 그것이 고개를 빳빳이 쳐들고는 이진의 손안에서 꿈틀거리고 있었다.

'미쳤나 봐.'

처음엔 당연히 민후가 먼저 시작한 짓이라고 생각했다. 변태 자식이라고 욕하며 민후를 향해 베개를 내려치는 그 순간 이진은 깨달았다. 잠결에 누군가의 바지 속으로 손을 집어넣고 무언가를 거머쥔 기억이 어렴풋이 났기 때문이었다.

'돌았나 봐.'

후끈하게 열이 오른 딱딱한 그것이 마치 살아 있는 괴생물체처럼 끄덕거리던 그 느낌이 아직도 생생했다. 이진은 망연자실한 표정으로 얼굴을 감싸며 침대 위에 걸터앉았다.

'미쳤어. 미쳤어, 진짜.'

창피해서 죽을 것만 같았다. 이제 민후의 얼굴을 어떻게 볼 것인가 말이다. 그리고 확실해졌다. 강민후보다 더 위험한 게 누구인지도. 그리고 인정할 수밖에 없었다. 제 몸이 강민후를 미친 듯이 원하고 있다는 사실을.

"하아, 진짜 어떡해!"

이진은 침대 위로 쓰러지듯 몸을 던지고 창피함에 몸서리를 쳤다.

9시 30분.

그렇게 이진은 뜬눈으로 아침을 맞았다. 그리고 어느새 시간은 9시 30분을 향해 가고 있었다. 아침 식사 시간은 이미 지난 듯한데 민후는 저를 불러내지 않았다. 그렇다고 어제처럼 거실에서 제가 깰 때까지 기다리고 있을 것 같지도 않았다. 이진은 퀸 사이즈의 넓은 침대에 누워 괴로움에 몸부림을 치고 있었다.

'하아. 어떡해?'

언제까지 이렇게 누워 있을 수도 없는 노릇이었다. 그리고 이 와중에 배까지 고팠다. 젠장.

'후우.'

세수를 마친 이진은 문 앞에 서서 마치 결전을 앞둔 병사처럼 호흡을 가다듬었다.

삐걱.

그리고 습관처럼 빼꼼 고개를 내밀고 거실과 주방을 둘러봤다. 다행인지 불행인지 민후는 보이지 않았다. 조심스럽게 거실로 발을 내디디긴 했지만 막상 나오니 이진은 다시 막막해졌다.

'설마 혼자 밥 먹고 들어간 건 아니겠지?'

아무리 제게 화가 났어도 강민후가 그렇게까지 치사하게 굴었을 것 같지는 않았다.

'아니지, 저 인간이면 그러고도 남았을지도…….'

그나저나 이제 어째야 하는가? 아무리 배가 고파도 물어보지도 않고 혼자 밥을 차려먹는다는 건 말이 안 될 것 같았다. 난감한 표정으로 이진이 민후의 방을 돌아보고 있을 때였다.

삑삑삑.

생각지도 못한 현관에서 인기척이 났다.

'뭐야, 그새 어디 나갔다 오나 봐.'

민후를 어떤 얼굴로 다시 봐야 할지 몰라 이진의 눈이 순간 어쩔 줄 모르며 허공을 방황했다.

드르륵.

그런데 중문이 열리고 거실로 들어선 사람은 뜻밖에도 민후가 아니었다.

"아, 안녕하세요?"

거실 한가운데 멀뚱히 서서 놀란 눈을 하고 있는 이진을 보며 인사를 건넨 사람은 처음 보는 얼굴의 중년 아주머니셨다.

"아, 네. 누구……?"

얼떨결에 이진도 고개를 숙여 인사하고는 궁금한 얼굴로 아주머니를 바라봤다.

"아, 도우미예요. 쉬라고 하신다더니 급하게 좀 나와달라고 연락하셔서요."

"아."

무슨 의미일까? 둘만의 시간을 방해받고 싶지 않아서 도우미에게도 오지 말라고 했다고 했었다. 그래 놓고 다시 이렇게 불렀다는 소리는? 혼란스러운 표정으로 이진은 민후의 방 쪽을 돌아봤다.

"강민후 씨는 나가시고 안 계신다면서요?"

"나갔다고요?"

"모르고 계셨나 보네. 집에 아가씨 혼자 계신다고 빨리 좀 가달라고 얼마나 닦달을 하시던지."

"닦달을요? 누가요?"

"누구긴요. 박 실장님이시죠. 저한테는 늘 박 실장님이 연락을 하시니까요."

"아, 네."

나갔구나. 말도 없이.

순간 긴장하고 있던 이진의 몸에서 힘이 쭉 빠졌다. 그리고 어이없게도 섭섭한 기분이 들었다. 역시 화가 난 것일까? 나간다는 말도 하기 싫을 만큼?

'나도 나 싫다는 여자 흥미 없으니까.'

아니, 어쩌면 제게 정말 흥미가 없어졌는지도 모르겠다. 그렇다면 그건 기뻐해야 할 일인데…… 그런데 기쁘기는커녕 이진은 가슴에 구멍이라도 난 것처럼 휑해지는 기분이었다.

'뭐야, 대체 이 기분은.'

무슨 미련인지 주인이 나가버렸다는 민후의 방을 이진은 또 하릴없이 돌아보고 있었다.

"식사 아직 안 하셨죠? 금방 차려드릴 테니까 조금만 기다리세요."

이진의 기분을 알 길 없는 아주머니가 푸근한 미소를 지으며 주방으로 향했다.

"아, 네. 아니, 천천히 하셔도 돼요."

분명히 배가 고팠었는데. 그래서 나왔는데. 이진은 갑자기 밥 생각이 사라졌다.

"배 안 고파요? 벌써 10시가 다 돼가는데."

이 집 일에 익숙한 듯 아주머니는 소매를 걷어붙이고 준비해온 식재료들을 꺼내놓기 시작했다.

"아, 아뇨. 괜찮아요."

"강민후 씨 시골에 있을 때 많이 도와주신 분이시라면서요?"

싱크대 위쪽 선반에서 제법 큰 냄비 하나를 꺼내들면서 아주머니가 호기심 가득한 표정으로 이진을 돌아봤다. 뭔가를 확인하고 싶은 얼굴이었다. 하긴 제가 누군지 궁금하기도 하겠다.

"아니에요? 박 실장님이 그러시던데. 시골에서 올라오셔서 여기 잠깐 머물고 계시는 거라고."

박 실장이 그렇게 말했나 보다. 신문에도 그렇게 해명 기사가 났으니까. 아무래도 강민후를 매니지먼트하는 입장에서는 입단속을 신경 써야 할 테니까.

"아, 네. 네, 맞아요."

그렇게 대답하고 나니 기분이 더 씁쓸해졌다. 대체 제가 왜 이 집에서 이러고 있나 하는 생각부터 나간다는 말도 없이 나가버린 민후에 대한 섭섭함, 진짜 화가 난 거면 어떻게 하나 하는 걱정까지 여러 가지 복합적인 생각들에 이진은 가슴이 답답해졌다.

"근데 어디 안 좋으세요?"

"네?"

"아니, 안색이 영 안 좋아서."

"아, 아니에요."

"들어가서 쉬고 계세요. 밥 되는 대로 제가 부를 테니까요."

"아, 네."

그대로 서 있다가는 아주머니에게 제 기분을 다 들켜버릴 것만 같아 이진은 주방을 빠져나왔다. 꽉 막힌 방에 들어가기에는 가슴 속이 너무 답답했던 이진은 방 대신 정원 쪽으로 발길을 돌렸다.

드르륵.

유리 창문을 열고 정원으로 나서니 습기를 잔뜩 머금은 후텁지근한 공기가 훅 하고 이진의 뺨을 스쳤다. 어제 잠깐 쨍하더니 오늘은 금방 또 한줄기 퍼부을 것처럼 하늘이 인상을 쓰고 있었다.

'딱 내 기분 같네.'

시꺼먼 먹구름이 무겁게 내려앉은 하늘을 얼마나 그렇게 올려다보고 있었는지 모르겠다.

띠리리. 띠리리.

갑자기 울리는 전화 소리에 이진은 혹시나 민후인가 싶어 서둘러 뒷주머니의 전화기를 꺼내들었다. 그 짧은 순간 이상하게 가슴이 두근거렸다. 그리고 발신자가 정우인 것을 확인하자 이만저만 실망스러운 것이 아니었다. 대체 제가 왜 이러는 걸까?

'정말 그 사람이 좋아지기라도 한 거야?'

이진은 도저히 인정하고 싶지 않은 이 감정을 감당하기 힘들었다.

띠리리. 띠리리.

그 와중에도 계속 울려대는 정우의 전화도 그냥 피해버리고 싶을 만큼 이진의 머릿속은 혼란스러웠다.

"응."

하지만 지금 안 받아도 정우는 계속 전화를 할 것이라는 것을 알기에 이진은 마지못해 통화를 연결했다.

-뭐야, 목소리가 왜 이래? 너 괜찮아?

"뭐가?"

-아니, 목소리가……. 무슨 일 있는 거 아니지?

일? 일이라면 일이었다. 자꾸 강민후에게 흔들리는 제 마음이. 머리는 백번을 생각해도 아니라고 하는데 몸도 마음도 자꾸 강민후를 원하는 이 상황이.

"일은 무슨. 너는? 잘 지내?"

-뭐, 나도 그저 그래. 곡이 안 나와서 그렇지.

"왜?"

-몰라, 잘 안 나오네. 내 얘긴 다음에 하고, 완수 형 전화 왔었어. 네 바뀐 전화번호 지난번에도 가르쳐줬는데 메모를 안 해놨는지 또 나한테 연락했더라.

"응. 근데 왜 전화했대?"

-너 지난번에 완수 형한테 준 곡 있잖아.

"응."

-그쪽에서 가사 일부분을 수정했으면 하나 봐.

"아아, 근데 곡은 누구한테 갔대?"

-아, 맞다. 대박. 그 곡 장혜린이 부른대. 끝내주지? 너 이제 꽃길 걸으려나 봐.

흥분한 정우의 목소리가 전화기 너머에서 그대로 느껴졌다. 하지만 이진은 왜 아무런 감흥이 없는 것일까? 여자 솔로 가수 중에 단연 톱이라고 할 수 있는 장혜린이 제가 쓴 가사로 된 노래를 부르게 되었다는데도.

-축하해.

이진의 상태도 모르고 정우는 자기 일처럼 마냥 신이 나 있었다.

"응, 고마워."

-뭐야, 이 시큰둥한 반응은. 너 정말 무슨 일 있는 거 아니야?

"아니, 없어."

-진짜 없는 거 맞아?

"없다니까. 그래서 어떤 부분을 수정하라는 소리야?"

더 길게 얘기했다가는 정우에게 다 털어놓을 것만 같았다. 아무래도 제가 미친 것 같다고. 강민후 그 인간이 자꾸 좋아진다고. 그래서 이진은 서둘러 일 이야기로 화제를 돌렸다.

-우선, 만나자는데? 너 내일 시간 괜찮은지 알아봐달래.

시간? 시간은 주체가 안 될 만큼 남아돌았다. 하지만 이진은 민후와 상의도 없이 이 집 밖으로 나가는 일이 과연 안전한 일인지 확신이 없었다. 망원동 제집 앞을 지키고 있는 그 무리들이 민후의 집 앞은 지키고 있지 않을 거라는 보장이 없었으니까.

-시간 안 돼?

"아, 아냐. 나갈게."

그래, 안 될 게 뭐란 말인가? 모자라도 눌러 쓰고 나가면 되는 거지. 게다가 이게 얼마 만에 하게 될 계약인데. 이 기회를 놓치면 또 언제 기회다운 기회가 올지도 모르는 일인데.

-잘됐다. 그럼 시간이랑 장소는 다시 물어서 알려줄게. 나도 같이 가도 되지? 장혜린도 보고 싶고.

"나야 뭐 고맙지."

-오케이. 그럼 내일 보자.

"응."

정우와의 전화를 끊고 이진은 또 한동안을 그렇게 멍하게 서 있었다. 초보 작곡가든 작사가든 장혜린에게 곡을 준다는 것은 한마디로 잭팟이 터진 것이다. 그런데도 이진은 하나도 기쁘지가 않았다. 그리고 온통 머릿속에는 민후 생각뿐이었다.

뚜둑 뚜둑.

그리고 이진의 기분을 알기라도 하는 듯 하늘에서 결국 빗방울이 떨어지기 시작했다. 더는 정원에 서 있을 수도 없었던 이진은 뺨 위에 묻은 빗방울을 닦아내며 거실로 들어섰다.

"비 오겠다 싶더니 결국 오네요. 기왕에 오기 시작한 것 시원하게 한줄기 퍼부었으면 좋겠네요."

"그러게요."

그러게. 그러고 나면 제 기분도 조금은 나아질까? 이진은 부질없는 마음을 담아 빗방울이 부딪치는 거실 유리창을 돌아봤다.

"오세요, 식사 준비 다 됐어요."

"아, 네."

"급하게 와서 찬이 많이 없어요. 그나저나 입에 맞으실지 모르겠네."

찬이 없다면서도 아주머니는 어느새 이진의 앞에 한 상 가득 먹을거리를 차려놓고 있었다. 한눈에 봐도 맛있어 보이는 음식들이었다.

"너무 많은데요."

"아이고, 이게 뭐 많다고 그래요. 입에 안 맞아도 많이 드세요."

"아, 네. 잘 먹겠습니다."

아주머니에게 잘 먹겠다는 인사를 하고 이진은 숟가락을 들어 올렸다.

'으윽.'

순간 욱 하고 속이 메슥거렸다. 하지만 자칫 아주머니에게 임신 사실이 알려지기라도 할까 봐 이진은 입술을 오지게 깨물고 참아 냈다. 아이가 작은지 이진의 배는 아직 표가 날 만큼 부르지는 않았다. 그래도 아주머니가 혹시라도 눈치챌까 봐 이진은 셔츠를 당겨 아랫배를 신경 써서 가렸다.

꿀꺽. 하아.

물 한 모금으로 메슥거리는 속을 억지로 달래고 이진은 안 넘어가는 아침밥을 혼자 그렇게 꾸역꾸역 먹기 시작했다.

'먹어. 난 너 먹는 것만 봐도 배불러.'

턱을 괴고 제가 밥 먹는 모습을 흐뭇하게 지켜보던 민후의 얼굴이 떠올랐다. 순간 저도 모르게 울컥하고 서러움이 올라왔다. 서럽다니? 뭐가? 강민후가 밥 먹는 거 안 지켜봐서? 하루 사이 제가 정말 이상해져버렸다.

'정신 차려라, 제발. 어쩌려고 이러니? 그 사람 강민후야.'

이진은 낮 시간의 대부분을 서재에서 보냈다. 서재에는 이진이 비싸서 도저히 살 엄두가 나지 않았던 많은 작곡 관련 서적들이 있었다. 하지만 어제와는 달리 오늘은 그마저도 눈에 들어오지 않았다. 종일 비를 뿌려대는 먹구름에 가려 서재 창가에도 햇살 한 점 들어오지 않아 이진의 기분을 더 가라앉게 했다.

"아이고, 온종일 그렇게 못 먹어서 어떡해요?"

8시가 되어 퇴근을 하던 아주머니는 하루 종일 제대로 먹지를 못하는 이진을 걱정하며 빌라를 나섰다. 그러고도 세 시간이 지나 밤 11시가 될 때까지 민후는 돌아오지 않았다. 이진은 혹시라도 민후가 들어오는 소리를 못 들은 게 아닌가 싶어 물을 마신다는 핑계로 주방을 몇 번이나 들락거렸다. 그리고 주인 없는 텅 빈 집 거실에 서서 무인도에 버려진 여자처럼 암담하고 참담한 기분을 느껴야 했다.

삐리릭. 쿵.

그리고 마침내 현관문이 열리는 소리가 들렸다. 그리고 이진이 미처 방으로 도망칠 겨를도 없이 누군가 술에 취해 비틀거리는 민후를 부축한 채 낑낑거리며 중문을 열고 들어섰다.

"아, 쫌. 오빠, 정신 좀 차려. 다 왔어. 오빠 집이라고."

여자였다. 그것도 너무 예쁜. 이십 대 중반 정도 됐을까? 세련된 옷차림, 화려한 헤어스타일, 제집처럼 거리낌 없이 거실로 들어선 여자는 거실 한중간에 장승처럼 서 있는 이진을 발견하고 주춤 걸음을 멈추었다. 그저 이진을 힐끗 쳐다봤을 뿐인데 이상하게 주눅이 드는 눈빛을 가진 여자였다.

"거기 계속 그렇게 서 계실 거예요?"

"네?"

뭘 어쩌란 말인가?

"와서 이 남자 같이 좀 옮기시라고요."

분명 제 또래인 것 같았는데, 여자에게는 아무도 함부로 할 수 없을 것 같은 매서운 기운이 있었다. 게다가 말투마저 상당히 공격적이었다.

"아, 네."

손에 들고 있던 빗살무늬 머그잔을 거실 테이블에 내려놓고 이진은 생각할 겨를도 없이 여자와 민후의 곁으로 달려갔다. 얼마나 마신 건지 인사불성이 된 민후에게서 독한 알코올 냄새가 훅 하고 이진의 코를 파고들었다. 궁금했다. 제 방에서 그렇게 화를 내고 나간 후 줄곧 이 여자와 함께 있었던 것인지. 그리고 이 여자는 대체 누구인지. 하지만 이 무서워 보이는 여자를 상대로 지금 그런 걸 물어볼 엄두는 나지 않았다.

"뭐 해요, 잡아요."

"아, 네."

말 잘 듣는 아이처럼 이진은 여자가 잡으라는 민후의 왼쪽 팔을 잡아 제 어깨 위로 둘렀다. 그리고 일면식도 없던 두 여자는 그렇게 힘을 합쳐 인사불성이 된 민후를 제 방 침대에다 눕혔다.

"오빠, 이쪽으로 좀. 아 쫌, 가만히 있으라고."

여자는 민후에게조차 어려워하는 구석이 없었다. 그리고 일말의 주저도 없이 민후의 옷을 벗겨내기 시작했다. 넥타이를 벗겨내고 자연스럽게 셔츠의 단추를 풀고 있는 여자를 바라보며 이진은 제 의지와는 무관하게 알 수 없는 경계심이 느껴졌다. 어쩌면 그건 동물적인 본능 같은 것인지도 모르겠다.

'누굴까?'

다시 보니 여자는 이십 대 중반도 안 돼 보였다. 나이를 가늠할 수 없는 베이비페이스에 가슴은 풍만하고 엉덩이 라인은 아찔했다. 그리고 딱 달라붙는 블랙진에 역시 검정색 모크넥 민소매 풀오버 차림이 방금 잡지 화보를 찍고 나온 것처럼 세련되고 멋스러웠다.

'연예인인가?'

하지만 아무리 봐도 눈에 익은 얼굴은 아니었다.

"다 끝났어요?"

이진이 머릿속 여자 연예인 데이터베이스를 찾아 헤매고 있는 동안 여자는 어느새 민후에게서 셔츠와 양말까지 벗겨내고는 이진을 돌아보고 있었다. 그리고 이진에게 알 수 없는 소리를 했다.

"네?"

"지금껏 저 관찰하셨잖아요. 다 끝났냐고요?"

뭐 이런 여자가?

"아니, 그런 거 아닌⋯⋯."

"이름이 뭐랬더라? 아, 맞다, 윤이진. 윤이진 씨 맞죠?"

누군지도 모르는 이 여자는 벌써 제 이름까지 알고 있었다. 그리고 민후에게서 벗겨낸 셔츠와 양말을 무슨 전리품마냥 손에 든채 거만한 눈빛으로 이진을 머리에서 발끝까지 순식간에 훑어 내렸다. 그러고는 피식 기분 나쁜 미소까지 지어 보였다. 그 비웃음 같은 미소에 이진도 순간 발끈했다.

"네, 맞는데요. 근데 그러시는 그쪽은 누구세요?"

"훗, 귀엽네요. 그래서 강민후가 빠졌나?"

뭐래는 거야?

"저기요. 누구신데 처음 보는 사람한테 이렇게⋯⋯."

"차주련이에요."

여자는 이번에도 이진의 말을 뚝 끊었다. 갈수록 불쾌해지는 여자였다.

"이 남잘 많이 사랑하는 여자구요."

역시 여자의 육감은 틀리지가 않았다. 아까부터 여자에게서 느껴지는 적의(敵意)는 이진을 연적(戀敵)으로 보고 있어서였다.

"내가 한국에 없는 동안 이 남잘 잘도 낚아채셨더군요."

"낚아채다니, 저 그런 적 없는데요."

"아, 맞다. 윤이진 씨는 이 남자가 별로라면서요?"

왜 늘 이렇게 불공평한 것인가? 저는 이제 겨우 이 여자의 이름을 알았을 뿐인데 이 여자는 마치 민후와 저 사이의 관계를 다 아는 것처럼 말하니 말이다.

"저한테야 물론 기쁜 소식이지만 말이에요. 그나저나 궁금하긴 하네요. 윤이진 씨는 왜 이 남자가 별로예요? 이렇게 멋진 남자가?"

잠든 민후를 내려다보는 여자의 눈빛이 세상 그렇게 애틋할 수가 없었다. 민후를 사랑한다는 여자의 말은 진심인 것 같았다. 거침없는 여자의 언사에 처음엔 불쾌했었다. 하지만 이제 이진은 당황스러웠다. 민후에 대한 제 감정도 정확히 잘 모르겠는데 그 와중에 연적까지 등장하다니. 그것도 저렇게 예쁜 여자가. 그리고 단둘이 맞붙어 싸워서는 절대 이길 수 없을 것같이 매섭고 또 저렇게 자신만만한 여자가.

"멋지지 않아요? 이 남자?"

여자는 감상하듯 그렇게 민후를 한참이나 바라봤고, 덩달아 이진의 눈도 잠든 민후에게로 향했다. 여자가 셔츠까지 벗겨낸 탓에 민후는 근육질의 가슴을 고스란히 드러내고 있었다. 여자의 말대로 민후는 술에 취해 잠든 모습조차 조각상처럼 아름다운 남자였다. 그리고 이진은 괜스레 가슴이 저려왔다.

"이유가 뭐예요?"

"네?"

"이 남자가 왜 별로냐고요?"

"그걸 제가 그쪽, 아니 차주련 씨한테 말해야 할 이유가 있나요?"

"훗, 하긴 그렇기는 하네요. 그래도 궁금한데…… 그냥 말해주면 안 돼요?"

여자는 어디로 튈지 모르는 럭비공 같았다. 멋진 외모에 매서운 눈으로 사람을 한순간에 주눅 들게 할 때는 언제고 지금은 마치 개구쟁이 꼬마 녀석 같은 표정을 지으며 이진을 졸랐다. 이진은 순식간에 바뀌는 여자의 표정을 신기한 듯 바라봤다.

"아, 말 안 해주네. 궁금한 거 있으면 잠 못 자는데……. 뭐, 알았어요. 차차 알게 되겠죠. 근데 아이는 낳으실 거라면서요? 정말 낳으실 거예요?"

여자는 당연한 듯 아이의 존재까지 알고 있었다. 이진은 이제 정말 이 여자와 민후의 관계가 궁금해지기 시작했다. 아이에 대해서까지 말할 정도로 가까운 사이는 분명하다는 말이었으니까.

"제가 아이를 낳든 말든 그게 차주련 씨하고 무슨 상관이라고 그러세요?"

"상관이 왜 없어요? 이 남자한테 아이가 생기는 일인데. 그리고 도대체 이해가 안 되잖아요. 이 남자는 별로라면서 왜 아이는 나으려는 건지."

"처음 보는 그쪽까지 이해시켜야 할 의무는 없는 거 같네요."

"쯧, 실망스럽게도 별 성과가 없네요."

"뭐라고요?"

"아니에요. 별 소득도 없는 대화 그만하고 그럼 이만 나갈까요?"

여자와의 불쾌한 대화가 그렇게 대충 마무리되어갈 즈음 잠결에 시끄럽기라도 했던지 민후가 몸을 외로 뒤척였다. 주련은 민후가 걷어찬 얇은 모시 이불을 배까지 당겨 덮어주고 이진이 보란 듯이 민후의 이마에 입을 맞췄다. 그리고 이진을 보며 약 올리듯 웃으며 말했다.

"굿나이트 키스 정도는 괜찮죠? 뭐, 어차피 이진 씨는 오빠 별로 잖아요."

대체 얼굴이 몇 개니? 이제 여자는 요망한 여우처럼 보였다. 그리고 저건 분명 저에 대한 도발이었다. 그리고 그런 여자에게 맞받아칠 말이 딱히 생각나지 않아 이진은 약이 올랐다.

"그럼, 또 봐요."

누가 보고 싶어 할 거라고 또 보자는 인사까지 하고 주련이 현관문을 나섰다. 그리고 다시 텅 빈 거실에 혼자 서서 이진은 방금 전 상황들을 곱씹기 시작했다.

'차주련이에요. 이 남잘 많이 사랑하는 여자구요.'

'아, 맞다. 윤이진 씨는 이 남자가 별로라면서요? 저한테야 물론 기쁜 소식이지만 말이에요.'

'굿나이트 키스 정도는 괜찮죠? 뭐, 어차피 이진 씨는 오빠 별로잖아요.'

아니.

전혀 괜찮지가 않았다. 차주련 그 여자가 민후의 몸을 제 몸 만지
듯 만지는 게. 민후의 옷을 마음대로 벗겨내고 제 남자를 바라보듯
그렇게 애틋하게 바라보는 게. 그리고 민후와 저와의 사이에 제멋대
로 선을 그어버리는 게. 그 모든 게 이진은 전혀, 괜찮지가 않았다.

'뭐예요, 이게? 그러고 나가서 저 여자랑 하루 종일 같이 있었던
거예요? 아니죠? 아니라고 말해요, 제발.'

이 황당하고 어처구니없는 배신감은 대체 뭐란 말인가? 온종일
얼마나 애를 태우며 당신을 기다렸는데. 얼마나 당신이 보고 싶었
는데.

'싫다는 사람 제 마음대로 이렇게 흔들어놓고 이러면 안 되는
거잖아요. 그런 거면 당신 정말 개자식인 거잖아요.'

이진은 원망과 절망이 범벅이 된 눈빛으로 한참이나 그렇게 민
후의 방을 노려봤다.

'아침이다.'

언제 잠이 들었는지 기억도 없는데 눈을 떠보니 아침이었다. 온
종일 비가 퍼부어대던 어제와는 달리 아침 햇살이 쨍하게 이진의
침대 위로 쏟아져 들어오고 있으니 아침인 게 분명했다.

"하아."

이진은 새벽까지 잠이 들지 못했다. 눈을 감으면 민후에게 입을
맞추던 차주련의 모습이 떠올라 미쳐버릴 것만 같았으니까.

9시 10분.

시계는 벌써 9시 10분을 가리키고 있었다. 하지만 이진은 괴로

운 듯 제 팔로 햇살에 부신 눈을 가리고 그렇게 한참을 더 누워 있었다. 아직도 모르겠다. 뭘 어째야 하는 건지. 밤새 악몽처럼 지워지지도 않던 차주련의 모습과 이제 저 아니라면 안 된다며 애절하게 저를 원하던 강민후의 모습이 꼬리에 꼬리를 물고 이진의 머릿속을 맴돌았다.

'오해라고 해줘요. 아니라고 해줘요. 날 사랑한다던 그 말이 여전히 진심이라고 말해줘요. 그러면 나도 당신에 대한 내 마음을 더 이상 숨기지 않을게요.'

내내 인정할 수 없던 강민후에 대한 제 마음을 이제 더 이상은 부정할 수도 감출 수도 없었다. 강민후를 원했다. 너무나 간절하게. 그러니 어제 일은 오해여야 했다. 오해여야만 한다.

'나가자. 나가서 물어보자.'

그리고 그 오해를 풀어줄 사람은 다른 누구도 아닌 민후였다. 민후에게 직접 들어야 했다. 그러니 계속 이렇게 누워 있을 게 아니었다. 양치와 세수를 서둘러 마친 이진은 산발이 된 머리를 감을지 말지 잠시 고민하다 그냥 대충 묶어 올리고 욕실을 빠져나왔다. 결심을 하고 나니 마음이 급해졌다.

"아우, 나오셨네. 안 그래도 깨우러 들어가야 하나 그러고 있었는데."

방문을 열고 나오는데 다른 어떤 날보다 가슴이 떨렸다. 그런 이진의 상태도 모르고 이진을 반기는 아주머니의 목소리가 해맑았다.

"아, 네. 오셨어요?"

"어제 드시는 게 영 시원찮아서 아침에 오는 길에 수산시장에 좀 갔다 왔어요. 전복도 좀 사고 간 김에 해물탕거리도 좀 사오고. 어서 와서 앉으세요."

지금 밥이 문제가 아닌데.

"아, 네, 근데 저기 강민후 씨는요?"

초조한 표정으로 이진이 민후의 방을 돌아봤다.

"곧 나오실 거예요, 먼저 앉으세요."

"네, 아니, 그게……."

앉을 일이 아니었다. 민후와 이야기부터 해야 했다. 오해부터 풀어야 했다. 확인부터 해야 했다. 그리고 제 마음도 고백해야 했다. 다시는 강민후가 한눈팔지 않도록. 다시는 강민후 주위에 다른 여자가 맴돌지 않도록. 이진은 자꾸 마음이 급해졌다.

"잠깐만 좀 보고 올게요."

그리고 이진이 막 민후의 방을 향해 걸어가려던 그때였다. 복도 안쪽 끝 민후의 방문이 열리고 인기척이 들리기 시작했다.

"아, 쫌. 잠깐만 좀 서보라고."

말도 안 돼!

"삐뚤잖아."

차주련의 목소리였다. 왜 거기서, 왜 이 아침에 네가?

"됐어."

그리고 민후의 목소리. 마치 둘은 부부처럼 안방에서 나란히 걸어 나오고 있었다. 그리고 주련은 삐뚤어진 민후의 넥타이를 만져주고 있었다. 이진의 몸이 충격으로 그대로 굳어버렸다.

"아이고, 마침 나오시네요."

아무것도 모르는 아주머니의 해맑은 목소리가 다시 끼어들었다. 그리고 그제야 민후와 주련이 이진을 발견했다. 민후는 당황한 것처럼 주련의 손을 떼어냈고 주련은 요망한 여우처럼 승리자의 미소를 지어 보였다. 그리고 이진은 자꾸만 떨리는 제 손을 슬그머니 엉덩이 뒤로 감춰야 했다.

'또 어디…… 가는 거예요?'

지난밤 인사불성이었던 그 모습은 어디에도 없었다. 한 치의 오차도 없이 몸에 착 감기는 블랙 슈트에 화이트 셔츠, 은회색 스트라이프 넥타이를 맨 강민후는 여태껏 봐온 그 어떤 모습보다 멋있었다.

'그렇게 차려입고 저 여자랑 또 어딜 가는 거냐고요?'

블랙진에 민소매 풀오버 차림이었던 어제와는 달리 마치 민후의 의상 콘셉트와 맞춘 듯 우아한 블랙 원피스를 멋들어지게 소화하고 있는 차주련을 바라보며 이진은 절망감에 죄 없는 제 입 속 살을 오지게 깨물어야 했다.

"어머, 오빠 눈 밑에 이게 뭐야."

그리고 그때 입은 옷에 어울리지 않게 주련이 코맹맹이 소리를 내며 민후의 얼굴에 손을 댔다. 마치 어젯밤 작심하고 이진을 약 올리던 그때처럼.

"뭔데?"

"눈썹인 것 같은데 잘 안 떨어지네. 불어볼까?"

백여우 같은 게.

보란 듯이 민후에게 착 달라붙어서는 도발적인 새빨간 입술을 쭈욱 내밀고 주련이 후후 입김을 불기 시작했다.

쪽.

그리고 아무도 예상 못 한 그 순간에 주련이 민후의 뺨에 쪽 소리 나게 입을 맞췄다. 이진에게 보여주려는 듯이.

'아, 안 돼.'

눈을 뜨고 있어도 코를 베어가는 곳이 서울이랬다. 그게 어떤 기분인지 이진은 이제 알 것 같았다.

'내가 한국에 없는 동안 이 남잘 잘도 낚아채셨더군요.'

저 자신만만하고 도도하고 심지어 저렇게 예쁘기까지 한 저 여자는 마치 '네까짓 게 내 상대가 되기나 해?'라고 말하는 것처럼 보란 듯이 이진의 눈앞에서 강민후를 채가고 있었다. 그것은 저에 대한 완벽한 무시고 명백한 도발이었다.

콩.

"아, 왜?"

"또 까분다."

이진은 보란 듯이 제 앞에서 대놓고 강민후를 유혹하고 있는 차주련보다 그런 주련을 밀쳐내기는커녕 제게 하듯 가볍게 꿀밤을 때리며 웃고 있는 강민후가 더 충격이었다.

'역시 당신은 개자식이었어.'

알고 있었는데. 당신이 개자식이라는 걸 난 알고 있었는데. 그런데도 당신을 좋아하게 만들어놓고. 이진은 울지 않으려고 안간힘을 썼다.

"좋은 걸 어떡하냐?"

제가 보고 있는 걸 뻔히 알면서도 주련의 애정 표현은 거침이 없었다. 이진은 차마 더 이상은 볼 수 없어 시선을 돌려버렸다.

"그만 까불고 빨리 나가기나 해."

"그래서 오빠는 내가 싫다는 소리야? 응? 말해봐. 내가 싫어?"

"그만 까불라고."

아, 안 들을래. 할 수만 있다면 귀라도 막고 싶었다. 아니, 아예 그냥 방으로 다시 들어가버리고 싶었다. 아니, 이 집에서 당장 나가고 싶었다.

"식사는 안 하시고 바로 나가시게요?"

민후와 주련이 티격태격하며 주방 쪽으로 걸어오자 아주머니가 또다시 해맑은 목소리로 물었다.

"네, 바로 가야 할 것 같네요."

"아우, 시장해서 어째요?"

"괜찮습니다."

그리고 민후가 아주머니와 대화를 나누는 그사이를 참지 못하고 주련이 이진을 또 도발하기 시작했다.

"오빠 오늘 너무 멋지지 않아요? 아 참, 자꾸 까먹네요. 윤이진 씨는 오빠 별로라고 했죠?"

그러면서 소유권을 주장하기라도 하듯 주련은 민후의 팔에 보란 듯이 팔짱을 꼈다.

"까불지 말고, 얌전히 좀 있어."

이진이 바로 앞에서 보고 있어서인가? 민후는 제 팔에서 주련의 팔을 떼어내며 경고하듯 주련을 노려봤다.

"내가 뭘."

그러자 주련이 토라진 척 입술을 삐죽였다. 그 꼴이 정말 연인들 같았다. 그것도 비주얼만은 부정할 수 없이 완벽하게 어울리는 한 쌍이기도 했다. 이진은 이 와중에 엉망으로 질끈 묶어 올린 제 머리가 신경 쓰이기 시작했다. 이럴 줄 알았으면, 당신 앞에서 이

렇게 엉망인 꼴로 이 여자와 나란히 서 있을 줄 알았으면, 머리라
도 감고 나올걸.

"좀 나갔다 올 거야."

그리고 만 하루하고 몇 시간 만에 민후가 제게 다시 말을 걸었
다. 아니, 말을 건 게 아니라 그건 그저 통보에 지나지 않았다. 이진
은 눈물이 터지려는 걸 간신히 참아냈다.

'내 존재를 기억은 하고 있었어요?'

입을 열면 목소리가 떨려서 나올 것 같아서 이진은 아무 말도
못 하고 민후를 그저 바라보고만 있었다. 민후 역시 의미를 알 수
없는 복잡한 눈빛으로 이진을 바라봤다.

'그 복잡한 눈빛은 대체 뭔데요? 이제 당신 곁에 차주련이 있으
니 난 이제 그만 가도 좋다는 말이라도 하고 싶은 거예요?'

왜 이렇게 서러운 거지? 싫다고 한 건 나였잖아. 그래도, 그렇다
고 해도 이건 아니잖아요.

"좀 늦을지도 몰라."

"오늘 밤 안 들어올지도 모르구요."

때리는 시어머니보다 말리는 시누이가 원래 더 미운 법이다. 그
새를 못 참고 촉새처럼 끼어들어 또다시 이진의 부아를 돋우는 차
주련이 이진은 정말 미웠다.

"차주련."

"아, 알았어. 가."

"갔다 올게."

주련이 먼저 현관 쪽으로 걸어가고 민후가 그 뒤를 따라 걷기
시작했다.

"저, 저기."

급한 마음에 이진은 민후를 불러 세웠다. 더 이상 풀고 말고 할 오해는 없어 보였다. 다만 이 집을 나가더라도 말은 하고 나가야 할 것 같았다.

"잠깐만 얘기 좀……."

"얘기?"

하지만 서둘러야 할 무슨 이유라도 있는지 민후는 손목에 찬 시계를 확인하며 난감한 표정을 지었다.

"나중에. 갔다 와서 들을게."

그리고 민후는 바쁘게 현관으로 걸어갔다. 그리고 그때 약 올리듯 환하게 웃으며 현관에서 제게 손까지 흔들어 보이는 차주련의 승리감에 도취된 얼굴이 눈에 들어왔다.

'이제 당신하고 나 사이에 나중 같은 건 없어요.'

이진은 주련과 나란히 현관을 나서는 민후의 뒷모습을 보지 않기 위해 고개를 돌려야 했다.

"여전한가 보네요, 두 사람."

민후와 주련이 나가고 현관문이 닫히자 아주머니가 푸짐하게 담은 해물탕 그릇을 들고 이진의 곁으로 다가왔다.

"강민후 씨 돌아오고도 한동안 안 보여서 난 또 둘이 헤어졌나 했었거든요. 하루도 안 보고는 못 살더니 그동안은 대체 어떻게 지내셨대? 호호."

이진의 속도 모르고 아주머니는 알고 싶지도 않은 얘기를 자꾸 하셨다. 역시 그랬구나. 역시 사귀던 사이였구나. 더 이상 놀라울 것도 없었다. 그리고 더 이상 망설일 이유도 없었다. 3개월씩이나 이 집에 머물러야 할 이유도 당연히 없었다.

"강민후 씨 사라지고 저 아가씨가 그렇게 울었잖아요. 다들 죽었을 거라고 그랬는데 저 아가씨만 아니라고 살아 있다고. 그래서 이 집도 저 아가씨가 막아서 정리 안 했을걸요."

"......"

이진이 대꾸가 없자 그제야 아주머니가 이진을 돌아봤다.

"아이고, 뭐 하세요? 식기 전에 얼른 드세요."

"네."

저를 위해 아침 일찍 수산시장까지 갔다 오셨다는데. 아주머니의 정성을 봐서라도 맛있게 먹어드려야 하는데. 이진은 밥을 삼킬 자신이 없었다.

"이것도 좀 드셔보세요. 전복 버터구이예요."

"네."

아주머니에게 미안해서 차마 못 먹겠다는 그 소리를 못 하고 이진은 젓가락을 집어 들었다. 그리고 눈물을 흘리지 않으려고 안간힘을 쓰며 민후 집에서의 마지막 아침 식사를 그렇게 꾸역꾸역 먹어치웠다.

13장. 넌 너무 밝혀

"혹시 강민후 씨가 물으면 뭐라고 할까요?"

"그냥 나갔다고 하세요. 아 참, 이 모자 좀 가져갔다고 전해주세요."

"네? 모자요?"

의아한 표정을 짓는 아주머니를 뒤로하고 이진은 그렇게 무작정 집을 나섰다. 그리고 혹시라도 몰라 민후의 옷 방에서 빌려 쓰고 나온 벙거지 모자를 푹 눌러썼다.

"누구지? 못 보던 여잔데?"

경비실 앞을 지나는데 아무래도 낯선 여자가 수상해 보이는지 경비원들끼리 수군거리는 소리가 나지막하게 들렸다. 혹시라도 저를 불러 세워 무슨 일로 왔느냐고 물을까 봐 이진은 도망치듯 서둘러 빌라를 빠져나왔다.

"하아."

빌라를 빠져나오긴 했는데 어느 쪽으로 가야 지하철역이 나오는지 알 길이 없었다. 서울 생활이 벌써 7년이 다 되어가는데도 한남동은 여전히 제게 낯선 곳이었다. 이진은 무작정 발길이 돌려지는 방향으로 걷기 시작했다.

"저기, 잠깐만요."

그렇게 30여 미터를 걸었을까? 낯선 목소리가 이진을 불러 세웠다. 아무래도 그냥 보내기에는 의심스러운 몰골이었나? 하지만 당연히 경비원일 거라고 생각하고 돌아본 그곳에는 삼십 대 중반 정도의 젊은 남자가 서 있었다. 손에는 대포만 한 카메라를 들고.

"윤이진 씨?"

남자는 확신에 찬 목소리로 이진의 이름을 말했다. 가슴이 터질 것 같았다. 지은 죄도 없는데. 이렇게 무방비 상태로 카메라 앞에 노출될 수는 없었다.

강민후와 나는……. 그 사람과 나는 이제…….

아무 관계도 아니에요. 앞이 캄캄하고 속이 울렁거렸지만 그 와중에도 이진은 어떻게든 이 상황을 모면해야 한다고 생각했다. 앞으로 살아갈 일을 생각하면 이렇게 공개적으로 제 얼굴을 노출할 수는 없었다.

"아닌데요."

"윤이진 씨 맞잖아요. 방금 강민후 씨 빌라에서 나오셨죠?"

"아니라고요. 사람 잘못 보셨어요."

이진이 가려고 하자 남자가 막무가내로 이진의 팔을 잡아챘다.

"아! 왜 이러세요? 아니라는데. 자꾸 이러시면 경찰에 신고할 거예요."

이진은 남자의 손을 뿌리치고는 냅다 달리기 시작했다.

"저기요, 윤이진 씨, 잠깐만요. 잠깐만 서보세요. 잠깐이면 돼요. 잠깐만……."

엄마가 늘 그랬었다. 사람이 죽으라는 법은 없다고. 다 살게 되어 있다고. 정말 죽으라는 법은 없는 건가 보다. 몇 미터 앞에 멈춰서는 택시 한 대가 보였다. 그리고 뒷좌석에서 사람이 내리고 있었다. 이진은 죽을 것처럼 달렸다. 그리고 그 택시에 올라탔다.

탁.

거기까지 쫓아온 그 남자가 닫힌 택시 문을 두드렸지만 이진은 혹시라도 사진을 찍을지 몰라 그쪽으로는 쳐다보지도 않았다.

"아저씨, 한남역으로 빨리 좀 가주세요."

"네."

지하철역 입구까지는 5분도 걸리지 않았다. 이진은 택시에 타고서도 혹시라도 쫓아오는 사람은 없는지 내내 불안에 떨며 뒤를 돌아봐야 했다.

"무슨 일로 그러는지 모르지만 이제 괜찮아요."

이진이 안쓰러워 보였는지 거스름돈을 건네주며 택시 아저씨가 말해주었다.

"그 사람 못 쫓아왔으니까 이제 안심해도 된다고요."

"아, 네, 감사합니다."

그렇게 택시에서 내리는데 긴장이 풀린 다리에 힘이 빠졌다. 중심을 잃고 휘청거리던 이진이 택시에 타려고 서 있던 한 남자에게 부딪쳤다.

"뭐야, 왜 이래? 젊은 년이 대낮부터 술이라도 처마신 거야?"

팔뚝에 기이한 문신을 가진 험상궂게 생긴 젊은 남자였다. 남자는 저처럼 되는 일이 없기라도 한 건지 무작정 욕부터 하며 이진을 무섭게 노려봤다.

"죄송합니다."

안 나오는 목소리로 남자에게 사과하고 돌아서는데 이진은 갑자기 이 모든 상황들이 견딜 수 없이 버겁고 서러웠다. 참으려고 했는데도 더는 참아지지 않았다. 자꾸만 눈물이 났다.

'흑.'

며칠 전만 해도 이러지 않았었다. 아이의 아빠가 누군지도 몰랐었고, 지난 7개월간 제게 무슨 일이 있었는지 기억도 없었지만 그래도 이진은 잘 살고 있었다. 차라리 그때가 좋았었다. 영영 이 아이의 아빠가 누군지 몰랐다고 해도 이진은 그럭저럭 살아냈을 것이다. 엄마가 그랬으니까. 살아진다고. 죽으라는 법은 없다고.

'흑흑.'

그런데 며칠 사이에 제 삶이 엉망이 되어버렸다. 그렇게 미워하던 강민후가 제 아이의 아빠라는 사실을 받아들이기도 힘든데 그 남자가 자꾸 좋아졌다. 자꾸 제 마음을 흔들었다. 그래 놓고, 그래 놓고…….

'흑.'

서러웠다. 기자들이 제 주위를 자꾸 맴도는 것도 서러웠고, 처음 보는 남자가 제게 쌍욕을 하는 것도 서러웠고, 차주련이 제 앞에서 보란 듯이 강민후를 유혹하는 것도 서러웠다. 그리고 무엇보다 그런 꼴을 다 보고도 강민후가 저는 여전히 좋은 것이 서러워서 미칠 것만 같았다.

띠리리. 띠리리.

이진은 그렇게 울면서 무작정 걸었다. 그리고 한남대교의 중간 어디쯤을 걷고 있을 때 이진의 전화가 울렸다.

-나올 준비 하고 있지?

정우였다. 여전히 따뜻한 목소리. 정우의 목소리를 들으니 더 눈물이 났다. 차라리 정우를 사랑했다면 좋았을 텐데. 이 아이가 정우의 아이였다면. 강민후를 평생 개자식으로 욕하면서 살 수 있었을 텐데. 그랬으면 더 좋았을 텐데.

-뭐야, 너 지금 울어? 야, 윤이진, 왜 울어. 왜 우냐고?

정우는 그길로 한달음에 이진에게 달려왔다.

"말 안 해줄 거야?"

"……."

이진과 정우는 대교 아래 한강변에서 만났다. 전화를 끊자마자 달려온 듯 정우의 감은 머리에 아직 물기가 남아 있었다.

"이진아."

"나 그 집에서 나왔어."

"나왔다고?"

그건 정우가 내심 바라던 일이었다. 짧은 순간 정우의 표정이 밝아지더니 이내 이해를 못 하겠다는 표정으로 바뀌었다.

"근데, 근데 왜 울어? 설마 그 인간이 너 또 괴롭혔어? 그래서 나온 거지. 이 개자식이."

정우는 민후가 앞에 있다면 한 대 칠 것처럼 주먹을 감아쥐었다.

"아냐, 그런 거."

"그런 게 아니면, 대체 왜 울었는데?"

"……."

"야, 윤이진, 말 안 해?"

"그 사람한테……."

간신히 진정되었었는데 그 얘기를 또 하려니 이진은 울컥하고 다시 목이 메었다.

"여자가 있어."

"뭐?"

정우는 세심하고 예민했다. 더 이상 묻지 않고도, 더 이상 듣지 않고도 이진이 이러는 이유를 알아차린 모양이었다.

"너 설마…… 그 자식 좋아하는 거야?"

다른 이유가 뭐가 있겠는가? 강민후에게 다른 여자가 있다고 윤이진이 이렇게 서럽게 울고 있을 이유가.

"그 인간 때문에 그렇게 마음고생 해놓고도 그 인간이 좋아지기라도 한 거냐고?"

"……."

"여자가 있다는 건 또 뭐야? 너 자기 집에 데려다놓고 그 자식이 다른 여자 만나고 그랬다는 거잖아. 그런데도 너 지금 그 개자식이 좋다는 거야? 그래서 울고 있었냐고."

웬만해서는 큰 소리를 내는 법이 없는 정우였다. 그런 정우가 지나가던 사람들이 놀라 돌아볼 정도로 버럭 하고 소리를 질렀다.

"개자식인 거 알아. 아는데……. 그 사람이 개자식인 거 누구보다 잘 아는데, 그런데도 내 마음이 내 마음대로 되질 않아. 그 사람이 다른 여자랑 있는 게 너무 싫어."

"하아."

정우는 실망한 듯 한동안 말을 잇지 못했다. 아니, 화가 난 것 같기도 했다.

"관둬. 모르겠니? 강민후 그 인간은 원래 그런 인간이야. 너하고는 애초에 다른 부류라고. 그런 애들한테 진짜 사랑 같은 게 있기나 할 것 같아? 괜히 너만 더 상처 입는다고. 봐, 너 벌써 그 자식 때문에 울고 있잖아. 그러니까 지금이라도 관둬."

"알아, 관둘 거야. 그러려고 나온 거잖아."

"잘 생각했어. 그리고 지난번에 내가 했던 말 아직 유효해. 나 아직 많이 부족한 거 알아. 하지만 너 하나는 책임질 수 있어."

"아니야, 정우야. 그러지 마."

"왜 난 안된다는 건데? 왜 그 자식은 되고 난 안 된다는 거냐고?"

띠리리. 띠리리.

민후 문제만으로도 벅찬 상황이었다. 때마침 정우에게 걸려온 전화가 이진은 너무 고마웠다.

"응, 형."

완수인 모양이었다.

"뭐? 당기자고?"

―그쪽에 갑자기 일이 좀 생겼나 봐. 한 시간만 당기자는데 괜찮겠어? 이진이한테 연락 좀 해줘.

"지금 나랑 같이 있어."

―잘됐네. 어딘데?

"가까운 데 있어."

-그럼, 바로 와. 어딘지는 알지?

"근데 형. 잠깐만."

정우는 전화기를 가리고 이진에게 작은 소리로 물었다.

"지금 바로 오라는데 너 괜찮겠어?"

"괜찮아. 일은 해야지."

"안 괜찮으면 다음에 보자고 하고. 어차피 저쪽도 일이 생긴 모양인데."

"아니야. 그냥 보자고 해."

"하아, 알았어, 그럼."

정우는 말리고 싶은 얼굴이었다. 하지만 그럴 수는 없었다. 완수나 정우나 제 일처럼 신경 써서 성사시켜준 일인데 일을 그르치고 싶지는 않았다. 그리고 이제 정말 정신 차리고 살길을 찾아야 하기도 했다.

-뭔데, 그래? 이진이 안 된대?

"아냐, 형. 바로 갈게."

-그래, 그럼 바로 와. 나도 가까운 데 있으니까 금방 갈게.

"응. 고마워 형."

정우는 제 일처럼 완수에게 고마워했다. 그런 정우도 고마웠고 학원을 그만둔 지도 오래되었는데 예전이나 지금이나 한결같이 정우와 저를 챙겨주는 완수도 고마웠다. 그러니까 정우와 완수를 봐서라도 제 문제는 잠시 접어둬야 했다.

"너 정말 괜찮겠어?"

"괜찮아."

"알았어. 그럼 일 마무리 짓고 이 이야기는 다시 얘기해."

정우의 얼굴에 이진을 걱정하는 진심이 보였다. 그게 저를 여자로 마음에 품은 남자의 마음이든, 오래된 친구의 마음이든 정우가 언제나 늘 저를 걱정해주고 있다는 건 의심의 여지가 없었다.

"정우야, 고마워."

"뭐가?"

"그냥 다. 너한테는 늘 고맙고 미안해."

"……."

정우가 복잡한 눈으로 이진을 바라봤다. 그 눈빛이 그렇게 말하는 것 같았다.

'그렇게 고마우면 관둬. 관두고 그냥 나한테 와.'

"일어나. 바로 가야 해."

"응."

이진과 정우는 화인엔터까지 걸어서 움직였다. 이진과 정우가 있던 한강변에서 멀지 않은 곳이라 차를 타기에는 애매한 위치였다. 저 멀리 화인엔터 건물이 보일 즈음 말없이 걷기만 하던 정우가 입을 열었다.

"완수 형도 대충은 알아. 너하고 강민후 얘기."

모를 수가 없을 것이다. 해명 기사가 그렇게 엉터리로 났는데. 저를 모르는 사람이야 그런가 보다 하고 넘어갈 수 있는 문제겠지만 이진이 강민후를 어떻게 생각하고 있었는지 알고 있는 정우나 완수에게는 소설 같은 글이었으니까.

"어디까지 알아?"

"그냥 너 산에 갔다가 기억을 잃어서 일이 꼬였다는 것까지만 알아. 강민후 집에 들어간 것까지는 모르고. 어, 저기 형이다."

이진과 정우가 화인엔터 앞 횡단보도를 막 건넜을 때 건물 주차장에서 완수가 걸어 나오고 있었다.

"형."

"어, 빨리 왔네."

"응, 가까운 데 있었어."

지금은 방송 활동을 접었지만 완수는 왕년에 잘나가던 가수였고 지금은 실용음악학원 원장 겸 신인가수 프로듀싱을 주업(主業)으로 하고 있다. 어느새 사십 대 중반에 접어든 완수는 제법 아저씨티가 났다.

"오빠, 매번 고마워요."

"우리 사이에 그런 인사치레를 왜 하니?"

이진에게 완수는 왕년의 스타라기보다 선생님 이미지였다. 처음 작곡을 제대로 배워보겠다고 찾아간 학원이 완수의 학원이었고 갓 학원을 시작한 완수에게 이진과 정우는 몇 안 되는 귀한 학생이었다. 그래서 완수가 지금까지 이진과 정우에게 더 마음을 쓰는 건지도 모른다.

"그나저나 너 얼굴이 왜 이렇게 형편없니?"

제 안색을 걱정하는 완수의 말에 이진은 슬그머니 손으로 얼굴을 가렸다.

"괜찮은 거야?"

"네. 괜찮아요."

"그래, 묻고 싶은 건 많은데 좀 있다 하자. 안에서 다들 기다리고 있어. 장혜린이 오늘 갑자기 스케줄이 하나 더 생겼나 봐."

방송 활동은 하지 않지만 완수는 아직도 가요계에 인맥이 상당했다. 이진의 가사가 국내 원톱 여가수인 장혜린의 앨범에 들어갈 수 있는 것도 당연히 완수의 공이었다. 이진이나 정우 같은 생신인이 골백번 데모를 뿌려도 들어주지 않으면 그만인 것이다. 그래서 이진이나 정우나 곡을 쓰면 항상 먼저 완수에게 들려주었다. 그리고 그중에 선별해서 완수가 중간 다리를 놓아주었다.

"네."

힘없이 웃어 보이고 이진은 완수와 정우를 따라 서둘러 건물 로비로 들어섰다. 그리고 1층 안내데스크를 거쳐 3층 미팅룸으로 향했다.

"아, 특히 여기 사비 부분 말이에요. 이 부분이 좀 더 애절했으면 좋겠어요. 그리고 한편으로는 중독성 있는 가사였으면 좋겠어요."

"애절하고, 중독성 있게요?"

"네. 아무래도 지금 이대로는 너무 밋밋한 느낌이라. 제가 너무 욕심이 많죠?"

"아, 아니에요. 그러고 보니까 좀 밋밋한 것 같긴 해요."

거세 보이는 이미지와는 달리 직접 만난 장혜린은 꽤나 다정한 스타일이었다. 그러면서도 프로답게 원하는 바를 명확하게 말해주는 스타일이라 같이 일을 하기에 좋은 파트너라는 생각이 들었다. 당연히 배우는 점도 많았고.

띠리리. 띠리리.

이진과 혜린이 한창 가사 얘기에 빠져 있을 때 완수의 전화가 울렸다.

"그리고, 여기 이 부분도 살짝 손봤으면 좋겠는데……."

중간에 완수가 잠깐 나갔다 오겠다는 제스처를 하며 방을 나갔다. 그리고 나서도 한참이 지난 후에야 이진과 혜린의 미팅이 끝났다.

"1차 수정본 다음 주 초까지 보내주실 수 있으세요?

"네, 노력해볼게요."

"이거 제 연락처예요. 아무한테나 연락처 잘 안 주는데. 저 윤이진 씨 가사 마음에 들어요. 다음에도 기회 되면 같이 작업하고 싶어요."

"고맙습니다."

"연락해요. 먼저 갈게요. 아, 이정우 씨라고 했죠. 정우 씨도 반가웠어요. 다음에 기회 되면 같이 또 봐요."

그렇게 연락처까지 주고받고 상냥하게 두루두루 인사까지 챙기고 스케줄이 바쁜 혜린이 먼저 방을 나섰다.

"생각보다 성격 참 좋다, 그지?"

"그러게."

그런 혜린이 마음에 들기는 이진도, 정우도 마찬가지였다. 저러니 대중에게 사랑을 받는가 보다 싶은 생각이 들었다.

"우리도 나가자. 근데 완수 형은 나가더니 왜 안 들어와?"

"전화해봐."

"응."

정우가 막 전화기를 꺼내드는데 완수가 기다렸다는 듯이 미팅룸으로 들어왔다.

"혜린이 나가던데 잘 끝냈어?"

"응. 근데 형은 어디 갔다 이제야 들어와?"

"밖에서 누가 좀 보재서."

그렇게 말하고는 이진을 바라보는 완수의 표정이 이상하게 심각했다.

"형, 무슨 일 있었어요?"

"왜?"

"아니, 걱정 있는 사람 같아서."

"그러니? 그러게, 지금 이게 걱정해야 하는 상황인지 어떤지 잘 모르겠다."

"뭐가요?"

"일단 나가보자. 밖에서 누가 기다려."

"누가?"

"나가보재도."

이진과 정우는 영문도 모르고 완수에게 떠밀리듯 로비까지 내려왔다. 그런데 그곳에 뜻밖에도 M&J 박 실장이 기다리고 있었다.

"이진 씨, 우리 얘기 좀 할까요?"

무슨 이유에서인지 박 실장은 이진과 따로 얘기를 나누고 싶어 했다. 이진을 혼자 보내고 싶지 않아 하는 정우를 말린 것은 완수였다. 그리고 박 실장과 이진은 화인엔터에서 얼마 멀지 않은 커피 가게에 자리를 잡고 앉았다.

"완수 형한테 얘기 다 들었어요."

"무슨……?"

"이진 씨가 민후 싫어하는 이유요."

"……"

박 실장은 소속 가수 간 콜라보 문제로 화인엔터를 방문한 것이라고 했다. 그리고 우연히 완수와 이진이 함께 있는 모습을 봤고 그제야 어슴푸레 떠오르는 옛 기억을 확인하고 싶어 완수를 불러냈던 것이라고 했다.

"그때 그 작곡가가 이진 씨였을 거라고는 생각지도 못했어요. 그렇게 찾아오는 작곡가들이 워낙 많았으니까."

박 실장도 그 자리에 있었다고 했다. 그때는 지금보다는 훨씬 날씬했었다며 박 실장은 쑥스러운 웃음을 지어 보였다. 하지만 박 실장이 그때나 지금이나 똑같은 외모였대도 박 실장을 기억하기는 어려웠을 것이다. 강민후의 존재감이 너무 커서 이진의 눈에 다른 사람은 들어오지도 않았으니까.

"상처 많이 받았던 것 같은데, 제가 대신 사과할게요."

"박 실장님이 왜요?"

"이진 씨가 우리 민후 좀 좋아해줬으면 해서요."

저렇게 말하는 걸 보면 박 실장도 강민후가 옛 여자 친구를 찾아간 걸 아직 모르나 보다. 이진에게는 이 무의미한 대화를 길게 이어가야 할 이유가 없어 보였다.

"아직 모르시나 본데……."

"제 얘기 먼저 좀 들어주실래요? 민후 대신 변명이라도 좀 해드리고 싶어요."

이진의 말을 중간에 끊은 박 실장의 표정이 너무 진지해서 이진

은 박 실장을 방해할 수가 없었다. 그리고 무슨 변명을 대신하고
싶은 건지 들어보고 싶기도 했다.

"말씀하세요."

"그 당시에 민후 그 자식 제정신이 아니었어요. 민후 어머니 돌
아가신 건 아시죠?"

"네."

"근데 어떻게 돌아가셨는지는 모르시죠?"

기사에 그런 내용까지는 나오지 않았으니 당연히 이진이 거기
까지는 알 리가 없었다.

"자살하셨어요."

"네?"

민후에게 그런 아픈 가족사가 있었다니. 생각지도 못한 이야기
에 이진은 그저 놀란 눈만 깜빡이고 있었다.

"마음에 병이 깊으셨어요. 그 녀석 가족이라고는 어머니밖에 없
었어요. 민후가 음악을 하게 된 동기도 어머니 때문이었어요. 어머
니 고생 안 시키겠다고. 그런데 일이 바빠지면서 어머니에게 소홀
해진 거죠. 그 자책이 컸어요. 저 때문에 어머니가 그렇게 되신 거
라는 생각을 했었던 것 같아요."

그 마음이 어떤 건지 모르지 않았다. 이진의 엄마도 저 때문에
돌아가셨으니까. 그건 가슴이 갈기갈기 찢어지는 것 같은 아픔이
었다. 이진은 천안 엄마의 집에서 방 안 여기저기 흩어져 있던 전
단지를 끌어안고 심장이 끊어질 것처럼 울고 울었던 그때를 기억
했다.

"어머니 돌아가시고 민후는 정상 생활이 힘들 정도로 괴로워했

어요. 의사는 약을 복용할 걸 권했는데 민후가 버렸어요. 제 어머니가 평생 그 약을 먹었으니까요."

몰랐다. 강민후에게도 그런 힘든 시간이 있었다는 사실을. 늘 티브이 화면에서는 환하게 웃고만 있던 남자였으니까.

"죄책감에 잠은 못 자고 일은 늘 계속 많았고 스트레스가 점점 쌓여간 거죠. 그리고 어느 순간 한계치에 도달한 거죠. 그리고 팡 하고 터져버린 게 하필이면 이진 씨가 찾아왔을 그때쯤이었을 거예요."

민후에게 이런 속사정이 있었는지도 모르고 이진은 그저 티브이에 보이는 그 모습이 가짜고 가식이라고만 생각했었다.

"스트레스가 심해지자 사람들을 대하는 태도도 민후답지 않게 점점 예민해지고 공격적이 되어갔어요. 이진 씨한테 했었던 것처럼요. 겪어봐서 알겠지만 말은 늘 툴툴거려도 민후 그 자식 마음은 안 그렇잖아요."

같이 있는 동안 민후는 제게 늘 다정했었다. 티브이 화면에서 보던 그 모습처럼. 목적을 가지고 제게만 그렇게 구는 거라고 생각했었는데 그럼 그게 강민후의 본모습이라는 거야?

"사람들에게 자꾸 공격적이 되어가니까 민후 스스로가 더 힘들어했어요. 컨트롤이 안 되기 시작한 거죠."

아팠던 거구나. 어머니를 잃은 슬픔이 너무 커서 강민후도 마음에 병이 생겼던 거구나. 그런 줄도 모르고. 이진은 이제야 알게 된 그날의 진실에 가슴이 먹먹해졌다.

"그리고 그때쯤 민후도 자신이 심각하다는 걸 깨닫기 시작했던 것 같아요. 그리고 사라질 준비를 했던 거죠."

세상에 이뤄놓은 그 많은 화려한 것들을 뒤로하고 그 깊은 산골 오지로 숨어들어 가기까지 민후의 심정이 얼마나 절박했을지 상상하기도 힘들었다.

"이진 씨가 그때의 민후 상태를 좀 이해해줬으면 좋겠어요. 그리고 이진 씨에게 준 상처도 용서해줬으면 좋겠구요. 그리고 민후 좀 좋아해주시면 안 되겠어요?"

아팠던 거라면 이해할 수 있었다. 내게 준 상처도 잊을 수 있었다. 아니, 그깟 상처도 이제 아무런 상관이 없었다. 박 실장의 부탁이 아니더라도 강민후를 이미 많이…… 좋아하니까. 하지만…… 하지만 이미 너무 늦어버렸다. 그 안타까운 사실에 이진의 가슴이 무너져 내렸다.

"너무 늦었어요."

참으려고 했는데 이진의 눈에 눈물이 차올랐다.

"네? 늦어요? 뭐가요? 아, 이진 씨 왜 이래요? 울어요, 지금?"

"죄송해요. 근데 너무 늦어버렸어요."

"늦다니요? 그러니까 뭐가요?"

"그 사람이, 그 사람이 다른 사람한테 가버렸어요. 흑."

결국 눈물이 터져버렸다.

"아이구, 이거. 저기, 잠깐만……."

갑작스러운 이진의 눈물에 당황하며 박 실장이 주섬주섬 주머니에서 손수건을 찾아 내밀었다.

"진정 좀 하시고, 왜 이러시는지? 다른 사람이라뇨? 무슨 말씀이신지 자세히 좀……."

"박 실장님도 모르셨나 보네요. 그 사람한테 다른 여자가 있어요."

"다른 여자라니요? 그럴 리가 없는데, 대체 누굴 말씀하시는지?"

"지금도 그 사람 그 여자하고 같이 있을 거예요. 아침에 같이 나갔으니까요."

오늘 아침 민후와 주련이 함께 현관을 나가던 그 뒷모습을 떠올리자 다시 서러움이 북받쳐 올라 어떻게든 참으려던 눈물이 이진의 뺨을 타고 뚝뚝 떨어져 내렸다.

"아침에요? 설, 설마 주련이 말씀하시는 건 아니죠?"

"흑, 박 실장님도 그 여자 아시네요."

"풉. 푸하하하."

울먹이며 대답하는 이진을 바라보며 박 실장이 갑자기 미친 사람처럼 웃어젖혔다. 이진은 눈물이 범벅이 된 눈을 끔뻑이며 박 실장의 그 웃음에 대한 설명을 기다렸다.

"그러니까 이진 씨도 민후 좋아하시는 거죠?"

"그게 다 이제 와서 무슨 소용이에요?"

"좋아하시는구나. 하하, 그런 줄도 모르고 그 자식…… 하하하."

이유는 설명해주지 않고 계속 웃어젖히는 박 실장이 이진은 이제 원망스럽기까지 했다.

"왜 자꾸 웃으시는 거예요? 박 실장님은 이게 지금 재미있으세요?"

뺨에 묻어 있는 눈물 자국을 닦아내며 이진이 심통 난 아이처럼 볼멘소리를 했다.

"네, 두 사람 너무 재미있네요. 그런 줄도 모르고 그 자식 어제 이진 씨 때문에 술을 얼마나 퍼 마셨는데요."

"네, 저 때문에요? 그게 무슨 소리세요? 혹시 어제 박 실장님도 같이 계셨어요?"

"네. 어제 민후 싱글 앨범 녹음하러 나왔었거든요. 마침 주련이도 시카고에서 들어오고 해서 같이 마셨어요. 아 참, 주련이는…… 하하."

박 실장의 입에서 차주련 그 여자의 이름이 나오자 이진의 표정이 눈에 띄게 얼어붙었다.

"훗, 주련이는 우리 M&J 공동대표예요. 아, 성수그룹 아시죠? 주련이가 그 집 딸이에요."

"네?"

"M&J 실질적인 주인은 주련이고 유 대표는 전문경영인인 셈이죠."

제 또래로밖에 안 보이던 그 여자가 그렇게 큰 엔터 회사 대표라니. 하지만 그게 뭐? 그게 그렇게 미친 듯이 웃을 이유야? 그 여자가 그렇게 대단한 여자라면 더더욱 저하고는 상대가 안 된다는 소린데.

"주련이가 민후 팬클럽 초대 회장이었어요. 아시는지 모르겠지만 민후가 저번 소속사하고 계약 분쟁이 좀 있었어요. 너무 어린 나이에 소속사하고 계약하면서 거의 노예계약 수준으로 부당한 대우를 많이 받았었거든요. 그래서 그 소속사하고 계약 만료 시점에 주련이가 M&J를 만들었어요. 민후를 위해서요. 물론 지금은 성수그룹에서 나온 거고요."

알겠다고요. 그 여자가 저랑은 상대도 안 될 대단한 여자라는 건 이제 알겠으니까 그렇게 미친 듯이 웃은 이유나 빨리 좀 알려달라고요. 이진의 인내심이 바닥을 드러내고 있는 줄도 모르고 박 실장은 차주련에 대한 얘기만 자꾸 하고 있었다.

"주련이 아버지가 주련이한테 M&J를 차려주면서……."

"박 실장님."

"네?"

"왜 웃으셨는지부터 말씀해주시면 안 돼요?"

결국 이진의 인내심이 바닥이 나버렸다.

"하, 그러니까 주련이는 이미 결혼한 여자라는 소리를 내가 지금……."

"네에? 그게 정말이에요?"

대체 이게 무슨. 그러니까 결혼까지 한 여자가 강민후를 그렇게 꼬신 거라고? 이진은 이게 다 무슨 말인지 도무지 이해가 되지 않았다.

"그러니까, 주련이하고 민후는 그런 사이가 아니라고요."

"아니라고요? 둘이 사귀던 사이라고 했어요."

"누가요?"

"도우미 아주머니가 그러셨어요. 하루도 안 보고는 못 사는 사이였다고."

"하, 아니에요. 아, 주련이가 민후 의상을 챙기기는 했어요. 주련이 원래 직업이 디자이너예요. M&J 말고도 숍(shop)도 따로 가지고 있고요. 그러다 보니 거의 매일 보긴 했죠. 그래서 그렇게 생각했을 수도 있었겠네요."

"제 앞에서 민후 씨한테 입도 맞추고 팔짱도 꼈는걸요."

"주련이가요? 하하하."

박 실장이 진짜 재미있다는 듯 또 한바탕 웃어젖혔다.

"하, 왜 자꾸 웃으시는 거냐고요?"

"아, 미안해요. 주련이가 원래 장난기가 좀 많아요."

"장난이요?"

"네. 민후가 술 마시면서 이진 씨가 제 마음 안 받아준다고 너무 죽을 것처럼 구니까 이진 씨한테 아마 장난을 좀 친 것 같아요. 집 안에서 시켜서 한 정략결혼이긴 해도 주련이하고 임 사장, 아, 주련이 남편이 유성그룹 임병호 사장이에요. 아무튼 그 두 사람도 서로 죽고 못 살아요. 워낙 어릴 때부터 만나서. 하하."

"진짜 그게 모두 장난이었다고요?"

"네. 백 퍼센트 둘은 그런 사이가 아니에요. 걔네 둘은 그냥 말 그대로 가족 같은 사이예요."

"흑. 말도 안 돼. 내가, 내가 그런 줄도 모르고 내가 어젯밤부터 얼마나 괴로웠었는데. 그런 줄도 모르고. 흑흑."

두 사람이 그런 사이가 아니라니, 강민후가 여전히 제가 좋아서 죽을 것처럼 괴로워한다니 이진은 그제야 막혀 있던 숨통이 터지는 것 같았다. 하지만 그것도 잠깐, 지난밤부터 제가 얼마나 괴로 웠는지, 얼마나 서러웠는지 그 생각을 하니 약이 올라 견딜 수가 없었다.

"흑. 그 사람들 지금 어디 있어요? 가서 따져야겠어요."

"아, 그건……. 오늘은 좀 참아주실래요?"

"그건 또 왜요? 저는 지금 당장 그 사람들 봐야겠어요."

"사실 오늘 민후 어머니 기일이에요. 그래서 주련이랑 둘이 절에 갔어요."

"어머니 기일이라고요?"

그래서 그렇게 차려입고 나갔던 거야. 이제야 모든 게 이해가 되었다. 그리고 한편으로는 민후가 제가 아닌 주련과 어머니를 뵈러 간 게 서운하기도 했다.

"민후 사라지고 주련이가 그동안 민후 어머니 기일 꼬박꼬박 챙겼었거든요. 이번에도 장기 출장 중에 어머니 기일에 맞춰서 바쁘게 한국 들어온 거고요. 이진 씨도 데려가고 싶어 했는데 아시잖아요, 민후는 지금 이진 씨가 자기를 싫어한다고 생각하거든요. 차마 말을 못 했을 거예요."

"아, 네."

그렇게 말하니 더 이상 서운해할 수도 없었다. 게다가 그동안 어머니 기일까지 챙긴 사이라니. 민후와 주련이 가족과도 같은 사이라는 박 실장의 말을 더 이상 의심할 수도 없었다.

"그러니까 민후 속 그만 태우고 그 녀석한테 좋아한다고 말해주세요. 사실 회사 입장에서는 민후가 여전히 잘나가는 싱글인 게 더 좋지만, 민후 녀석이 이진 씨 때문에 일도 못 하고 있고 이런 현실이면 차라리 빨리 결혼식 올리고 안정을 찾는 게 좋거든요."

"결혼식이요? 결혼했다면서요."

"아, 그건……. 하, 그건 민후한테 직접 들으세요."

수수께끼 같은 말을 던져놓고 박 실장이 또 빙긋 웃었다. 하긴 지금 결혼식을 했건 안 했건 그게 중요한 건 아니었다. 강민후가 여전히, 죽을 것처럼 저를 사랑한다는 그 사실을 알았으니까.

"집에 가야겠어요. 가서 그 사람 기다려야겠어요."

한시라도 빨리 민후를 보고 싶었다. 그리고 제 마음도 빨리 보여주고 싶었다. 또다시 늦어지기 전에.

"어머, 벌써 오셨어요?"

민후가 현관문을 따고 들어서니 막 욕실 문을 열고 나오던 아주머니가 민후를 발견하고 화들짝 놀라셨다. 욕실 청소라도 하셨는지 아주머니의 접어 올린 바지 아랫단이 젖어 있었다.

"이진이는요?"

"방에 계실 거예요. 어디 나갔다 오시더니 뭐 마려운 사람처럼 거실을 내내 왔다 갔다 하시다가 방에 들어가신 지 얼마 안 됐어요."

"아, 네."

민후는 구두를 벗어던지고 선걸음 그대로 이진의 방으로 향했다.

똑똑.

그냥 열고 들어가고 싶은 걸 최대한 인내심을 발휘해서 노크까지 했건만 대답이 없었다. 더는 자제할 인내심이 민후에게는 없었다.

벌컥.

"이진……아."

어지간히도 깊게 잠들었는지 이진은 민후가 부르는 소리에도 꿈쩍을 하지 않았다.

"오빠 바보 아냐? 윤이진 씨가 오빨 안 좋아하기는 뭘 안 좋아해."

강원도로 가는 길에 주련이 그랬었다.

"내가 오빠한테 손만 대도 바들바들 떨면서 하얗게 질리던데. 뭐 좀, 귀엽기는 하더라."

그때까지만 해도 믿지 않았었다.

[통화 가능한 시간에 연락 요망.]

제사가 거의 끝나갈 즈음 박 실장에게서 문자 하나가 도착했었다. 그냥 어제 다 못 마친 녹음 이야기인 줄로만 알고 느긋하게 제사를 마치고 주지스님과 얘기도 한참 나눴었다. 그리고 돌아오는 차에 올라타고서야 박 실장의 문자가 생각났었다.

-아, 왜 이제야 전화 걸어?

웬일로 목에 힘이 바짝 들어간 목소리였다. 그리고 박 실장은 그날의 얘기를 해주었다. 이진과 저와의 오래전 인연을.

-이진 씨가 그날 일로 많이 힘들었었나 보더라.

이진에게는 악연이었다고 했다. 2년이 넘게 단 한 줄의 곡도 쓸 수 없었다고. 너무 미안했다. 저를 받아주지 않는 이진을 이해할 수도 있었다. 하지만 그럼에도 이진을 놓아줄 수 없다는 사실에 죽을 것처럼 괴롭기도 했었다.

-이해하는 것 같더라. 내가 그때 네 상태에 대해서 말해줬거든. 근데 뭐, 그 거랑은 별개로 이미 너 많이 좋아하고 있더라고. 글쎄, 내 앞에서 펑펑 울더라니까. 네가 주련이하고 바람이라도 난 줄 알고.

"아, 왜 그걸 인제 말해!"

너무 기뻐서, 너무 좋아서. 애먼 박 실장에게 버럭 소리를 지르고 그길로 바로 서울로 날아왔다. 어제 다 마치지 못한 녹음을 끝냈어야 했지만 녹음 따위는 안중에도 없었다. 박 실장에게 들은 그 말이 사실인지 당장이라도 확인해야 했으니까.

"내가 더 잘할게. 행복하게 해줄게. 예전에 너한테 잘못했던 것까지 평생 갚아줄게. 그러니까 나 좀 사랑해줘, 이진아."

잠든 이진의 곁에 앉아 그렇게 민후는 한참을 애틋하게 이진을 바라봤다. 그리고 결이 고운 이진의 이마에 입을 맞추고 조용히 이진의 방을 나왔다.

경련을 일으키듯 놀란 근육이 움찔했다. 그리고 번쩍 눈이 떠졌다. 희끄무레한 저녁빛이 이진의 방 창가를 밝히고 있었다.

'뭐야. 언제 잠든 거야?'

벌떡 일어난 이진은 시계부터 확인했다.

6시 30분.

민후가 들어올 때까지 기다릴 생각이었다. 거실에 서서 민후가 현관을 열고 들어오면 달려가서 안아줄 생각이었다. 그리고 좋아한다고 고백하려고 했었다. 하지만 온종일 마음을 졸였던 탓에 피곤이 몰려왔다. 임신을 하면 원래 이렇게 아무 때나 잠이 쏟아지는 건지.

"왔나?"

이진은 구겨진 옷을 펼 정신도 없이 거실로 쫓아나갔다. 당연히 계실 줄 알았던 아주머니는 보이지 않았고 복도 끝 민후의 작업실 쪽에서 기타 소리가 들렸다.

"왔다."

가슴이 미친 듯이 뛰기 시작했다. 온종일 그렇게 기다리던 사람인데. 막상 민후가 저곳에 있다고 생각하니 선뜻 발걸음이 떨어지지 않았다.

'후우.'

떨리는 가슴을 진정시키기 위해 긴 숨을 내쉬고 이진이 걷기 시작했다.

디잉 띠떵 띠디딩 띠이잉…….

"<마마>다."

강민후의 곡 중에 애절하기로는 단연코 최고인 곡. 강민후를 그렇게 미워하면서도 이진은 기분이 울적하거나 미래가 불안하게 느껴질 때, 천안에 있는 엄마가 생각날 때마다 이 곡을 연주하곤 했었다. 이 곡만큼 울적한 제 기분을 풀어주던 곡이 없었으니까.

'당신 많이 슬프구나.'

어머니 기일이라더니. 그래서 그런지 더 애절하게 들리는 곡. 반쯤 열린 작업실 문 사이로 소파에 앉아 기타를 연주하고 있는 민후의 등이 보였다. 오늘따라 유달리 더 넓어 보이는 그의 등이 너무 슬퍼 보여 이진의 가슴도 덩달아 먹먹해졌다.

'슬퍼하지 말아요. 이제 어머니 대신 나랑 우리 아기가 당신이 살아야 할 이유가 되어줄게요.'

더 이상 머뭇거릴 이유가 없었다. 작업실로 달려 들어간 이진은 민후가 돌아볼 겨를도 없이 덥석 민후의 등을 안았다.

띠이잉.

놀란 듯 기타 소리가 멈췄다. 그리고 민후는 한동안 아무 말도 없었다.

"이래 놓고 또 베개로 내려치는 건 아니지?"

그리고 한참 만에 한다는 소리가 이랬다. 그리고 그 순간 모든 것이 다시 제자리를 찾아갔다. 민후가 제 방에서 화를 내고 나간 이후, 그리고 차주련의 등장까지. 그 죽을 것같이 괴로웠던 감정도, 민후를 다시 이렇게 안기까지 느껴야 했던 긴장도 모두 사라졌다.

"훗."

"넌 너무 밝혀."

"그래서 싫어요?"

"그래서 너무 좋다는 소리였어."

기타를 내려놓은 민후가 이진을 제 앞으로 당겨 세웠다. 마주 보는 두 사람의 시선을 타고 서로에 대한 갈망이 정염의 불꽃이 되어 이글거렸다.

"좋아해요. 당신이 좋아요."

그리고 마침내 이진이 제 사랑을 고백했다.

"못 들었어. 다시 말해봐."

"들었잖아요."

"못 들었다니까."

"아, 몰라요. 두 번은 말 못…… 흡."

그리고 그 순간 민후가 이진의 허리를 당겨 안고 열에 들뜬 제 입술을 뜨겁게 겹쳐왔다.

14장. 내가 그렇게 좋아요?

삼킬 듯 이진의 입술을 빨아들이던 민후가 이번에는 유혹하듯 이진의 입술을 핥아 올렸다.

"또 애태우기만 해봐."

"많이 힘들었어요?"

"죽는 줄 알았어."

"사랑해요."

빨갛게 열이 오른 얼굴로 이진이 사랑을 말하자 민후의 입가에 정복자의 오만한 미소가 자리를 잡았다.

"알고 있어. 내가 그랬잖아. 너 나 사랑한다고."

"훗, 잘났어, 정말."

"나 잘난 거 이제 알았어? 앉아. 목 아파."

끝까지 잘난 체를 하며 민후가 제 허벅지를 탁탁 쳤다. 예전 기억이 없는 이진은 민후와의 이런 행위가 아직은 쑥스럽고 부끄러웠다. 앉으라는 민후의 말에도 이진이 선뜻 다가가지 못하고 서 있자 민후의 손이 이진의 허리를 감아 당겼다. 털썩 주저앉은 민후의 허벅지가 단단했다. 그리고 뜨거웠다.

"더 망설일 이유가 있어?"

"아주머니는요?"

"일찍 들어가라고 했어."

"왜요?"

"이렇게 될 줄 알았거든."

"훗. 흡."

얄미울 정도로 자신감을 드러내는 민후를 보며 이진이 피식 실소를 터트리자 그 틈을 타 민후의 혀가 잽싸게 이진의 입술 사이를 파고들었다. 한껏 여유를 부리는 말솜씨와는 달리 민후의 몸짓은 절박했다.

"으음."

민후의 혀가 이진의 고른 치열을 핥고 입천장을 간질이자 이진의 입에서 저도 모르게 나른한 신음이 새어 나왔다. 민후는 지독한 갈증이라도 난 사람처럼 이진의 혀와 입술을 핥고 빨았고 이진의 타액을 세상 제일 달콤한 액체인 것처럼 빨아마셨다.

"하아, 하아."

입 안 가득 고인 타액을 몇 번이나 목구멍으로 삼켰는데도 민후는 이진의 입술을 놓아주지 않았다. 힘에 겨운 이진의 손이 민후의 셔츠 깃을 잡고 거친 숨을 내쉬고서야 맞붙은 두 입술이 떨어졌다. 그 짧은 사이에 벌겋게 부어오른 이진의 입술이 민후를 자꾸 흥분시켰다.

"이름표라도 만들까 봐."

"이름표요?"

"응. 너 또 사라지면 나 이제 죽어."

이진의 부풀어 오른 입술에 묻은 타액을 엄지로 닦아주며 민후가 이진의 얼굴을 애틋하게 바라봤다. 그 눈에 저를 향한 사랑이 고스란히 담겨 있어 이진은 가슴이 마구 두근거렸다.

"내가 그렇게 좋아요?"

"누가 좋대?"

"좋다고 했잖아요."

"사랑한다고 하지 않았나?"

능청스럽게 웃어 보이며 민후는 이진의 셔츠 단추를 풀기 시작했다. 저도 모르게 이진의 어깨가 움찔 긴장했다.

"겁나?"

"조금? 처음이니까."

제 배 속에 벌써 16주나 된 아기가 자라고 있지만 이진은 오늘이 처음이었다. 기억에 없으니 처음인 거지.

"그러니까 이정우하고는 정말 아무 사이도 아니었다는 소린 거지?"

"말했잖아요, 정우는 그냥 친구라고."

"하긴, 아무리 기억이 없어도 나 같은 남자랑 살았는데 이정우가 남자로 보일 리는 없었겠지."

"그렇게 자신 있어요?"

그사이 다 풀어진 이진의 셔츠를 어깨 위로 벗겨내며 민후의 손이 이진의 브래지어 안으로 파고들었다.

"그거야 이제 곧 알게 되겠지?"

그러고는 이진의 가슴을 아프도록 움켜쥐었다.

"아웃."

"우와, 많이 커졌는데? 혹시 내가 그리워서 밤마다 혼자 만지고 그랬던 거 아니야?"

"하, 말도 안 돼. 임신하면 원래 커지는 거라고요."

"아아. 역시 임신은 좋은 거구나."

민후는 능숙하게 이진의 브래지어를 벗겨냈다. 그러자 뽀얗게 살이 오른 젖가슴이 출렁이며 눈앞 가득 모습을 드러냈다. 민후의 눈에 정염의 열기가 들어찼다. 그리고 민후는 단숨에 이진의 젖가슴을 베어 물었다.

"으음."

미식가가 최고의 음식에 신음으로 경이를 표하듯 열에 들뜬 신음 소리를 뱉어내며 민후는 이진의 유두를 핥고 빨고 깨물었다. 그리고 욕심 많은 아이처럼 나머지 한쪽 가슴을 거머쥐고 짓이겼다.

"아흐."

민후의 입에 빨리고 깨물리자 알싸한 통증이 느껴졌다. 그런데 이상했다. 아픈데도 좋기만 했다. 기대 섞인 신음을 뱉어내며 이진이 민후의 머리를 제 가슴으로 당겨 안았다. 입 안 가득 이진의 유두를 물고 희롱하던 민후의 혀가 그제야 떨어졌다. 그리고 민후는 이진의 가슴골에 얼굴을 묻었다.

"하아, 좋다. 윤이진 냄새."

음미하듯 길게 숨을 들이마신 민후가 그대로 이진을 소파에 눕혔다. 그리고 이진을 타고 올라가 진득하게 다시 입을 맞추기 시작했다. 지칠 줄도 모르는 민후의 혀가 다시 이진의 입술을 헤집고 들어와 폭풍같이 이진의 입 안을 휩쓸었다. 서로 섞인 타액이 쉴 새 없이 두 사람의 목구멍으로 넘어갔다. 그리고 그러는 사이 민후의 손이 이진의 허리를 타고 미끄러져 내려가 긴장한 이진의 허리를 달래듯 쓰다듬었다.

"배는 언제쯤 불러와?"

배를 타고 미끄러져 내려온 민후의 얼굴이 이진의 아랫배에서 멈췄다.

"모르겠어요. 15주부터 불러오는 사람도 있다는데 난 아직 표 많이 안 나죠?"

"무슨 문제 있는 건 아니겠지?"

"저번에 의사선생님이 잘 자라고 있다고 했잖아요."

"맞다. 그랬지."

검지로 이진의 배꼽 주위에 원을 그리며 민후는 이진의 배를 요리 보고 조리 보고 한참을 사랑스럽게 바라봤다.

"이 안에 내 아이가 있단 말이지?"

"내 아이거든요."

"아빠를 더 자랑스러워할걸?"

"왜 그렇게 생각해요?"

"당연한 거 아니야? 아빠가 자그마치 강민훈데?"

"아우, 잘나셨어요, 정말."

"이제 그만 인정하는 게 어때?"

"뭘요?"

"하, 계속 그렇게 나오겠단 말이지."

그리고 민후의 얼굴이 쑥 하고 이진의 두 다리 사이로 내려갔다.

"아, 뭐 하는 거예요?"

"뭘 할 것 같아?"

그리고 이진이 부끄러워할 사이도 없이 민후의 손이 이진의 바지와 팬티를 끌어내렸다. 거침없이 이진의 사타구니 사이를 벌린 민후는 윤기 나는 까만 수풀을 헤집어 은밀하게 몸을 숨기고 있는 이진의 새빨간 여성을 찾아냈다.

"넌 기억 못 하겠지만 난 똑똑히 기억하고 있거든. 네가 이걸 얼마나 좋아했는지 말이야."

그리고 작심한 듯 민후의 혀가 이진의 그곳을 핥아 올렸다.

"하웃."

자극을 견디지 못하고 이진의 허리가 요동을 쳤다. 무슨 일이 일어날지 알고 있기라도 한 듯 이진의 꽃잎들이 한껏 기대에 부풀어 올랐다. 2개월이 넘었다, 이진을 안은 지. 물기를 머금은 이진의 꽃잎들이 제 눈앞에서 유혹하듯 벌어지자 안달이 난 것은 오히려 민후였다.

"아우, 씨."

바지 아래서 터질 것처럼 부풀어 오르는 제 것을 먼저 해방시켜야 했다. 성마른 손으로 버클을 풀어내고 순식간에 바지와 드로즈까지 벗어던졌다. 마침내 해방된 민후의 그것이 끄떡끄떡 제 짝의 위치를 찾고 있었다. 하지만 아직은 아니었다. 이진의 입에서 들어야 할 말이 있었으니까.

"뒤로 돌아봐."

산골에서 이진은 특히 이 자세를 좋아했었다. 하지만 기억이 없는 이진은 또 어떤 자극이 저를 놀라게 할지 겁이 나는 모양이었다. 놀란 눈으로 저를 올려다보는 이진을 향해 걱정 말라는 듯 빙긋이 웃어주고 민후는 이진의 몸을 돌려 눕혔다. 그리고 이진의 가는 허리를 끌어올렸다. 임신을 해서인지 더 풍만해진 엉덩이가 제 눈앞에서 유혹적으로 흔들리고 있었다. 당장이라도 제 것을 박아 넣고 싶어 미칠 것만 같았다.

"꼭 이렇게까지 해야 돼요?"

"나중에 더 해달라고 조르지나 마."

그 말과 동시에 민후는 이진의 엉덩이를 벌렸다. 그리고 이진의 음부를 길게 핥아 올렸다.

"하잉."

만개한 꽃잎들이 자극을 못 이겨 바들거렸다. 그리고 바들바들 떨리는 음순을 민후는 작정이나 한 듯 깨물고 빨아댔다.

"아웃."

놀란 이진의 허리가 달아나듯 앞으로 빠졌다. 도망가는 이진의 허리를 낚아챈 민후는 길게 빼낸 자신의 혀를 벌어진 이진의 질구 안으로 밀어 넣었다. 그리고 손가락으로 이진의 음핵을 문지르기 시작했다.

"아윽."

자극을 받아 빨갛게 부풀어 오른 클리토리스를 깨물자 이진이 허리를 꿈틀하며 짧은 비명을 내질렀다. 그리고 그 순간 이진의 중심에서 왈칵하고 애액이 터져 나왔다.

"뭐야, 벌써 그렇게 좋은 거야?"

홍건하게 흘러내리는 애액이 이진의 사타구니를 타고 내리자 민후는 아깝다는 듯 날름 그것을 핥아먹었다.

"하으, 하지 마요."

"좋으면서 왜 그래?"

얄미운 십 대 소년처럼 말하며 민후는 다시 이진의 중심에 얼굴을 파묻었다. 그리고 집요하게 다시 그곳을 핥고 빨았다.

"하웅."

소파에 머리를 처박은 채 이진은 자극을 견뎌내느라 온몸을 바들바들 떨고 있었다.

"어떻게 해줄까, 이진아? 계속 빨아줘? 아님 이대로 박아줄까?"

"아흐, 몰라, 모르겠어."

이미 한계에 도달한 듯 이진은 제 몸을 가누지도 못했다. 그런 이진의 엉덩이를 다시 고쳐 잡고 민후는 흥분으로 벌름거리는 이진의 질구에 다시 제 혀를 밀어 넣었다. 쑤셔 넣은 혀를 길게 빼내 젖은 이진의 내벽을 간질이듯 긁어 올리자 이진의 가는 허리가 자지러지듯 꺾였다.

"하웃, 그만. 그만해요, 그만."

더 이상은 견딜 수 없다는 듯 이진이 민후의 머리를 밀어냈다.

"그게 아니지. 넣어줘요 오빠, 해야지."

"으으응……."

이진은 그런 민망한 소리는 절대 못 한다는 듯 고개를 좌우로 흔들었다.

"못 해? 못 한다고? 그럼 뭐 어쩔 수 없지."

민후는 잔혹한 정복자처럼 집요하게 이진의 엉덩이를 고쳐 잡고 가운뎃손가락 두 개를 이진의 질구 속으로 찔러 넣었다.

"하앙, 앙, 아흥."

그리고 깊숙이 찔러 넣은 손가락을 돌리자 이진의 입에서 기다렸던 교성이 터져 나왔다.

"하으응. 하으응. 제발."

흥분을 못 이긴 이진은 흐느끼고 있었다. 요의라도 느끼는지 이진의 질구가 민후의 손가락을 끊어낼 것처럼 조이고 있었다.

"제발 뭐? 이진아, 제발 어쩌라고?"

"그만. 그만해요, 제발."

"그게 아니잖아."

민후가 손가락으로 빠르게 질구를 쑤셔댔다.

"그만해. 그만하라고, 이 나쁜 놈아."

"그래, 난 나쁜 놈이야. 근데 어쩌지? 난 꼭 그 소릴 들어야겠는데."

그리고 민후는 이진의 내벽을 훑듯이 손가락을 돌리고 돌렸다.

"아항항, 아항항, 아흐, 아흐."

이진은 이미 절정으로 넘어가고 있었고 그 극단의 쾌감을 견디지 못해 울음을 터트렸다.

"그만하라고, 이 자식아. 응으응."

이진의 말대로 첫 경험인데 너무 몰아붙인 모양이었다.

"알았어, 미안해. 그러니까 울지 마, 이진아."

민후는 쾌감에 젖어 흐느끼는 이진을 돌려 안았다. 눈물이 범벅이 된 얼굴로 이진이 힘없이 민후의 품으로 안겨왔다.

"여기서 쌀 뻔했단 말이야. 응응응."

"싸고 싶으면 그냥 싸면 되잖아."

"어떻게 그래. 이거 비싼 소파잖아. 응응응."

미워 죽겠다는 듯 이진이 민후의 가슴을 때렸다. 민후는 그 와중에도 소파 걱정을 했다는 이진이 귀여워 죽을 것 같았다.

"사랑해, 이진아."

"이씨, 미워. 밉다고."

이진이 다시 민후의 가슴을 쳤다. 하지만 힘이 풀린 이진의 주먹은 아프지도 않았다. 더 아프고 힘든 건 아래쪽이었다. 기대에 부풀어 이제나저제나 제 차례만 기다리고 있던 아랫도리가 이대로 끝내면 죽여버리겠다는 듯 성이 나서 맞닿은 이진의 아랫배를 툭툭 치고 있었다.

"아윽."

그제야 이진도 민후의 상태를 알아챈 모양이었다.

"미안. 근데 이대로 끝내면 이 녀석 터져버릴지도 몰라."

"하이잉."

이진은 저보고 더 어쩌라는 거냐는 듯 앓는 소리를 냈다.

"살살 할게."

쿠퍼액이 방울져 흘러내리고 있는 제 것을 거머쥐고 민후는 그 선단을 애액으로 젖은 이진의 질구에 맞춰 비벼댔다.

"이제 넣을 거야."

그리고 민후는 이진의 젖은 질구를 손가락으로 벌렸다. 그리고 막 피스톤 운동을 시작하려던 그때였다. 이진의 다급한 손이 제 질구를 막았다.

"안 돼. 하지 마. 하지 마요. 하면 안 될 것 같아."

겁이라도 먹은 것일까, 이진의 고갯짓이 필사적이었다.

"으윽. 이진아, 나도 지금 죽을 것 같단 말이야."

"아기. 아기한테 안 좋을 것 같단 말이야."

그러고 보니 이쪽으로는 둘 다 상식이 전무했다. 아기는 가졌지만 성경험은 처음이라는 이진이나 두 달 동안 아기 존재도 몰랐던 초보 아빠 민후나 임신 시 부부관계에 대해 아는 것이 없기는 마찬가지였다.

"아흑."

더 이상 견뎌내지 못한 민후는 금방이라도 폭발해버릴 것 같은 제 것을 손에 쥐고 자위하듯 앞뒤로 흔들었다.

"미치겠다, 진짜."

두 달 만에 욕구를 풀어내기 직전이었다. 풀지 못한 욕구 불만이 고통이 되어 민후의 얼굴이 잔뜩 일그러졌다.

"내, 내가…… 해줄게요."

그리고 그 순간 이진의 손이 민후의 그것을 거머쥐었다.

"뭐? 진짜?"

놀람과 기대로 민후의 눈이 커졌다. 페니스를 잡은 이진의 손이 파르르 떨리는가 싶더니 어느새 이진은 능숙하게 민후의 페니스를 아래위로 훑어 내렸다.

"뭐야, 왜 이렇게 잘해? 너 기억 안 나는 거 맞아?"

"몰라요, 나도. 근데 손이 저절로 움직여."

"으읏."

이진의 손놀림이 빨라지자 민후의 입에서 고통스러운 탄성이 터져 나왔다. 쾌감에 일그러지는 민후의 얼굴을 보고 자신감이라도 얻은 것일까? 어느새 이진의 혀가 민후의 그것을 핥고 있었다.

"아웃, 좋아. 이진아, 좋아서 미칠 것 같아."

"벌써 그렇게 좋은 거예요?"

이진은 민후가 조금 전 제게 했던 말을 그대로 하며 민후를 놀리고 있었다.

"말해봐요."

"뭘?"

"넣어줘, 제발."

"뭐어? 하하."

이진의 발칙한 발언에 민후는 쾌감을 느끼는 와중에도 웃음이 터졌다.

"하지 말까요?"

"무슨. 이진아, 부탁이야, 넣어줘, 제발."

민후는 일부러 더 애걸조로 말했다.

"뭐, 그렇게까지 원한다면야."

승리감에 도취된 표정으로 이진이 민후의 페니스를 고쳐 잡았다. 그리고 그 작은 입 속으로 제 것을 밀어 넣었다.

"아하아."

민후는 전신이 녹아내리는 것만 같았다. 따듯하고 축축한 이진의 입 안에서 민후는 그대로 싸버리고 싶은 욕구를 간신히 참아냈다. 처음에는 제 것을 물고 어쩔 줄 모르는 듯싶더니 또 어느새 이진의 머리가 앞뒤로 능숙하게 움직이고 있었다. 몸이 기억하는 모양이었다.

"아웃, 아아아."

그 자극에 더 이상은 견디지 못하고 민후는 허리를 튕겨대기 시작했다. 그리고 그 속도가 점점 빨라졌다. 그리고 어느 순간 왈칵하고 이진의 입 안 가득 뜨거운 액체가 쏟아져 들어왔다.

"으읏. 미안, 더 이상은 견딜 수가 없었어."

"괜%#$%."

입 안 가득 들어찬 정액으로 이진의 말소리가 분명하지 않았다. 이진의 입가로도 사정액이 빠져나와 턱을 타고 뚝뚝 흘러내리고 있었다. 그 모습이 너무 야해 민후는 가슴이 터질 것만 같았다.

"사랑해, 이진아."

"나%$^&해요."

사정액의 일부가 이진의 목을 타고 넘어가는 듯 이진의 목울대가 울렁이고 있었다. 민후는 그대로 이진을 제 품으로 당겨 안고 사랑스러워 미치겠다는 듯 사정액이 묻은 이진의 입술을 핥고 빨았다.

"흐음."

열린 커튼 사이로 쏟아져 들어오는 아침 햇살에 눈을 찡그리며 이진이 깨어났다. 민후의 방이었다. 작업실에서 한차례의 폭풍 같았던 사랑을 나눈 후 민후는 이진을 제 방 욕실로 데려갔다. 민후와 이진은 한강이 내려다보이는 넓은 월풀 욕조에 몸을 담그고 한참이나 서로의 몸을 지분거렸다.

"일어났어?"

아무것도 걸치지 않은 민후의 근육질 가슴이 이진을 유혹했다. 어젯밤 그렇게 만지고도 또 손이 갔다.

"유혹하는 거야?"

"글쎄요."

"기쁜 소식이 있어."

민후는 이 소식을 전하기 위해 내내 이진이 깨어나기를 기다리고 있었던 것처럼 들떠 있었다.

"뭔데요?"

"해도 된대."

"뭘요?"

"삽입 말이야. 너무 거칠게만 하지 않으면 괜찮대. 아기도 잘 자리 잡고 있어서 반드시 피해야 하는 건 아니래."

민후의 눈이 기대에 차 있었다. 그리고 이진의 젖가슴을 거머쥐고 유혹하듯 유두를 희롱했다.

"어떻게 알았어요?"

"의사한테 물어봤어."

"밤에요?"

"응. 전화번호 알아내느라 힘 좀 들었지."

민후는 무슨 대단한 일이라도 해낸 양 의기양양한 모습이었다.

"아우, 미쳤어, 정말. 의사가 뭐라고 생각할 거예요?"

부끄러운 건 이진의 몫이었다. 얼굴이 빨개진 이진이 민후의 맨 가슴을 원망하듯 내려쳤다.

"뭐라고 생각하기는. 어지간히 급한가 보다 하겠지."

그러거나 말거나 민후는 이진의 손목을 낚아채고 손가락으로 희롱하던 유두를 입에 물고 빨기 시작했다.

"그러게, 왜 그런 전화를 하고 그래요, 부끄럽게."

"뭐 어때. 자기들은 뭐 안 하고 사나? 하자, 이진아. 해도 된다잖아."

민후의 집요한 유혹에 이진은 질 수밖에 없었다. 그리고 해가 중천에 떠오를 때까지 둘은 서로를 다시 가졌다.

2개월 만에 만난 두 성기는 미친 듯이 서로를 갈망했다. 그리고 민후는 소원대로 이진의 질 안에 뜨거운 사정액을 토해냈다. 그리고 지친 두 사람은 밥도 먹지 않고 나른한 아침잠에 빠져 있었다.

띠리리. 띠리리.

민후와 이진의 잠을 깨운 것은 박 실장의 전화였다.

"으응."

민후의 나른한 목소리가 민후의 품에 안겨 있던 이진의 귓가를 간질였다.

-아직 자?

"응, 왜?"

-아, 자식, 팔자 좋아.

"아침부터 웬 시비야. 할 말 없으면 끊어."

잠이 덜 깬 민후가 시큰둥하게 말하며 전화를 끊으려 하자 박 실장의 다급한 소리가 전화기를 타고 넘어왔다.

-할 말이 없는데 전화를 했겠냐?

"그러니까 말하라고."

-셀럽패치에서 전화 왔었어.

셀럽패치는 연예인들의 가십거리를 터트리기로 유명한 신문이었다.

-기자 하나가 어제 이진 씨가 너네 빌라에서 나가는 거 찍었나 봐. 기사로 내겠대.

그제야 민후가 몸을 일으켰다. 제대로 대응하지 않으면 기자가 쓰고 싶은 대로 휘갈겨놓을지도 모를 일이었다. 그렇게 놔둘 수는 없었다. 이진과 저의 신성한 사랑과 결혼 문제를.

"그 기자 사무실로 불러. 독점으로 기사 내주겠다고 하고."

-뭘 어쩌게?

"어차피 이렇게 된 거 결혼 기사 내지, 뭐."

-뭐? 자식, 어젯밤에 이진 씨하고 잘됐나 보네?

"시간 약속 잡아서 문자 줘."

더 이상의 관심은 사양한다는 듯 제 할 말만 하고 민후는 전화를 끊어버렸다. 그리고 이진을 돌려 안고 이진의 이마에 입술을 내렸다.

"이제 공개해도 되지?"

"팬들이 욕하지 않을까요? 며칠 전만 해도 아니라고 부인했었잖아요."

"사정이 있었으니까. 진짜 내 팬이라면 이해해주겠지."

걱정이 가득한 눈으로 저를 올려다보는 이진을 보며 민후는 아무 걱정 말라는 듯 웃어 보였다. 그리고 눈썹 밑으로 내려온 이진의 앞머리를 귀 뒤로 쓸어 넘겨주었다.

"당신 팬들이 나 싫어하면 어떡해요?"

"걱정 마. 좋아하게 될 거야."

"당신이 그걸 어떻게 알아요?"

"넌 내가 세상에서 제일 사랑하는 여자니까."

그 말에 이진은 더 이상 아무 말도 할 수 없었다. 너무 행복하고 좋아서 자꾸 눈물이 차올랐다.

"감동했니?"

그런 이진을 놀리듯 민후의 장난기가 발동했다.

"치이, 감동은 무슨."

이진이 밀다는 듯 눈을 흘기자 민후의 손이 이진의 양 볼을 아프지 않게 잡아당겼다. 그리고 쪽 소리가 나게 이진의 이마에 다시 입을 맞추고 민후가 몸을 일으켰다.

"밥 먹자. 밥 해줄게."

"아주머니는요?"

"한동안 오지 마시라고 했어."

"아주머니 싫어하시겠다."

"유급 휴가 싫어할 사람이 있니?"

"아!"

침대에서 일어나는 민후의 나신은 아름다웠다. 이진은 위풍당당하게 알몸으로 서서 제게 손을 내미는 민후를 보며 가슴이 터질 듯이 떨리고 행복했다.

"아무리 봐도 믿기지가 않지? 강민후가 네 남자라는 게."

그렇게 또 잘난 체를 하며 민후가 이진의 손을 당겨 일으켰다. 역시 실오라기 하나 걸치지 않은 이진의 나신이 끌리듯 민후의 품에 폭 안겼다.

"빨리 옷 입자. 또 하고 싶어지기 전에."

민후는 힘들게 이진을 제게서 떼어내며 침대 아래 아무렇게나 던져져 있는 옷가지들을 주워 올렸다.

민후의 시래기 된장국은 역시 일품이었다. 도우미 아주머니의 음식도 훌륭했지만 이진의 입에는 민후가 만든 음식들이 더 입에 맞고 맛있었다. 이진은 된장국에 비벼 밥 한 그릇을 야무지게 해치우고 있었다. 그리고 그런 이진을 보며 민후가 흐뭇하게 웃고 있었다.

"요리는 언제 배웠어요?"

"그렇게 맛있어?"

"네."

"타고난 거지. 내가 이런 사람이야. 얼굴이면 얼굴, 몸매면 몸매, 음악이면 음악, 게다가 음식까지 잘해."

"아우, 잘나셨어요, 정말."

"인정해, 그만."

그렇게 잘난 체를 하면서도 민후는 손을 뻗어 이진의 입가에 묻은 밥풀을 자상하게 떼어주었다.

"천천히 먹어. 먹고 사무실에 같이 가자."

"저도요?"

"응. 기자는 나 혼자 만날 거야. 끝나고 싱글 앨범 녹음 하나 끝내야 하는데 녹음하는 거 구경도 하고 마치고 분위기 좋은 데 가서 밥도 먹고 오자."

"그래도 돼요?"

"안 될 게 뭐야. 그리고……."

무슨 얘기를 하려는지 민후의 목소리가 갑자기 가라앉았다.

"네?"

"우리 엄마 보러 갈래?"

이진의 가슴이 뭉클하게 저려왔다.

"가고 싶어요."

"나도 빨리 엄마한테 너 자랑하고 싶어. 우리 아기도. 그리고 너 네 어머니도 뵈러 가자."

"히잉."

민후와 함께 엄마 산소에 갈 생각을 하니 너무 기쁘면서도 슬펐다. 엄마가 살아계셨다면 얼마나 좋아했을까?

"잘할게, 이진아. 어머니 대신 내가 너 평생 지켜줄게."

"히잉, 고마워요. 나도 민후 씨 어머니 대신 당신 많이 사랑해줄게요."

밥 잘 먹다가 이게 무슨 눈물 바람인가? 이진과 민후는 눈시울이 붉어진 채 그렇게 한참 동안이나 서로를 애틋하게 바라보고 있었다.

"역시 강민후. 아, 진짜 너무 좋다."

생긴 모습과 다르게 박 실장은 의외로 감성적인 면이 있었다. 그래서 이 일을 하고 있는지도 모르지만. 이진은 책상에 턱을 괴고 눈을 감은 채 민후의 음악에 취해 있는 박 실장을 신기한 듯 바라봤다.

"곡 너무 좋지 않아요, 이진 씨?"

"네, 너무 좋아요."

곡도 좋았지만 민후의 감미로운 음색이 너무 좋았다. 이진은 부스 안에서 헤드셋을 끼고 녹음에 집중하고 있는 민후가 너무 멋있고 자랑스러웠다. 저렇게 멋진 남자가 내 남자라니. 이제부터 평생 굶어도 배가 부를 것 같았다.

"아이고, 눈에서 그냥 하트가……."

이진도 어느새 책상 위에 턱을 괴고 민후를 반한 듯 바라보고 있었다. 조금 전 자기 모습은 생각지도 않고 박 실장이 그런 이진을 놀리기 시작했다.

"이게 다 제 덕인 건 아시죠?"

스모선수처럼 덩치가 큰 박 실장은 잘 접히지도 않는 팔로 팔짱을 끼고는 어제의 그 일을 생색내기도 했다.

"네, 고맙습니다."

틀린 말은 아니었다. 화인엔터에서 박 실장을 만나지 못했다면 어떻게 되었을까? 고맙다는 이진의 말은 진심이었다.

"기사도 잘 써준다고 했으니까 너무 걱정 말아요."

셀럽패치 기자와는 민후와 박 실장이 만났다. 민후는 이렇게 꼬여버린 상황을 솔직하게 모든 것을 털어놓는 방법으로 정면 돌파했다.

'어머니의 자살 이후 자신의 심리적 고통, 산으로 숨어 들어가게 된 사연.'

'그곳에서 이진을 알게 된 사연, 그리고 사랑하게 된 사연.'

'이진의 기억에 일시적인 장애가 있어 처음부터 사실대로 밝힐 수 없었던 얘기.'

'그리고 누구보다도 이진을 사랑하며 이진의 배 속에 두 사람의 아기가 자라고 있다'는 사실까지 숨김없이 말했다고 했다.

"소설에나 나올 법한 러브스토리라며 기자가 난리도 아니었어요. 특종으로 줘서 고맙다는 소리까지 연신 하고 갔다니까요."

골치 아픈 문제를 속 시원하게 해결한 탓인지 박 실장은 어느 때보다 기분이 좋아 보였다.

"두 사람 뭐가 그렇게 즐거워?"

그리고 그때 이진의 등 뒤로 귀에 익은 여자의 목소리가 들렸다. 반사적으로 휙 돌아보니 역시 차주련이었다. 처음 본 그날처럼 화려한 헤어스타일에 코발트색 슈트 아래 가슴이 보일락 말락 한 짧은 원피스를 섹시하게 받쳐 입은 주련이 입은 옷과는 전혀 어울리지 않게 입가에 개구쟁이같이 짓궂은 미소를 지으며 서 있었다.

"넌 이 시간에 웬일이야?"

"민후 오빠가 같이 밥 먹자고 하던데. 오빠 초대 안 했어?"

"아, 당연히 나도 가지."

녹음 마치고 분위기 좋은 데서 밥도 먹고 오자길래 이진은 내심 기대하고 있었다. 하지만 그게 회식 같은 자리인지는 몰랐다. 게다가 차주련까지 함께라니. 그리고 아무것도 모르고 주련에게 당한 게 생각나기도 해 이진은 급새침해졌다.

"인사도 안 하기예요?"

이진에게 한 짓은 생각도 안 하고 주련이 천연덕스럽게 다가와서는 이진의 어깨를 팔로 툭 쳤다.

"어머, 나한테 삐쳤어요? 귀엽게 왜 이래요?"

여전히 저를 놀리는 것 같은 주련의 말투에 이진이 발끈했다.

"저기요, 차주련 씨, 몇 살이나 되셨어요?"

"어머, 귀엽다는 말 별로였어요? 칭찬이었는데."

이진의 기분을 아는지 모르는지 실실 웃어대는 주련이 이진은 아직도 얄미웠다.

"하나도 안 좋거든요."

"나한테 화 많이 났구나. 화 풀어요. 오빠가 이진 씨 때문에 너무 괴로워하더라고요. 그래서 그랬어요. 이른바 질투 작전이라는 거거든요, 그게."

"질투는 무슨. 누가 질투를 했다고."

"아우, 완전 질투하던데. 막 손도 떨고 얼굴도 빨개지고 그랬으면서."

아무래도 이 여자가 저를 놀리는 재미가 들린 모양이었다. 성질나게.

"왔니?"

약이 올라 이진이 다시 쏘아붙이려는 그 타이밍에 녹음을 끝낸 민후가 부스 밖으로 걸어 나왔다. 그리고 주련을 향해 손을 흔들었다.

"오빠, 이진 씨 나 싫어하나 봐."

주련이 쪼르르 달려가 고자질을 하며 민후에게 팔짱을 꼈다. 저게 감히 누구한테. 이진의 눈에 불꽃이 일었다.

"저기요, 내 오빠거든요."

알고 보니 사랑이란 게 사람을 엄청 유치하게 만드는 것이었다. 어느새 민후의 곁에 다가간 이진이 민후의 남은 팔에 팔짱을 끼고 제 쪽으로 획 하고 잡아당겼다.

"오빠, 봐. 이진 씨 나 엄청 싫어해."

"그러게 왜 우리 이진이 자꾸 놀리고 그래? 그리고 나 이제 이진이 오빠거든."

그러면서 민후는 제 팔에 감긴 주련의 팔을 풀어냈다. 그 순간의 짜릿함이란. 그렇게 통쾌할 수가 없었다.

"이씨, 둘 다 이러기야. 누군 오빠 없냐고. 나도 오빠 있거든."

약이 올랐는지 씩씩거리며 주련이 보란 듯이 전화기를 꺼내들었다. 그리고 어딘가로 전화를 걸어 한껏 코맹맹이 소리를 내며 하소연을 하기 시작했다.

"오빠, 나 지금 엄청 서러워. 강민후가 여자 생겼다고 이제 나하고 안 놀아줘."

"웬 오빠야? 너 임 사장이랑 동갑이잖아."

옆에서 듣고 있던 박 실장이 누군지 다 안다는 듯 어이없는 표정으로 주련을 놀렸다.

"오늘부터 오빠거든."

주련의 어이없는 말에 이진도 민후도 피식 웃음이 터졌다. 그러고 보니 귀여워 보이기도 했다. 이건 어디까지나 승자의 여유 같은 거지만 말이다.

"하, 진짜 못 말린다니까, 차주련. 나이 서른에 그러고 싶냐?"

세상에 서른이라니. 어떻게 저 얼굴이 서른일 수가 있어? 기껏해야 이십 대 초중반 정도일 거라고 생각했던 이진은 주련의 나이를 듣고 입을 다물지 못했다.

"서른이 뭐? 지는 40 다 돼가는 게 아직 숫총각인 주제에."

헐. 이 사람들은 확실히 가족이었다. 그렇지 않고서는 이런 대화가 가능할 리 없으니까 말이다.

"이씨, 이게. 너 말 다 했어?"

박 실장의 얼굴이 홍당무처럼 새빨개졌다. 이진은 어디에다 시선을 둬야 할지 몰라 고개를 외로 돌리고 간신히 웃음을 참아내고 있었다.

"그만. 그만들 좀 해라. 진짜 유치해서 못 들어주겠다. 그만하고 빨리 밥이나 먹으러 가."

민후가 미리 예약해둔 레스토랑으로 가면서도 박 실장과 주련의 유치한 말다툼은 계속되었다. 그리고 주련은 바쁘다는 임 사장을 기어코 식사 자리까지 불러냈다. 그리고 식사를 마치고 레스토랑을 나올 때까지 모두에게 들으라는 듯 임 사장을 오빠라고 불렀었다. 그리고 이진은 얄밉기만 하던 주련이 더 이상 미워 보이지 않았다.

민후의 싱글 앨범 녹음이 끝난 며칠 뒤였다. 그사이 민후와 이진의 이야기가 전국을 강타했다. 극성팬들의 악의적인 댓글이나 보이콧이 없었던 건 아니었지만 여론이 그다지 나쁘게 흐르지는 않았다. 기자의 우호적인 기사 덕을 본 셈이었다.

"언제 이걸 다 녹음했어요?"

그리고 날씨가 유독 화창하고 좋은 금요일 아침, 이진과 민후는 자동차 블루투스 스피커를 통해 흘러나오는 민후의 태교음악 피아노 연주를 들으며 강원도로 향하고 있었다.

"너 낮잠 잘 때 틈틈이."

"너무 좋아요."

"마루도 좋아할까?"

마루는 민후가 적극 추천한 아기의 태명이었다. 마루는 하늘의 순우리말이라고 했다. 산에서도 저를 하늘이라고 불렀다더니 민후는 하늘이라는 그 이름이 그렇게 좋은 모양이었다.

"좋아하는 것 같아요."

"그걸 어떻게 알아?"

"엄마는 다 아는 수가 있어요."

이진은 사랑이 가득 담긴 손짓으로 이제 조금씩 나올 기미를 보이는 아랫배를 어루만졌다. 마치 실제 아기를 내려다보는 듯 사랑스러운 미소를 짓고 있는 이진이 너무 예뻐 보였다. 사진으로 남겨두고 싶을 만큼. 민후는 괜스레 왼쪽 가슴이 뻐근했다.

'이제 내겐 너하고 아기가 무조건 제일 먼저야.'

이 행복을 영원히 지킬 것이다. 두 번 다시 같은 실수는 하지 않으리라. 운전대를 잡은 민후의 손에 바짝 힘이 들어갔다.

"막걸리 사야 되니까 가다가 편의점 같은 거 보이면 세워야 하는 거 알죠?"

"어, 마을 입구 쪽에 하나 있어."

민후와 이진은 지금 민후의 어머니를 뵈러 가는 길이었다.

"거기가 어머니 고향이라고 했죠?"

"응. 고향이래 봤자 가까운 친척도 없는데 엄마는 늘 거길 그리워하셨어. 그만큼 서울 생활이 힘드셨던 거겠지."

어머니 생각이 나는지 민후의 목소리에서 촉촉한 그리움이 느껴졌다. 이진이 민후의 팔을 위로하듯 쓰다듬자 민후가 돌아보고 괜찮다는 듯 웃어 보였다.

"우리 같이 지냈던 곳에서도 별로 안 멀어."

"어머, 그래요? 그럼 산에서 지낼 때 어머니 뵈러도 가고 그랬었어요?"

"몇 번 못 갔어. 마음은 늘 있어도 조심스러워서. 대신 우리 있던 산에서 그쪽 바라보고 늘 기도는 했지. 가끔 연주도 하고."

민후는 그때 생각이 나는지 잠시 말이 없어졌다.

"이제 우리 자주 뵈러 가요."

민후의 손을 다정하게 잡으며 이진이 예쁜 미소를 지어 보였다. 마치 '이제 당신은 혼자가 아니에요.'라고 말하는 것 같았다. 민후는 이진의 그 예쁜 입술에 입 맞추고 싶은 걸 간신히 참아냈다.

"응, 그러자. 빨리 가자. 너 보면 엄마가 엄청 좋아하실 거야."

잡은 손에 깍지를 꼭 끼며 민후가 가속페달을 눌러 밟았다.

이진과 민후는 집에서 챙겨온 간단한 음식들을 차려놓고 어머니에게 절을 했다. 어머니에게 이진과 마루를 소개하던 민후의 눈에 살짝 눈물이 차오르는 게 보였다. 산소 앞에서 유독 말수가 적어지는 민후를 보며 이진의 마음도 내내 먹먹했다. 그리고 두 사람은 한참이나 그곳에 앉아 있었다. 민후는 이진에게 엄마와의 지난 추억 얘기도 들려주었고 엄마가 정말 예뻤다는 얘기도 해주었다.

"여기 있으니까 이상하게 마음이 편해져요."

"엄마가 네가 마음에 드나 봐."

"그런가? 고맙습니다, 어머니."

근거도 없는 민후의 말에 이진이 넙죽 어머니 묘를 향해 고맙다며 인사를 했다. 낯가림도 없이 제 엄마를 어머니라고 부르는 이진이 예뻐 보였다. 하긴 윤이진이 뭘 한들 강민후의 눈에 안 예뻐 보이겠는가.

"덥지? 가자, 그만."

정오가 가까워지자 한여름의 햇살이 산소 주위를 뜨겁게 내리쬐고 있었다. 이제 그만 내려가야겠다고 생각했는지 민후가 자리를 털고 일어났다.

"네. 막걸리 남은 거 다 부어드려요."

"응."

민후가 산소 둘레를 따라 남은 막걸리를 다 부어드리는 동안 이진은 사가지고 온 짐들을 챙겨 담았다. 그리고 둘은 어머니에게 다시 꼭 오겠다는 인사를 드렸다. 그리고 다정하게 손을 잡고 산을 내려오기 시작했다.

"어, 노란 매미꽃이 아직 있네."

길가에 작고 노란 꽃이 예쁘게 피어 있었다. 처음 보는 야생화 이름까지 꿰고 있는 민후가 이진의 눈에는 다시 봐도 대단해 보였다.

"기억 안 나지? 이거 산에서 너 엄청 좋아하던 꽃인데."

"그래요? 어쩐지 반가운 기분이 들더라니."

"정말이야?"

"홋, 아뇨. 사실은 아무 느낌도 없어. 근데 예쁘기는 하다."

"난 또. 뭐가 기억나나 했지."

실망한 표정을 짓더니 민후가 허리를 구부렸다. 그리고 노란 야생화 덤불에서 제일 크고 예쁜 꽃 한 송이를 골라 꺾었다.

"뭐 하게요? 설마…… 아니죠?"

"맞을걸."

"아, 왜 이래요?"

"그냥 한 번만 해봐. 기억이 돌아올지도 모르잖아. 너 산에서도 자주 이러고 있었단 말이야."

그리고 민후는 기어이 이진의 한쪽 귀에 그 노란 꽃을 꽂아주었다. 그리고 이진은 누가 보기라도 할까 자꾸 주위를 두리번거렸다.

"괜찮아. 예쁘기만 한데, 뭐."

그래, 뭐. 내 남자가 괜찮다니. 이진은 다 내려놓은 표정으로 꽃을 꽂은 채 그대로 산을 내려왔다.

"서울 가기 전에 잠깐 들를 곳이 있어."

"어디요?"

"가보면 알아."

어딘지 알려주지도 않고 민후의 차가 산길을 달려갔다. 그리고 이상하게 낯이 익은 동네로 접어들었다. 그리고 얼마 들어가지 않아 민후의 차가 멈춰 섰다.

"어, 여기. 여기 맞죠?"

이진이 지난겨울 산에 올라가기 전 거쳤던 마을. 맞았다. 마을 입구에 특이한 장승 하나가 서 있어서 이진은 여기가 그 마을이라는 걸 확실히 알 수 있었다.

"응, 맞아. 내려."

"왜요? 우리 살던 집에 가보려고요? 나 가보고 싶어요."

"안 돼, 오늘은 무리야. 아기도 그렇고. 거긴 나중에 아기 낳으면 가자."

"집에 갈 거 아니면 여긴 그럼 대체 왜 왔어요?"

궁금한 얼굴로 이진이 차 문을 열고 내려섰다. 차를 세워둔 왼편에 제법 오래된 정자 하나가 서 있었고 그 마루에 머리가 새하얀 할머니 두 분이 앉아 이진과 민후를 호기심 어린 눈으로 바라보고 계셨다. 귀에 꽂은 꽃이 신경 쓰여 이진은 민후 몰래 슬쩍 꽃을 빼려고 했다. 그리고 그 순간이었다.

"엄마앗!"

엄청나게 크고 엄청나게 빨랐다. 그리고 엄청나게 새까만 개가 쏜살같이 달려와 이진을 덮쳤다.

"이진아!"

너무 놀란 나머지 순간 정신을 잃었던 것도 같다. 하지만 제 이름을 소리쳐 부르는 민후의 목소리에 이진은 금방 정신이 돌아왔다.

"괜찮아, 이진아?"

"응. 나, 괜찮아, 오빠."

안절부절못하는 민후가 무안할 지경으로 이진은 너무 멀쩡하게 자리를 털고 일어났다.

"진짜 괜찮은 거 맞아? 병원 가봐야 하는 거 아니야?"

"괜찮다니까. 근데 오빠, 저리 좀 비켜봐."

이진은 어디 다친 데라도 없는지 제 몸 구석구석을 살피기 바쁜 민후를 밀어냈다.

"깡아!"

그리고 이진은 너무 반가운 마음에 달려왔다가 주인을 다치게 한 건 아닌지 살짝 위축이 된 채 눈치를 살피고 있는 깡이 녀석을 향해 두 팔을 벌리고 다가갔다.

"깡아. 너 이 자식. 너 여기 있었어?"

저를 밀어내고 깡이를 부둥켜안고 반가워 미치는 이진을 보며 민후는 잠깐 어리둥절했다.

"이진아."

"깡아. 깡아. 어머, 깡아."

"윤이진!"

그렇게 민후가 몇 번을 부르고서야 이진이 민후를 돌아봤다.

"아, 왜요?"

"너……?"

"그래. 다 기억나. 다 기억난다고."

"진짜? 진짜 다 기억나?"

"응, 오빠. 하나도 빠짐없이 다 기억나."

"이진아!"

민후가 달려와 이진을 껴안았다.

"흑, 오빠아."

부둥켜안고 기쁨의 눈물을 흘리고 있는 민후와 이진을 저도 끼워달라는 듯 깡이 녀석이 다시 덮쳤다.

"우악."

민후와 이진, 그리고 깡이 녀석까지 그렇게 셋은 길바닥에 그대로 뒤엉켜서 기쁨의 재회를 나누고 있었다.

"젊은것들이 아무래도 미친 거 같지 않나?"

"귀에 꽃 꽂은 거 안 보이나?"

그리고 멀리 정자 위에서 백발의 할머니들이 안타까운 표정으로 그런 민후와 이진을 바라보고 있었다.

에필로그

"아빠아."

"잠깐······만요."

창밖으로 들리는 마루의 목소리에 이진이 통화를 멈추고 밖을 내다봤다. 민후는 마루가 부르기도 좋고 뜻도 좋다며 태명을 그대로 이름으로 쓰자고 했다. 다행히 마루도 제 이름을 좋아하는 것 같아 이진은 민후의 뜻을 따르기를 잘했다는 생각이 들었었다.

왈왈. 왈왈왈.

제 아빠를 닮아 덩치가 산만 한 홍이 녀석이 마루의 뒤를 신이 나서 쫓고 있었다.

"아항, 저리 가, 저리 가란 말이야."

역시 피는 못 속인다는 말이 맞는 모양이었다. 파닥파닥거리며 마당을 가로질러 제 아빠의 품으로 도망치는 마루 녀석을 보며 이진은 예전 제 모습을 보는 것 같아 입가에 절로 미소가 그려졌다.

　-왜?

　"마루가…… 아뇨. 별거 아니에요."

　-마루가 왜? 다쳤어?

　"다치기는요. 잘 놀아요."

　마루가 태어난 지도 벌써 4년이나 지났는데 주련에게는 아직 아이가 없었다. 그래서 그런지 주련은 마루에 관해서라면 아주 끔찍했다. 하긴 마루에게만 그런 건 아니었다. 여전히 민후에게는 최고의 팬이었고 소속사 사장이었고 친동생 못지않은 동생이었다. 그리고 이진에게는 고맙기도 하고 얄밉기도 한 시누이 노릇을 톡톡히 하고 있었다.

　-그래서 언제까지 거기 있을 건데? 나 마루 보고 싶단 말이야.

　민후와 이진 그리고 마루는 지금 산에 와 있었다. 결혼한 다음 해에 민후와 이진은 마당이 넓은 성북동 이층주택으로 이사를 했다. 고물상에서 새 가족을 일군 깡이네 가족을 데려오기 위해서였다. 그리고 민후는 동시에 산골 이 집 주변 땅도 모조리 사들였다. 그리고 금방 무너져도 이상할 것 같지 않았던 폐가를 허물고 그 땅에 예쁘고 튼튼한 우리들만의 별장을 지었다.

　"모르겠어요. 오빠가 여길 워낙 좋아해서. 여기서 곡 작업도 더 잘된다니까 저도 뭐 어떻게 말릴 수가 없어요."

　-정말 투어는 안 돌겠대?

　"그건 절대 양보 안 할 것 같아요."

　소속사 사장 입장에서는 짜증이 날 법도 했다. 그만큼 수익이

줄 테니까 말이다. 하지만 민후는 가족과 떨어져 지내느니 차라리 은퇴를 하겠다며 완강하게 투어를 거절했다. 대신 가정을 이루고 안정을 찾은 민후는 다른 어떤 현역 작곡가보다 왕성하게 곡 작업을 했다. 발표만 하면 무조건 차트 1위는 휩쓰는 판이니 주련이나 유 대표도 민후에게 더 이상의 강요는 하지 못했다.

-결혼한 지 4년이나 지났는데 오빠는 아직도 네가 그렇게 좋 대? 왜 그렇게 안 떨어지려는 거야, 대체?

"그러게요. 대체 오빠는 내가 왜 그렇게 좋은 걸까요? 나도 귀찮 아 죽겠어요, 아주."

-어쭈, 부부가 쌍으로 재수 없어.

"큭."

-웃기는. 아 참, 유환이 거 가사 나왔어?

"거의 나왔어요. 오빠도 들어보더니 좋다고 하더라고요. 한두 군데 더 손보고 메일 보낼게요."

장혜린의 곡이 공전의 히트를 치고 나서 이진은 작사가로 제법 이름을 날리고 있었다. 여기저기서 작사 문의가 빗발치고 있어 이 진 혼자 감당을 다 못 하고 있던 차에 보다 못한 주련이 자기가 관 리를 해주겠다고 나섰었다.

"엄마아!"

"언니, 잠깐……만요."

이진이 다시 창밖으로 고개를 내밀었다.

"응, 마루야, 왜?"

"나와요, 빨리. 우리 같이 산딸기 따러 갈 거예요."

제 아빠의 품에 안긴 마루가 그 조그만 손에 산딸기를 담을 그

물자루를 야무지게 들고 이진을 향해 흔들고 있었다.

"또요?"

복분자주를 담그겠다며 민후는 요 며칠 틈만 나면 산딸기를 따다 날랐다.

"아직 한참 멀었어. 만드는 김에 형이랑 주련이네도 좀 가져다주고 하려면. 빨리 내려와."

"꼭 나까지 가야 해요?"

"마루 봐야지. 나 혼자는 손이 모자라."

"그럼, 마루 여기 두고 혼자 갔다 와요."

"싫어, 빨리 내려와."

"아, 왜 자꾸 우릴 데리고 다니려는 거야, 진짜."

무슨 분리불안증 환자도 아니고 어딜 가든 꼭 함께하려고 하니 아닌 게 아니라 이진은 민후가 성가실 때도 있었다.

"언니, 그만 끊어야 할 것 같아. 오빠가 또 딸기 따러 가재. 어디 산딸기 못 먹어 죽은 귀신이 있나, 왜 저렇게 산딸기는 좋아하는지 모르겠어요, 진짜."

-산딸기? 그거 이상하게 에로틱하게 들린다. 산딸기 따러 가는 거 맞아? 뭐, 그런 비슷한 제목의 에로 영화도 있던데. 혹시 둘이서 뭐, 그런 영화 찍으러 가는 건 아니지?

"하, 이 언니는 또 무슨 소릴 하는 거야. 끊어요, 그만."

주련의 말이 어이가 없어 전화를 끊고도 이진은 혼자 한참을 웃었다.

"야, 윤이진, 빨리 나와."

"엄마, 빨리 와요."

그새를 못 참고 부자가 합창을 하고 있었다.

"그래, 나간다, 나가. 하여간 저 못 말리는 강 씨 부자들."

미세 먼지 걱정에 한여름에도 마스크를 쓰고 다니는 서울 도심에서와는 달리 6월의 산속 공기는 쾌청했다. 하얀 뭉게구름 아래 햇살이 곱게 내리비치는 산길을 이렇게 민후와 함께 걷고 있으니 이진은 4년 전 그날이 문득 생각났다. 그러고 보니 꼭 이맘때쯤이었을 것이다. 야생초가 온 산에 이렇게 만발한 걸 보니 말이다.

"이진아, 저기."

부부일심동체라더니 민후도 그 생각을 했던지 이진을 툭 밀듯이 쳤다. 민후가 얼굴을 내밀어 가리키는 그곳은 민후가 이진에게 처음 사랑한다고 고백했던 곳이었다. 그리고 결혼하자는 말과 함께 처음으로 이진의 안에 제 분신들을 쏟아냈던 곳. 그날을 생각하니 이진의 얼굴이 새삼 처녀처럼 수줍게 물들었다.

"저기서 한 번 더 할래?"

이진의 의중을 떠보듯 민후가 툭 하고 이진의 어깨를 다시 쳤다.

"미쳤나 봐."

이진은 마루가 듣고 있는데 무슨 소리냐는 듯 민후에게 눈을 흘겼다.

"이번에 내려가기 전에 저기서 한 번만 하자, 응? 옛날 생각도 나고 좋을 거 같지 않아? 그날 우리 엄청 좋았잖아."

"아, 제발. 마루 듣는다고."

이진은 마루가 못 알아듣게 최대한 목소리를 낮춰 말하며 민후의 옆구리를 꼬집었다.

"앗. 아파."

"그러게 왜 자꾸 이상한 소릴 해요."

"마루야, 엄마가 아빠 자꾸 꼬집어."

"엄마, 엄마 왜 아빠 자꾸 괴롭혀?"

제 아빠를 완전히 빼다 박은 강마루는 민후의 최연소 팬이었다. 그리고 이진과 민후가 이렇게 사소한 말다툼이라도 할 때면 어김없이 제 아빠 편을 들었다.

"엄마, 아빠가 해달라는 거 그냥 좀 해줘요."

"강마루, 너어."

아이, 저 쬐그만 게. 무슨 얘긴지도 모르고 무조건 제 아빠 편을 드는 마루에게 이진이 밉다는 듯 눈을 흘겼다.

"봐, 마루도 내 말 들으라잖아."

"치, 내가 빨리 딸이라도 하나 더 낳아야지, 정말."

마루가 태어나고 이진은 민후와 의논해서 피임을 했었다. 아이를 키우기야 연달아 빨리 낳아 같이 키우는 게 편하다지만 민후와 이진의 생각은 달랐었다. 그러면 마루에게만 오롯이 사랑을 줄 시간이 너무 짧다는 데 두 사람은 의견 일치를 보았었다. 그렇게 차일피일 미루다 보니 마루가 어느새 다섯 살이나 된 것이다.

"오늘 저녁에 복분자주 마시고 저기서 대기하고 있으면 되는 거야?"

"아, 좀."

이진이 쓸데없는 소리 좀 그만하라는 듯 바락 소리를 질렀다.

"아, 엄마. 아빠 말 좀 들어요, 좀."

아, 이 조그만 게 진짜. 언제나 때리는 시어머니보다 말리는 시누이가 더 미운 법이다. 이진은 매사에 저렇게 제 아빠 편만 드는 강마루가 미워서라도 저 닮은 예쁜 딸을 하나 낳긴 해야겠다는 결심 아닌 결심을 했다.

그리고 별장 2층 안방의 넓은 통창으로 은하수 별들이 쏟아져 들어올 것 같았던 그날 밤, 4년 전 거사가 치러졌던 그 수풀이 아니라고 내내 볼멘소리를 하는 민후를 간신히 달랜 이진은 제 편이 되어줄 딸아이를 기원하며 민후와 밤새 사랑을 나눴다.

"또 하고 싶어."

"아, 대체 얼마나 마신 거예요?"

그리고 복분자주의 위력인지 민후는 새벽까지 이진을 놓아주지 않았다.

-마침-

416